文史哲研究丛刊

明编词总集丛刻述评

凌天松　著

上海古籍出版社

　　本书出版由哈尔滨学院博士科研启动基金赞助，为国家社科基金一般项目"明代词曲互动研究"（批准号：12BZW047）阶段性成果。

目　　录

导　言

一　明编词总集丛刻之定义与分期

《四库全书》总集类小序：

> 文集日兴，散无统纪，于是总集作焉。一则网罗放佚，使零章残什并有所归；一则删汰繁芜，使莠稗咸除，菁华毕出。是固文章之衡鉴，著作之渊薮矣。

案馆臣定义的总集，包括两种类型，一是汇集资料，务求其全的；一是选录资料，务求其精的。

本书考察的明编词总集，这两种俱列入探讨范围。而词韵谱律诸书之收词者，如《诗余图谱》等，以非专门词选，不予列入。明代，凡属明人选录、刊刻的均予考虑，不论词作的朝代。重点突出明编词总集发展的主流。明清之交诸人，则视词集之选刻年代而定。如卓人月、卓回两兄弟，其兄之《古今词统》编于明末，而其弟之《古今词汇》刻于清初，故只取前者。

明编词总集的发展，与明代文学、思想的发展相呼应，是一段由冷清到繁荣、由单调到丰富的过程。我们同意李康化的结论，即明代词学史划分为前后两个阶段，以嘉靖三年（1524）杨慎被贬云南为断限，"后期在词人创作、词选、词评方面，均远迈前期"。①

　　明代前一百五十余年里,刊刻的总集今见仅有两种,即洪武二十五年(1392)遵正书堂刊《增修笺注妙选群英草堂诗余》及正德十六年(1521)陆元大刊《花间集》,二刻相距一百余年,期间词学之寥落可知。自嘉靖十六年(1537)刘时济刻李谨辑《新刊古今名贤草堂诗余》起,则呈现一派繁荣景象。总的说来,嘉、万、启、祯四朝居于明词总集编选的绝对主导地位。

二　明编词总集丛刻之价值:以《草堂》诸选为例

　　四库馆臣对明代总集贬抑称甚:"至明万历以后,侩魁渔利,坊刻弥增,剿窃陈因,动成巨帙,并无门径之可言,姑存其目,为冗滥之戒而已。"案明刊词选与丛刻多出坊间,芜漏多有,难匹前代,王国维至云"明人所题编次纂辑等语全不足据",②此病固是。然细绎之,明编词总集也有可观之处。如婉约与豪放两种风格论的提出,笺注评点本对词话史的丰富、按照词调长短编排先后的结构方式等等,这些都是明人可圈可点之处。鲁迅对于选本价值的评价也适用于明:

　　　　凡选本,往往能比所选各家的全集或选家自己的文集更流行,更有作用。册数不多,而包罗诸作,固然也是一种原因,但还在近则由选者的名位,远则凭古人的威灵,读者想从一个有名的选家,窥见许多有名作家的作品……评选的本子,影响于后来的文章的力量是不小的,恐怕还远在名家的

---

① 李康化:《明清之际江南词学思想研究》,巴蜀书社 2001 年,第 6 页。
② 《庚辛之间读书记》"尊前集",《海宁王静安先生遗书》本,第十三册,第 12B 页:不知明人所题编次纂辑等语全不足据,此本亦题东吴史叔成释,何尝释一字耶,拈出此事可供目录家一粲也。

专集之上。①

　　明编词总集选本最风靡者当推《草堂诗余》,其得失与词艺之发展水平、文学演进状况、词学理论成就(词话、律吕)、词人主观创作心态、社会风貌及历史背景均有千丝万缕的关系。下面以《草堂》为例,选取几个侧面简析之。

　　1. 流播价值

　　流播价值即词人词作在当代及后世的被接受程度,它未必等同于词人词作本身的价值,却是词史发展脉络、词人沉浮的反映。《草堂》选本源出宋世,元代亦有刻本,至明顾从敬增选以后乃大为发扬。顾氏之选依托《花庵词选》、《绝妙好词》等书,广采“名章俊句”,脍炙之作众多。据李复波《词话丛编索引》,谈及《草堂》选本的达百余处之多。现存的宋明词话,在词人词作评论中也多谈《草堂》词。杨湜《古今词话》、吴曾《能改斋漫录》、胡仔《苕溪渔隐丛话》、《诗人玉屑》及杨慎《词品》所论均在十条以上。② 这充分表明了,《草堂》词在宋代已被普遍接受。反过来,可以推想,宋本《草堂》的选录即是以时评为旨归的。《碧鸡漫志》卷二“各词家短长”条:“元祐间王齐叟彦龄,政和间曹组元宠,皆能文,每出长短句,脍炙人口。”案王灼书著于南宋初年(1145—1149),论词自然推重北宋。《草堂》选本问世于宁宗庆元(1195—1200)以前,相距不远,故所录以北宋为主,入选多当时名作,且处处体现出随俗性、娱乐性。《漫志》卷二“乐章集浅近卑俗”条:“柳何敢知世间有《离骚》,惟贺方回、周美成时时得之……不知书者,尤好耆卿。”《诗人玉屑》引《复斋漫录》评语:“张子野与柳耆卿齐名,而时以子野不及耆卿。然子野韵高,是耆卿乏处。”文人们对柳词艺术之贬抑与选本对其

---

① 《集外集·选本》人民文学出版社 2006 年,第 136—137 页。
② 其中《诗人玉屑》“东坡”条引渔隐丛话评苏轼词,所举之十二阕均收入草堂。

词的偏爱形成了有趣的对照,柳词入选数量之雄踞高位,正是普通读者口味的反映。进入明代,这种风格与嘉、万后之社会风尚相合,即便不再促拍应歌,也不妨碍他们将其转为读本享用,明人对于《草堂》词之津津乐道即是明证。

2. 版本价值

明编词总集在考辨正误、查核通行本之缺失错漏方面往往有所贡献。赵万里辑《时贤本事曲子集》一卷,其中两条出于《百家词》之《东坡词》注,紫芝漫钞本《东坡词》注相同(见附录梁启超"记时贤本事曲子集"及赵万里按)。又赵万里辑《古今词话》一卷,"今于《岁时广记》、《笺注草堂诗余》、《花草萃编》外,又于天一阁旧藏明写本《绿窗新话》内,搜得十余事,都六十七则"。取材《花草萃编》、《草堂诗余》较多。统计如下:①

集名	花草萃编	岁时广记	绿窗新话	草堂诗余	苕溪渔隐丛话	词谱
条数	33	11	11	8	3	1

翻检唐圭璋编纂之《全宋词》,参考明编词总集辑佚者甚多。李清照词即用三种:《菩萨蛮》(归鸿声断残云碧),"曙色"注:"二字雅词缺,据《花草萃编》卷三补。"《临江仙》并序:"欧阳公作《蝶恋花》,有'深深深几许'之句,余酷爱之。用其语作'庭院深深'数阕,其声即旧《临江仙》也。"注:"序据《草堂诗余》前集卷上欧阳永叔《蝶恋花》词注引补。"《减字木兰花》(卖花担上)注:"花草萃编卷二。"《浣溪沙》(绣幕芙蓉一笑开)注:"辑自《草堂诗余续集》卷上。"

3. 词论价值

明编词总集,尤其是选本,往往附有大量评注,为后人提供了丰富的批评史材料。较成规模的有沈际飞《草堂诗余》四集评点、

---

① 本文所据词话未单独说明者均用《词话丛编》本,中华书局 2005 年,下同。多种互见者取一处,优先《花草萃编》、《草堂诗余》。

杨慎《草堂诗余》眉批、李攀龙《新刻李于鳞先生批评注释草堂诗余隽》评点。李廷机《新刻注释草堂诗余评林》评点及张綖《草堂诗余别录》、《后集别录》评点等。其中沈际飞《草堂》四集无疑是一座重镇，它的评论数量最大，据粗略统计，在四万字有余；质量也较高，自问世后即屡见注引，清人多有评价。《词话丛编》所收的明清词话中，论及沈际飞的达七十余条，包括了王又华《古今词论》、邹祗谟《远志斋词衷》、沈雄《古今词话》等书，今人唐圭璋《宋词三百首笺注》、黄进德《唐五代词选》等也将沈评列为注释备考。

三　研究综述与本书架构

明代一向被看作词学的衰落期，历来不被重视，在词学史研究中属薄弱环节。经过长期的沉寂，上世纪初，赵尊岳辑成《明词汇刊》行世，规模宏大，开明词汇刻之先河，为明词研究的起步奠定了基础。1982年，《全明词》开始编纂，2004年初梓行，收录作者近一千四百家，词作约两万首。虽尚多阙误，然明代词作已藉此得到较为清晰的展示。

文献整理及收集方面，传世之明编词总集散见于各地图书馆。《中国古籍善本书目》收录称夥，统计下来，达七十三种之多。此外尚有未及收录的个别善本，如胡桂芳辑《草堂诗余》三卷本，张綖《草堂诗余别录》、《后集别录》钞本，研究者不应忽视。近代以来各家刊刻的词学丛书，《彊村丛书》、《四印斋所刻词》、《景刊宋金元明本词》等，也为保存明编词总集起到很大作用。

值得注意的还有赵尊岳《词总集考》及《明词汇刊》。据龙榆生介绍，《词总集考》稿本共十巨册十六卷，初题《词籍提要》，分载于《词学季刊》，陆续发表的有《词的》、《草堂嗣响》、《记红集》、《同情集词选》（以上创刊号）、《词轨》（第一卷第二号）、《唐词纪》、《词原》、《词觏》、《晚香室词录》（第二卷第三号）、《兰畹集》、《花间集》、

《尊前集》(第三卷第三号)。《明词汇刊》则汇集了当时已罕见的刻本,"随得随刊,将三百家",收录词籍 268 种,其中词话 1 种,词谱 2 种,合集、唱和集 3 种,词选 6 种,别集 256 种。此刊部分提要曾发表于《词学季刊》,题"惜阴堂汇刊明词提要"(上海古籍影印本附各集后)。"惜阴堂汇刻明词记略"是赵氏校刊诸家的心得,以相当篇幅驳斥了明词衰敝的空泛之说,肯定了明词的整体价值,亦不讳言疵累,结合历史、词史实际,从词人创作、词谱、词话、词选各方面论析,显隐发微,多中肯綮,具有明代词学总论性质。

在词选研究方面,各断代词选研究均已问世,多为博士论文成果,如萧鹏《群体的选择——唐宋人选词与词选通论》[南京师范大学 1990 年博士论文,(台北)文津出版社 1992 年]、薛泉《宋人词选研究》(河北大学 2004 年博士论文)、李睿《清代词选研究》(华东师范大学 2006 年博士论文)等。明选整体研究首推台湾学者陶子珍之《明代词选研究》(秀威资讯科技股份有限公司 2003 年),此书原为作者在东吴大学完成的博士论文,分八章,依时代先后,详论二十四种词集,内容丰富深入,颇见功力。陶氏尚有《明代四种词集丛编研究》(秀威资讯科技股份有限公司 2005 年)。此外,涉及明编词总集的论著还有李康化《词学中兴与明代词学思想》(巴蜀书社 2001 版改名为《明清之际江南词学思想研究》)及张仲谋《明词史》等。

本书的研究侧重文献的辑录排比,在阅览对比一手材料的基础上,对文本做细致的分析,第一章明编词总集概说为总论部分,展示明编词总集的舞台与历史,从社会、文学、词学纵横考察其背景;探讨明编词总集的发生与面貌,从词集本体序跋、词作、批注三方面深入剖析其编选得失;一并揭示明编词总集的流通与接受。

总论之下为个案考察,分作两大阵营:《草堂》系列和《草堂》外诸本。各章内部大略以时代先后为序,《草堂》系列以两章篇幅,详细梳理所属各本。

何士信本系列刊本收录六种，遵正书堂本为明刻《草堂》之先声，其底本、分类及选词均未脱宋本藩篱；张綖《别录》本在词艺探索方面足可注意，他率先将婉约与豪放的风格论引入选本，并加以推广。

顾从敬系列刊本为明刻《草堂》主力，本书收录十四种。以开云山农本为代表之诸刻，在选词上发扬宋本传统，博采名章，脍炙人口；编排上摒弃旧选分类，引入分调，风靡后世。此系列流衍最多，其中以沈际飞评本为翘楚，虽出于书坊，其选词、校勘、注释、评点均十分精心。其他十二种版本，依其传承统绪，分组论述。

《草堂》外的明编词总集数量繁多，选录二十一种。专节注重整体性、关联性考察，《百家词》与《宋名家词》发隐继绝，在收集保存珍贵词集上贡献甚多；杨慎之《百琲明珠》与《词林万选》旁逸斜出，自成一家；《花草新编》与《花草萃编》名似附骥，实多有树立；钱允治《类编笺释国朝诗余》为明词断代选本，筚路蓝缕；沈际飞《草堂诗余新集》据之增删，后出转精；其他可观诸本分辑刻、辑钞简述之。

总的说来，何本系列步趋旧刻，多层叠加工，有先锋之功，后劲不足；顾本系列创立分调，多为后来选本接受，风靡一时；《草堂》之外诸选声势略差，然多有创新。

结语简述影响。明编词总集，尤其是选本，对后世的影响不可忽视。此后词选或因袭，或矫枉，大都与明编词总集有着难以割断的联系。

第一章　明编词总集概说

一　背景、编选、传播鸟瞰

(一)　商业发达词坛衰飒

1. 商业发达带来的变化

明代中期以后,手工业生产规模扩大,商业发达,城市经济日益兴旺。王锜《寓圃杂记》卷五"吴中近年之盛"记录了这一变化:

> 吴中素号繁华,自张氏之据,天兵所临,虽不被屠戮,人民迁徙实三都、戍远方者相继,至营籍亦隶教坊。邑里萧然,生计鲜薄,过者增感。正统、天顺间,余尝入城,咸谓稍复其旧,然尤未盛也。迨成化间,余恒三四年一入,则见其迥若异境,以至于今,愈益繁盛,间阎辐辏,万瓦甃鳞,城隅濠股,亭馆布列,略无隙地。舆马从盖,壶觞罍盒,交驰于通衢。水巷中,光彩耀目。游山之舫,载妓之舟,鱼贯于绿波朱阁之间,丝竹讴舞与市声相杂。凡上供锦绮、文具、花果、珍羞奇异之物,岁有所增,若刻丝累漆之属,自浙宋以来,其艺久废,今皆精妙,人性益巧而物产益多。①

---

① 《元明史料笔记丛刊》,中华书局1984年,第42页。

　　商人、手工业者的地位伴随经济力量的壮大而逐渐上升,文人也放下架子出入市井,与之交游。唐顺之、杨慎、李攀龙、汤显祖等人均评点过诗文戏曲,为书坊营销造势。陆云龙与毛晋之类的文人,同时还扮演着商人角色,经营翠娱阁、汲古阁这样的出版机构。

　　文人与商人等市民群体的互动,壮大了市民阶层。市民阶层的崛起,带动通俗文学繁荣,世俗化的审美情趣形成一股洪流,左右着文艺发展方向。话本、小说、戏曲等新兴文艺跃出底层,占据大片席位。三大名著(《三国》、《水浒》、《西游》)、三大传奇(《宝剑》、《浣纱》、《鸣凤》)、"临川四梦"相继问世,三"不问"民歌风行一时:"比年以来,又有《打枣竿》、《挂枝儿》二曲,其腔调约略相似。则不问南北,不问男女,不问老幼良贱,人人习之,亦人人喜听之。以至刊布成帙,举世传颂,沁入心腹。其谱不知从何来,真可骇叹。"①市民意识的影响,作用于文学作品,即出现了一批商人、小市民形象。《金瓶梅》专为商人作传,"三言"、"二拍"描写市民生活及心态分外生动鲜活。

　　随俗风气的渗透,还表现为上至达官贵胄,下至商人、普通百姓,热衷标榜风雅,藏书甚多而不察其良莠,装饰功能胜过实用价值,对此胡应麟与谢肇淛均有详细记述。②

---

　　①《万历野获编》卷二十五"时尚小令",中华书局1959年,第647页。

　　②《少室山房笔丛》卷四甲部,经籍会通四,上海书店出版社2001年,第41页:"今宦途率以书为赞,惟上之人好焉,则诸经史类书卷帙丛重者不逾时集矣。朝贵达官多有数万以上者,往往猥复相揉,删之不能。万余精绫锦标连窗委栋,朝夕以享群鼠。而异书秘本,百无二三,盖残篇短帙,筐筐所遗,羔雁弗列,位高责冗者又无暇掇拾之,名常有余而实远不副也。"

　　《五杂俎》卷十三《事部一》,《历代笔记小说集成》第二十四册《明人笔记小说》,河北教育出版社1995年,第410页:"常有人家,细帙簇簇,自诧巨富者。余托志尹物色之,辄曰无有。众咸讶之,及再核视,其寻常经史之外,不过坊间俗板滥恶文集耳。龜羹鹑炙,一纸不可得也。谓之无有,不亦宜乎。是之谓知书。"

2. 词坛热闹背后的衰飒

通俗文学卷起的大潮波及词坛,导致创作一派热闹景象。据不完全统计,明代"词家一千三百九十余人,词作约两万首"(《全明词》出版说明),与《全宋词》不相上下。然而质量却远逊宋词,艺术上多无足取,名家名作寥若晨星。热闹表面难掩衰飒真相,热闹之中更显衰飒。

其原因是多方面的。明人序跋注意到的就有:文学代胜,注定了明词的历史命运;科举"以经术程士",消耗了文人的创作热情;新兴文艺小说、戏曲等蓬勃发展,吸引了文人、大众的注意,进一步削弱了词学创作力量,日益挤占其市场;从词学内部看,词乐消亡,不再应歌,限制了受众范围,拉大与新兴文艺的差距。创作态度上,明人以词学为宾雁之具,余力为之,随手挥洒。胡桂芳"类编草堂诗余序"即为作词、赏词之宣言:

> 然此一诗余也,高言之,则谓其天机独得,依永和声,可以被管弦而谐丝竹,卑言之,则谓其绮靡渐滋、浇淳散朴,只以悦流俗而导谣哇,皆非余所敢知者。惟在行役之时,登车而后,无所事事,对景牵思,摘辞配境,则是编为有助焉尔。若其始而校之也,惟以便审阅,今而属子之重校也,将以备遗忘,岂谓是可抉六义之要而追三代之风乎?①

"无所事事"、"摘辞配境",正是明人消遣、娱乐心态的写照。

从创作群体看,三百年之明词史,厕身其中者,多非词学专家。刘基、高启以诗文名;陈铎为散曲家;杨慎才大如海,其于词曲亦有难分畛域处;文征明、王世贞每每为明词选集青睐,入选作品稳居前五,然而单就词作水平看,不免有抬高之嫌。撇开一荣俱荣的心

---

① 国图藏明万历三十五年(1607)黄作霖刻本。

理,在满眼的诗文戏曲家群体中,要剥离出词学家实非易事。吴衡照《莲子居词话》论曰:"明词无专门名家,一二才人如杨用修、王元美、汤义仍辈,皆以传奇手为之,宜乎词之不振也。其患在好尽,而字面往往混入曲子。"(卷三《明词不振》)票友主导明代词坛之状况,足以解释创作繁荣、艺术衰颓的怪象。其种种弊病如以说话为词、说教为词、曲文为词之类也便不出意料了。

(二) 编选标准的纵横考察

1. 从词史发展看:唯宋词是瞻

明人词艺虽不足道,尊体热情却甚高。追本溯源,出于对处于词学发展顶端的宋词百般推崇。这种心态与"诗必盛唐"一致,希冀通过复古,振起今日之颓势。明编词总集的编选,也是在这种思想指导下进行的。

本书讨论的何士信系列六本,顾从敬系列十四本,《草堂》外之二十一本,除一部唐五代词选(《唐词纪》)、两部明词专集(《国朝诗余》、《草堂诗余新集》)外,选录之词人、词作数量首推宋代,其中北宋又胜过南宋。据统计,词作在三种以上选本跻身三甲的共有欧、柳、苏、秦、周、辛六人。五人隶北宋,南宋仅稼轩一家。①

以此推断,明代词集之编选以宋词为准绳,是可以确定的。失传词集《草堂遗音》亦如之。此集为陈霆自选,内容多见于《渚山堂词话》。卷一"钓台水调歌头":"余辑《草堂遗音》,置此词其中。""刘伯温写情集":"故余所选小令独多,然视宋人亦远矣。"卷二"朱淑真词":"余精选之,得四五首。""瞿山阳望西湖":"宗吉工诗词,其所作甚富,然余所取仅十余阕,惜其视宋人风致尚远。""陈大声

---

① 陶子珍:《明代词选研究》附录二《明代词选》中选词数量最多之前三位词家,第528页。

冬雪词"："大声和《草堂》，自予所选数首外，求其近似者差少。"此集当为明代《草堂》系列一新本。命名为"遗音"，已昭示其为追步宋选之作。又据透露之数条可知，词人横跨宋、明，属通代选本；词作以小令为主，去取标准则比诸宋人词作，精剪细裁。

2. 从明代社会看：以随俗为尚

明人选集唯宋词是瞻，宋刻词集也随之受到重视。毛晋云"宋元间词林选本几屈百指"（汲刻《草堂诗余》识），已知的即有数十部，"唐五代时，如《金荃》《握兰集》《谪仙集》《兰畹集》，目存书亡"（沈德潜《词徵》卷四"自五代至明之词集"），《遏云集》《麟角集》《家宴集》《复雅歌词》《本事曲》等见于著录。现存之唐宋词选尚有《云瑶集杂曲子》《花间集》《尊前集》《金奁集》《梅苑》、《乐府雅词》《唐宋诸贤绝妙词选》《中兴以来绝妙词选》《草堂诗余》《阳春白雪》《绝妙好词》等十种十一本。明人所见当更多，《草堂》是如何成为明选之圭臬，一编飞驰几百年呢？

分析现存选集，类型不同，目的不同，有选歌，有选人，有流派词选，有专题词选。《云瑶集杂曲子》《花间集》《尊前集》《金奁集》《草堂诗余》为选歌而作，取声情优美之词，供应筵席酬唱；《唐宋诸贤绝妙词选》《中兴以来绝妙词选》二种断代词选，从文人角度，选录名家词，兼容多种风格，与词史之发展呼应；《乐府雅词》标举雅正，亦为有明确主张之文人词选；《阳春白雪》《绝妙好词》分别为江湖词派、梦窗词派之选集；《梅苑》纯取梅词，乃第一部专题词选。就选录目的划分，一类是为了娱乐消遣，一类属于学术研究。明人之偏嗜显然在前者。选歌词集中，《云瑶》《尊前》《金奁》为早期词选，视野狭窄，卷帙单薄，且《尊前》至明末始见。《花》《草》所录词人多一时作手，词作盛名早著，宋代已然。详参导言"流播价值"部分。

明人对《草堂》娱乐价值的消费非常可观。翻刻新刊诸本终其一代，层出不穷。或以批注评点包装，或增删词作词话，花样虽多，内核未变,其宗旨唯在随俗。

十九种《草堂》选本收词频率对照表①

收录次数(降序)	19	18	17	16	15	14	13	12	11	10	6	3	2	1
阕数(总 466 阕)	50	193	87	24	16	18	38	17	1	1	1	10	9	1
占全选比例(%)	10.7	41.4	18.7	5.2	3.4	3.9	8.2	3.6	0.2	0.2	0.2	2.1	1.9	0.2

比较十九本之收词频率,前后蹈袭十分鲜明。重复出现 17 次以上的,共 330 阕词,亦即 17 种选本的取材,重复达到 70.8%。这里包括何士信和顾从敬本两个系列,考虑到顾刻乃重编之增选本,收词变动甚大。若单独统计,比率更高。

3. 纵横结合之审美选择:婉丽流畅

推尊宋词,随俗远雅,二者结合为明人之本色论。本色之定义,参何良俊《草堂诗余正集》:

> 然乐府以曒径扬厉为工,诗余以婉丽流畅为美,即《草堂诗余》所载,如周清真、张子野、秦少游、晏叔原诸人之作,柔情曼声,摹写殆尽。正辞家所谓当行、所谓本色者也。

张綖《诗余图谱·凡例》:"一体婉约,一体豪放……大抵词体以婉约为正。"说与此相同。王世贞大加阐扬:

> 故词须婉转绵丽,浅至儇俏。挟春月烟花,于闺襜内奏之,一语之艳,令人魂绝,一字之工,令人色飞,乃为贵耳。至于慷慨磊落,纵横豪爽,抑亦其次,不作可耳。作则宁为大雅罪人,勿儒冠而胡服也。(《艺苑卮言》"隋炀帝望江南为词祖")

《花间》以小语致巧,《世说》靡也。《草堂》以丽字取妍,六

---

① 注:数据据附录三《草堂诗余》系列选本调名篇目索引汇总。

朝逾也。即词号称诗余,然而诗人不屑为也。何者,其婉娈而近情也,足以移情而夺嗜。其柔靡而近俗也,诗啴缓而就之,而不知其下也。之诗而词,非词也。言其业,李氏,晏氏父子,耆卿,子野,美成,少游,易安至矣,词之正宗也。温韦艳而促,黄九精而险,长公丽而壮,幼安辨而奇,又其次也,词之变体也。词兴而乐府亡矣,曲兴而词亡矣,非乐府与词亡,其浏亡也。(《艺苑卮言》"词之正宗与变体")

毛晋小有变化:

> 诸名胜词集删选相半,独《小山集》直逼《花间》。字字娉娉袅袅,如揽嫱、施之袂,恨不能起莲、鸿、苹、云,按红牙板唱和一过。晏氏父子,真足追配李氏父子云。(《小山词》)

> 近来填词家辄效颦柳屯田作闺帏秽媟之语,无论笔墨劝淫应堕犁舌地狱,于纸窗竹屋间,令人掩鼻而过,不惭惶无地耶?若彼白眼骂座,臧否人物,自诧辛稼轩后身者,譬如雷大使起舞,纵使极工,要非本色。张宛丘云,幽索如屈宋,悲壮如苏李,始可与言词也已矣。亟梓斯集,以为倚声填词之祖。但李翰林《菩萨蛮》、《忆秦娥》,南唐二主、冯延巳诸篇,俱未入选,不无遗珠之叹云。(《花间集》①)

经毛晋修订,明编词总集所持之本色论,既包括上溯诗骚之自然本色,亦包括词体源头之要眇本色。此后应者云集,概有秦士奇"草堂诗余叙":"则辞宁为大雅罪人,必不尚豪爽磊落明矣……大约辞婉娈而近情,燕昵莺呪,宠柳娇花,原为本色,但屏浮艳,不邻

---

① 《汲古阁书跋》(中国历代书目题跋丛书),上海古籍出版社2005年,第84、112页。

郑卫为佳。"《词的·凡例》:"幽俊香艳为词家当行,而庄重典丽者次之。"等等,内容大同。

本色论为明人之主流观点,时代以唐五代、北宋为尚,词人属意欧、柳、秦、周等人。如各集眉批中品藻词人多为易安、美成张目。《词的》卷三:"谁谓美成能写景不能写情。"[周邦彦《解蹀躞》(候馆丹枫)]《评点草堂诗余》卷四:"情景兼至,名媛中自是第一。"[《念奴娇》(萧条庭院)]

至明末,风气倾向南宋词,孟称舜《古今词统》序文乃又扩展,将豪放词亦纳入本色,已失原意。可以不论。

(三) 坊刻传播一枝独秀

1. 明代坊刻兴旺

明代商业发达,通俗文学繁荣,刻书也随之兴旺起来。蔡澄《鸡窗丛话》云:"先辈云,元时人刻书极难……前明书皆可私刻,刻工极廉。闻前辈何东海云,刻一部古注《十三经》,费仅百余金,故刻稿者纷纷矣。尝闻王遵岩、唐荆川两先生相谓曰:'数十年来,读书人能中一榜,必有一部刻稿,屠沽小儿身衣饱暖,殁时必有一篇墓志。此等板籍幸不久即灭,假使尽存,则虽以大地为架子,亦贮不下。'又闻遵严谓荆川曰:'近时之稿板,以祖龙手段使之,则南山柴炭必贱。'"①

明代书籍,书坊刻本极多,《书林清话》卷五列举各家藏书记著录的明人书坊,总计达一百二十一家。② 李致忠《明代刻书述略》

① 光绪丙戌新阳赵氏刻本,第 18B—19A 页。
② 李致忠:《书林清话》卷五"明人私刻坊刻书",辽宁教育出版社 1998 年,第 106—119 页:"书院……计十一家;精舍……计五家;书堂……计十七家;书屋……计五家;堂……计二十七家;馆……计五家;斋……计十五家;山房……计三家;草堂……计二家;书林……计六家;铺……计三家;其他牌记……计二十二家。"

列举的金陵书肆五十三家,福建书坊近六十家。① 坊贾逐利,一书数版,乃至数十版。张秀民《中国印刷史》介绍,"元季高明《琵琶记》,至万历二十五年已有诸家刻本七十余种",②正是由于书坊的积极参与,才创造出这一空前绝后的记录。就明代词集看,本文所收之四十种(沈际飞《草堂诗余新集》不单计),去除钞本八种,刻本共三十二部,其中坊刻二十二种。

明编词总集刊刻类型统计

词　　　集	出　版　者	类　型		坊刻地域
		坊刻	私刻	
增修笺注妙选群英草堂诗余	遵正书堂	√		
精选名贤词话草堂诗余	陈钟秀		√	
新刊古今名贤草堂诗余	歙丞刘时济、三衢童子山③	√	√	浙江
草堂诗余	杨　金		√	
增修笺注妙选草堂诗余	安肃荆聚	√		河北
类编草堂诗余	顾从敬		√	
类编草堂诗余(昆石山人本)	/		√	
草堂诗余	汲古阁	√		苏常
新刻注释草堂诗余评林	郑世豪宗文书堂	√		福建
新锓订正评注便读草堂诗余	乔山书社	√		
新刻题评名贤词话草堂诗余	自新斋余文杰	√		福建
新刻李于鳞先生批评注释草堂诗余隽	师俭堂萧少衢	√		福建
新刻硃批注释草堂诗余评林	周文耀	√		福建

---

① 《文史》第二十三辑,中华书局 1984 年,相关部分见第 143—153 页。

② 张秀民:《中国印刷史》,上海人民出版社 1989 年,第 338—339 页。

③ 分别见卷一标题下、总目标题下。

（续表）

词　　　集	出 版 者	类型		坊刻地域
		坊刻	私刻	
类编草堂诗余	张东川	√		
类编草堂诗余	黄作霖	√		
类选笺释草堂诗余、续选草堂诗余	／	√		江浙①
评点草堂诗余	闵暎璧	√		浙江
草堂诗余四集	吴门童涌泉、吴门万贤楼、太末翁少麓	√		苏常 浙江
宋名家词	汲古阁	√		苏常
词林万选	桂林任良幹、汲古阁	√	√	苏常
百琲明珠	／		√	
花草萃编	陈耀文		√	
类编笺释国朝诗余	／	√		
汇选历代名贤词府全集（鳙溪逸史辑）	／	√		福建②
唐词纪	董逢元		√	
唐宋元明酒词	周履靖		√	
词坛艳逸品	杨肇祉		√	
词的	吴兴闵氏	√		浙江
词菁	翠娱阁	√		浙江
精选古今诗余醉	十竹斋	√		苏常
古今词统（卓人月、徐士俊编选）	／		√	
名媛诗纬初编诗余集	王端淑		√	
合　　　计		22	12	

---

① 刻工署名"吴郡章钦"。

② 据《明代刊工姓名索引》，此书刻工黄旺、施崇遝、陈三、北斗所刻书大都出自建阳、建宁。

2. 坊刻明编词总集的特点及价值

明编词总集的出版形态与书坊刻本特征一致,大略有:由民间书商坊肆负责投资刊印,聘用文人编纂、选辑、评点,雇刻工镂板,书中往往附带版权及广告性质的牌记或告白,为降低刊印成本、扩大销售自发调整版式,出新出奇吸引读者的书名等。

坊刻明编词总集特征概览

书　名	投资刊印	纂辑评点	刻工	牌记告白	版式特征
增修笺注妙选群英草堂诗余	遵正书堂	何士信		√	栏边雕花
新刊古今名贤草堂诗余	童子山	李　谨			
增修笺注妙选草堂诗余	安肃荆聚	春山居士			
类编草堂诗余		武陵逸史昆石山人			
草堂诗余	汲古阁	武陵逸史隐湖小隐			
新刻注释草堂诗余评林	郑世豪宗文书堂	李廷机			书口下"宗文书堂"
新锓订正评注便读草堂诗余	乔山书社	董其昌曾六德		√	页眉评点栏
新刻题评名贤词话草堂诗余	自新斋余文杰	李攀龙陈继儒			叶眉评点栏,调名、标题四周包框,各空一格,长短不一
新刻李于鳞先生批评注释草堂诗余隽	师俭堂萧少衢	吴从先袁宏道			正文增词作提要、眉批、尾评

（续表）

书　名	投资刊印	纂辑评点	刻工	牌记告白	版式特征
新刻硃批注释草堂诗余评林	周文耀	李廷机		√	
类编草堂诗余	张东川	唐顺之田一隽			
类编草堂诗余	黄作霖	何士信胡桂芳			
类选笺释草堂诗余、续选草堂诗余		顾从敬、陈继儒、陈仁锡、钱允治	√		
评点草堂诗余	闵暎璧	杨　慎			朱墨套印
草堂诗余四集	童涌泉、万贤楼、翁少麓	沈际飞		√	
宋名家词	汲古阁				书口下"汲古阁"
词林万选	汲古阁	杨慎			版心"汲古阁"及"毛氏"小印
类编笺释国朝诗余		钱允治陈仁锡			
汇选历代名贤词府全集		鲭溪逸史一得山人	√		
词的	吴兴闵氏	茅暎			
词菁	翠娱阁	陆云龙			
精选古今诗余醉	胡氏十竹斋	潘游龙			

　　经营品种上,通俗文艺如小说、话本、戏曲等本为书坊业务范围,明代以《草堂》系列为代表的词集,编选宗旨即是为了娱乐消遣,为书坊垄断理所当然。明代之著名书坊,福建书林群、吴兴闵氏、常熟毛氏、十竹斋胡氏均有染指。

　　坊刻之价值在版本与资料两方面。明编词总集的版本价值固然难望监本、名家刻本项背,为求速利草率成书,品相不雅者所在多有;另一方面,也不排除书坊为了增加市场竞争力,精心雠对,版刻之精美工巧出乎意料。谢肇淛云:“吴兴凌氏诸刻,急于成书射利,又铿于倩人编摩,其间亥豕相望,何怪其然。至于《水浒》、《西厢》、《琵琶》及《墨谱》、《墨苑》等书,反覃精聚神,穷极要眇,以天巧人工徒为传奇耳目之玩,亦可惜也。”① 可见书坊刻板并非全不足取。

　　同时,一些流传稀少、内容独特的词集借书坊刊布保留下来。遵正书堂本为明刻《草堂》开山之作,延续了宋本生命;顾从敬系列引入分调法编排,革旧换新,辟出一条新路;沈际飞四集总汇历代佳作,即《新集》一部已足为明人选明词之善本;毛晋辑刊的《词林万选》、《词苑英华》、《宋名家词》等多取珍本为底,嘉惠后人。如此种种,坊刻词集的文学、文献价值实在不可抹煞。若摒除之,明编词总集研究也就无所依傍,无从谈起。

　　3. 当代流通及接受

　　明代书籍流通集中在燕、吴、越、闽四地,刻书则以吴、越、闽为主。② 刊刻明编词总集书坊之分布,遍及三地,苏、常地区三家,江

---

　　①《五杂俎》卷十三《事部一》,《历代笔记小说集成》本,河北教育出版社1995年,第405—406页。

　　② 胡应麟《少室山房笔丛》卷四甲部《经籍会通四》,上海书店出版社2001年,第41—43页:“今海内书,凡聚之地有四:燕市也,金陵也,阊阖也,临安也……越中刻本亦稀,而其地适东南之会,文献之中,三吴七闽,典籍萃焉……吴会、金陵,擅名文献,刻本至多,巨岐类书咸会萃焉。海内商贾所资,二方十七,闽中十三,燕、越弗与也……凡刻之地有三,吴也,越也,闽也。”

浙、福建各五家(据上文"明编词总集刊刻类型统计")。

这些坊本的流通及接受状况,可通过翻刻来分析。《草堂》两个系列即为两大翻刻系统,数量可观,花样百出。沈际飞《古香岑草堂诗余四集发凡》专列《诫翻》条目,从反面证明了翻刻之盛:

> 坊人嗜利,更惜费。翻刻之弊,所繇始也。迩来讦告追板,而急于窃其实,巧于掩其名。如诗余旧本,按字数多寡编次,今以春、夏、秋、冬编次矣。至本意、送别、题情、咏物诸词,尽不可以时序论,必硬入时序中,不妥莫甚。太末翁少麓氏,志趋风雅,敦恳兹集,捐重资精镌行世,吾惧夫后来市肆,有以春、夏、秋、冬故局刻之者,不然,以四集合编,稍增损评注刻之者,而能逃于翻之一字乎?夫抹倒阅者一片苦心,为不仁;罟吞刻者十分生计,为不义。讵嘿嘿而已也,先此布告。

明编词总集可以踪迹的翻刻有:

闽本之间:明万历二十三年(1595)李廷机评、翁正春校正之《新刻注释草堂诗余评林》,由宗文书堂首刻;此后诸多分类评本,如万历三十年(1602)董其昌评定、曾六德参释之乔山书社本,万历四十三年(1615)李攀龙补遗、陈继儒校正之自新斋刻本,万历四十七年(1619)吴从先辑、袁宏道增订之师俭堂萧少衢刻本,天启五年(1625)建业周文耀之朱墨套印本等四种,虽题名不同,内容均步武宗文。余文杰自新斋、师俭堂萧少衢、建业周文耀均属闽书林,刊刻年代亦相近,转相因袭自有地利之便。

浙、苏之间:坊刻之沈际飞评本,现存有太末翁少麓、吴门童涌泉、吴门万贤楼三种。太末属浙江,吴门属苏州。据沈际飞《发凡》,翁少麓本为初刻,吴门童、万二坊概取翁本翻刻。

二　文本分析：序跋、词作、批注

明编词总集的文本构成大多为三个部分，序跋、词作及批注。

（一）序跋

序跋部分含序跋、缘起、发凡、凡例等。本文收录的各集序跋，出自明人之手的 45 篇。下表按序文写作时间先后排列，未题年限者附后，重出者取一例：

明编词总集序跋统计表

时　间	作　者	名　称	词　集
天顺六年	西崖主人	序	南词十三种
嘉靖十七年	陈宗谟	草堂诗余序	精选名贤词话草堂诗余
嘉靖二十二年	任良幹	词林万选序	词林万选
嘉靖二十九年	何良俊	草堂诗余原序正集	草堂诗余四集
嘉靖三十三年	杨　金	重刻草堂诗余序	增修笺释妙选群英草堂诗余前集后集
嘉靖三十六年	鳙溪逸史	叙略	汇选历代名贤词府全集
嘉靖三十六年	一得山人	词府全集后跋	汇选历代名贤词府全集
嘉靖间	杨　慎	序	闵刻评点草堂诗余
嘉万间	张　綖	序	草堂诗余别录
嘉万间	王世贞	词评序	古今词统
嘉万间	吴承恩	花草新编序	花草新编
嘉万间	陈文烛	花草新编序	花草新编
万历十年	顾梧芳	尊前集引	尊前集

（续表）

时　间	作　者	名　称	词　集
万历十一年	陈耀文	花草萃编原序	花草萃编
万历十五年	李　袠	花草萃编序	花草萃编
万历十七年	吴国荣	跋	花草新编
万历二十二年	董逢元	唐词纪序	唐词纪
万历三十年	乔山书社	草堂诗余引	新锓订正评注 便读草堂诗余
万历三十五年	胡桂芳	类编草堂诗余序	胡桂芳辑本类编草堂诗余
万历三十五年	黄作霖	类编草堂诗余后跋	胡桂芳辑本类编草堂诗余
万历四十一年	杜祝进	刻杨升庵百琲明珠引	百琲明珠
万历四十二年	陈仁锡	续诗余序	类选笺释草堂诗余、 续选草堂诗余
万历四十二年	钱允治	合刻类编笺 释草堂诗余序	类选笺释草堂诗余、 续选草堂诗余
万历四十二年	陈仁锡	诗余序	草堂诗余四集
万历四十二年	钱允治	国朝诗余原序	草堂诗余四集
万历四十七年	毛伯丘	草堂诗余序	新刻李于麟先生批评 注释草堂诗余隽
万历间	杨肇祉	词坛艳逸品叙	词坛艳逸品
万历间	茅暎	词的序	词的
万历间	茅暎	凡例	词的
天启五年	叶向高	题朱批注释 草堂诗余引	新刻硃批注释 草堂诗余评林
崇祯二年	孟称舜	古今词统序	古今词统

（续表）

时　间	作　者	名　称	词　集
崇祯六年	徐士俊	古今词统序	古今词统
崇祯九年	陈琏	诗余醉序	精选古今诗余醉
崇祯间	管贞乾	诗余醉附言	精选古今诗余醉
崇祯间	潘游龙	自序	精选古今诗余醉
崇祯间	秦士奇	草堂诗余叙	草堂诗余四集
崇祯间	来行学	草堂诗余原序	草堂诗余四集
崇祯间	沈瓒	跋	草堂诗余四集
崇祯间	黄河清	草堂诗余原序续集	草堂诗余四集
崇祯间	沈际飞	序草堂诗余四集	草堂诗余四集
崇祯间	沈际飞	古香岑草堂 诗余四集发凡	草堂诗余四集
崇祯间	沈际飞	草堂诗余别集小序	草堂诗余四集
崇祯间	毛晋	识	词苑英华本草堂诗余
崇祯间	毛晋	跋	尊前集
崇祯间	毛晋	跋	词林万选

归结起来，各序跋体现的词学观有：

1. 溯源与尊体的互动

词体起源认识，大致分共源、合乐二种。共源说自杨慎"诗词同工而异曲，共源而分派"肇始，闵刻《评点草堂诗余》序收录全文。此后相似说法多见，任良干《词林万选序》云："古之诗，今之词也。二《雅》二《颂》，有义理之词也。填词小令，无义理之词也。在古曰诗，在今曰词，其分以此。"陈耀文《花草萃编原序》："夫填词者，古乐府流也。"茅暎《词坛合璧序》："溯词之兴，故诗之余事，实《风》之末流。"王世贞《词评序》："词者,乐府之变也。"(案:此《艺苑卮言》开篇"隋炀帝望江南为词祖"条,《古今词统》改题此名)孟称舜《古今词统序》："诗变而为词,词变而为曲。词者,诗之余,而曲之祖也。"等等,主张与杨慎大体相同。

合乐说首见俞彦《爱园词话》："词何以名诗余,诗亡然后词作,故曰余也。非诗亡,所以歌咏诗者亡也。词亡然后南北曲作,非词亡,所以歌咏词者亡也。谓诗余兴而乐府亡,南北曲兴而诗余亡者,否也。"("词所以名诗余之故")何良俊《草堂诗余原序正集》继承此说："爰自上古,洪荒之世,礼教未兴,而乐音已具。盖乐者,繇人心生者也……元声在,则为法省而易谐;人气乖,则用法严而难叶……观者勿谓其文句之工但足以备歌曲之用,为宾燕之娱尔也。"杨金《重刻草堂诗余序》亦同："夫声诗,古乐之余耳,诗余又其支流也。"潘游龙《精选古今诗余醉自序》更加干脆,直接将诗余提到三百篇高度:

> 说者谓诗亡而后有乐府,乐府废而后有诗余,是必《清平调》创自青莲,《郁轮袍》始于摩诘,将愈趋愈下,周待制之十二律,柳屯田之二百调,益卑卑不足数矣。彼少游、鲁直、长公、幼安、竹屋、白石诸公,不且以诗余减价乎?若我明之刘伯温、杨用修、吴纯叔、文征仲、王元美,若而人又何敢树帜词坛哉!信乎,诗余之未可以世论也……诗余之兴起人,岂在三百篇之下乎?

上接《诗》、《骚》,或追摹古乐,明人为词体溯源的目的不外乎尊体。推尊词体必得溯源,无论逐级攀附还是一步登天,其宗旨都是为了去除词体卑弱的历史印记。明人在这个循环里陈陈相因,出力不小,收效却不明显。清人的认识更为直接而纯粹:"诗之体至唐而始备,然不得以五七言律绝为古诗之余也;乐府之变得宋词而始尽,然不得以长短句之小令、中调、长调为古乐府之余也;词且不附庸于乐府,而谓肯寄闰于诗耶。"①给予词体独立的地位,脱离对其他艺术形式的攀附,才是词学发展的正途。

2. 主情说的渗透与张扬

明末关注性灵,主情说兴起,词学领域亦为濡染。表现有:天启四年读书堂《合刻花间草堂序》:"天下无无情之人,则无无情之诗。"沈际飞《序草堂诗余四集》:"文章殆莫备于是矣。非体备也,情至也。情生文,文生情,何文非情……故诗余之传,非传诗也,传情也。"潘游龙《诗余醉序》:"诗之有余,犹诗之有《风》也,《雅》则清庙明堂,《风》则不废村疃闾巷,三百篇要以道性情而止。然无情,则性亦不见,子舆氏曰:'乃若其情,则可以为善。'是从来忠、孝、节、义,只了当一'情'字耳。"《诗余醉附言》:"溯未有文字之先,文字藏性情间。既有文字之后,性情沁文字间。今人庄语、雄语、经济语、金华殿中语,毕竟不如情致语为流畅;今文台阁体、碎金体、诰诏羽檄体、天才、人才、鬼才三绝之体毕竟不如风流体为骀荡。"

3. 明词衰敝原因探索

明词衰敝为诸多因素共同作用的结果。时代上,文体代胜,词学高潮已过。何良俊《草堂诗余序》曰:"诗亡而后有乐府,乐府阙而后有诗余,诗余废而后有歌曲,大抵创自盛朝,废于叔世。"此说深得认可。沈际飞四集收录此文,眉批曰"格论"。钱允治《国朝诗余原序》细绎之:

> 窃意汉人之文、晋人之字、唐人之诗、宋人之词、金元人之曲,各擅所能,各造其极,不相为用……然词者,诗之余也……曲者,词之余也,曲盛而词泯。词非泯也,雕琢太过,旨趣反蚀者也。诗降而词,筋骨尽露,去汉魏乐府千里矣。词降而曲,

---

① 顾贞观、纳兰性德:《今词初集题辞》,《续修四库全书》集部 1729 册,第 453 页。

略无蕴藉,即欧、苏所不屑为,而情至之语,令人一唱三叹。此无他,世变江河,不可复挽者也。

"世变江河,不可复挽"之说虽然不及"一代有一代之文学"透彻明白,亦有同工之妙。

社会文化方面,科举以制艺取士,挤压词学创作空间,新兴文学蓬勃发展,分散了创作精力。钱允治《国朝诗余原序》:"我朝悉屏诗赋,以经术程士,士不囿于俗,间多染指,非不斐然,求其专工称丽,千万之一耳。"《古香岑草堂诗余四集发凡·刊误》:"同时才人,腐毫八股业,皇及填词。即留心骚雅,高者工诗,其次制曲。"

词学内部看,词乐消亡,无从取法;创作随手挥洒,漫不经心:李薇《花草萃编序》:"北曲起而诗余渐不逮前,其在于今,则亦泯泯也。盖士大夫既不素娴弦索,又不概谙腔谱,漫焉随人后而造次涂抹,浅易生硬,读之不可解,笔之冗于简策。不知回事古法,犹有毫末存焉否也。无怪乎其词湮而书之存者稀也。"

4. 明词发展史勾勒

钱允治《国朝诗余原序》:"国初诸老,犁眉龙门,尚沿宋季风流。体制不缪,迨乎成、弘以来,李、何辈出,又耻不屑为,其后骚坛之士,试为拈弄,才为句掩,趣因理湮。体段虽存,鲜称当行。正、嘉而后,稍稍复旧。"

(二)　词作

就明编词总集词作整体面貌而言,选录主体为唐宋词,规模堪称宏大。《草堂》系列(含宋本系统及续、别集,其中混有少量金元明人词)收词达到一千二百余首。其中沈际飞《草堂》四集规模最大,除去新集明词一部,三集共一千一百多首;《草堂》之外也不乏大部头选本,董逢元《唐词纪》近千首,陈耀文《花草萃编》三千余首,卓人月、徐士俊《古今词统》两千余首等。明词断代选本钱允治《国朝诗余》与沈际飞《草堂诗余新集》收词总数接近七百阕,其他通代总集如茅暎《词的》、周履靖《唐宋元明酒词》、潘游龙《精选古今诗余醉》等均不同程度收录明词。其中潘游龙本选录明词部分即有二百余阕。

拆开来看,词作可分为词调、词人二支。

1. 词调方面

《草堂》系列选录约三百二十调,入选十次以上的三十六调:

《草堂》系列选录词调统计(收入十首以上)

名次	调　名	字数①	入选次数	名次	调　名	字数	入选次数
1	浣溪沙	42	50	19	清平乐	46	17
2	菩萨蛮	44	42	19	生查子	40	17
3	蝶恋花	60	39	19	踏莎行	58	17
4	念奴娇	100	32	19	虞美人	56	17
5	贺新郎	116	29	23	南乡子	56	16
6	浪淘沙	54	26	24	木兰花	56	15
7	满江红	93	24	24	谒金门	42	15
8	鹧鸪天	55	23	26	忆秦娥	46	14
9	点绛唇	41	22	27	满庭芳	95	13
10	忆江南	27	20	27	水龙吟	102	13
10	南歌子	23	20	27	渔家傲	62	13
10	阮郎归	47	20	30	卜算子	44	12
10	西江月	48	20	31	小重山	58	12
14	长相思	36	19	32	江城子	70	11

① 各调字数从常见体。

（续表）

名次	调　名	字数	入选次数	名次	调　名	字数	入选次数
15	临江仙	58	18	32	木兰花慢	101	11
15	沁园春	114	18	32	青玉案	67	11
15	如梦令	33	18	35	水调歌头	95	10
15	玉楼春	56	18	35	喜迁莺	103	10

此三十六调,共选录七百零二次。按照张綖三分法,小令部分五十九字以下的二十三调,入选四百六十八次,占 66.7％;中调部分六十至八十九字的四调,入选七十四次,占 10.5％;长调部分九十字以上的九调,入选一百六十次,占 22.8％。小词占据绝对优势,与明人追本溯源意识相一致。明人自作亦多短章,考查钱、沈二本所选当代作品,二集收词约一百七十五调,五首以上的四十调。其中二十九调与上表《草堂》系列选录相同,余十一调,小令五首,中、长调各三首:

《国朝诗余》、《草堂诗余新集》选录词调统计(五首以上)

名次	词调	字数	次数	名次	词调	字数	次数
1	百字令	100	24	20	渔家傲	62	9
2	满庭芳	95	22	22	水调歌头	95	8
3	蝶恋花	60	21	23	江神子	70	7
4	浣溪沙	42	19	23	浪淘沙	54	7
4	如梦令	33	19	23	西江月	48	7
6	踏莎行	58	18	23	虞美人	56	7

（续表）

名次	词 调	字数	次数	名次	词 调	字数	次数
7	风入松	76	17	27	解语花	100	6
7	望江南	27	17	27	青玉案	67	6
7	鹧鸪天	55	17	27	清平乐	46	6
10	临江仙	58	15	27	少年游	50	6
10	木兰花	56	15	27	天仙子	68	6
12	南乡子	56	14	32	桂枝香	101	5
13	长相思	36	13	32	贺新郎	116	5
13	重叠金	44	13	32	木兰花慢	101	5
15	满江红	93	12	32	南唐浣溪沙	48	5
15	摸鱼儿	116	12	32	阮郎归	47	5
15	沁园春	114	12	32	行香子	66	5
18	点绛唇	41	11	32	眼儿媚	48	5
18	鹊桥仙	56	11	32	忆秦娥	46	5
20	水龙吟	102	9	32	忆王孙	31	5

2. 词人方面

《草堂》系列选录词人约三百家，其中《全宋词》归入无名氏作品五十五首。选录范围以两宋词人为主，少量唐、五代、金、元、明人。唐五代之白居易、李白、温庭筠、冯延巳等人作品已为旧本收录，也有后来增入，如白居易《长相思》两调见旧本，沈际飞本别集复收《忆江南》三调。两宋后诸家如张翥、刘基、杨基等人则多见于沈本别集。全部《草堂》选本收录十首以上作品的词人有二十二家，下表详细记录了各家所存作品数量及每阕词作的选录频率：

《草堂》系列选录词人作品数量及单词
选录频率统计(收入十首以上)①

名次	词人	旧本(十九种)			增选(三种)			合　计	
		收词	次数	频率	收词	次数	频率	收词	次数
1	苏　轼	29	493	17	37	57	1.5	66	550
2	周邦彦	59	994	16.8	2	3	1.5	61	997
3	秦　观	22	368	16.7	24	42	1.75	46	410
4	欧阳修	12	205	17.1	33	60	1.8	45	250
5	蒋　捷	0	0	0	42	45	1.1	42	45
6	辛弃疾	13	208	16	27	31	1.1	40	239
7	柳　永	22	343	15.6	11	14	1.3	33	357
8	黄庭坚	12	186	15.5	13	23	1.8	25	209
9	张　先	6	100	16.7	12	16	1.3	18	116
9	康与之	12	191	15.9	6	7	1.2	18	198
11	晏几道	6	97	16.2	11	18	1.6	17	115
11	黄　昇	3	49	16.3	14	18	1.3	17	67
13	朱敦儒	6	79	13.2	10	19	1.9	16	98
13	陆　游	1	19	19	15	21	1.4	16	40
15	李清照	8	135	16.9	6	9	1.5	14	144
16	贺　铸	5	84	16.8	8	14	1.75	13	98
16	程　垓	1	18	18	12	23	1.9	13	41
18	杨　基	0	0		12	23	1.9	12	23
18	刘　过	3	45	15	9	9	1	12	54
20	史达祖	2	36	18	9	9	1	11	45

① 注:本统计以《草堂诗余》何士信、顾从敬两个系列 19 种词集,466 首词为旧本范畴;钱允治、沈际飞《草堂诗余续集》2 种,沈际飞《草堂诗余别集》1 种,及杨金刊《草堂诗余》前后集、乔山书社《新镌订正评注便读草堂诗余》二刻溢出旧选之词为增选部分,共 22 种版本。各词作者以《全宋词》为准,两见、多见者取其一。

（续表）

名次	词人	旧本(十九种)			增选(三种)			合　计	
		收词	次数	频率	收词	次数	频率	收词	次数
20	晏　殊	5	86	17.2	6	6	1	11	92
22	温庭筠	3	51	17	7	7	1	10	58

就时代分析,此二十二人中,唐五代一家,北宋十二家,南宋八家,明一家。其中南宋诸家多借续、别集的增选推至前列。即便如此,北宋词人的领先地位也没有动摇。原因一方面在于推尊北宋是明编词总集的一贯宗旨,另一方面也是因袭守旧所致。如蒋捷词,诸多《草堂》选本即一阕未收。宋刻《草堂》之时,固然未见竹山词,明人翻刻众多,也没有补入。直至钱允治《续选草堂诗余》,采入一首《柳梢青》(学唱新腔),却误题"蒋達(达)"。此后沈际飞本续、别集方予以正名、光大。这是足以说明整体明人词选时代倾向的。

就词人地位分析,旧本所选不乏北宋大家,南宋则寡落。即便在顾从敬改编之后,北重南轻的面貌也没有多大改观。至明末,续、别集的增选,特别是沈际飞的《草堂诗余别集》,在推尊北宋的方针下,放宽视线,较多地停留在南宋词人身上。不独蒋捷凭空列入前五,黄昇也由寥寥三首,骤升至十四首,其中十首出于沈本别集,其地位的提升,是明代编者敬礼《乐府雅词》的表征。陆游、程垓作品的剧增,亦为一证。此外,姜夔、吴文英等一流作手也被发掘出来,前者九首,后者六首,虽然在数量上不敌前人,在质量上起到了极大的均衡作用。综合看来,可以说,明人《草堂》词选,基本囊括了两宋重要词家。

就风格分析,婉约词家明显占据主导。豪放风格代表词人苏轼、辛弃疾二大家,入选之百余首作品半数以上亦贴近《草堂》声气。参二人作品收录表。①

---

① 均以沈际飞评本所题作者为底本,用《全宋词》校订。按调名音序排列。

表一 《草堂》系列选录之苏轼词作（六十六首）

调名	首句	调名	首句	调名	首句
八声甘州	有情风，万里卷潮来	满江红	东武城南①	水龙吟	似花还似非花
卜算子	缺月挂疏桐	满庭芳	香叆雕盘	诉衷情	小莲初上琵琶弦
点绛唇	醉漾轻舟	满庭芳	蜗角虚名	㛹人娇	满院桃花
点绛唇	独倚②胡床	木兰花	霜余已失长淮阔	西江月	照野弥弥浅浪
点绛唇	月转乌啼	南歌子	笑怕蔷薇 *③	西江月	点点楼前④细雨
点绛唇	红杏飘香⑤	南歌子	云鬓裁新绿	西江月	玉骨那愁瘴雾
蝶恋花	春事阑珊芳草歇	南柯子	山与敧眉⑥敛	西江月	三过平山堂下
蝶恋花	一颗樱桃樊素口	南乡子	霜降水痕收	西江月	别梦已随流水
蝶恋花	花褪残红青杏小	南乡子	寒玉细凝肤	西江月	闻道双衔凤带
洞仙歌	冰肌玉骨	南乡子	怅望送春杯	西江月	碧雾轻笼两鬓寒
翻香令	金炉犹暖麝煤残	念奴娇	凭高眺远	行香子	北望平川

① 《全宋词》作"南城"。

② 《全宋词》作"闲倚"。

③ 最后一字不清楚，*《全宋词》作"楼头"。 * 表示原书誊草难辨处，下同。

④ 《全宋词》作"冒"。

⑤ 题"贺方回"，注一作东坡，《全宋词》系苏轼。

⑥ 《全宋词》作"歌眉"。

（续表）

调　名	首　句	调　名	首　句	调　名	首　句
凤栖梧①	蹙蹙无风花自蝉	念奴娇	大江东去	行香子	清夜无尘
贺新郎	乳燕飞华屋	破阵子	白酒新开九酝②	行香子	一叶舟轻③
浣溪沙	风压轻云贴水飞	菩萨蛮	娟娟缺月西南落	一斛珠	洛阳春晚
浣溪沙	道字娇讹语未成	如梦令	为向东坡传语	一斛珠	苍头④华发
浣溪沙	学画鸦儿正妙年	如梦令	尝记溪亭日暮	永遇乐	明月如霜
浣溪沙	花满银堂水漫流	阮郎归	绿槐高柳咽新蝉	虞美人	波声拍枕长淮晓
浣溪沙	蹙蹙衣襟落枣花	哨遍	为米折腰	虞美人	深深庭院清明过
浣溪沙	玉腕水葱滴露华	水调歌头	明月几时有	虞美人	持杯遥劝天边月
江城子	天涯流落思无穷	水调歌头	落日绣帘卷	虞美人	冰肌自是生来瘦
江城子⑤	翠蛾羞黛怯人看	水调歌头	昵昵儿女语	鹧鸪天	笑撚红牙⑥弹翠翘
临江仙	九十日春都过了	水龙吟	楚山修竹如云	鹧鸪天	罗带双垂画不成

① 《全宋词》作"鹊踏枝"。

② 《全宋词》作"九酝"。

③ 后句"桨鸿惊",《全宋词》作"一叶舟轻,双桨鸿惊"。此本脱一字。

④ 《全宋词》作"苍颜"。

⑤ 《全宋词》作"江神子"。

⑥ 《全宋词》作"红梅"。

表二 《草堂》系列选录之辛弃疾词作（四十首）

调名	首句	调名	首句	调名	首句
蝶恋花	谁向椒盘簪彩胜	满江红	几个轻鸥	大常引	一轮秋影转金波
东坡引	君如梁上燕	摸鱼儿	更能消几番风雨	寻芳草	有得许多泪
东坡引	花梢红未足	南歌子	玄人参同契	一络索	羞见鉴鸾孤却
东坡引	玉纤弹旧怨	念奴娇	野棠花落	永遇乐	千古江山
粉蝶儿	昨日春如	念奴娇	晚日寒鸦	玉楼春	风前欲劝春光住
汉宫春	春已归来	念奴娇	我来吊古	鹧鸪天	着意寻春懒便回
贺新郎	瑞气笼清晓	菩萨蛮	郁孤台下清江水	鹧鸪天	枕簟溪塘①冷欲秋秋
贺新郎	翠浪吞平野	千秋岁	塞垣秋草	鹧鸪天	扑面征尘去路遥
贺新郎	绿树听鹈鴂	沁园春	三径初成	鹧鸪天	陌上柔桑初破芽
贺新郎	甚矣吾衰矣	沁园春	怀汝前来	祝英台近	宝钗分
江神子	暗香横路雪垂垂②	沁园春	叠嶂西驰	最高楼	长安道
金菊对芙蓉	远水生光	水龙吟	渡江天马南来	最高楼	花知否
六州歌头	晨来问疾	水龙吟	听兮清佩琼瑶些		
满江红	敲碎离愁	青玉案	东风夜放花千树③		

① 《全宋词》作"溪堂"。
② 《全宋词》作"雪垂垂"。
③ "夜放"、"笑隔"与《全宋词》不同。

明代之明词选录，钱、沈二刻之外涉及明词的，按收录明词数量寡多排列，尚有杨慎《词林万选》、《百琲明珠》(各一家)，陈耀文《花草萃编》(三家)，周履靖《唐宋元明酒词》(三家)，茅暎《词的》(十三家)，陆云龙《词菁》(三十八家)，潘游龙《精选古今诗余醉》(六十家)，及卓人月、徐士俊《古今词统》(一百五家)。① 钱允治《国朝诗余》、沈际飞《草堂诗余新集》作为专门明词选，收录最为集中。钱、沈二刻，去除无名氏词二十首、阙名二十四首，选明词约七十家，选录五首以上的初步统计为二十三家：

《国朝诗余》、《草堂诗余新集》选录词人
作品数量统计(五首以上)

名次	词人	时 代	收词	名次	词人	时 代	收词
1	杨 慎	弘正嘉间	102	13	王 行	洪武间	13
2	王世贞	嘉隆万间	73	14	莫 璠	不详	10
3	刘 基	洪武间	69	15	顾 众	万启间	9
4	吴子孝	正嘉间	42	15	马 洪	天成间②	9
5	文征明	弘正嘉间	41	17	陈 淳	弘正嘉间	8
6	吴 宽	景天成弘间	26	17	王世懋	嘉隆万间	8
7	瞿 佑	洪永间	16	17	赵 宽	成弘间	8
8	王 微	明末	15	20	唐 寅	弘正间	6
8	严 嵩	正嘉间	15	21	张 杞	崇祯间	6
8	张 綖	弘正嘉间	15	22	冯 琦	嘉万间	5
11	高 濂	嘉万间	14	23	丘 濬	正景天成间	5
11	沈际飞	明末	14				

---

① 选录词家数量据陶子珍《明代词选研究》。
② 马洪生活时代用张仲谋《明词史》说。

明祚近二百八十年,正德居中,以此为参照,上下浮动,可以弘治至嘉靖朝为分界,前期七人(其中洪武间三人,永乐至成化四人),后期十五人(其中弘、正、嘉、隆、万五朝共十二人,明末三人),分布比例与词史发展主潮基本对应。这与钱允治编选《国朝诗余》时,已经具有较为清晰的词史意识分不开。① 洪武间刘基、瞿佑接续宋元,开一代新风;永成间急转直下,寂寥之中吴宽、马洪尚有可观;弘嘉以后,词坛复兴,杨慎、王世贞依次主盟,羽翼众多词人,创作、研究均有结获,词谱、词论、词集大量涌现。② 从词史角度审视,这两种明人选明词专集,比较忠实地反映了时代变化、创作及接受的消长关系,可当作一部明词简史使用。

(三) 批注

明人词话,常见的仅有四种,其实远不止此数。散见于词集的评点文字,汇总起来,数以万计。考察明人词学观念,词集批注为重要一环。以总集为词话的主要载体,此特质盖与明代流行之戏曲、小说评点风气相通。

明编词总集批注统计表③

时　间	批注者	词　集	概　况
洪武二十五年	旧本词话	增修笺注妙选群英草堂诗余	遵正书堂本,注引词话二十种,共七十七条。
嘉靖十七年	张綖评	草堂诗余别录	词末评点,共七十七条,近八千字。

---

① 参钱允治《国朝诗余序》。
② 词史分期参张仲谋《明词史》。
③ 注:批注者从书名所题,按刊本问世时间先后排列。无明确时间者,据批点选辑者生平概拟。诸钞本多眉批校点,未定是否出自明人的不收,如《花草新编》例。

（续表）

时　间	批注者	词　集	概　况
嘉靖二十八年	旧本词话	新刊古今名贤草堂诗余六卷	刘时济刻本。
嘉靖二十九年	旧本词话	类编草堂诗余	顾从敬编次，开云山农校正。词话基本采录旧注，稍有增补，共二十种，八十三条。
嘉靖三十三年	旧本词话	草堂诗余前后集	杨金刊本，注释较他本简化。
嘉靖三十六年	旧本词话	汇选历代名贤词府全集	题明鳙溪逸史辑，一得山人点校。保留少量旧本词话。
嘉靖间	杨慎评点	评点草堂诗余	闵暎璧刻朱墨套印本，眉批、注释、圈点均朱文。
嘉靖间	旧本词话	精选名贤词话草堂诗余	陈钟秀校本，引旧注词话。墨点、注释。
嘉靖间	旧本词话	增修笺注妙选草堂诗余	荆聚刻本，保留旧注词话。夹刻圈点，偶有眉批。
万历十二年	唐顺之注	类编草堂诗余	张东川刻本，保留顾本词话。新增夹注。此后注本多袭。
万历十六年	唐顺之注，李廷机评	重刻类编草堂诗余评林	詹圣学刻本。

（续表）

时 间	批注者	词 集	概 况
万历二十二年	王嗣奭评	唐词纪	圈点、眉批、夹批均朱文,佳作有朱文卟字。有眉批处纸张均突出约半字长短。
万历二十三年	李廷机评	新刻注释草堂诗余评林	宗文书堂刻。夹注用唐本,尾注词话用顾本,新增眉批。
万历三十年	董其昌评,曾六德释	新锓订正评注便读草堂诗余	乔山书社刻,逐阕眉批。
万历四十一年	杨慎	百琲明珠	注评共二十五条。
万历四十二年	唐顺之注,旧本词话	类选笺释草堂诗余	续四库原本,注释同唐顺之本,词话用顾从敬本。
万历四十二年	陈仁锡释	类编笺释国朝诗余	续四库原本,注词人生平、词作本事。
万历四十三年	唐顺之注,李廷机评	新刻题评名贤词话草堂诗余	自新斋刻,眉批,夹注。
万历四十七年	李攀龙评	新刻李于鳞先生批评注释草堂诗余隽	师俭堂刊本。词前镌内容提要、夹注、尾评,盖似挈领、点睛及总括。眉批先刻词调、标题,后墨笔行书批注。
万历间	唐顺之注,旧本词话	类编草堂诗余	昆石山人本,词话同顾刻,注释同唐顺之本。

（续表）

时　间	批注者	词　集	概　况
万历间	汤显祖评	花间集	词坛合璧本。眉批。
万历间	杨肇祉	词坛艳逸品	墨点，间有小字夹批，无注。
万历间	茅暎	词的	翻刻闵本，眉批、注释均墨印。清萃闵堂楷书钞本所录最全，共一百九十二条。
天启四年	杨慎评点	花间集	钟人杰笺，读书堂刻，扉页题"合杨升庵批选花间草堂二集"，尾评。
天启五年	李廷机注评	新刻硃批注释草堂诗余评林	周文耀刻朱墨套印本。眉批、注释均朱文。
崇祯四年	陆云龙评	词菁	眉批、圈点。
崇祯间	不详	古今诗余醉	潘游龙辑，十竹斋刻本。夹注、夹批。
崇祯间	徐士俊评	古今词统	眉批、尾注。
崇祯间	沈际飞注评	草堂诗余四集	四集大量眉批、夹注、注释采录唐顺之本，又有增注。评点近四万言。

1. 批注动机、来源及形态

批注的最大动机是促进销售，其次立言。批注来源往往与动机挂钩，为降低成本，使用现成注释的最为常见。不论旧注新注，只要有助于词集推广，一旦面世，即被层叠因袭。洪武《遵正》本附录之名贤词话,其后刻本多采录,篇幅略加剪裁而已;嘉靖间,顾从敬改编旧刻,增注词话,又为人取用,顾刻系列多不出其范畴;万历初,唐顺之重新注释,成一新本。坊本群起蹈袭,明末沈际飞《草堂》四集注释也在唐本基础上修订而成。

又有倩人新注的。书坊所邀多巨公名家,吸引注意,壮大声势。宗文书堂"新刻注释草堂诗余评林"、乔山书社"新锲订正评注便读草堂诗余"、师俭堂刊"新刻李于鳞先生批评注释草堂诗余隽"即以名家评注为卖点。坊贾惟借声谋利,点评者之真伪实未易取信。

为立言所作的批注态度相对严肃。编选者本人自有主张,自抒胸臆,杨肇祉、茅暎、陆云龙、徐士俊、沈际飞等属此类。这些人对词作有较为深入的研究,评点具有一定词论价值。

批注形态上,眉批、夹注最多,夹批较少。批注本页眉多设评点栏,个别朱墨套印。又沈际飞本批点有专用标志,"灵慧新特之句用〇,尔雅流丽之句用、,鲜奇警策之字用◎,冷异巉削之字用□,鄙拙肤陋字句用丨,复用·读句"(《发凡·著品》)。

2. 词论及资料价值

批注往往是对序跋观念的展开论述。散见有:

诗词代变:张綖《后集别录》评韦庄《小重山》"一闭昭阳春又春":"陆务观尝怪晚唐诸人之诗纤丽萎苶千篇一律,而其词独精工高雅,非后人所及,以为此事之不可解者,然其故可知也。盖唐人最长于咏情,诗则末流而失其真,词乃初变而存其义,此所以非后人所及欤?"

词体认知:《词的》卷一范泂《浣溪沙》(猩血轻帘漾縠纹)眉批:"东生不多作词,偶为此亦颇得其旨。"《新刻注释草堂诗余评林》卷二《点绛唇》(春雨濛濛)眉批:"词,委曲有味,可谓善体妇人口气者。"

重创新,反沿袭:《后集别录》(后村《贺新郎》"思远楼前路"):"语甚高妙,其气度颇似东坡。实自杨子云反骚,贾长沙吊屈意来,此词虽佳,可以不录矣。"《新刻注释草堂诗余评林》卷二《锦堂春》(楼上萦帘弱絮)眉批:"此词多独造之语。"

追求风格统一,摒弃羌雁之作:沈际飞评本新集卷二《鹊桥仙》(草头八足):"词作俚语必极俚,不许入一雅句,如征仲《鹊桥仙》'看取金茎入手'、'和气东瀛,祥光南极'、'德庆无涯,寿星方照'等语,不雅不俗,厌观删之。"卷四严嵩《百字令》(玉署仙翁缘底事):"词之为用,至贺送候答,而不幸矣。各徇体面,忌讳多端,限格限韵,兴会才情,了无着处,虽名手难佳。"

当代词评价:沈本新集卷二王世贞《怨王孙》(愁似中酒):"看当代词,伯温、纯叔辈,圆厚朴老;元美、征仲辈,法无不尽,情无不出,俨然初盛之分。"

评骘国朝词人瑕瑜不掩:沈本新集卷二李攀龙《浪淘沙》(风雨夜来多):"于麟一代名家,独填词多学究气,'冷烟'句集中之拱璧鸿宝也。"唐寅《踏莎行》(可怪春光):"四词想有所指,一时为之殉情。俚耳罔避,俳文未至也。收之以塞耳食之望。枝山云其于应世文字不甚措意,谓后世知不在是,见我一班而已。则观子畏当别着眼。"张綖《醉花阴》(远岫轻云千万段):"真淡永,使陶彭泽降为填词,不过是也。"新集卷四马洪《满庭芳》(春老园林):"浩澜自附柳耆卿,多柔秀词,但带元曲气。"新集卷五张綖《风流子》(新阳上帘幌):"富于材,熟于腕,到处合拍,曲中梁伯龙。""林莺二句,伯龙逊之。"

需注意的是,许多批注态度随意,导致首尾难顾:沈际飞本《新集》卷一王世贞《甘草子》(秋半密约刚逢)评:"语云:'痴心女子负心汉。'然世不少痴心汉负心女子,嫦娥其负心之首乎?"卷二杨慎《鹊桥仙》(冰盘荐巧)又云:"说嫦娥短行,又说嫦娥妒,要文章好,不顾有地狱。"其自相矛盾何尝不如是。

3. 语言特色

明人批注的语言特色,主要是随意适俗,用常语、民谚、身边

事。坊刻本为了迎合大众口味,表现最为典型。沈际飞四集评点例证最多,略引如次:

　　物因人胜,人为主,而景物传之,大头脑勿蹉看过。
　　　　　　　　　　　　　　——《天仙子》(景物因人成胜概)
　　望夫化石有情而之无情也,石人下泪,无情而之有情也。近日吴歌有云:"就是一块石头,我抱也抱热你。"
　　　　　　　　　　　　　　——《爪茉莉》(每到秋来)
　　一信了有何意味,说得成一发没味了,知他几语,如食橄榄多回味。
　　　　　　　　　　　　　　——《满路花》(金花落烬灯)
　　欢极来悲,想多成恨,怒骂皆真,何嫌俚也。唐人云:"易求无价宝,难得有心人。"于此益信。
　　　　　　　　　　　　　　——《满路花》(帘烘泪雨干)
　　蘸着些儿麻上来。
　　便是崔张两家题跋。
　　姑苏台半生贴肉不及若耶溪头一面,情固不可以久暂时日论。
　　□缘深重,何能脱离我意,如笼鸟瓶花,得失随时,到底来各自奔前程,大家不致耽误。
　　　　　　　　　　　　　　——《庆春宫》(云接平冈)
　　近日街市歌头所云:"闲话儿丢开,也照旧来走走。"
　　　　　　　　　　　　　　——《解连环》(怨怀难托)
　　此夫视短辕犊车、长柄尘笔者更懦,此妇视掷刀前抱、我见犹怜者更酷矣。
　　　　　　　　　　　　　　——《风入松》(东风方到旧桃枝)
　　倩女离魂。
　　　　　　　　　　　　　　——《踏莎行》(香罢宵薰)

情莫知所起，一往而深。

——《东风第一枝》（饵玉餐香）

"触景生情，古人胸次何等活泼泼地"［宗文书堂刊《新刻注释草堂诗余评林》卷二《浣溪沙》（湖上朱桥响画轮）眉批］，活泼清新的语言，比严肃或俗套的评论吸引力更大，更易拉近读者和文本的距离。

第二章　何士信《增修笺注妙选群英 草堂诗余》系列选本

　　《草堂诗余》选本源出宋世。四库馆臣认为此选成书在南宋庆元(1195—1200)以前,[1]陈振孙《直斋书录解题》著录一坊刻两卷本,[2]今不传。现存之《草堂》诸选,最早为元刊两种:泰宇书堂本、双璧陈氏本。双璧本目录叶内题:"建安古梅何士信君实编选。"已知《草堂》选本中,题名以此最古。惜其人生平不详。洪武壬申(1392),遵正书堂刊《增修笺注妙选群英草堂诗余》,未题编选人名氏,然内容与元本大同。作为明代首个《草堂》刊本,此书一出,应者云集,独步选坛达一百五十余年;即使在顾从敬刊本主盟之后,亦有袅袅余波。本章由此入手,讨源析流,各集以时代为次。

---

　　① 《四库》"草堂诗余提要"(集部 1489—531):草堂诗余四卷,不著编辑者名氏。旧传南宋人所编。考王楙《野客丛书》作于庆元间,已引《草堂诗余》张仲宗《满江红》词,证"蝶粉蜂黄"之语,则此书在庆元以前矣。

　　② 陈振孙:《直斋书录解题》卷二十一《歌词类》,上海古籍出版社 1987 年,第632—633 页:"草堂诗余二卷……皆书坊编集者。"

一　明刻先声:遵正书堂本

(一) 底本:差近元板,宋选留真

　　宋本《草堂》既无从得见,遵正之底本亦难确考。参照两种元本,或可获得旧本消息。《增修笺注妙选群英草堂诗余》前集二卷、后集二卷,元至正癸未(1343)刊,有"至正癸未新刊,庐陵泰宇书堂"牌记。今藏日本狩野直喜氏及台北"国家图书馆"、国家图书馆(以下简称国图)有影钞本一册。原刻仅存前集二卷,《双照楼题跋》云狩野所藏后集与洪武本同,当据该本补入。著录见赵万里《校辑宋金元人词》引用书目、王重民《中国善本书提要》、陶子珍《明代词选研究》。

　　双璧本,至正辛卯(1351)刊,有"至正辛卯孟夏双璧陈氏刊行"牌记。台北"国家图书馆"藏。《中国善本书提要》与《校辑宋金元人词》著录颇详,惟版式小异,一云"十三行,大二十三,小三十字不等",一云"十三行,行大二十二字,小二十九字"。考《文禄堂访书记》有双璧陈氏刊"类编群英诗选前后集二卷",版式同王重民《提要》,当是。

　　遵正本,《中国古籍善本书目》著录,又见《艺风藏书续记》卷七、《文禄堂访书记》卷五、《校辑宋金元人词》引用书目、《词学》第二辑。上海图书馆(以下简称上图)、国图均藏,版本不同。《续修四库全书》(集部 1728—17)据上图本影印,品相较差,字迹模糊;又有《景刊宋金元明本词》本。

　　上图善本二册,据胶卷:黑口,双鱼尾,左右双边,半叶十三行,二十三字。扉页题"明刊草堂诗余前集",目录书"类选群英诗余总目"。书末有竖长方四周双边牌记"洪武壬申孟夏遵正书堂新刊"。文中注引名贤词话。此书历经袁克文、周越然收藏,有"上第二子"、"臣克文印"、"昭荀印信"、"言言斋善本图书"、"周越然"诸印,前后集中多见。《言言斋古籍丛谈》亦收录。①

国图善本二册,半叶十三行,小字双行注,二十三至二十九字不等。单黑鱼尾,多左右双边,间有四周双边。刊刻时间不详,分类同上图本,内容小异。无牌记。上图本后集卷下《阳关引》(塞草烟光阔)注引"苕溪渔隐",国图及荆聚本删去词话,然均题一行"草堂诗卷毕",盖旧本所遗。钤印有"壶峰"、"虚静斋"等。

遵正本分类与元本相同,收词差近。据陶子珍《明代词选研究》统计,双璧本共收词375首,与遵正本比较,多出前集卷下《望梅》(花竹深)等9阕词,又阙《念奴娇》(断虹霁雨)1阕。核遵正本,《望梅》乃前集卷下末首,《念奴娇》亦见后集卷上,陶书盖误植。实收当为374首,仅多遵正7阕。由是推之,宋本收词抑或在此范围。下文探讨遵正本之类目划分及选词倾向,与宋人词话相印证,一一可稽。可以说,对遵正本的剖析,即是对旧本面貌的描摹。

(二)　分类:应歌遗迹,摹写指南

此刻分类系词,前集分春、夏、秋、冬四景,后集分节序、天文等七类,各卷与词作标题亦冠以类名,对应关系详见下表:

---

① 周炳辉辑、周退密校、周越然著:《言言斋古籍丛谈》,辽宁教育出版社2001年,第72页。"心耿耿泪双双":洪武本,前集二卷,后集二卷,不著撰人。半叶十三行,行二十三字,小字双行,行二十九字。小黑口,双鱼尾,左右双栏。收藏有"上第二子"、"臣印克文"(案:当为"臣克文印")、"昭薰印信"、"孔子七十一世孙昭薰琴南氏印"四图记。此书非独传世甚稀,极可重视,即其四印,已足珍贵矣。

遵正本类目表

目录分类	卷帙	卷内分类	词 作 标 题
春景类 初春 早春 芳春 赏春 春思 春恨 春闺 送春	前集卷上	春景 晓夜 怀旧 春思 春情 春暮	春游,春景,赏春,春旅 春晓,春夜 春情,春晚,初春感旧,春游摩诃池,春半,春恨,春行即事,春晴,春游 春晚,暮春,春暮,春晓,春睡,春别,春情,春恨,初春,春思,春游
		春景 春怨 春恨	春怨 春怨,春闺
夏景类 初夏 避暑 夏夜 首夏 夏宴 适兴 村景 残夏	前集卷下	夏景	初夏,夏日避暑,夏夜,夏景
秋景类 初秋 感旧 旅思 秋情 秋别 秋夜 晚秋 秋怨		秋望 秋思 秋怨 秋别 闺怨 秋闺	

（续表）

目录分类	卷帙	卷内分类	词作标题
冬景类	小冬 冬雪 雪景 小春 暮冬	前集卷下	冬景 冬雪	冬雪
节序类	元宵 立春 寒食 上巳 清明 端午 七夕 中秋 重阳 除夕		上元 立春 寒食 上巳 端午 七夕 中秋 重阳 除夕	上元应制,上元前一日立春,闰元宵 元日立春 上巳日有怀许下西湖,清明应制,和章质 夫韵 泗洲中秋作此绝笔之词也
天文类	雪月 雨晴 晓夜 咏雨	后集卷上	天文气候 咏雪 咏雨 晴景 星 晓景 晚景 夜景	上太守月词,月词,中秋月 春雨 春晴,秋晴 晓行
地理类	金陵 赤壁 西湖 钱塘亭		地理宫室	金陵 西湖 游湖 钱塘 天台 水阁	怀古,金陵怀古,赤壁怀古 西湖和韵 追和东坡韵 咏刘阮事,垂虹桥

（续表）

目录分类		卷帙	卷内分类		词 作 标 题
人物类	隐逸 渔父 佳人 妓女	后集卷下	隐逸 渔父 佳人 妓女		幽居,退居,退闲,归去来辞 赠妓,妓馆,题南剑妓馆
人事类	宫词 风情 旅况 警悟		宫词 宫春 闺情 风情 旅况 离别 感旧 警悟 庆寿 自述		夜登小阁忆吴中旧游 送参廖子 丞相生日,寿韩南涧,寿史致道
饮馔器用	茶酒 筝笛 渔舟 庆寿 吉席 赠送 感旧		咏茶 咏酒 咏笛 咏筝 渔舟		劝酒 咏佳人吹笛
花禽类	花卉 禽鸟 荷花 桂花		花柳 禽鸟	梅花 梨花 荷花 桂花 落花 杨柳 草 咏燕 咏莺 杜鹃 孤鸿	早梅

宋翔凤《乐府余论》云：

> 《草堂》一编，盖以征歌而设，故别题春景、夏景等名，使随时即景，歌以娱客，题告庆寿，更是此意。其中词语，间与集本不同，其不同恒平俗，亦以便歌。以文人观之，适当一笑，而当时歌妓，则必需此也。

此说是。观目录及卷内分类较整齐规律，词作标题往往不对应，盖宋时书坊先拟词题，以便歌筵摘选。各卷类目后添，汇入相近词作，使之系统化。然而妄加词题本已牵强，臆测之类目又不能概括全部题意，故往往参差难安。

反过来，也应看到，这种办法虽失于粗滥，却有索引效用。在应歌及阅读的时代，听众、读者都可便利地酬唱摹写。

后起之分类本多参考此法，或因袭，或重拟。前者如明万历三十五年(1607)胡桂芳重辑何士信本，后者如明嘉靖三十三年杨金刊本。勒二表备览。

表一　胡桂芳与遵正本类目对照表

胡桂芳本		遵正书堂本	胡桂芳本		遵正书堂本
卷帙	细目	所属类目	卷帙	细目	所属类目
上卷时令	元日立春	节序类	下卷名胜	武昌	/
	立春	节序类		金陵怀古	地理类
	上元前一日立春	节序类		洛阳怀古	/
	上元	节序类		赤壁怀古	地理类
	闰元宵	节序类		隐括东坡前赤壁	/
	上巳	节序类		隐括东坡后赤壁	/
	寒食	节序类		和赤壁词	/
	清明	节序类		过江西造口	/

（续表）

胡桂芳本		遵正书堂本	胡桂芳本		遵正书堂本
卷帙	细目	所属类目	卷帙	细目	所属类目
上卷时令	春初	春景类：初春	下卷名胜	邯郸道上望丛台有感	/
	春半	春景类		垂虹桥	地理类
	春暮	春景类		快哉亭	/
	春晚	春景类		醉翁亭	/
	春晚感旧	/		平山堂	/
	春晓	春景类		登平山堂有感	/
	春日	/		山驿	/
	春日怀旧	/		水阁	地理类
	春夜	春景类		游湖	地理类
	春晴	天文类	下卷花卉	梨花	花禽类
	春雨	天文类		杨花	花禽类
	咏雨	天文类		咏柳	花禽类：柳
	春景	春景类		咏草	花禽类：草
	春游	春景类		落花	花禽类
	春行	春景类：春行即事		荷花	花禽类
	春行即事	春景		采莲	/
	春旅	春景类		桂花	花禽类
	赏春	春景类		早梅	花禽类
	伤春	/		梅花	花禽类
	送春	春景类		咏梅	/
	春闺	春景类		落梅	/
	春怨	春景类		对梅花怀王侍御	/

（续表）

胡桂芳本		遵正书堂本	胡桂芳本		遵正书堂本
卷帙	细　目	所属类目	卷帙	细　目	所属类目
上卷时令	春恨	春景类	下卷禽鸟	杜鹃	花禽类
	春思	春景类		咏莺	花禽类
	春怀	/		咏燕	花禽类
	春情	春景类		孤鸿	花禽类
	春别	春景类	下卷宫闺	佳人	人物类
	春睡	春景类		咏佳人吹笛	饮馔器用
中卷时令	初夏	夏景类		崔徽	/
	端午	节序类		赠妓	人物类
	夏景	夏景类		赠钱塘妓	/
	夏日避暑	夏景类		妓馆	人物类
	夏夜	夏景类		宫词	人事类
	七夕	节序类		闺情	人事类
	中秋	节序类		闺思	/
	咏月	/		闺怨	秋景类
	咏星	天文类；星		风情	人事类
	重阳	节序类		旅况	人事类
	秋日	/	下卷人事	旅怀	/
	秋夜	秋景类		晓行	天文类
	秋夜怀旧	/		自述	人事类
	秋晴	天文类		自寿	/
	秋闺	秋景类		庆寿	人事类
	秋思	秋景类		警悟	人事类

（续表）

胡桂芳本		遵正书堂本	胡桂芳本		遵正书堂本
卷帙	细 目	所属类目	卷帙	细 目	所属类目
中卷时令	秋怨	秋景类	下卷人事	幽居	人物类
	秋意	/		退居	人物类
	秋怀	/		退闲	人物类
	秋望	秋景类		归去来辞	人物类
	秋旅	/		感旧	人事类
	深秋	/		怀旧	/
	冬初	/		离别	人事类
	冬景	冬景类		赠送	饮馔器用
	冬雪	冬景类		送参廖子	人事类
	雪景	冬景类		贽贺	/
	咏雪	天文类		吉席	饮馔器用
	除夕	节序类		劝酒	饮馔器用
	晓景	天文类		追和东坡韵	/
	晚景	天文类	下卷杂咏	渔父	人物类
	夜景	天文类		渔舟	饮馔器用
下卷名胜	天台	地理类		咏酒	饮馔器用
	钱塘	地理类		咏茶	饮馔器用
	西湖	地理类		咏筝	饮馔器用
	洞庭	/		咏笛	饮馔器用

胡本整合旧刻类目，变四景为卷上、卷中时令；七类归入卷下，微调为名胜、花卉、禽鸟、宫闺、人事、杂咏。细目 143 条，隶遵正本

者达 105 条之多。

表二　杨金与遵正本标题类目对照表（前集部分）

杨 金 本			遵正本
卷　帙	词　作	标题	标题/卷内分类
前集卷上	喜迁莺(腊残春早)	寿生	丞相生日
	摸鱼儿(更能消几番风雨)	春情	春晚
	归朝欢(听得提壶沽美酒)	春情	春游
	海棠春(流莺窗外啼声巧)	春情	春晓
前集卷下	贺新郎(睡起流莺语)	夏意	初夏
	桃源忆故人(玉楼深锁薄情种)	秋思	冬景类
	好事近(叶暗乳鸦啼)	夏意	初夏
	探春令(绿杨枝上晓莺啼)	春情	春恨类
	忆秦娥(春寂寞)	春情	春思
	忆秦娥(云垂幕)	冬怀	咏雪
	望湘人(厌莺声到枕)	春情	春思类
	渡江云(晴岚低楚甸)	春情	春景类
	卜算子(缺月挂疏桐)	秋思	孤鸿类
	过秦楼(景①浴清蟾)	秋思	夏景类
	菩萨蛮(哀筝一弄湘江曲)	佳人弹筝	咏筝类

　　杨金所刊另有选源，大量词作溢出元刊及遵正，排列介乎分类分调之间。词作有标题者不多，以前集为例，253 阕中，仅 15 阕具题，名目亦全异。可知其底本乃自出机杼。析其归属，或出士信本

系统,而加以增选改编;或径为一新本,抑未可知。今既难考,为行文方便,暂隶于此。

(三) 选词:崇北及南,流丽雅致

以上图、国图、景刊本及荆聚本对校,遵正全本收词当为 367 首,其中标注"新添"82 首,"新增"24 首。各卷相对均衡:前集卷上 99 首,卷下 97 首;后集卷上 85 首,卷下 86 首。景刊本最完整。

国图本收 365 首,脱前集卷上末之《江神子》(杏花村馆酒旗风)与《惜余春慢》(弄月余花);荆聚本收 364 首,漏刻前集卷上《瑞鹤仙》(悄郊原带郭)一阕,下首末行附调名首句计 8 字。余 2 首脱落同国图本,此二词均属"新添",疑旧本原无。

上图本存 359.5 首。后集卷上黄叔旸《南乡子》只存调名,下接末叶,美成《玉楼春》(桃溪不做从容住)下片。以《南乡子》为 1 首,《玉楼春》为半首计,存 77 首半,中脱 7 首。《续修四库》影印本同,当是上图原本残。

后集卷上周美成《应天长》1 阕,上图、国图、景刊本均以"沉沉暗寒食"起,上片存 29 字。检此调上下片当各 49 字,前脱"条风布暖,霏雾弄晴,池塘遍满春色。正是夜堂无月"20 字,安肃荆聚本不误。

又后集卷上《念奴娇》(海天向晚)国图、安肃荆聚本调名后均衍"八"字,《忆秦娥》(云垂幕)国图本调名后衍"十一"二字,《满江红》(斗帐高眠)国图本调名后衍"十"字,《洞仙歌》(帘纤细雨)国图本调名后衍"九"字,不知所从来。

考索此本取材,《乐府雅词》与《花庵词选》是两大选源。全帙 367 首之中,与《乐府雅词》相同者 76 首,其中 23 首为仅见;与《花庵词选》相同者 199 首,占全书 54.2%,且半数为仅见(详参本节

末附《遵正本选源影响表》)。增添之 106 首,亦多出《花庵词选》。分析注引词话,可以帮助我们验证:此本所引词话达 20 种,计 77 条。《遯斋闲览》、《西清诗话》、《潘子真诗话》、《漫叟诗话》、《漫叟词话》、《曲洧旧闻》、《诗话总龟》、《三山老人语录》、《高斋诗话》等 9 种各 1 条。余 11 种详表如下,以出现先后为次:

词 话	花庵词选	雪浪斋日记	复斋漫录	古今词话	古今诗话	冷斋夜话	诗话总龟	后山诗话	鹤林玉露	苕溪渔隐丛话	侯鲭录
注引次数	23	5	2	8	3	3	2	2	2	25	2

据吴熊和研究,"何士信增修《草堂诗余》,其时即在淳祐九年后至宝祐、景定之间(1253—1264)"。①《草堂》初编为应歌而设,与《乐府雅词》、《阳春白雪》、《绝妙好词》等选异意殊途,分属唱本系统与读本系统。至宋末,崇雅风盛,增修顺应词史发展,从读本系统中移植也是自然的。

词人时代分布也表现出倾向南宋态势。初选以北宋名家为主,自然流丽。增修后,添入辛弃疾、陈亮、陆游等人词作,以醇雅深致为主。

遵正本词人入选作品表(五首以上)

周邦彦	苏轼	秦观	柳永	欧阳修	康伯可	辛弃疾	黄庭坚	李清照	晏几道
44	24	19	13	11	9	9	7	7	5

---

① 《吴熊和词学论集》,杭州大学出版社 1999 年,第 123 页。

辛弃疾词作原选仅后集卷上《蝶恋花》(谁向椒盘簪彩胜)1首,其他8首均为士信增补。后集卷下新增之《小重山》(春入神京万木芳)"愚按"云:"……此词颇尽宫中幽怨之意,并附于此。"可知添选更加注重词艺,偏向深致。

(四)流衍:陈钟秀校本、张綖别录本、李谨纂辑本、杨金刊本、荆聚刊本

1. 陈钟秀校本

《精选名贤词话草堂诗余》二卷,《中国古籍善本书目》著录,今藏国家图书馆。又有《四印斋所刻词》本,王国维、郑振铎、赵万里均述及。四印斋本跋云:"原钞讹夺几不可读。"国图刊刻较清楚规矩,可知二书非同本。

国图二册,白口,四周单边,半叶十行,二十二字,小字双行同。正文上下卷首题"闽沙太学生陈钟秀校刊"。刻有墨笔圈点、注释,刊刻基本整齐明晰。卷首《草堂诗余序》,行书,半叶五行,行十四字,署名"南京国子监监丞陈宗谟",文字大体同四印斋本。卷上第五十三叶末首周美成《蝶恋花》(月皎惊乌栖不定),上有墨笔眉批"此后不知欠阙几篇",疑为郑西谛批。下叶为上卷末叶,页码脱。注引花庵词客"顺庵作此词捉养直赴雪夜溪堂之约"云云,知此词为康伯可《丑奴儿令》(冯夷剪破澄溪练)、后陈莹中《青玉案》(碧空黯淡同云绕)、后上卷末首《忆秦娥》(云垂幕)。检四印斋,中阙黄叔旸《重叠金》(南山未解松稍雪)、周美成《满路花》(金花落烬灯)、周美成《女冠子》(同云密布)、柳耆卿《望远行》(长空降瑞)及周美成《红林檎近》(高柳春才软)五首,卷上共五十六叶。卷下六十六叶,其中前十叶左右上角均有残缺,首叶残三分之一。末行竖长方墨阳文"长乐郑氏藏书之印"。

四印斋本卷下第十七页脱。据目录,所缺为三首《念奴娇》。第三首"素娥睡起"全文存于十八页。证之国图本,乃范元卿《念奴娇》(寻常三五)、李汉老《念奴娇》(素光练静)。此刻为分类本,上卷时令,列春景、夏景、秋景、冬景四类;下卷分节序、怀古桥(阁附)、人物(妓馆附)、人事、杂咏五类。各类均题词作数,然不确。上卷末署"已上共一百八十三阕",案实收 182 阕;下卷末署"已上共一百八十一阕",案目录"人物妓馆附"共 16 阕,误题 17 阕,核实原文可知目录少刻《哨遍》,又附录《满江红》、《小重山》、《渔家傲》、《沁园春》各一阕。《宋词大辞典》"精选名贤词话草堂诗余"条未核正文,沿其疏误。

2. 张綖别录本

《草堂诗余别录》、《后集别录》,不分卷,明张綖辑,黎仪校录。《中国古籍善本书目》未著录,上海图书馆藏钞本一册,此据胶卷。

半叶十行,二十字,蓝格。卷首题"草堂诗余别录",下署"武昌府通判张綖",行末朱阳文印"吴兴刘氏嘉业堂藏书记",尾页书"嘉靖戊戌五月十三日录上"数字,末行底小字"黎仪录"。

张綖(1487—1543),字世文,号南湖,高邮(今属江苏)人。明正德八年(1513)举人,八上春官,不第,谒选为武昌府通判,迁光州知州,罢归。有《诗余图谱》、《南湖诗集》。由此书编年可知嘉靖十七年(1538)在武昌任上。《诗余图谱》有嘉靖丙申(1536)刻本,早此书两年。二刻词作颇相参差,盖《图谱》以定律为宗旨,非专门词选,故另立于《草堂》范畴之外。

卷首一序,概述选录缘起,未署名。中有"今观老先生硃笔点取,皆平和高丽之调,诚可则而可歌,复命愚生再校,辄敢尽其愚见,因于各词下漫注数语,略见去取之意别为一录呈上,倘有可取进教幸甚"云云,注语多以"有点,删"、"无点,录"冠之,盖张綖据旧选去取,成此节略本。

序后正文,作者、调名低两格连书,词作换行顶格,评语换行低一格。作者称谓不一,或名或字,或阙如。所署与《草堂诗余》通行各本间有出入,如《别录》"如梦令"(门外绿阴千顷)注云:"此虽小令,妙绝今古,惜逸作者之名。"案《草堂》诸本均有作者,多作秦少游。沈际飞《草堂诗余正集》作"曹元宠",注云"误刻秦",是。

3. 李谨纂辑本

《新刊古今名贤草堂诗余》四卷,"正文注文首尾完具",分类"首天时,次地理,次人物,次人事,次器用,次花鸟",①与遵正本大同小异。卷帙富于陈钟秀本,注文较荆聚本完整。检《中国古籍善本书目》,有"新刊古今名贤草堂诗余六卷,明李谨辑,明嘉靖十六年刘时济刻本",②今藏南京图书馆及天一阁文物保管所。南京图书馆有善本二册。王氏所藏嘉靖己酉本为嘉靖二十八年(1549),较之晚十二年,且仅四卷,殆据嘉靖十六年本改编者耶?待考。

4. 杨金刊本

《草堂诗余》前集二卷、后集二卷,明嘉靖三十三年(1554)杨金刊本。《中国古籍善本书目》著录两种,一有清江藩跋,今藏国家图书馆;一无,今藏国家图书馆及南京图书馆。《全宋词》引用书目用后本,此同。

国图善本四册,白绵纸,半叶十行,十八字,小字双行同。白口,无鱼尾,印制精善。每卷各为一册,书口上注明卷次。正文收嘉靖甲寅杨金"重刻草堂诗余序",隶书体,半叶七行,十二字。

---

① 王国维:《庚辛之间读书记》,《海宁王静安先生遗书》第十三册,第 12B—14B 页。

② 《中国古籍善本书目》集部词类,上海古籍出版社 1996 年,第 1998 页。

杨序云:"旧集分为上下卷,今仍之。"考其内容,分卷虽同,面貌已与旧本大异。以结构论:元本与洪武遵正书堂本均分类编排,此本则打乱顺序,以调名接近者相连,同调系于一处;词作标题移至各阕前,每与分类本所题不同。注释较他本简化。各卷先后不依字数,小令、中调、长调混排。现将一册调名开列:

　　瑞龙吟、水龙吟、丹凤吟、钗头凤、凤凰阁、鹧鸪天、瑞鹤仙、鹊桥仙、夜飞鹊、喜迁莺、黄莺儿、双双燕、燕归梁、玉蝴蝶、摸鱼儿、鱼游春水、金明池、谒金门、玉漏迟、玉楼春、锦堂春、画堂春、汉宫春、帝台春、绛都春、海棠春、武陵春、洞庭春、谢池春、洛阳春、一枝春、沁园春、春光好、庆春泽、庆春宫、燕春台、高阳台、清平乐、西平乐、永遇乐、虞美人、解语花、传言玉女、金人捧露盘、风流子、绮罗香、桂枝香

强为归结之,似是鸟兽虫鱼系列,继以"春"系列、"乐"系列。编者更钟情于调名游戏,对词作本身不甚措意也。

以收词论,全书收词共 484 首:其中卷上前集 114 首,卷下前集 139 首;卷上后集 122 首,卷下后集 109 首。在大体保留遵正书堂本基础上,增补 117 首,占全书 24%,其中 24 首同顾刻,作者亦据之采录,如《满江红》(东武南城),遵正本误题晁无咎,此本作苏子瞻,顾刻同。盖分类本先出,为旧本系统,后人多沿袭。嘉靖间顾从敬重为编次,分调渐次风行。此刊晚顾刻四年,乃用旧本形式,借鉴分调本体例内容,整合二者而加以增选,其实仍不出《草堂》藩篱。

此本可注意者,在溢出旧本与顾刻之外之 93 阕,与同时及此后《草堂》诸选相比,相当数量为独有,详表如次:

杨金本增选词作对照表

卷帙	词作	诗余图谱	花草新编	胡桂芳本	续四库原本	沈际飞评本
前集卷上	谒金门(花满院)				续选卷上小令	续集卷上小令
	点绛唇(一夜东风)					别集卷一小令
	清平乐(春归何处)					别集卷一小令
	一络索(惯被妆炉花留住)					别集卷一小令
	鹧鸪天(梅妒炉妆雪炉轻)					别集卷二小令
	虞美人(深深庭院清明过)					别集卷二小令
	钗头凤(红酥手)		卷三中调			别集卷二中调
	沁园春(倍露迷空)		卷五长调			别集卷四长调
	鹧鸪天(拟上高楼欲散愁)					
	鹧鸪天(一种秋华别样妆)					
	燕归梁(纤锦裁篇写意深)					
	谒金门(溪水急)					
	玉楼春(风解池水皱翅薄)					
	武陵春(风过水榭环佩响)					

（续表）

卷帙	词作	诗余图谱	花草新编	胡桂芳本	续四库原本	沈际飞评本
前集卷上	洞庭春（莺啼绿树春早）					
	谢池春（绿墙重院）					
	洛阳春（素手拈花纤软）					
	一枝春（竹爆惊春）					
	春光好（颜叶软）	卷一				
	虞美人（冰肌自是生来瘦）					
前集卷下	长相思（颦满溪）	卷一		卷下宫闱		正集卷一小令
	点绛唇（醉漾轻舟）			卷下宫闱		正集卷一小令
	点绛唇（独倚胡床）				续选卷上小令	续集卷上小令
	点绛唇（瞰墨秋千）				续选卷上小令	续集卷上小令
	点绛唇（流水泠泠）				续选卷上小令	续集卷上小令
	点绛唇（春睡腾腾）			卷下名胜		正集卷一小令
	更漏子（柳丝长）				续选卷上小令	续集卷上小令
	更漏子（妾倚门）				续选卷上小令	续集卷上小令
	贺新郎（流落今如许）				续选卷上小令	续集卷上小令
	江城子（画堂高会酒阑珊）				续选卷上小令	续集卷上小令

（续表）

卷帙	词　作	诗余图谱	花草新编	胡桂芳本	续四库原本	沈际飞评本
前集卷下	浪淘沙（愁黛断钗金）				续选卷上小令	续集卷上小令
	浪淘沙（帘外五更风）				续选卷上小令	续集卷上小令
	浪淘沙（今日北池游）				续选卷上小令	续集卷上小令
	浪淘沙（疏雨洗天清）		卷三中调		续选卷上小令	续集卷上小令
	浪淘沙（极目楚天空）				续选卷下中调	续集卷下中调
	南乡子（妙手写徽真）				续选卷下中调	续集卷下中调
	菩萨蛮（牡丹带露真珠颗）		卷五长调		续选卷下长调	
	菩萨蛮（举头忽见衡阳雁）					别集卷一小令
	菩萨蛮（轻风袅断沉烟柱）					别集卷一小令
	菩萨蛮（湿云不度溪桥冷）			卷上时令		别集卷一小令
	菩萨蛮（晓来误入桃源洞）					别集卷一小令
	如梦令（曾宴桃源深洞）					别集卷二小令
	如梦令（韵似江梅标致）					
	如梦令（落日霞销一缕）					
	如梦令（为向东坡传语）					
	如梦令（尝记溪亭日暮）					
	上西楼（江头绿暗红稀）	卷一				

（续表）

卷帙	词作	诗余图谱	花草新编	胡桂芳本	续四库原本	沈际飞评本
前集卷下	生查子(去年元夜时)					
	生查子(眉黛远山长)					
	生查子(年年玉镜台)					
	生查子(春山烟欲收)					
	生查子(裙拖安石榴)					
	生查子(新月曲如眉)					
	生查子(轻轻制舞衣)					
	唐多令(雨过水明霞)					
	望江南(多少恨)		卷三中调			
	惜分飞(泪湿栏杆花着露)					
	行香子(舞雪歌云)					
	谒金门(春寂寞)					
	忆秦娥(临高阁)					
	忆秦娥(碧云碧)					
	忆秦娥(娇滴滴)					
	忆秦娥(秋寂寂)					
	忆王孙(飕飕风冷水花秋)					

（续表）

卷帙	词　　作	诗余图谱	花草新编	胡桂芳本	续四库原本	沈际飞评本
后集卷上	西江月（三过平山堂下）			卷下名胜		正集卷一小令
	促拍满路花（露颗添花色）				续选卷上小令	续集卷上小令
	洞仙歌（征鞯带月）				续选卷上小令	续集卷上小令
	浣溪沙（薄薄纱厨望似空）					续集卷上小令
	浣溪沙（玉碗冰寒滴露华）		卷三中调			
	浣溪沙（藓敷衣巾落枣花）				续选卷下中调	续集卷下中调
	减字木兰花（襄王梦里）					
	金蕉叶（厌厌夜饮平阳第）					
	两同心（伫立东风）	卷一				
	临江仙（别岸相逢向草草）					
	柳梢青（水月光中）					
	少年游（绿匀栏畔）					
	少年游（醉霞浮动）					
	少年游（雕梁燕去）					

（续表）

卷帙	词作	诗余图谱	花草新编	胡桂芳本	续四库原本	沈际飞评本
后集卷上	踏莎行（玉露团花）					
	西江月（宝髻匆匆梳就）					
	西江月（碧雾轻笼两凤集）		卷三中调			
	系裙腰（惜精浓照夜云天）		卷三中调			
	玉连环（来时露泡衣香润）					
后集卷下	丑奴儿（晚来一霎风兼雨）					正集卷一小令
	蝶恋花（姿本钱塘江上住）		卷三中调	卷下宫闺		正集卷二中调
	蝶恋花（曲曲栏干偎碧树）		卷三中调			别集卷三中调
	蝶恋花（贴鬓香云双挽绿）					别集卷三中调
	风入松（一春常费买花钱）					
	满庭芳（碧落横秋）					
	阮郎归（烹茶留客驻金鞍）					
	相思儿令（昨日探春消息）					
	祝英台近（粉痕销）					
	祝英台近（海棠开）					

《诗余图谱》有嘉靖丙申(1536)刻本,在此书前;《花草新编》抄年不详,据陈文烛"射阳先生存稿叙"作于万历庚寅(1590);"胡桂芳辑本"刻于明万历三十五年(1607);"续四库原本"刻于明万历四十二年(1614),沈际飞明末人,最晚出。后二者所选不知是否参考此刻。

5. 荆聚刊本

《增修笺注妙选草堂诗余》前集二卷、后集二卷,嘉靖间安肃荆聚刻,《中国古籍善本书目》著录,今藏上海图书馆。上图本原为叶景葵藏,四卷,四册。前后集卷上、下各为一册。大体半叶九行,十八字,小字双行同。个别叶疏密有异,十八至三十二字不等。细黑口,单黑鱼尾,四周双边,版心上卷帙下页码。正文字旁间有朱墨圈,或大或小,并有墨笔校改。页眉偶有墨笔批点。前十一叶空白,自十二叶(《如梦令》)"门外绿阴千顷"起。钤印有"合众图书馆藏书印"、"杭州叶氏藏书"、"耽琴悦酒"等。

此刻虽属何士信本系统,然多删改分类,以遵正本对校,前集卷上"春暮",后集卷上"上巳"、"重阳"、"晚景"、"夜景",后集卷下"感旧"均无。后集卷上脱"元日立春"词题、"中秋"类移入调下为题。又不乏作者添改,署名多受同期之顾本影响,简表如下:

遵正、顾刻、荆聚三本作者异同对照

卷帙	词作	作者			《全唐五代词》《全宋词》
		遵正本	顾从敬本	荆聚本	
前集卷下	浣溪沙(锦帐重重卷暮霞)	阙名	张子野	张子野	秦 观
	浣溪沙(水满池塘花满枝)	阙名	张子野	张子野	赵令畤
	菩萨蛮(南园满地堆轻絮)	阙名	何籀	何籀	温庭筠
	点绛唇(春雨濛濛)	阙名	何籀	何籀	无名氏
	点绛唇(莺踏花翻)	阙名	何籀	何籀	无名氏
	菩萨蛮(金风簌簌惊黄叶)	阙名	秦少游	秦少游	无名氏

（续表）

卷帙	词　作	作　者			《全唐五代词》《全宋词》
		遵正本	顾从敬本	荆聚本	
后集卷上	念奴娇（寻常三五）	范元卿	范元卿	朱希真	范端臣
	天仙子（景物因人成胜概）	沈会宗	沈会宗	阙　名	沈　蔚
	烛影摇红（梅雪初消）	吴大年	吴大年	吴太年	吴　亿
卷下	菩萨蛮（哀筝一弄湘江曲）	阙　名	张子野	张子野	晏几道

　　《四部丛刊》据此本影印，删去叶氏眉批，多补阙订讹，非复旧貌。如上卷二十九叶 B 六至八行，《丹凤吟》（迤逦春光无赖），原文为："如酒。无柔素手，问何时重握，古今诗语李曰宰谓徐仲雅曰公均诗如女弄粉调脂。此时此意。长怕计销铄。唐韩琮暖风迟日浓如酒。那堪黄昏暝。簌簌半檐花落，弄粉调朱人道着。"墨笔勾线颠倒字句，变为："如酒。无计销铄，唐韩琮暖风迟日浓如酒。那堪黄昏暝。簌簌半檐花落，弄粉调朱柔素手，问何时重握，古今诗语李曰宰谓徐仲雅曰公均诗如女弄粉调脂。此时此意。长怕人道着。"《丛刊》本改正。

附一：遵正本选源影响表

遵正本		选录来源							影响	
收　词	卷帙	花间集	尊前集	金奁集	梅苑	乐府雅词	唐宋诸贤绝妙词选	中兴以来绝妙词选	阳春白雪	绝妙好词
捣练子（心耿耿）	前下									
忆王孙（萋萋芳草忆王孙）	前上						√			
如梦令（门外绿阴千顷）	前上					√	√			
如梦令（莺嘴啄花红溜）	前上									
如梦令（池上春归何处）	前上									

（续表）

遵 正 本		选 录 来 源								影响	
收　词	卷帙	花间集	尊前集	金奁集	梅苑	乐府雅词	唐宋诸贤绝妙词选	中兴以来绝妙词选		阳春白雪	绝妙好词
如梦令（昨夜雨疏风骤）	前上					√	√				
如梦令（楼外残阳红满）	前下										
长相思（红满枝）	前下										
长相思（一重山）	前下										
生查子（金鞍美少年）	前下						√				
生查子（含羞整翠鬟）	后下					√	√				
点绛唇（红杏飘香）	前上										
点绛唇（春雨濛濛）	前下										
点绛唇（莺踏花翻）	前下										
点绛唇（高柳蝉嘶）	前下										
点绛唇（新月娟娟）	前下						√				
点绛唇（金谷年年）	后下						√				
浣溪沙（水涨鱼天拍柳桥）	前上										
浣溪沙（小院闲窗春色深）	前上					√					
浣溪沙（楼上晴天碧四垂）	前上					√					
浣溪沙（湖上朱桥响画轮）	前上					√	√				
浣溪沙（雨过残红湿未飞）	前上					√					
浣溪沙（风压轻云贴水飞）	前下										
浣溪沙（一曲新词酒一杯）	前下										
浣溪沙（青杏园林煮酒香）	前下					√	√				
浣溪沙（锦帐重重卷暮霞）	前下										

（续表）

| 遵正本 | | 选录来源 | | | | | | | 影响 | |
收词	卷帙	花间集	尊前集	金奁集	梅苑	乐府雅词	唐宋诸贤绝妙词选	中兴以来绝妙词选	阳春白雪	绝妙好词
浣溪沙(水满池塘花满枝)	前下									
浣溪沙(日射欹红蜡蒂香)	前下					✓				
浣溪沙(翠葆参差竹径成)	前下					✓				
浣溪沙(堤上游人逐画船)	后下					✓	✓			
菩萨蛮(南园满地堆轻絮)	前下	✓	✓							
菩萨蛮(平林漠漠烟如织)	后下		✓				✓			
菩萨蛮(蛩声泣露惊秋枕)	前下						✓			
菩萨蛮(金风簌簌惊黄叶)	前下									
菩萨蛮(南山未解松梢雪)	前下							✓		
菩萨蛮(哀筝一弄湘江曲)	后下									
诉衷情(涌金门外小瀛洲)	后上						✓			
丑奴儿令(冯夷剪破澄溪练)	后上							✓		
卜算子(春透水波明)	前下						✓			
卜算子(有意送春归)	前上						✓			
卜算子(缺月挂疏桐)	后下						✓			
好事近(叶暗乳鸦啼)	前下					✓	✓			
忆秦娥(春寂寞)	前上							✓		
忆秦娥(花深深)	后下								✓	
忆秦娥(箫声咽)	前下									
忆秦娥(云垂幕)	后上							✓		
忆秦娥(香馥馥)	后下									

（续表）

遵正本		选录来源							影响	
收词	卷帙	花间集	尊前集	金奁集	梅苑	乐府雅词	唐宋诸贤绝妙词选	中兴以来绝妙词选	阳春白雪	绝妙好词
谒金门(愁脉脉)	前上					✓	✓			
谒金门(鸳鸯浦)	前下									
谒金门(空相忆)	前下	✓		✓			✓			
谒金门(春雨足)	前下									
谒金门(风乍起)	前下		✓							
清平乐(春风依旧)	前上					✓	✓			
更漏子(玉炉香)	前下	✓	✓	✓			✓			
阮郎归(东风吹水日衔山)	前上					✓				
阮郎归(南园春半踏青时)	前上					✓	✓			
阮郎归(绿槐高柳咽新蝉)	前下						✓			
阮郎归(柳阴亭馆占风光)	前下							✓		
阮郎归(湘天风雨破寒初)	后下						✓			
阮郎归(歌停檀板舞停鸾)	后下									
画堂春(落红铺径水平池)	前下						✓			
画堂春(东风吹柳日初长)	前下						✓			
武陵春(风住尘香花已尽)	前上									
海棠春(流莺窗外啼声巧)	前上									
摊破浣溪沙(手卷真珠上玉钩)	前下		✓			✓	✓			
锦堂春(楼上紫帘弱絮)	前下						✓			
眼儿媚(杨柳丝丝弄轻柔)	前上					✓				
眼儿媚(楼上黄昏杏花寒)	前下						✓			

（续表）

| 遵正本 | | 选录来源 | | | | | | | 影响 | |
收词	卷帙	花间集	尊前集	金奁集	梅苑	乐府雅词	唐宋诸贤绝妙词选	中兴以来绝妙词选	阳春白雪	绝妙好词
贺圣朝(满斟绿醑留君住)	前上									
柳梢青(岸草平沙)	前上						√			
柳梢青(子规啼血)	前上									
柳梢青(有个人人)	后下									
西江月(风额绣帘高卷)	前上									
西江月(照野弥弥浅浪)	前上						√			
西江月(点点楼前细雨)	后上						√			
西江月(世事短如春梦)	后下							√		
西江月(断送一生惟有)	后下									
西江月(玉骨那愁瘴雾)	后下				√					
桃源忆故人(碧纱影弄东风晓)	前下									
桃源忆故人(玉楼深锁薄情种)	前下									
探春令(绿杨枝上晓莺啼)	前下									
少年游(并刀如水)	前下					√				
青门引(乍暖还轻冷)	前上					√	√			
醉花阴(薄雾浓云愁永昼)	后上					√	√			
南柯子(山与歌眉敛)	后上									
怨王孙(梦断漏悄)	前上									
浪淘沙(蹙损远山眉)	后下							√		
浪淘沙(帘外雨潺潺)	前上						√			
浪淘沙(把酒祝东风)	前上					√				

(续表)

| 遵正本 | | 选录来源 | | | | | | | 影响 | |
收词	卷帙	花间集	尊前集	金奁集	梅苑	乐府雅词	唐宋诸贤绝妙词选	中兴以来绝妙词选	阳春白雪	绝妙好词
鹧鸪天(紫禁烟花一万重)	后上					✓	✓			
鹧鸪天(着意寻春懒便回)	前上							✓		
鹧鸪天(枝上流莺和泪闻)	前下									
鹧鸪天(黄菊枝头破晓寒)	后上									
鹧鸪天(西塞山边白鹭飞)	后下						✓			
鹧鸪天(彩袖殷勤捧玉钟)	后下						✓			
玉楼春(小园半夜东风转)	后上					✓	✓			
玉楼春(东城渐觉风光好)	前上						✓			
玉楼春(绿杨芳草长亭路)	前上						✓			
玉楼春(弄晴数点梨梢雨)	后上					✓	✓			
玉楼春(家临长信往来道)	前上									
玉楼春(日照玉楼花似锦)	前上		✓				✓			
玉楼春(晚妆初了明肌雪)	后下		✓							
玉楼春(桃溪不作从容住)	后上									
玉楼春(妖冶风情天与措)	后下									
玉楼春(秋千院落重帘幕)	后下									
木兰花令(都城水绿嬉游处)	前上						✓			
木兰花令(沉檀烟起盘云雾)	前下		✓				✓			
鹊桥仙(纤云弄巧)	后上									
鹊桥仙(钩帘借月)	后上							✓		
虞美人(落花已作风前舞)	后下					✓		✓		

（续表）

| 遵正本 | | 选录来源 | | | | | | | 影响 | |
收词	卷帙	花间集	尊前集	金奁集	梅苑	乐府雅词	唐宋诸贤绝妙词选	中兴以来绝妙词选	阳春白雪	绝妙好词
虞美人(波声拍枕长淮晓)	后下									
虞美人(春花秋月何时了)	后下		✓				✓			
南乡子(晨色动妆楼)	后上									
南乡子(万籁寂无声)	后上							✓		
南乡子(霜降水痕收)	后上						✓			
南乡子(晓日压重檐)	后下					✓				
南乡子(生怕倚阑干)	后下							✓		✓
雨中花(百尺清泉声陆续)	前下						✓			
醉落魄(红牙板歇)	后下									
醉落魄(云轻柳弱)	后下					✓				
梅花引(晓风酸)	前下						✓			
踏莎行(临水夭桃)	前上						✓			
踏莎行(雾失楼台)	前上						✓			
踏莎行(春色将阑)	前下					✓	✓			
踏莎行(候馆梅残)	后下					✓	✓			
小重山(谁劝东风腊里来)	后上							✓		
小重山(楼上风和玉漏迟)	前下					✓				
小重山(春入神京万木芳)	后下	✓								
小重山(一闭昭阳春又春)	后下	✓		✓			✓			
小重山(花过园林清阴浓)	前下					✓	✓			
小重山(月下潮生红蓼汀)	前下					✓				

(续表)

遵正本		选录来源							影响	
收词	卷帙	花间集	尊前集	金奁集	梅苑	乐府雅词	唐宋诸贤绝妙词选	中兴以来绝妙词选	阳春白雪	绝妙好词
小重山(花样妖娆柳样柔)	后下									
一剪梅(红藕香残玉簟秋)	后下					√	√			
临江仙(巧剪合欢罗胜子)	后上						√			
临江仙(绿暗汀洲三月暮)	前上									
临江仙(忆昔午桥桥上饮)	后下							√	√	
临江仙(烟柳疏疏人悄悄)	后上							√		
临江仙(金锁重门荒苑静)	后下	√					√			
临江仙(柳外轻雷池上雨)	前下					√				
蝶恋花(谁向椒盘簪彩胜)	后上							√		
蝶恋花(欲减罗衣寒未去)	后上					√	√			
蝶恋花(花褪残红青杏小)	前上						√			
蝶恋花(帘幕风轻双语燕)	前上					√				
蝶恋花(庭院深深深几许)	前上					√	√			
蝶恋花(庭院碧苔红叶遍)	前下						√			
蝶恋花(月皎惊乌栖不定)	后上						√			
蝶恋花(梦断池塘惊乍晓)	前上									
蝶恋花(海燕双飞归画栋)	前上					√	√			
蝶恋花(钟送黄昏鸡报晓)	后下						√			
蝶恋花(春事阑珊芳草歇)	后下									
苏幕遮(陇云沉)	后下									
渔家傲(平岸小桥千嶂抱)	前上					√	√			

（续表）

| 遵 正 本 | | 选录来源 | | | | | | | 影响 | |
收　　词	卷帙	花间集	尊前集	金奁集	梅苑	乐府雅词	绝妙唐宋诸贤词选	中兴以来绝妙词选	阳春白雪	绝妙好词
渔家傲(十月小春梅蕊绽)	前下					√	√			
渔家傲(秋水无痕清见底)	后下						√			
醉春风(陌上清明近)	前下					√				
品令(风舞团团饼)	后下									
行香子(北望平川)	后上									
声声令(帘移碎影)	前上									
锦缠道(燕子呢喃)	前上									
凤凰阁(遍园林绿暗)	前上									
青玉案(一年春事都来几)	前上									
青玉案(凌波不过横塘路)	前上					√	√			
青玉案(碧空黯淡同云绕)	后上					√	√			
青玉案(人生南北如歧路)	后下									
天仙子(水调数声持酒听)	前上					√	√			
天仙子(景物因人成胜概)	后上						√			
江城子(杏花村馆酒旗风)	前上						√			
江城子(天涯流落思无穷)	前上						√			
江城子(西城杨柳弄春柔)	后下						√			
千秋岁(水边沙外)	前上						√			
千秋岁(楝花飘砌)	前下						√			
千秋岁(塞垣秋草)	后下							√		
风入松(一宵风雨送春归)	前上							√	√	

(续表)

| 遵正本 | | 选录来源 | | | | | | | 影响 | |
收词	卷帙	花间集	尊前集	金奁集	梅苑	乐府雅词	唐宋诸贤绝妙词选	中兴以来绝妙词选	阳春白雪	绝妙好词
隔浦莲近(新篁摇动翠葆)	前下					✓	✓			
何满子(怅望浮生急景)	前下						✓			
传言玉女(一夜东风)	后上					✓	✓			
解蹀躞(候馆丹枫吹尽)	前下						✓			
诉衷情近(景阑昼永)	前下									
祝英台近(宝钗分)	前上							✓	✓	✓
祝英台近(剪酥釀)	前上									
侧犯(暮霞霁雨)	前下						✓			
过涧歇(淮楚旷望极)	前下									
阳关引(塞草烟光阔)	后下									
红林檎近(高柳春才软)	前下									
金人捧露盘(记神京)	前上							✓		
斗百花(煦色韶光明媚)	前上									
蓦山溪(鸳鸯翡翠)	前上						✓		✓	
蓦山溪(青梅如豆)	前上							✓		
蓦山溪(海棠枝上)	前上							✓		
蓦山溪(壶山居士)	后下							✓		
蓦山溪(洗妆真态)	后下				✓		✓			
千秋岁引(别馆寒砧)	前下						✓			
早梅芳(花竹深)	前下									
满路花(金花落烬灯)	前下									

（续表）

遵 正 本		选 录 来 源								影 响	
收　词	卷帙	花间集	尊前集	金奁集	梅苑	乐府雅词	唐宋诸贤绝妙词选	中兴以来绝妙词选		阳春白雪	绝妙好词
蕙兰芳引（寒莹晚空）	前下										
华胥引（川源澄映）	前下										
洞仙歌（雪云散尽）	前上						√			√	
洞仙歌（冰肌玉骨）	前下						√				
洞仙歌（青烟幂处）	后上					√	√			√	
洞仙歌（帘纤细雨）	后上					√	√				
洞仙歌（飞梁压水）	后上										
江城梅花引（娟娟霜月冷浸门）	后下									√	
八六子（倚危亭）	前下										
鱼游春水（秦楼东风里）	前上										
夏云峰（宴堂深）	前下										
东风齐著力（残腊收寒）	后上										
法曲献仙音（蝉咽凉柯）	前下										
意难忘（衣染莺黄）	后下					√	√				
塞翁吟（暗叶啼风雨）	前下										
满江红（春水连天）	前上								√		
满江红（东武城南）	前上						√				
满江红（惨结秋阴）	前下								√		
满江红（斗帐高眠）	后下										
满江红（东里先生）	后下								√		
满江红（恼杀行人）	后下										

(续表)

遵正本		选录来源							影响	
收词	卷帙	花间集	尊前集	金奁集	梅苑	乐府雅词	唐宋诸贤绝妙词选	中兴以来绝妙词选	阳春白雪	绝妙好词
尾犯(夜雨滴空阶)	前下									
玉漏迟(杏香飘禁苑)	前上									
六幺令(快风收雨)	后上									
天香(霜瓦鸳鸯)	前下					√				
燕春台(丽日千门)	前上					√			√	
满庭芳(晓色云开)	前上						√			
满庭芳(风老莺雏)	前下					√	√			
满庭芳(山抹微云)	后上						√			
满庭芳(香叆雕盘)	后下									
满庭芳(蜗角虚名)	后下									
满庭芳(红蓼花繁)	后下									
凤凰台上忆吹箫(香冷金猊)	后下					√	√			
水调歌头(明月几时有)	后上						√			
水调歌头(今日我重九)	后上							√		
烛影摇红(双阙中天)	后上							√		
烛影摇红(楼雪初消)	后上							√		
烛影摇红(香脸轻匀)	前上					√	√			
烛影摇红(乳燕穿帘)	后下									
倦寻芳(露晞向晓)	前上					√	√			
黄莺儿(园林晴昼春谁主)	后下									
汉宫春(云海沉沉)	后上							√		

（续表）

遵正本		选录来源							影响	
收词	卷帙	花间集	尊前集	金奁集	梅苑	乐府雅词	唐宋诸贤绝妙词选	中兴以来绝妙词选	阳春白雪	绝妙好词
汉宫春（暖律初回）	后上							√		
汉宫春（潇洒江梅）	后下				√			√		
声声慢（梅黄金重）	前下					√				
醉蓬莱（问春风何事）	后上					√		√		
醉蓬莱（渐亭皋叶下）	后上						√			
帝台春（芳草碧色）	前上					√	√			
八声甘州（有情风）	后下									
八声甘州（谓东坡）	后上					√				
夏初临（泛水新荷）	前下									
玲珑四犯（秾李夭桃）	前上									
双双燕（过春社了）	后下							√	√	√
孤鸾（天然标格）	后下									
锁窗寒（暗柳啼鸦）	后上								√	
高阳台（红入桃腮）	前上								√	
金菊对芙蓉（梧叶飘黄）	前下									
金菊对芙蓉（远水生光）	后上									
金菊对芙蓉（花则一名）	后下									
玉蝴蝶（望处雨收云断）	前下						√			
渡江云（晴岚低楚甸）	前上						√		√	
绛都春（融和又报）	后上									
绛都春（寒阴渐晓）	后下									

(续表)

| 遵　正　本 | | 选　录　来　源 | | | | | | | 影响 | |
收　词	卷帙	花间集	尊前集	金奁集	梅苑	乐府雅词	唐宋诸贤绝妙词选	中兴以来绝妙词选	阳春白雪	绝妙好词
念奴娇(萧条庭院)	前上						✓		✓	
念奴娇(杏花过雨)	前下						✓			
念奴娇(野棠花落)	前上							✓	✓	
念奴娇(故园避暑)	前下									
念奴娇(凭高眺远)	后上									
念奴娇(洞庭波冷)	后上					✓		✓		
念奴娇(玉楼绛气)	后上									
念奴娇(断虹霁雨)	后上									
念奴娇(插天翠柳)	后上									
念奴娇(寻常三五)	后上									
念奴娇(素光练静)	后上				✓					
念奴娇(素娥睡起)	后上									
念奴娇(海天向晚)	后上									
念奴娇(大江东去)	后上						✓			
念奴娇(晚风吹雨)	后上							✓		
念奴娇(别离情绪)	后下									
念奴娇(水枫叶下)	后下						✓			
应天长(条风布暖)	后上								✓	
应天长(管弦绣陌)	后下							✓		
绕佛阁(暗尘四敛)	后下									
解语花(风销焰蜡)	后上								✓	

（续表）

遵正本		选录来源							影响	
收词	卷帙	花间集	尊前集	金奁集	梅苑	乐府雅词	唐宋诸贤绝妙词选	中兴以来绝妙词选	阳春白雪	绝妙好词
庆春泽(灯火烘春)	后上							✓		
万年欢(灯月交光)	后上									
玉烛新(溪源新腊后)	后下				✓					
木兰花慢(算秋来景物)	后上							✓		
桂枝香(梧桐雨细)	前下							✓	✓	✓
桂枝香(登临送目)	后上					✓	✓			
忆旧游(记愁横浅黛)	前上								✓	
水龙吟(摩诃池上追游路)	前上							✓		
水龙吟(闹花深处层楼)	前上							✓		✓
水龙吟(小楼连苑横空)	后下						✓			
水龙吟(渡江天马南来)	后下							✓		
水龙吟(楚山修竹如云)	后下						✓			
水龙吟(素肌应怯余寒)	后下					✓			✓	
水龙吟(燕忙莺懒芳残)	后下						✓			
水龙吟(似花还似非花)	后下						✓			
水龙吟(弄晴台馆收烟候)	后上							✓		
瑞鹤仙(瑞烟浮禁苑)	后上							✓		
瑞鹤仙(脸霞红印枕)	前上									✓
瑞鹤仙(悄郊原带郭)	前上									
庆春宫(云接平冈)	前下					✓				
拜星月慢(夜色催更)	前下									

（续表）

遵　正　本		选　录　来　源							影响	
收　　词	卷帙	花间集	尊前集	金奁集	梅苑	乐府雅词	绝妙唐宋诸贤词选	绝妙中兴以来词选	阳春白雪	绝妙好词
石州慢（寒水依痕）	前上							√		
昼锦堂（雨洗桃花）	后下									
氐州第一（波落寒汀）	前下									
宴清都（地僻无钟鼓）	前下								√	
齐天乐（疏疏几点黄梅雨）	后上									
花犯（粉墙低）	后下				√	√	√		√	
喜迁莺（谯门残月）	后上									
喜迁莺（银蟾光彩）	后上							√		
喜迁莺（梅霖初歇）	后上					√				
喜迁莺（腊残春早）	后下							√		
春云怨（春风恶劣）	后上							√		
春从天上来（海角飘零）	后下							√		
绮罗香（做冷欺花）	后上							√	√	√
永遇乐（风软莺娇）	前上						√			
送我入门来（茶垒安扉）	后下									
归朝欢（听得提壶沽美酒）	前上							√		
花心动（仙苑春浓）	前上						√			
潇湘逢故人慢（蕙风微动）	前下				√					
尉迟杯（隋堤路）	后下									
西河（佳丽地）	后上						√			
春霁（迟日融和）	后上									

（续表）

| 遵正本 | | 选录来源 | | | | | | | 影响 | |
收词	卷帙	花间集	尊前集	金奁集	梅苑	乐府雅词	唐宋诸贤绝妙词选	中兴以来绝妙词选	阳春白雪	绝妙好词
秋霁(虹影侵阶)	后上									
解连环(怨怀难托)	后下						√			
二郎神(闷来弹鹊)	前下					√	√			
二郎神(炎光初谢)	后上						√			
望远行(长空降瑞)	前下									
倾杯乐(禁漏花深)	后上									
望湘人(厌莺声到枕)	前上						√			
望海潮(梅英疏淡)	前上									
望海潮(东南形胜)	后上								√	
夜飞鹊(河桥送人处)	后下									
薄幸(淡妆多态)	前上					√	√			
大圣乐(千朵奇峰)	前下									
风流子(东风吹碧草)	前上						√			
风流子(亭皋木叶下)	前下						√			
风流子(新绿小池塘)	后下					√	√			
霜叶飞(露迷衰草)	前下									
女冠子(帝城三五)	后上									
女冠子(淡烟飘薄)	前下									
女冠子(同云密布)	前下									
惜余春慢(水浴清蟾)	前下						√		√	
过秦楼(弄月余花)	前上						√		√	

（续表）

遵正本		选录来源							影响	
收　词	卷帙	花间集	尊前集	金奁集	梅苑	乐府雅词	唐宋诸贤绝妙词选	中兴以来绝妙词选	阳春白雪	绝妙好词
丹凤吟（迤逦春光无赖）	前上									
沁园春（三径初成）	后下							✓		
摸鱼儿（更能消几番风雨）	前上							✓	✓	✓
摸鱼儿（买陂塘旋栽杨柳）	后下					✓	✓			
贺新郎（篆缕销金鼎）	前上						✓		✓	
贺新郎（睡起流莺语）	前下					✓		✓		
贺新郎（乳燕飞华屋）	前下						✓			
贺新郎（昼永重帘卷）	前下							✓		
贺新郎（翠葆摇新竹）	后上									
贺新郎（深院榴花吐）	后上							✓	✓	
贺新郎（思远楼前路）	后上									
贺新郎（灵鹊桥初就）	后上							✓		
贺新郎（睡觉啼莺晓）	后上							✓		
金明池（琼苑金池）	前上									
白苎（绣帘垂）	前下									
兰陵王（卷珠箔）	前上							✓		
兰陵王（柳阴直）	后下					✓	✓			
瑞龙吟（章台路）	前上					✓	✓			
浪淘沙慢（昼阴重）	前上									
西平乐（稚柳苏晴）	前上									
玉女摇仙佩（飞琼伴侣）	后下									

（续表）

遵正本		选录来源							影响	
收词	卷帙	花间集	尊前集	金奁集	梅苑	乐府雅词	唐宋词诸贤绝妙词选	中兴以来绝妙词选	阳春白雪	绝妙好词
多丽(想人生)	前上						√			
六丑(正单衣试酒)	后下								√	
宝鼎现(夕阳西下)	后上					√				
三台(见梨花初带夜月)	后上						√			
哨遍(为米折腰)	后下						√			
词集(简称首字)		花	尊	金	梅	乐	唐	中	阳	绝
小　计		6	9	3	5	76	138	61	31	8

附二：遵正本作者勘误表

次序	卷帙	收词	作者	勘误①
4		鱼游春水(秦楼东风里)	阙名	无名氏
6		满庭芳(晚兔云开)	阙名	秦观
8		锦缠道(燕子呢喃)	阙名	宋祁
9	前集卷上	玉漏迟(杏香飘禁苑)	阙名	韩嘉彦
11		浣溪沙(水涨鱼天拍柳桥)	阙名	无名氏
13		浣溪沙(小院闲窗春色深)	阙名	李清照
16		如梦令(门外绿阴千顷)	阙名	曹组
17		如梦令(莺嘴啄花红溜)	阙名	无名氏
18		忆王孙(萋萋芳草忆王孙)	阙名	李重元

① 本文作者及首句勘误所用各词集版本为张璋、黄畲编《全唐五代词》，上海古籍出版社 1986 年；唐圭璋编纂《全宋词》，中华书局 1999 年；唐圭璋编纂《全金元词》，中华书局 1979 年；及饶宗颐初纂、张璋总纂《全明词》，中华书局 2004 年。下同。

（续表）

次序	卷帙	收　词	作　者	勘　误
19		柳梢青（岸草平沙）	阙　名	仲　殊
20		金明池（琼苑金池）	阙　名	无名氏
21		海棠春（流莺窗外啼声巧）	阙　名	无名氏
29		眼儿媚（杨柳丝丝弄轻柔）	阙　名	无名氏
33		青玉案（一年春事都来几）	阙　名	无名氏
35		蝶恋花（海燕双来归画栋）	阙　名	欧阳修
36		声声令（帘移碎影）	阙　名	无名氏
37		谒金门（愁脉脉）	阙　名	陈　克
38	前	忆秦娥（春寂寞）	康伯可	张宗瑞
60	集	瑞鹤仙（脸霞红印枕）	欧阳永叔	陆　淞
63		阮郎归（东风吹水日衔山）	李后主	冯延巳
64	卷	阮郎归（南园春半踏青时）	欧阳永叔	冯延巳
65		浣溪沙（雨过残红湿未飞）	阙　名	周邦彦
68	上	满江红（东武南城）	晁无咎	苏　轼
69		临江仙（绿暗汀洲三月暮）	阙　名	无名氏
47		如梦令（池上春归何处）	阙　名	秦　观
76		武陵春（风住尘香花已尽）	阙　名	李清照
77		怨王孙（梦断漏悄）	阙　名	无名氏
78		青玉案（凌波不过横塘路）	阙　名	贺　铸
79		点绛唇（红杏飘香）	阙　名	苏　轼
80		柳梢青（子规啼血）	阙　名	蔡　伸
82		凤凰阁（遍园林绿暗）	阙　名	无名氏
85		祝英台近（剪酴醾）	阙　名	无名氏
86		高阳台（红入桃腮）	阙　名	王　观
91		烛影摇红（香脸轻匀）	王晋进	周邦彦

（续表）

次序	卷帙	收　词	作　者	勘　误
103		画堂春(落红铺径水平池)	阙　名	秦　观
104		画堂春(东风吹柳日初长)	秦少游	秦观,黄庭坚
105		鹧鸪天(枝上流莺和泪闻)	阙　名	无名氏
106		浣溪沙(青杏园林煮酒香)	阙　名	晏殊,欧阳修
107		踏莎行(春色将阑)	寇平叔	寇　准
109		长相思(红满枝)	阙　名	无名氏
111		眼儿媚(楼上黄昏杏花寒)	阙　名	阮　阅
112		桃源忆故人(碧纱影弄东风晓)	阙　名	欧阳修
113	前	浣溪沙(手卷真珠上玉钩)	李　景	李　璟
114		浣溪沙(风压轻云贴水飞)	阙　名	苏　轼
115	集	浣溪沙(一曲新词酒一杯)	阙　名	晏　殊
117		谒金门(鸳鸯浦)	阙　名	张元干
118		谒金门(空相忆)	阙　名	韦　庄
119	卷	谒金门(春雨足)	阙　名	无名氏
121		探春令(绿杨枝上晓莺啼)	阙　名	无名氏
122	下	如梦令(楼外残阳红满)	阙　名	秦　观
123		浣溪沙(锦帐重重卷暮霞)	阙　名	秦　观
124		浣溪沙(水满池塘花满枝)	阙　名	赵令畤
125		菩萨蛮(南园满地堆轻絮)	阙　名	温庭筠
126		点绛唇(春雨濛濛)	阙　名	无名氏
127		点绛唇(莺踏花翻)	阙　名	无名氏
128		小重山(楼上风和玉漏迟)	赵德仁	赵令畤
129		醉春风(陌上清明近)	阙　名	无名氏
138		声声慢(梅黄金重)	阙　名	无名氏
140		浣溪沙(日射欹红蜡蒂香)	阙　名	周美成

次序	卷帙	收　词	作　者	勘　误
143	前集卷下	小重山（花过园林清阴浓）	阙　名	沈　蔚
157		大圣乐（千朵奇峰）	阙　名	无名氏
158		满江红（惨结秋阴）	赵元稹	赵　鼎
160		长相思（一重山）	阙　名	邓　肃
162		菩萨蛮（金风簌簌惊黄叶）	阙　名	无名氏
163		捣练子（心耿耿）	阙　名	无名氏
165		点绛唇（高柳蝉嘶）	阙　名	汪　藻
167		庆春宫（云接平冈）	前　人	周邦彦
184		天香（霜瓦鸳鸯）	阙　名	黄庭坚
185		白苎（绣帘垂）	柳耆卿	紫　姑
190		点绛唇（新月娟娟）	汪彦章	苏　过
194		女冠子（同云密布）	阙　名	无名氏
198	后集卷上	宝鼎现（夕阳西下）	阙　名	范　周
203		传言玉女（一夜东风）	阙　名	曾瓯江
212		喜迁莺（谯门残月）	胡浩然	史　浩
215		小冲山（谁劝东风腊里来）	李汉老	李邴、毛滂
226		喜迁莺（梅霖初歇）	阙　名	黄　裳
227		齐天乐（疏疏几点黄梅雨）	阙　名	杨无咎
230		又（思远楼前路）	阙　名	甄龙友
237		念奴娇（凭高眺远）	阙　名	苏东坡
254		念奴娇（素光练静）	李汉老	李邴、徐俯
259		忆秦娥（云垂幕）	阙　名	朱　熹
260		满江红（斗帐高眠）	阙　名	无名氏
264		秋霁（虹影侵阶）	陈后主	无名氏

（续表）

次序	卷帙	收　　词	作　者	勘　误
290		忆秦娥(香馥馥)	阙　名	无名氏
291		柳梢青(有个人人)	阙　名	无名氏
303		南乡子(晓日压重檐)	孙夫人	无名氏
304		忆秦娥(花深深)	阙　名	郑文妻
305		烛影摇红(乳燕穿帘)	阙　名	无名氏
308		江城梅花引(娟娟霜月冷侵门)	阙　名	程　垓
311		虞美人(落花已作风前舞)	阙　名	叶梦得
312	后	苏幕遮(陇云沉)	阙　名	无名氏
313		昼锦堂(雨洗桃花)	阙　名	无名氏
314	集	绕佛阁(暗尘四敛)	阙　名	周邦彦
321		蝶恋花(春事阑珊芳草歇)	阙　名	苏　轼
327	卷	蝶恋花(钟送黄昏鸡报晓)	秦少游	王　诜
330		青玉案(人生南北如歧路)	阙　名	无名氏
336	下	千秋岁(塞垣秋草)	阙　名	辛弃疾
339		阮郎归(歌停檀板舞停鸾)	阙　名	苏轼、黄庭坚
340		醉落魄(红牙板歇)	阙　名	无名氏
346		菩萨蛮(哀筝一弄湘江曲)	阙　名	晏几道
347		生查子(含羞整翠鬟)	阙　名	欧阳修
348		满庭芳(红蓼花繁)	阙　名	秦　观
350		绛都春(寒阴渐晓)	阙　名	无名氏
351		孤鸾(天然标格)	阙　名	无名氏
355		汉宫春(潇洒江梅)	晁叔用	李邴、晁冲之
358		金菊对芙蓉(花则一名)	阙　名	无名氏

二 词艺探索:张綖别录本

(一) 选词:步武遵正,辅以旁搜

《别录》以"黄山谷蓦山溪"(鸳鸯翡翠)为首,迄"鹧鸪天"(枕簟溪堂冷欲秋),共收词 39 首;《后集别录》以"柳耆卿倾杯乐"(禁苑花深)为首,迄"岳武穆小重山"(昨夜寒蛩不住鸣),共收词 40 首。初看词作排列无规律。同一作者前后不相连,小、中、长调混杂一处,既非系人,亦非分调,更无类别可循。详考之,其选录乃源自遵正本。摘前集词入《别录》,后集入《后集别录》,排列次序亦一仍原书。词作总数占遵正本四分之一弱,属摘选简编本。就选词意图与水平言:选者面对遵正全本,对原有及增补作品没有偏嗜。比对详下:

遵正与别录本收词对照表(附作者校订)

遵正本					别录本			作者校订
卷帙	次序	收 词	增添	作者	卷帙	次序	作者	
前集卷上	2	蓦山溪(鸳鸯翡翠)		黄山谷	别录	1	黄山谷	是
	4	鱼游春水(秦楼东风里)		阙 名		2	阙 名	无名氏
	6	满庭芳(晚兔云开)		阙 名		3	淮海	秦 观
	13	浣溪沙(小院闲窗春色深)		阙 名		4	六一	李清照
	15	踏莎行(雾失楼台)		秦少游		5	淮海	是
	16	如梦令(门外绿阴千顷)		阙 名		6	阙 名	曹 组
	22	西江月(照野弥弥浅浪)		苏东坡		7	东坡	是
	23	渔家傲(平岸小桥千嶂抱)		王介甫		8	荆公	是
	24	玉楼春(绿杨芳草长亭路)		晏同叔		9	元献	是

（续表）

遵正本					别录本			作者校订
卷帙	次序	收词	增添	作者	卷帙	次序	作者	
前集卷上	28	倦寻芳（露晞向晓）		王元泽	别	10	王元泽	是
	31	浪淘沙（帘外雨潺潺）		李后主		11	李后主	是
	41	贺新郎（篆缕销金鼎）	新添	李玉		12	李玉	是
	45	金人捧露盘（记神京）	新添	曾纯甫		13	曾纯甫	是
	47	水龙吟（摩诃池上追游路）	新添	陆务观		14	陆务观	是
	53	水龙吟（闹花深处层楼）	新添	陈同甫		15	陈同甫	是
	60	瑞鹤仙（脸霞红印枕）		欧阳永叔		16	永叔	陆淞
	70	蝶恋花（花褪残红青杏小）		苏东坡		18	东坡	是
	71	蝶恋花（帘幕风轻双语燕）		晏同叔		19	同叔	是
	75	如梦令（昨夜雨疏风骤）		李易安		20	李易安	是
	76	武陵春（风住尘香花已尽）		阙名		21	易安	李清照
	78	青玉案（凌波不过横塘路）		阙名		22	贺方回	贺铸
	83	天仙子（水调数声持酒听）		张子野		23	张子野	是
	90	永遇乐（风软莺娇）	新添	解方叔		24	谢方叔	是
	92	风流子（东风吹碧草）	新添	秦少游		26	少游	是
	93	望湘人（厌莺声到枕）	新添	贺方回		27	贺方回	是
	94	洞仙歌（雪云散尽）	新添	李元膺	录	28	李元膺	是
前集卷下	1	二郎神（闷来弹鹊）		徐干臣		29	徐干臣	是
	7	浣溪沙（青杏园林煮酒香）		阙名		30	阙名	晏殊、欧阳修
	9	谒金门（风乍起）		冯延巳		31	冯延巳	是
	10	长相思（红满枝）		阙名		32	阙名	无名氏
	11	八六子（倚危亭）		秦少游		33	少游	是
	20	谒金门（春雨足）		阙名		34	阙名	无名氏
	21	生查子（金鞍美少年）		晏叔原		35	叔原	是
	45	阮郎归（绿槐高柳咽新蝉）		苏东坡		36	东坡	是
	46	贺新郎（乳燕飞华屋）		东坡		37	东坡	是
	47	千秋岁（楝花飘砌）	新增	谢无逸		38	谢无逸	是

（续表）

遵　正　本				别录本		作者校订
卷帙	次序	收　词	增添	作者	卷帙	次序	作者	

卷帙	次序	收　词	增添	作者	卷帙	次序	作者	作者校订
后　集　卷　上	3	倾杯乐（禁漏花深）		柳耆卿	后　集　别　录	1	柳耆卿	是
	5	解语花（风销焰蜡）		周美成		2	周美成	是
	12	鹧鸪天（紫禁烟花一万重）		向伯恭		3	向伯恭	是
	13	烛影摇红（双阙中天）		张林甫		4	张林甫	是
	14	烛影摇红（梅雪初消）		吴大年		5	吴大年	是
	17	临江仙（巧剪合欢罗胜子）		贺方回		6	贺方回	是
	23	玉楼春（弄晴数点梨花雨）		谢无逸		7	谢无逸	是
	24	诉衷情（涌金门外小瀛洲）		僧仲殊		8	仲殊	是
	25	醉蓬莱（问春风何事）		叶少蕴		9	石林	是
	34	又（思远楼前路）		阙名		10	后村	甄龙友
	38	贺新郎（灵鹊桥初就）		宋谦父		11	宋谦夫	宋自逊
	40	水调歌头（明月几时有）		东坡		12	东坡	是
	42	念奴娇（洞庭波冷）	新添	叶少蕴		13	叶石林	是
	43	洞仙歌（青烟幂处）	新添	晁无咎		14	晁无咎	是
	44	金菊对芙蓉（远水生光）	新添	辛幼安		15	稼轩	是
	48	南乡子（霜降水痕收）		苏东坡		16	东坡	是
	50	西江月（点点楼前细雨）		苏子瞻		17	东坡	是
	62	青玉案（碧空黯淡同云绕）		陈莹中		18	陈莹中	是
	63	忆秦娥（云垂幕）		阙名		19	阙名	朱熹
	68	秋霁（虹影侵阶）	新添	陈后主		20	陈后主	无名氏
	78	念奴娇（大江东去）		苏子瞻		21	东坡	是

（续表）

遵正本					别录本		作者校订
卷帙	次序	收词	增添	作者	卷帙	次序	作者
后集卷下	1	满江红（东里先生）		吕居仁	后集别录	22	东坡	吕本中
	4	哨遍（为米折腰）		苏子瞻		23	东坡	是
	5	鹧鸪天（西塞山边白鹭飞）		黄鲁直		24	东坡	黄庭坚
	7	满庭芳（香霭雕盘）		苏东坡		25	东坡	是
	13	水龙吟（小楼连苑横空）		秦少游		26	少游	是
	16	临江仙（金镶重门荒苑静）	新增	鹿虔扆		27	陆虔扆	是
	18	小重山（一闭昭阳春又春）		韦庄		28	韦庄	是
	47	临江仙（忆昔午桥桥上饮）	新增	陈去非		30	陈简斋	是
	49	青玉案（人生南北如歧路）		阙名		31	吴彦高	无名氏
	52	八声甘州（有情风万里卷潮来）		苏东坡		32	苏东坡	是
	54	水龙吟（渡江天马南来）	新增	辛幼安		33	辛稼轩	是
	62	西江月（断送一生惟有）		黄山谷		35	陈后山	黄庭坚
	66	生查子（含羞整翠鬟）		阙名		36	张子野	欧阳修
	79	水龙吟（燕忙莺懒芳残）		章质夫		37	章质夫	是
	82	点绛唇（金谷年年）		林和靖		38	林和靖	是
	86	卜算子（缺月挂疏桐）		苏子瞻		39	东坡	是
蝶恋花（遥夜亭皋闲信步）					别录	17	李世英	是
水调歌头（瑶草一何碧）						25	山谷	是
鹧鸪天（枕簟溪堂冷欲秋）						39	阙名	辛弃疾
念奴娇（嗟来咄去）					后集别录	34	阙名	郑域
小重山（昨夜寒蛩不住鸣）						40	岳武穆	是

逸出《遵正》范围之 5 首,前 4 见顾从敬本,《小重山》仅见浙本《草堂》词。① 浙本今不传,顾从敬本刊刻于嘉靖二十九年,晚此书三年,当非取材所自。盖当时别本甚多,此选有所参酌。

(二) 校注:辨异析疑,推尊词体

全书评点共 77 条,其中校注占半数以上。张綖把词作作为研究对象,考辨字句,追根溯源,不似《草堂》他本徒事堆砌前代词话,乃经意之作。略举数例:

> "云山万里"二句意义不通,当是"万重"与前"莺啭上林"方叶。
>
> ——"鱼游春水"(秦楼东风里)
>
> "晓色"旧讹为"晚兔",此本作"晚色",亦非(案:正文作"晓色",是),"古台旁榭"乃"高台芳榭","醽醁"原本作"金橿",此出后人改良,"胜千年梦"当是"十年",用"十年一觉扬州梦"之句,千年岂可屈指耶?
>
> ——"淮海满庭芳"(晓色云开)
>
> "罗衾不暖",朱笔改作"不耐",盖以与下"寒"字意重,窃意"暖"字恐是用力活字,谓罗衾不能暖,此五更之寒也,如今人谓以汤温酒为暖酒,古词"午窗睡起暖金卮",《礼记》"暖之以日月"是也。
>
> ——"李后主浪淘沙"(帘外雨潺潺)
>
> 换头"转朱阁,低绮户,照无眠",胡苕溪欲改"低"字作

---

① 张綖评语云:"《精忠录》载岳武穆二词皆佳作。浙本草堂词附录于后,然今人但盛传《满江红》而遗《小重山》,'怒发冲冠'之词固足以见忠愤激烈之气,律以依永之道微似非体,不若《小重山》托物寓怀悠然有余味,得风人讽咏之意焉。"

"窥"字,且云此字既改,其词益佳,愚谓此正未得坡翁语意耳。盖三言用力处,全在末句"照"字上,谓此月色转朱阁低绮户而照我无眠也,绮户深邃非月之低不能照,正妙在"低"字。若改为"窥"字,则与"照"同意,殊失本旨,略无意致矣。昔坡翁尝论陶渊明"采菊东篱下,悠然见南山",妙在"见"字,昭明改作"望"字,遂使一篇索然,谓其为小儿强作解事,苕溪妄改坡字得无似之乎?

——"东坡水调歌头"(明月几时有)

"检尽寒枝不肯栖",苕溪谓鸿雁未尝栖树枝,欲改"寒枝"为"寒芦",大方家寓意之作,正不必如此论,且芦独不可言枝耶,李太白鸣雁行"一行行,衔芦枝"是也。苕溪无益之辩类如此。

——"东坡卜算子"(缺月挂疏桐)

"不暖"、"低"、"寒枝"之驳,均能言之成理;"晓色"讹为"晚兔",亦属《草堂》常见之误。注者心思细密,字究句查,深意乃在尊体。与前代相比,明人在词的创作上虽然难以企及,在词的价值体认上却是分外高调的,对其在文学史上的地位溢美有加。各集序跋论及缘起,几乎异口同声地上溯到三百篇,尊为诗骚之流亚。借名自重固然是主要动机,也透露出词这种文学样式已经得到主流认同,摆脱"小道"讥评了。张綖的辩论不厌、高自期许("可则而可歌")便是将唐宋词作为经典读本看待,解读其佳处的尝试。

(三) 词论:婉约为本,兼重豪放

张綖词论曰:

词体大略有二,一体婉约,一体豪放。婉约者欲其词情酝藉,豪放者欲其气象恢弘。盖亦存乎其人,如秦少游之

作，多是婉约；苏子瞻之作，多是豪放，大抵词体以婉约
为正。①

"一体婉约，一体豪放"，此前之论者虽感受到"杨柳岸晓风残
月"与"大江东去"之风格差异，却没有人"道着"。张綖乃"刻意于
倚声者"（《四库》"南湖诗集提要"），词体到他这里得以明确化并非
偶然。其得失姑且不论，几百年来，影响却是不可轻视的。分析他
的词论观，本集提供了充分材料，其校注评点总量近八千言，长短
不拘，讨论涉及体性、风格、词人评骘等诸多方面。

1. 婉约论

原无点，今录。后段三句似佳，结语犹曲折，婉约有味，若
嫌巧细，词与诗体不同，正欲其精工，故谓秦淮海以词为诗，尝
有"帘幕千家锦绣垂"之句，孙莘老见之云"又落小石调矣"。
———— "六一浣溪沙"（小院闲窗春色深）
此是词家本色，"残梦五更钟"、"离愁三月雨"已佳，著"楼
头"、"花底"四字尤妙。———— "元献玉楼春"（绿杨芳草长亭路）
语虽高古，恐非词家本色。
———— "山谷水调歌头"（瑶草一何碧）
无点，录。此词温雅蕴藉，佳品也，当取。
———— "仲殊诉衷情"（涌金门外小瀛洲）
词体本欲精工蕴藉，所谓"富丽如登金张之堂，妖冶如览
嬺施之祛"者，故以秦淮海、张子野诸公称首。六一翁虽尚舒
畅自然，而温雅富丽犹夫体也。至东坡以许大胸襟为之，虽不
屑绳墨，后来诸老竞相效之，至多用"也、者、之、乎"字样，词虽
佳，累累殆若文字如此词之类，回视本体，迥在草昧洪荒之外

---

① 《诗余图谱·凡例》，《续修四库》集部 1735 册，第 473 页。

矣,是知词曲自是小技专门,不为高贤傍夺。

——"念奴娇"(嗟来咄去)

　　此词写感慨之意于蕴藉之词,谓之古作,而音调谐和;谓之今词,而语意高古。愈味愈佳,允为词式。

——"鹿虔扆临江仙"(金锁重门荒院静)

2. 豪放论

　　无点,录。词气跌宕,不可遗,且此调属角音,少年韵者。

——"叶石林念奴娇"(洞庭波冷)

　　有点,删。结句粗直,乏隽永之味。

——"陈莹中青玉案"(碧空暗淡同云绕)

　　简斋此词,豪放而不至于肆,蕴藉而不流于弱,高古而不失于朴,感慨而不过于伤,其意度所在如独立千仞之冈,高视万物之表,视区区弄粉吹朱之子微乎藐矣。

——"陈简斋临江仙"(忆昔午桥桥上饮)

　　有点,删。"黄金"、"红粉"之句,少年豪语,识趣未高。

——"稼轩金菊对芙蓉"(远水生光)

　　有点,删。乘兴率意之作,苦无思致,不录可也。

——"东坡满庭芳"(香霭雕盘)

3. 风格总论

　　稼轩此词为韩南涧寿,可谓高笔。尝谓词有二体,巧思者贵精工,宏才者尚豪放,人或不能兼,若幼安"罗帐灯昏,哽咽梦中语","怨春不语,算只有殷勤,画檐蛛网,尽日若(案:'惹'误)飞絮"之类,稠缪情语,虽少游无以过,若"君莫舞,君不见玉环飞燕皆尘土","座中豪气,看君一饮千古"及此词之类,高怀跌宕,则又东坡之流亚也。

——"辛稼轩水龙吟"(渡江天马南来)

婉约论承袭正统词论观,毫无疑问地占据主导。这也与明代的社会环境、词坛面貌相统一。巨擘如王世贞、杨慎、陈霆等人都是婉约、主情说的支持者,至明末不衰。陈子龙《幽兰草词序》也是推尊北宋的:

> 词者,乐府之衰变,而歌曲之将启也。然就其本制,厥有盛衰。晚唐语多俊巧,而意鲜深至。比之于诗,犹齐梁对偶之开律也。自金陵二主,以至靖康,代有作者。或秾纤婉丽,极哀艳之情;或流畅淡逸,穷眇倩之趣。然皆境由情生,辞随意启,天机偶发,元音自成。繁促之中,尚存高浑,斯为最盛也。南渡以还,此声遂渺,寄慨者亢率而近于伧武,谐俗者鄙浅而入于优伶。以示周、李诸君,即有"彼都人士"之叹。

案:南宋词之成就亦有目共睹,陈氏所说盖攻其末流,未见全豹。大才之人之重北宋,自有深心,能看到其高浑之处;大众的追随膜拜,却非手眼脱凡,乃以其声情婉娈,文字浅易,便于欣赏也。

另一方面,兼重豪放,并划出范畴,不以粗豪为是。"豪放而不至于肆",与后人论取法稼轩有同工之妙:"学稼轩要于豪迈中见精致。近人学稼轩,只学得'莽'字、'粗'字,无怪阑入打油恶道。试取辛词读之,岂一味叫嚣者所能望其顶踵?"[1]"词之雄爽宜学东

---

[1] 谢章铤:《赌棋山庄词话》卷一,《词话丛编》本。

坡、稼轩,然不可近于粗厉……此当就气韵趣味上辨之。"①"学幼安者,率祖其粗犷、滑稽;以其粗犷、滑稽处可学,佳处不可学也。幼安之佳处,在有性情,有境界。即以气象论,亦有'横素波、干青云'之概,宁后世龌龊小生所可拟耶?"②

---

①　沈祥龙:《论词随笔》,《词话丛编》本。
②　王国维:《人间词话》卷上。

第三章　顾从敬《草堂诗余》系列选本

　　明人改编、刊刻宋代选本，顾从敬系列为一大宗。顾本首开分调选词，后来者多因袭。以所见汇总共 14 种，前 4 种为顾从敬刻本，词作全同；后为衍生本，多用顾本为底，加以增删，重新编次。

　　从敬生平不详，何良俊序云："顾子汝所刻《草堂诗余》成，问序于东海何良俊……顾子上海名家，家富诗书，代传礼乐。尊公东川先生博物洽闻，著称朝列。诸子清修好学，绰有门风。故伯叔并以能书（案：《续修四库》本作'诗'）供奉清朝，仲季将渐以贤科起矣。"案东川先生即顾定芳，嘉庆《松江府志》卷五十二有传："顾定芳字世安，上海人……子从礼，字汝由，工书……兄弟六人……弟从义，字汝和，善书能诗。"① 诸子中从义仕途最显，生于嘉靖二年（1523），卒于万历十六年（1588），隆庆初授中书舍人，称"文华内史"。何序所说伯叔"供奉清朝"当指此二人。此外尚有从德，字汝修，好藏书，斋名"芸阁"。又有从仁，字汝元，嘉靖二十六年（1547）卒。② 另一子不可考。从敬，字汝所，齿序当在仲季之列。由此推算，嘉靖二十九年刊《草堂诗余》时仅二十余岁，尚未闻名。《文氏

---

　　① 《中国地方志集成·上海府县志辑》，上海书店、巴蜀书社、江苏古籍出版社 1990 年，第 220 页。
　　② 见《朱邦彦集》，转引自李康化《词学中兴与明代词学思想》，巴蜀书社 2001 年，第 17 页。

五家集》文彭诗集有《除夕答顾汝所》、《雪晴同吕舍人顾汝所南郊闲步》两篇,可证其交游。①

一　明刻主体:开云山农本

《类编草堂诗余》四卷,武陵逸史编次,开云山农校正,明嘉靖二十九年(1550)顾从敬刊本。此为《草堂》选本分调编次始作俑者。《四库全书》(集部1489—531)收录。

上图藏四册善本,白棉纸,白口,左右双边,版心两单黑鱼尾,分别刊"诗余卷之某"、页码。序文半叶八行十六字,正文十一行十九字。

卷首何良俊"草堂诗余序",正文附词话。无注释,有朱笔圈点,朱笔楷书小字校勘,所订正标题多为沈本采用者。卷三第三十四叶脱,阙《绕佛阁》(暗尘四敛)、《解语花》(风销焰腊)、《念奴娇》(水枫叶下)三首,以墨笔楷书抄补。钤印有"曾留吴兴周氏言言斋"、"东溪"、"瑶圃"等。

此刻今藏国图、上图等八家单位,古今著录甚多,略有:《千顷堂书目》、《孙氏祠堂书目》内编卷四、《木犀轩藏书题记及书录》卷四、《平津馆鉴藏书籍记》卷二、《艺风藏书记》卷七、《校辑宋金元人词》引用书目、《江苏省立国学图书馆图书总目》卷四十、《西谛书目》等。此外,《世善堂藏书目录》卷下"诸家诗文名选类"著录"草堂诗余七卷",疑顾刻别本。

(一)选词:博采名章,脍炙人口

卷一小令159首,卷二中调86首,卷三长调100首,卷四长调

---

① 《四库全书》本卷八,《雪晴》又见《石仓历代诗选》卷四百九十九。

98 首,共 443 首。据唐顺之注本、昆石山人本及《续修四库》原本,此书末柳耆卿《戚氏》(晚秋天)后尚脱周美成《西平乐》(稯柳苏晴)一调。《四库全书》本同阙。故卷四收词当为 99 首,全帙 444 首。何良俊序云:"是编乃其家藏宋刻本,比世所行本多七十余调。"详细统计,此刻比元刊双璧本多 70 阕,洪武刊遵正本多 76 阕。

顾本所引词话基本采录旧注,共 20 种,83 条,较遵正本多 5 条。《诗话总龟》、《西清诗话》、《遯斋闲览》、《诗眼》、《三山老人语录》、《东轩笔录》、《艺苑雌黄》、《高斋诗话》、《曲洧旧闻》等 9 种各 1 条,余 11 种详表如下,以出现先后为次:

顾本注引词话表(两条以上)

次序	卷帙	词作	苕溪渔隐丛话	花庵词选	温叟诗话	雪浪斋日记	侯鲭录	古今词话	后山诗话	冷斋夜话	古今诗话	复斋漫录	鹤林玉露
9		如梦令(昨夜雨疏风骤)	√										
15		长相思(汴水流)		√									
16		长相思(短长亭)		√									
22		点绛唇(高柳蝉嘶)		√									
24	卷	点绛唇(金谷年年)											
28		浣溪沙(鸳外红绡一缕霞)	√										
32		浣溪沙(手卷真珠上玉钩)		√									
33	一	浣溪沙(一曲新词酒一杯)	√										
40		浣溪沙(菡萏香消翠叶残)			√								
42		浣溪沙(堤上游人逐画船)					√						
48		菩萨蛮(楼头尚有三通鼓)		√									
50		诉衷情(涌金门外小瀛洲)		√									

（续表）

次序	卷帙	词作	苕溪渔隐丛话	花庵词选	温叟诗话	雪浪斋日记	侯鲭录	古今词话	后山诗话	冷斋夜话	古今诗话	复斋漫录	鹤林玉露
52		丑奴儿令(冯夷剪破澄溪练)		√									
60		忆秦娥(箫声咽)		√									
67		谒金门(风乍起)				√							
71		更漏子(玉炉香)	√										
77		阮郎归(柳阴亭馆占风光)		√									
79		阮郎归(歌停檀板舞停鸾)							√				
83		青衫湿(南朝千古伤心地)		√									
86		浪淘沙(帘外雨潺潺)											
88		锦堂春(楼上萦帘弱絮)	√										
99	卷	西江月(世事短如春梦)		√									
100		西江月(断送一生惟有)							√				
101		西江月(玉骨那愁瘴雾)								√			
115		鹧鸪天(枝上流莺和泪闻)										√	
120		鹧鸪天(彩袖殷勤捧玉钟)				√							
122	一	玉楼春(东城渐觉风光好)											
123		玉楼春(绿杨芳草长亭路)											
125		玉楼春(家临长信往来道)	√										
127		玉楼春(城上风光莺语乱)		√									
132		木兰花令(都城水绿嬉游处)		√									
138		虞美人(春花秋月何时了)				√							
141		南乡子(霜降水痕收)											
144		雨中花(百尺清泉声陆续)			√								
146		醉落魄(云轻柳弱)	√										
149		踏莎行(雾失楼台)									√		

（续表）

次序	卷帙	词作	苕溪渔隐丛话	花庵词选	温叟诗话	雪浪斋日记	侯鲭录	古今词话	后山诗话	冷斋夜话	古今诗话	复斋漫录	鹤林玉露
160		一剪梅(红藕香残玉簟秋)	✓										
161		临江仙(巧剪合欢罗胜子)										✓	
166		临江仙(忆昔午桥桥上饮)	✓										
170		蝶恋花(花褪残红青杏小)						✓					
183		渔家傲(平岸小桥千嶂抱)				✓							
185		渔家傲(塞下秋来风景异)											
188		渔家傲(钓笠披云青嶂绕)	✓										
191	卷	行香子(北望平川)	✓										
193		锦缠道(燕子呢喃)						✓					
200		天仙子(水调数声持酒听)									✓		
201		天仙子(景物因人成胜概)	✓										
202	二	江城子(杏花村馆酒旗风)										✓	
205		千秋岁(柳边沙外)							✓				
209		隔浦莲近(新篁摇动翠葆)	✓										
222		金人捧露盘(记神京)	✓										
226		蓦山溪(鸳鸯翡翠)				✓							
239		洞仙歌(青烟幂处)	✓										
241		洞仙歌(飞梁压水)							✓				
244		鱼游春水(秦楼东风里)										✓	
252		满江红(昼日移阴)	✓										
255	卷	满江红(东里先生)	✓										
268		满庭芳(山抹微云)					✓						
269	三	满庭芳(香叆雕盘)		✓									
279		水调歌头(落日绣帘卷)											

（续表）

次序	卷帙	词作	苕溪渔隐丛话	花庵词选	温叟诗话	雪浪斋日记	侯鲭录	古今词话	后山诗话	冷斋夜话	古今诗话	复斋漫录	鹤林玉露
288		汉宫春(云海沉沉)		√									
290		汉宫春(潇洒江梅)	√										
295		八声甘州(有情风)	√										
298	卷三	庆清朝慢(调雨为酥)		√									
300		双双燕(过春社了)		√									
315		念奴娇(萧条庭院)		√									
321		念奴娇(断虹霁雨)	√										
325		念奴娇(素光练静)	√										
329		念奴娇(大江东去)	√										
344		桂枝香(登临送目)						√					
349		水龙吟(小楼连苑横空)											
354		水龙吟(似花还似非花)											
368		花犯(粉墙低)		√									
375		绮罗香(做冷欺花)		√									
386	卷四	西河(佳丽地)	√										
391		二郎神(闷来弹鹊)	√										
398		望海潮(东南形胜)											√
416		摸鱼儿(更能消几番风雨)											√
417		摸鱼儿(买陂塘)		√									
418		贺新郎(篆缕销金鼎)		√									
420		贺新郎(乳燕飞华屋)						√					
434		瑞龙吟(章台路)		√									
438		多丽(想人生)		√									
		词话(首字简称)	苕	花	温	雪	侯	古	后	冷	今	复	鹤
		注引次数	24	23	2	6	2	6	2	2	2	3	2

　　《四库》"草堂诗余提要"说:"采摭尚不猥滥,亦颇足以兹考证。"从词话分析,选词来源乃依傍《花庵》,广采"名章俊句"。风格上,远承南宋以来的雅化传统,沿袭宋刻何士信系列艺术倾向,多收深挚凝练之作,脍炙作品众多。

　　从词人分布看,北宋词家独领风骚。前五名当中,仅辛弃疾一位隶南宋。词作数量上,周邦彦一人作品便达到 58 首,与其后的苏、柳、秦、欧等人词作相加,接近全书三分之一。

　　地位与影响上,对比 19 种《草堂》选本,在采录旧本这一部分,顾本所选得到广泛认可,词人名次与收词数量几乎没有变动。明末沈际飞乃曰:"正集裁自顾汝所手,此道当家,不容轻为去取,其附见诸词,并鳞次其中。"(《古香岑草堂诗余四集发凡·分帙》)下文流衍所收诸书均在此刻羽翼之下。

顾本选录词人词作数量(五首以上)与十九种《草堂》选本收录词作总数对照

名次	词人	顾本阕数	十九本总阕数	名次	词人	顾本阕数	十九本总阕数
1	周邦彦	58	59	9	李清照	8	8
2	苏 轼	27	29	10	张 先	6	6
3	柳 永	20	22	10	赵德麟	6	6
4	秦 观	19	22	12	贺 铸	5	5
5	欧阳修	12	12	12	胡浩然	5	5
5	辛弃疾	12	13	12	晏几道	5	6
7	黄庭坚	11	12	12	晏 殊	5	5
7	康与之	11	12	12	朱敦儒	5	6

(二) 编排:引入分调,风靡后世

《草堂》旧本均为分类编排,何本系列均属此类。分调编排法后出,最早见于张綖《诗余图谱》,嘉靖十五年(1536)即有刻本问世。顾从敬将之引入《草堂》选本,从此风行。

《校辑宋金元人词》引用书目:

> 自分调本行而分类本渐微,嘉靖后所刻《草堂诗余》,如李廷机本、闵暎璧本、《词苑英华》本,皆直接间接自此本出。即钱允治、卓人月、潘游龙、蒋景祁辈所著书,亦无不标小令、中调、长调之目,故欲考词集之分调本,不得不溯此本为第一矣。

案:李廷机本即宗文书堂刊本,此刻表面分类编排,其词作则同顾刻,乃间接出者。建业周文耀刊本亦采此法,表现更为明显,直用顾刻分调,冠以分类。整体上,顾刻之后的各种选本大部分采用了分调编排。下表统计的三十五种刻本,去除两兼的,分调达到十七种。

顾刻之后诸本编排情况

词　集	分类	分调	其他	词　　　集	分类	分调	其他
杨金刊本	√			类编笺释国朝诗余		√	
安肃荆聚本	√			草堂诗余新集		√	
唐顺之注本		√		汇选历代名贤词府全集		√	
宗文书堂本	√			唐词纪	√		
乔山书社本	√			唐宋元明酒词			√
胡桂芳辑本	√			词坛艳逸品			√

（续表）

词　集	分类	分调	其他	词　集	分类	分调	其他
续四库原本		√		词的		√	
自新斋刊本	√			词菁		√	
师俭堂刊本	√			精选古今诗余醉	√		
昆石山人本		√		古今词统		√	
杨慎评点本		√		名媛诗纬初编诗余集			√
周文耀刊本	√	√		倚声初集		√	
沈际飞评本		√		兰皋诗余汇选		√	
词苑英华本		√		词综			√
词林万选			√	草堂嗣响		√	
百琲明珠			√	蓼园词选		√	
花草新编		√		明词综			√
花草萃编		√					

　　考其缘起，词不能应歌是分调的主要动因。宋代作词主要为唱赚服务，"调"即声腔。从音乐的角度出发，中调"大致比小令为舒徐，而长调比中调为婉转"。[①] 所谓小、中、长，本没有严格界限。至明，词体丧失了应歌功能，俞彦就多次提到"今人既不解歌"，"（歌唱之词）至今则绝响矣"。[②] 于是选家开始转向为案头阅读服务，分调本的兴起并迅速盛行之内因或许在此。这一创新影响堪称深远，不独明世《草堂》选本多为牢笼，清初诸选也效仿此例。反对者朱彝尊虽然鄙薄分调，改以字数多寡为先后，其实也是植根于此的。

----

① 沈雄《古今词话》词品上卷"中调"。
② 分别见《爰园词话》"词须注意音调"、"历代诗歌之变迁"条。

(三)　流衍(上)：昆石山人本、词苑英华本、四库全书本

1. 昆石山人本

《类编草堂诗余》四卷，武陵逸史编次，昆石山人校辑，今藏文化部文学艺术研究院、北京市文物局、天津图书馆等十二家单位。

上图有叶景葵跋善本四册，即《中国古籍善本书目》著录者。竹纸。白口，四周单边，单黑鱼尾，鱼尾下标注卷帙、页码。半叶八行，十六字，小字双行注同。卷首何良俊"草堂诗余序"，扉页内叶跋，引吴昌绶"即用顾刻增注故实"之说(见"双照楼跋")。

正文偶有模糊、残缺。收词、词话同顾本，卷三长调较顾本多一首《醉蓬莱》(渐亭皋雨下)，其他无差。按沈际飞评本在标题"老人星"下注"新本遗刻"四字，检上图藏万历四十二年刻续四库原本及闵暎璧刻杨慎评点本均失收，所指概此。印制粗劣，讹误亦多，如卷三长调《玉漏迟》(杏香飘禁苑)目录失收，《燕春台慢》(丽日千门)作《燕台春》(案：沿顾本之误)，《解语花》(风销焰蜡)作《解花语》。

注释与万历十二年唐顺之注本全同，此刻无年份，不知孰为始作俑者。然观题名"武陵逸史编次，上元昆石山人校辑"，不云注释，而曰校辑，当是搜集唐顺之注增入，其问世或在万历十二年后。钤印有"武林叶氏藏书印"、"合众图书馆藏书印"、"景葵秘藏印"等。

2. 词苑英华本

汲古阁刻。上图藏善本十二册，《花间集》、《尊前集》、《花庵词选》、《词林万选》、《诗余图谱》、《秦张两先生诗余合璧》及《草堂诗余》计七种四十五卷。《北京图书馆藏古籍善本书目》将"中兴以来花庵绝妙词选"和"少游诗余、南湖诗余"分别开列，著录九种四十五卷二十册，九行十九字或二十字，白口，左右双边。以下用上

图本。

《草堂诗余》二册,半叶九行,行二十字,白口,双黑鱼尾,中刻"草堂卷某"、页码,左右双边。全书目录汇于一册卷首,各卷首末叶版心鱼尾中刻"汲古阁",并有小方墨印"毛氏"。卷一正文题"武陵逸史编,隐湖小隐订"。

收词全同顾本,删去词话注释。卷四末附刻楷体毛晋识:"宋元间词林选本几屈百指,惟《草堂》一编飞驰。"云云,《郋园读书志》卷十六云此刻有毛氏删改之何良俊序,上图本无,疑为翻刻削减。① 又有叶树廉跋本,见《藏园订补郘亭知见传本书目》。②

3. 四库全书本

《四库》"草堂诗余提要"注用"通行本",删去原本目录,收词遗漏甚多,善本全帙444首,此书录入仅396首,脱48阕,占十分之一强,抄手取巧,可谓已甚。

四库本漏收词作表

善本次序	卷帙	调　名	首　句
66	卷一小令	谒金门	春雨足
67		谒金门	风乍起
68		清平乐	春风依旧
69		清平乐	深沉院宇
70		清平乐	悠悠扬扬

① 叶德辉《郋园读书志》卷十六,长沙叶氏上海澹园民国十七年(1928)铅印本,第31页:"草堂诗余四卷　明汲古阁刊本:此书为上海顾子汝家藏宋本重刻,毛晋汲古阁又重刻之。原刻前嘉靖庚戌何良俊序……'要皆不出此编矣'下有云'顾子上海名家……为圣天子制功成之乐',凡一百四十三字,下接'上探元声'句,今毛本全行删去,而于'探元声'句上增'有心者'三字,几不知原刻出自顾氏。毛氏刻书谬妄,其不足取信如此。"

② (清)莫友芝撰、傅增湘订补、傅熹年整理:《藏园订补郘亭知见传本书目》第四册卷十六下,中华书局,第63页。

（续表）

善本次序	卷帙	调　名	首　句
71	卷 一 小 令	更漏子	玉炉香
84		海棠春	流莺窗外啼声巧
85		浪淘沙	蹙损远山眉
86		浪淘沙	帘外雨潺潺
86		浪淘沙	把酒祝东风
88		锦堂春	楼上紫帘弱絮
89		朝中措	平山栏槛倚晴空
90		眼儿媚	杨柳丝丝弄轻柔
91		眼儿媚	楼上黄昏杏花寒
92		贺圣朝	满斟绿醑留君住
93		柳梢青	岸草平沙
94		柳梢青	子规啼血
95		柳梢青	有个人人
207	卷 二 中 调	千秋岁	塞垣秋草
208		风入松	一宵风雨送春归
209		隔浦莲近	新篁摇动翠葆
210		何满子	怅望浮生急景
211		传言玉女	一夜东风
212		解蹀躞	候馆丹枫吹尽
213		诉衷情近	景阑昼永
316	卷 三 长 调	念奴娇	杏花过雨
317		念奴娇	野棠花落
318		念奴娇	故园避暑
319		念奴娇	凭高眺远
320		念奴娇	洞庭波冷
321		念奴娇	断虹霁雨
322		念奴娇	玉楼绛气

（续表）

善本次序	卷帙	调　名	首　句
323		念奴娇	插天翠柳
324		念奴娇	寻常三五
325		念奴娇	素光练静
326	卷三长调	念奴娇	素娥睡起
327		念奴娇	海天向晚
328		念奴娇	朔风吹雨
329		念奴娇	大江东去
330		念奴娇	洞庭青草
331		念奴娇	晚风吹雨
332		念奴娇	别离情绪
333		念奴娇	旧游何处
334		念奴娇	嗟来咄去
335		念奴娇	见梅惊笑
383	卷四长调	应天长	条风布暖
384		应天长	管弦绣陌
444		西平乐	稗柳苏晴

《中国善本书提要》：

　　《类编草堂诗余四卷》，四册（《四库总目》卷一百九十九），（北图）明嘉靖间刻本［，十一行十九字］。

　　明何士信辑。卷内题："武陵逸史编次，开云山农校正。"按此本为是书一新本，汲古阁本从此本出，《四库全书》亦据此本著录。

　　案：此说不确。顾刻染指者众，新本甚多，然汲刻、《四库》似非源自同本。差别如卷一小令《踏莎行》(小径红稀),汲刻署"寇平叔",《四库》署"寇平仲";卷二中调《鱼游春水》(秦楼东风里),汲刻署"阮逸女",《四库》署"阙名";卷三长调《满庭芳》(晓色云开),汲刻作"晚兔",《四库》作"晚色";卷四长调《春从天上来》(海角飘零),汲刻署"吴彦章",《四库》署"吴彦高";同卷《二郎神》(炎光谢),汲刻同,《四库》则作"炎光初谢"。

(四) 流衍(中):宗文书堂本、乔山书社本、自新斋刊本、师俭堂刊本、周文耀刊本

1. 宗文书堂本

已知分类评点本最早为《重刻类编草堂诗余评林》六卷,题明唐顺之解注,田一隽辑,李廷机评,明万历十六年书林詹圣学刻本,今藏南京图书馆、中山大学图书馆。《西谛书目》著录:"《类编草堂诗余》存四卷,明田一隽辑,明刊本,存卷三至六。"

其后即《新刻注释草堂诗余评林》六卷,题李廷机评、翁正春校正、明万历二十三年(1595)闽书林郑世豪宗文书堂刻,今藏中国人民大学图书馆、上海图书馆及安徽省博物馆。《全宋词》引用书目用此本,误为三十二年刊。[1] 廷机,字尔张,万历十一年(1583)进士第一,累官礼部尚书,入参机务,未几乞休。《明史》卷二百十七有传。

上图藏二册,半叶九行,十八字,小字双行同,白口,单黑鱼尾,四周双边。书口题"评释草堂诗余",版心下有"宗文书堂"字样。扉页黄裳墨跋。书中钤有"黄裳小雁"印记。

坊刻逐利,往往疏漫杂舛,此本有之。如各卷目录题名不一:"新刻注释草堂诗余一卷目录"、"新刻草堂诗余目录二卷"、"新刻

---

① 《全宋词》,中华书局1999年,第4页:新刻注释草堂诗余评林六卷,明李廷机评,翁正春校正,明万历三十二年书林刊本,上海图书馆藏。

评释草堂诗余目录三卷"、"新刻评释草堂诗余目录卷之四",五、六同卷四。

字句讹误:卷二《阮郎归》(西园风暖落花时),误植为《小重山》;卷五《一剪梅》(红藕香残玉簟秋)"玉簟"作"王簟","花自飘零"作"花月飘零";《念奴娇》(洞庭青草)"玉界琼田三万顷"脱"三","万"字前空一格;"肝肺皆冰雪"作"水雪"。以上均有朱笔订正,殆出黄氏手。

又有一错订:据国图本,卷一《瑞鹤仙》(瑞烟浮禁苑)与前首《绛都春》(融和又报)当在第七页,上图本订于八页《宝鼎儿》(案:当为"宝鼎现")(夕阳西下)后。

收词:卷一计 61 首,卷二 78 首,卷三 85 首,卷四 65 首(目录题 62 首),卷五 92 首,卷六 54 首(目录题 52 首)。

国图有残本,存卷一至卷三。刊刻早上图本一年。据胶卷,二刻版式、内容无差,如卷一《多丽》(想人生美景良辰堪惜)上图本正文下串两篇,在《渡江云》(晴岚多楚甸)(案:当为"晴岚低楚甸")后。国图同,可知同版。卷首何良俊《草堂诗余序》脱大半,末删去何良俊名,署"万历甲午岁吉宗文书舍重梓"。又卷二末首《谒金门》(春雨足)正文不存。

此选渊源有自,据统计,顾本收词 443 首,此选收 435 首。比顾本少 10 首,又多 2 首,多出者遵正书堂本有。由是可知:此以顾本为底,参何士信系列旧本,而打乱顺序,全依时令,分春、夏、秋、冬四景,裁为六卷。《草堂》系列原为分类本,现存之古本如至正双璧陈氏本、洪武遵正书堂本,分目多芜杂舛乱。此书汰去重为整合,惟取前集之四景冠之,眉目更为清楚。且其出在顾氏分调本风行以后,更显可贵。此后诸多分类评本,虽题名不同,其实均步武宗文,未脱牢笼。

2. 乔山书社本

《新锓订正评注便读草堂诗余》七卷,明董其昌评定,明曾六德参释,明万历三十年(1602)乔山书社刻本,《西谛书目》著录一册,国家图书馆藏二册,半叶十行,二十字,白口,单黑鱼尾,四周单边。正文署"秣陵思白董其昌评定,古闽心蕊曾六德参释",板上评点栏刻小字注解评论。每首均有评。卷下末竖长方墨印"乔木山房"。其昌,字玄宰,号思白,华亭(今上海松江)人。历庶吉士、南京礼部尚书、太子太保,卒赠太子太傅,谥文敏。精书画,有《容台集》、《画禅室随笔》等。

卷首"草堂诗余引"与天启五年周文耀刊朱墨套印本"题砵批注释草堂诗余引"大同,中有:"吾年友李君于举业暇时分门取类,仍加评释,付诸梓而行之天下。"则董评、曾释之说明系书坊障眼。选词、顺序全同宗文本。

卷七附录,扉页题七绝一首:"风雨连天不自由,皆由石燕舞无休。可怜一片为心碎,碎在燕巢幕上头。"后文及签名潦草不辨。

卷前说明:"附录者皆词苑之绝笔,惜诗余未及选也,今以数调增入俾为作者之式,以便准绳焉。"此广告语,内容非是。仍以小、中、长调排列,共54首,与前六卷重出4首,见于《草堂》他本者15首,独有35首,末首《绿头鸭》脱作者首句。作者杂糅五代至本朝,格调不高。

3. 自新斋刊本

《新刻题评名贤词话草堂诗余》六卷,有明万历四十三年(1615)李攀龙补遗、陈继儒校正,书林自新斋余文杰刻本,今藏国家图书馆、上海图书馆、河南省图书馆。攀龙(1514—1570),字于鳞,号沧溟,历城(今山东济南)人。嘉靖进士,授刑部主事,历任郎中、陕西提学副使等职,官至河南按察使。与谢榛、王世贞、梁有誉、吴维岳结社论诗,称"五子",又与吴国伦、徐中行称"后七子"。《明史》卷二百八十七有传。继儒(1558—1639),字仲醇,号眉公,华亭(今上海松江)人。诸生,屡被征召不就。工诗文、书画,与董其昌齐名。有《眉公全集》,《明史》卷二百九十八有传。

上图藏本已注销。国图藏三册,此据胶卷,半叶十行,二十字,小字双行同。白口,无鱼尾,四周单边,版心上"草堂诗余",中"某卷",下页码。叶眉评点栏,正文附注释。全书破损较多。案:自新斋亦闽书林,袭评林自有地利之便。

卷首何良俊序,末署"龙飞万历,岁次乙卯,孟秋月谷旦自新斋余泰垣重梓,以广其传云"。目录一行两调,调名、标题四周包框,作者未包,各空一格,似悬起麻将而长短不一。正文、评点、注释及次序全同评林本,仅具形式文章而已。正文题:"济南于鳞李攀龙补遗,四明眉公陈继儒校正,书林泰垣余文杰绣梓。"选词、次序、评语均同宗文本。

4. 师俭堂刊本

《新刻李于鳞先生批评注释草堂诗余隽》四卷,书林师俭堂萧少衢刻本,今藏上海图书馆、西北师范学院图书馆及南京图书馆。南图本见于《江苏省立国学图书馆图书总目》著录。

上图本四册,题吴从先辑、袁宏道增订,明万历四十七年(1619)刻。半叶九行,二十字,小字双行同。白口,无鱼尾。版心上"草堂诗余隽",下刻卷数、页码。《全宋词》引用书目用此本。从先,字宁野,号小窗,嘉靖年间常州人。喜作俳谐杂说及诗赋文章,著有《小窗自纪》四卷。宏道(1568—1610),字中郎,公安(今属湖北)人。年十六为诸生,万历二十年(1592)进士,不仕。后选吴县知县,终稽勋郎中,与兄宗道、弟中道并称"公安三袁"。

卷首行书草堂诗余序,署"时己未仲冬临川毛伯丘兆麟题于听月轩斋头",内述此刻源流,本刻乃继踵《唐诗隽》、《明诗隽》,为系列之一。四卷目录全列于一册叙后,正文作者调名同行连刻,次行镌小字双行词作内容提要,文中小字双行注,末刻墨笔行书评点。页眉评点栏,先刻对应词调标题,后亦刻墨笔行书批注。正文题名

"古歙吴从先宁野甫汇编,公安袁宏道中郎甫增订,仁和何伟然欲仙甫参校"。后三卷"李于鳞"均作"麟",《明史》用"鳞",明人刻书之疏误散漫可见。

考内容,此书虽题李攀龙批评,选词实以宗文书堂为本,仅阙《如梦令》(花落莺啼春暮)一首。此作为顾本系列必选,删去可能性极渺,疑刻书失收。若有此首,则此本收词全同。有明证:宗文本较顾本系列他选均有者少 10 首,计《好事近》(叶暗乳鸦啼)、《菩萨蛮》(哀筝一弄湘江曲)、《菩萨蛮》(秋千院落重帘幕)、《青玉案》(碧空暗淡同云绕)、《木兰花慢》(算秋来景物)、《六幺令》(快风收雨)、《水调歌头》(江山自雄丽)、《六丑》(正单衣试酒)、《醉花阴》(薄雾浓云愁永昼)、《阮郎归》(湘天风雨破寒初)。此本亦同阙。此刻晚出二十四年,且同系闽书林,当用其选而重为编排者,注释亦同。差别在增以大量提要、眉批和尾评,有挈领、点睛及总括,似制义模式,亦与小说评点之类风行不无瓜葛。钤印有"南陵徐乃昌校勘经籍记"、"积学斋徐乃昌藏书"。

5.周文耀刊本

《新刻硃批注释草堂诗余评林》四卷,李廷机评注,天启五年(1625)周文耀刻朱墨套印本,《中国古籍善本书目》著录,今藏公安部群众出版社及安徽省图书馆。

国图藏善本四册,此据胶卷。封面墨笔题"明本草堂诗余,凡四册,兰芝馆藏书",扉页四周花草朱栏"新刻硃批注释草堂诗余评林,建业周如泉刊"。第四册末叶残。其他完整。有叶向高天启乙丑(1625)"题硃批注释草堂诗余引",六行,十三字,浅蓝色。正文朱墨套印,无直格。九行,二十字,上有评点栏。单黑鱼尾,书口上书"硃批草堂诗余",鱼尾下"卷之某"。下页码。调名、词作正文用墨,标题、注释、叶眉批语均朱文。

此书先取顾本为底,依四卷分调次序摘选词作,卷内再用宋刻旧本标题归纳,为明世《草堂》选本分类、分调二脉之综汇。卷一目录后有双边长方牌记,朱字,墨笔句读,申明分类意图。①

　　卷一诗余小令,分春景类、夏景类、秋景类、冬景类、宫闺类、题咏六种;卷二中调,五种,无宫闺;卷三长调,只有四景;卷四长调,只有杂咏类。卷四眉批云杂咏类乃抽取合并而成,可见编者还是颇下功夫的。②

　　收词占顾本三分之二强,总计326首。目录各类下标调数,与正文不尽相同:

　　卷一小令96首:春景24首,夏景10首,秋景17首,冬景13首,宫闺14首(目录15首),题咏18首(目录22首)。

　　卷二中调76首:春景31首(目录27首),夏景8首(目录7首),秋景11首,冬景4首,题咏22首(目录21首)。

　　长调154首:卷三春景28首(目录27首),夏景16首(目录12首),秋景29首(目录27首),冬景7首;卷四长调杂咏74首(目录无阕数)。

　　小、中、长调界限与顾本相同,则是先取顾从敬本为底,摘选词作,卷一为小令,卷二中调,卷三、卷四长调。卷内再按标题归纳,春、夏、秋、冬四景固遵正书堂本原目,"宫闺"、"杂(题)咏"二名系整合遵正"人事类"细目"宫词"及"饮撰器用"而成。

　　同馆又有翻刻普通本,格式内容全同善本两册。每册两卷。朱墨套印,色淡,暗红,不易辨认。无序,"新刻朱批注释草堂诗余目录"下钤方朱阳文"榴阴书堂"。卷四末自三十七叶B起至末叶

----

　　①"《草堂诗余》,翰林九我李先生在灯窗下已朱批注释评林矣。以小令、春、夏、秋、冬为第次,列置于前,题咏列之于后。但与原本第次不同,中调亦如是,长调又如是。俱以四景为先,题咏取次列之于后。使观者展卷则知,不复数次寻绎,极便观览,本堂求而梓之,以公天下。"

　　②"此第四卷,原本不分次第,只取长调内有四景词调已列入第三卷内,此只□题咏为例,三卷内亦有题咏,仍列入在四卷内和而并之,此第四卷俱以题咏类之,又皈一卷,观者详之。"

朱文牌记均残上半,一行存"之吉"二字,二行存"绣镍"二字。不知何人所版。

(五) 流衍(下):唐顺之注本、胡桂芳辑本、续四库原本、杨慎评点本、沈际飞评本

1. 唐顺之注本

《类编草堂诗余》四卷,题唐顺之注、田一隽辑、明万历十二年书林张东川刻本,今藏国家图书馆及上海图书馆。顺之,字应德,武进人,嘉靖中会试第一,学问渊博,天文、地理、兵法、算术无不精究,撰有《广右战功录》、《史纂》、《左编》、《两汉解疑》、《两晋解疑》、《诸儒语要》、《南北奉使集》、《荆州稗编》、《荆川文集》等。

上图善本四册,竹纸,四周单边,版心下大黑口,单黑鱼尾,刻"卷之某",版心上刻"诗余"。卷首何良俊"草堂诗余序",半叶七行,十五字。正文半叶八行,行十六字,小字双行同。每册一卷,目录居首。正文题"翰林院荆川唐顺之解注,翰林院荆川田一隽精选"。

此为分调本。卷一小令,卷二中调,卷三、卷四长调。选词、分卷大体同顾本。溢出 4 首,卷一《西江月》(日日深杯酒满),卷三《醉蓬莱》(渐亭皋叶下)、《昼夜乐》(秀香家住桃花径),卷四《西平乐》(稠柳苏晴)。《醉蓬莱》、《西平乐》二阕何士信系列旧本多有。《醉蓬莱》为末首,在顾本末首《戚氏》(晚秋天)之后,目录未收,大约刊刻时补入。《西江月》、《昼夜乐》旧本无,此后见于胡桂芳本"卷下人事"及"卷下宫闺"。沈际飞本并有。胡本用旧本分类,而选词有未见者,可知万历间尚有他本,今不传。此选或参之。

唐顺之新增之夹注,此后诸本多用,如万历二十三年宗文书堂本、万历四十二年续四库原本均是,明末沈际飞本亦采录,又为增注。目录末黄裳墨跋也注意到此本注释的价值:"世传词余有元刻

及洪武刻何士信本,有嘉靖顾刻,有万历翻顾本,改题武陵逸史本,皆无注。此刻则绝未见于著录。余与万历刊《唐词纪》十六卷同得,皆可宝爱。"

该刻尚有六卷本,《中国古籍善本书目》著录"重刻类编草堂诗余评林六卷",题明唐顺之解注,明田一隽辑,明李廷机评,明万历十六年书林詹圣学刻本,今藏南京图书馆、中山大学图书馆。《西谛书目》云:"《类编草堂诗余》存四卷,明田一隽辑,明刊本,存卷三至六。"钤印有"南陵徐乃昌校勘经籍记"、"徐乃昌读"、"丹斧"、"来雁榭"、"黄裳藏本"、"父子"、"延礼之印"等。

2. 胡桂芳辑本

《类编草堂诗余》三卷,宋何士信辑,明胡桂芳重辑,明万历三十五年(1607)黄作霖等刻本,《中国古籍善本书目》未著录。桂芳,字允垂、瑞芝,金溪(今属江西)人,万历二年(1574)进士,历任杭州府推官、兵部主事、海南道提督、琼州学政、湖广参政,万历二十八年晋广东右布政使,万历三十年任广东按察使,数年后调任工部侍郎,约于万历四十三年(1615)弃仕归家,闭户读书,著有《读史愚见》、《自吟稿》、《云林悟言》、《忠孝集》、《居家要语》等。崇祯六年(1633)卒,谥忠端。

国图藏善本二册,此据胶卷。半叶九行,二十字,小字双行同。白口,无鱼尾,四周单边,版心上"草堂诗余",中"卷之某",下页码。格式清晰,字体工整,刻印精美。无注释、评点。卷首何良俊《草堂诗余序》,半叶八行,行十七字;《类编草堂诗余序》,半叶六行,行十四字,行楷,"万历丁未季春谷旦,广东布政使司管右布政事,左布政使金溪胡桂芳书于爱树堂"。钤有"甲戌进士"墨印。卷末附《类编草堂诗余后跋》,半叶七行,行十六字,行楷,署"万历丁未莫春番禺门人黄作霖谨跋"。

正文以类分,据何士信系列旧刻类目,调整为卷上、卷中时令,卷下名胜、花卉、禽鸟、宫闺、人事、杂咏七类。

全书收词"一宗顾汝和(案,当为汝所之误)所选"(黄作霖"类编草堂诗余后跋"),共 464 首:卷上 177 首,卷中 137 首,卷下 150 首。其中 7 阕此前选本均无,后仅沈际飞本收,计卷下"宫闺"《长相思》(深画眉)、卷下"花卉"《菩萨蛮》(一声羌笛吹鸣咽)、卷下"宫词"《鹤冲天》(晓月坠)、卷下"宫闺"《南柯子》(玉漏迢迢尽)、卷下"人事"《渔家傲》(楼外天寒山欲暮)、卷下"名胜"《念奴娇》(炎精中否)及卷中"时令"《绿头鸭》(晚云收)。除《绿头鸭》外,调名后均注小字"附",选录来源当出失传之别本。

3. 续四库原本

《类选笺释草堂诗余》六卷、《类选笺释续选草堂诗余》二卷,明万历四十二年(1614)刻本,今藏国家图书馆、北京大学图书馆、上海图书馆等二十家。

国图本(此据胶卷),六册,半叶九行,二十字,白口,左右双边。《全宋词》引用书目同。卷首《合刻类编笺释草堂诗余序》、陈仁锡《诗余序》、《续诗余序》、何良俊《类选笺释草堂诗余序》,卷一钤方蓝阳文"长乐郑振铎西谛藏书",下方墨阳文"文驹之章"。

上图本版式、内容无差,序文排列小异。十二册,每集各订为一册,《国朝诗余》小令卷一、卷二合为一册。《续修四库》(集部1728—65)据之影印。以下用上图本,简称续四库原本。《类选笺释国朝诗余》五卷详专文。

《类选笺释草堂诗余》六卷,首陈仁锡《诗余序》,行楷,半叶五行,行十二字。后何良俊《类选笺释草堂诗余序》,格式同正文。署"甲寅中秋古吴陈仁锡书于尧峰之青莎坞"。钤印二:"明卿父"、"陈仁锡印",均为墨阴文。陈序首叶版心下角"吴郡章钦刻"。检《明代刊工姓名索引》(李国庆编纂,上海古籍出版社 1998 年)有"吴郡章钦,天启二年(1622)刻本《三苏文苑》",疑即此人。

正文无句读及圈点评语,注释用唐顺之本,系各句下。选词、词话全同顾从敬本,卷一小令漏收《玉楼春》(秋千院落重帘幕)一阂,前此之李廷机评本、乔山书社本、后之李攀龙评本均无,至明末沈际本评本以"补亡"收入。各卷题"上海顾从敬类选,云间陈继儒重校",参订人不同:卷一"吴郡陈仁锡",卷二至六"吴郡钱允治"。此刻允为当时之通行本,《续修四库》选取或以其常见。其后沈际飞本据此归纳为正、续、新三集,增以别集四卷。合订两卷为一册,《国朝诗余》前三卷为一册,计八册,纸墨俱佳。钤印有"学薛堂印"、"惊座"、"于氏世家"等。案仁锡字明卿,号芝台,长洲(今江苏苏州)人。天启二年进士,授编修,典诰敕,以不肯撰魏忠贤铁券文落职。崇祯初,召复故官,累迁南京国子祭酒,崇祯七年卒,谥文庄。仁锡讲求经济,性好学,喜著书,有《四书考》、《文品苇函》、《古文奇赏》、《续古文奇赏》等。允治,名府,字功甫,长洲人,好藏书。传见《列朝诗集小传》。

《类选笺释续选草堂诗余》二卷,首《续诗余序》,行书,半叶五行,行十二字,末署"甲寅秋日陈仁锡书于天涌峰"。印二:"尧峰主人"、"陈氏明卿"。全书末《合刻类编笺释草堂诗余序》,署"万历甲寅长至日老生钱允治撰"。选词 227 首:卷上小令 133 首,卷下中调 65 首,卷下长调 29 首。

4. 杨慎评点本

《评点草堂诗余》五卷,明杨慎评点、闵暎璧刻朱墨套印本,今藏国家图书馆、北京师范大学图书馆、上海图书馆等二十五家单位。《全宋词》参此本。[①]《词坛合璧》含《词的》、《四家宫词》、《花间集》、《草堂诗余》四种。检国图藏,仅见普通本,均墨印,盖翻刻者,不佳。此用上图本。五册,白绵纸,无栏,半叶八行,十八字,白口,四周单边,无直格,无鱼尾。书口上刻"草堂诗余卷某",下页码。叶眉朱评,正文朱批,朱笔圈点及句读。眉目清楚,刷印精良,堪称坊刻之善本。惜内容与《草堂》系列同病,舛

---

① 引用书目:《草堂诗余》五卷,明杨慎评点,明刊词坛合璧本,北京图书馆藏。

误甚多。具体刻年不详。卷首杨慎"草堂词选叙",大字行书。内容大体同"辞品序"。末句及落款小异。卷一目录,卷二至五依小、中、长调排列。第二册封底左下角双行小蓝印章"房管局移交丁伯雄案内图书"。正文题"西蜀升庵杨慎批点,吴兴文仲闵暎璧校订",无藏印。

　　编次用顾从敬本,裁为五卷,增刻升庵批点。卷一小令 110首,卷二小令 47 首,卷三中调 86 首,卷四长调 109 首,卷五长调90 首,共计 442 首。其中卷二小令比顾本少《玉楼春》(秋千院落重帘幕)及《鹊桥仙》(纤云弄巧)两首,卷五长调多《西平乐》(稚柳苏晴)。所缺疑刻漏。清光绪中,宋泽元覆刻,序云:"客岁仲秋,于坊间得杨升庵先生硃批本,为吴兴闵暎璧所刻……其词句与他本互异,及于本词事有关涉者,随笔记识,得百余条,弃之可惜,因附泐于各词之后。"(《忏花庵丛书》)检此本,十行二十一字,刻书体,各卷题"西蜀杨慎升庵批点,山阴宋则元瀛士校订"。闵刻行楷体朱批注释均墨,内容相同。"泽元识"附词后低五格,即增注者,校勘字句,增补本事,如卷一《浣溪沙》(菡萏香销翠叶残)末:"陈眉公评本此词是南唐元宗作,证之《词综》亦然,《南唐书》云元宗作《浣溪沙》词,手写以赐王感化,惟《花庵》及此本属之后主,恐误。"《菩萨蛮》(南园满地堆轻絮)末:"《花庵》本此词为温飞卿作。"《卜算子》(缺月挂疏桐)末句:"枫落吴江冷。""泽元识"曰:"《耆旧续闻》云赵右史亲见东坡此词墨迹,末句是'寂寞沙洲冷',又按《女红余志》谓为温都监女而作,'沙洲'盖葬所也。"云云。

　　《好古堂书目》、《西谛书目》、《中国善本书提要》著录。《藏园订补郘亭知见传本书目》(卷十六下)收又一本,署"明陈深批点",卷帙、版式、刊者均同,疑即此刻改换名氏。

　　5. 沈际飞评本

　　沈际飞,生平不详。据《倚声初集》"爵里",际飞为天启间昆山人。《新集》评语有"余祖风泉公于衡山公僚婿也,相高诗酒。晚年

喜哦此词,以为是两人公案",①盖承家学。此刻别本较多,撮其要者有:

(1)《草堂诗余》正集六卷,别集四卷,长湖外史选、天羽居士评续集二卷

上图藏明刻普通本,十二册,正集六册(卷一小令,卷二小令、中调,卷三中、长调;卷四至六长调),别集四册(卷二小令一册,卷三中、长调一册,卷四长调共两册,缺卷一小令),续集两册(卷上小令,卷下小令、中、长调)。

正集三序:来行学《草堂诗余原序》,陈仁锡《诗余序》,何良俊《草堂诗余原序》,沈瓒馨跋。续集收黄河清《草堂诗余原序》。别集无卷一,不知序有无。

正文评点个别不清,不及下文十八册本。《千顷堂书目》著录:"沈际飞草堂诗余正续新三辑十二卷。"《明志》:"沈际飞《草堂诗余》十二卷。"当即此本。

(2)《古香岑草堂诗余》正集六卷、新集五卷、别集四卷、续集二卷

《中国古籍善本书目》著录:"古香岑草堂诗余四集十七卷,明末刻童涌泉印本。"今藏中共中央党校图书馆、天津师范大学图书馆等十二家单位。

上图有明刻普通本,十八册,九行,十九字,四周单边,小字双行。朱笔圈点句读,眉批夹批。体制规整,刷印佳,为普通本中最善者。版式内容同下文翁少麓八册本。扉页题"镌古香岑批点草堂诗余四集",下小字双行:重订正集、搜采新集、校讹别集、精选续集,吴门童涌泉梓。

正集七册,首册有序、发凡。叶眉评点栏。收三序:陈仁锡《诗余序》、秦士奇《草堂诗余序》,沈际飞《序草堂诗余四集》。续、别、

---

① 见《新集》卷四长调文征明《满庭芳》(红雨鏖尘)眉批。

新集均无序。上图又有十六册普通本,内容同上,仅收陈仁锡序,粗劣不堪。

(3)《草堂诗余》正集六卷、续集二卷、别集四卷、新集五卷

国图有明万贤楼自刻善本八册,半叶九行,十九字,小字双行同,无直格,白口,四周单边。此据胶卷。《中国古籍善本书目》未著录。

扉页题:"镌古香岑批点草堂诗余四集,一重订正集、一搜采新集、一较讹别集、一精选续集,吴门万贤楼梓。"序仅存陈仁锡《诗余序》,后发凡、目录。此刻版式、内容、眉批、圈点全同上图翁少麓八册善本,书叶间有模糊、脱漏、印制不及。

(4)沈际飞评正《草堂诗余》正集六卷、续集二卷、别集四卷、新集五卷

《中国古籍善本书目》著录:"古香岑草堂诗余四集十七卷,明末刻翁少麓印本。"今藏天津图书馆、济南市图书馆等八家单位。上图有明刻善本八册,半叶九行,十九字,小字双行同,无直格,白口,四周单边。扉页题:"镌古香岑批点草堂诗余四集,一正集、一续集、一别集、一新集,南城翁少麓梓行。"

文中墨笔圈点,注评,页上评点栏。书口上刻"草堂诗余正/续/别/新集",单鱼尾,或黑或白,一卷内有夹杂,鱼尾下"卷某",下页码,末大多有数字,两半页不同,排列不规律,坊间书板号款,待考。略有蠹吻。第四册续集卷下末脱《贺新郎》二调。国图本全。

正集六序,依次为:陈仁锡《诗余序》、秦士奇《草堂诗余序》、来行学《草堂诗余原序》、沈际飞《序草堂诗余四集》、沈瓒馨《跋》、何良俊《草堂诗余原序正集》(在发凡后目录前)。续集一序:黄河清《草堂诗余原序续集》;别集一序:沈际飞《草堂诗余别集小序》;新集一序:钱允治《国朝诗余原序》。

童涌泉、万贤楼与翁少麓本的先后关系没有确证,沈津认为童

本据翁本翻刻,①私意同之,且万贤楼亦为翻翁本者。案此本《发凡·诫翻》提到"太末翁少麓氏,志趣风雅,敦悬兹集,捐重资精镌行世",其精善远在童涌泉、万贤楼之上,当为首刻。就地望言,太末属浙江,童涌泉、万贤楼均题吴门,今属苏州。二坊取翁本,转相翻刻,可以推见。

沈本系列著录所见尚有:《栋亭书目》卷四、《万卷精华楼藏书记》卷一四三、《好古堂书目》、《〈贩书偶记〉附续编》卷二十、《观古堂藏书目》卷四、《校辑宋金元人词》引用书目、《西谛书目》、《中国善本书提要》等。

附一:顾本作者勘误表

次序	卷帙	调 名	首 句	作 者	勘 误
1		捣练子	心耿耿	秦少游	无名氏
2	卷一小令	忆王孙	萋萋芳草忆王孙	秦少游	李重元
3		忆王孙	风蒲猎猎小池塘	周美成	李重元
4		忆王孙	同云风扫雪初晴	六一居士	李重元
5		如梦令	门外绿阴千顷	秦少游	曹 组
6		如梦令	莺嘴啄花红溜	秦少游	无名氏
7		如梦令	池上春归何处	周美成	秦 观
8		如梦令	花落莺啼春暮	周美成	谢 逸
10		如梦令	楼外残阳红满	晏叔原	秦 观

---

① 《美国哈佛大学哈佛燕京图书馆中文善本书志》,上海辞书出版社1999年,第775页"明末吴门童涌泉刻本古香岑草堂诗余":"疑此哈佛本乃为吴门童涌泉得翁少麓版重印本。由上海图书馆、山东省图书馆等二十一馆有是书之明末刻本,行款等皆此本,余疑明末刻本、翁少麓本、童涌泉本乃为一版,俟之他日,或有同道者有缘作一比对。"

（续表）

次序	卷帙	调 名	首 句	作 者	勘 误
12		长相思	红满枝	冯延巳	无名氏
13		长相思	一重山	李后主	邓 肃
18		生查子	含羞整翠鬟	张子野	欧阳修
19		点绛唇	红杏飘香	贺方回	苏 轼
20		点绛唇	春雨濛濛	何 籀	无名氏
21		点绛唇	莺踏花翻	何 籀	无名氏
25	卷一小令	浣溪沙	水涨鱼天拍柳桥	周美成	无名氏
26		浣溪沙	小院闲窗春色深	周美成①	李清照
30		浣溪沙	雨过残红湿未飞	欧阳永叔	周邦彦
31		浣溪沙	风压轻云贴水飞	李 景	苏 轼
32		浣溪沙	手卷真珠上玉钩	李 景	李 璟
33		浣溪沙	一曲新词酒一杯	李 景	晏 殊
34		浣溪沙	青杏园林煮酒香	秦少游	晏殊、欧阳修
36		浣溪沙	锦帐重重卷暮霞	张子野	秦 观
37		浣溪沙	水满池塘花满枝	张子野	赵令畤
40		浣溪沙	菡萏香消翠叶残	李后主	李 璟
43		菩萨蛮	南园满地堆轻絮	何 籀	温庭筠
46		菩萨蛮	金风簌簌惊黄叶	秦少游	无名氏
49		菩萨蛮	哀筝一弄湘江曲	张子野	晏几道
59		忆秦娥	花深深	孙夫人	郑文妻

① 《四库》作"欧阳永叔"。

（续表）

次序	卷帙	调名	首　句	作者	勘误
61		忆秦娥	云垂幕	张安国	朱　熹
62		忆秦娥	香馥馥	周美成	无名氏
63		谒金门	愁脉脉	俞克成	陈　克
64		谒金门	鸳鸯浦	秦处度	张元干
66		谒金门	春雨足	韦　庄	无名氏
69		清平乐	深沉院宇	刘巨济	晁端礼
70		清平乐	悠悠扬扬	孙夫人	孙道绚
72	卷一小令	阮郎归	东风吹水日衔山	李后主	冯延巳
73		阮郎归	南园春半踏青时	欧阳永叔	冯延巳
74		阮郎归	春风吹雨绕残枝	秦少游	无名氏
79		阮郎归	歌停檀板舞停鸾	黄山谷	黄庭坚、苏轼
80		画堂春	落红铺径水平池	徐师川	秦　观
81		画堂春	东风吹柳日初长	秦少游	秦观、黄庭坚
84		海棠春	流莺窗外啼声巧	秦少游	无名氏
90		眼儿媚	杨柳丝丝弄轻柔	王元泽	无名氏
91		眼儿媚	楼上黄昏杏花寒	秦少游	阮阆休
93		柳梢青	岸草平沙	秦少游	仲　殊
94		柳梢青	子规啼血	贺方回	蔡　伸
95		柳梢青	有个人人	周美成	无名氏
102		桃源忆故人	碧纱影弄东风晓	秦少游	欧阳修
104		探春令	绿杨枝上晓莺啼	晏叔原	无名氏
111		怨王孙	梦断漏悄	李易安	无名氏

（续表）

次序	卷帙	调　名	首　　　句	作　者	勘　误
115	卷一小令	鹧鸪天	枝上流莺和泪闻①	秦少游	无名氏
136		虞美人	落花已作风前舞	周美成	叶梦得
142		南乡子	晓日压重檐	孙夫人	无名氏
145		醉落魄	红牙板歇	黄鲁直	无名氏
150		踏莎行	春色将阑	寇平叔	寇准
151		踏莎行	小径红稀	寇平叔②	晏殊
153		小重山	谁劝东风腊里来	李汉老	李邴、毛滂
154		小重山	楼上风和玉漏迟	赵德仁	赵令畤
157		小重山	花过园林清阴浓	蒋子云	沈蔚
162	卷二中调	临江仙	绿暗汀洲三月暮	晁无咎	无名氏
173		蝶恋花	卷絮风头寒欲尽	赵德麟	赵令畤、晏儿道
177		蝶恋花	海燕双来归画栋	俞克成	欧阳修
178		蝶恋花	钟送黄昏鸡报晓	秦少游	王晋卿
182		苏幕遮	陇云沉	周美成	无名氏
189		醉春风	陌上清明近	赵德仁	无名氏
192		声声令	帘移碎影	俞克成	无名氏
193		锦缠道	燕子呢喃	宋子京	无名氏
195		凤凰阁	遍园林绿暗	叶道卿	无名氏
196		青玉案	一年春事都来几	欧阳永叔	无名氏
199		青玉案	人生南北如歧路	吴彦高	无名氏

①《四库》作"枕上"。

②《四库》作"寇平仲"。

（续表）

次序	卷帙	调名	首　句	作者	勘误
211	卷二中调	传言玉女	一夜东风	胡浩然	晁冲之
224		新荷叶	雨过回塘	僧仲殊	赵　抃
230		蓦山溪	洗妆真态	曹元龙	曹　组
234		满路花	帘烘泪雨干	朱希真	周邦彦
242		江城梅花引	娟娟霜月冷侵门	康伯可	程　垓
244		鱼游春水	秦楼东风里	后人刮去①	无名氏
254	卷三长调	满江红	斗帐高眠	张安国	无名氏
258		玉漏迟	杏香飘禁苑	宋子京	韩嘉彦
261		天香	霜瓦鸳鸯	王　充	王　观
272		满庭芳	红蓼花繁	张子野	秦　观
278		水调歌头	江山自雄丽	韩子苍	张安国
280		烛影摇红	双阙中天	张材甫	张　抡
282		烛影摇红	香脸轻匀	王晋卿	周邦彦
283		烛影摇红	乳燕穿帘	孙夫人	无名氏
286		倦寻芳	兽环半掩	苏养直	潘　汾
290		汉宫春	潇洒江梅	晁叔用	李邴、晁冲之
291		声声慢	梅黄金重	刘巨济	无名氏
301		孤鸾	天然标格	朱希真	无名氏
303		高阳台	红入桃腮	僧皎如	王　观
306		金菊对芙蓉	花则一名	僧仲殊	无名氏
314		绛都春	寒阴渐晓	朱希真	无名氏
325		念奴娇	素光练静	李汉老	李邴、徐俯

---

① 《四库》署"阙名"。

（续表）

次序	卷帙	调　名	首　　句	作　者	勘　误
356		瑞鹤仙	脸霞红印枕	欧阳永叔	陆　淞
362		昼锦堂	雨洗桃花	周美成	无名氏
367		齐天乐	疏疏几点黄梅雨	周美成	杨无咎
369		喜迁莺	谯门残月	胡浩然	史　浩
371		喜迁莺	梅霖初歇	吴子和	黄　裳
374	卷	春从天上来	海角飘零	吴彦章①	是
388	四	秋霁	虹影侵阶	陈后主	无名氏
389		秋霁	壬戌之秋	朱希真	无名氏
394	长	望梅	小寒时节	柳耆卿	无名氏
402		大圣乐	千朵奇峰	康伯可	无名氏
410	调	女冠子	火云初布	康伯可	柳　永
411		女冠子	同云密布	周美成	无名氏
424		贺新郎	思远楼前路	刘潜夫	甄龙友
426		贺新郎	步自雪堂去	阙　名	无名氏
429		金明池	琼苑金池	秦少游	无名氏
430		白苎	绣帘垂	柳耆卿	紫　姑
440		宝鼎现	夕阳西下	康伯可	范　周

① “章”字点横下系墨笔刮掉填写，原疑作“彦高”。《四库》作“彦高”。

附二:顾本首句勘误表

次序	卷帙	调 名	首 句	勘 误
4	卷一小令	忆王孙	同云风扫雪初晴	彤云风扫雪初晴
11		如梦令	冬夜月明如水	遥夜沉沉如水
17		生查子	金鞍美少年	金鞭美少年
28		浣溪沙	鸯外红绡一缕霞	楼角初销一缕霞
35		浣溪沙	楼倚江边百尺高	楼倚春江百尺高
41		浣溪沙	新妇矶头眉黛愁	新妇滩头眉黛愁
45		菩萨蛮	蛩声泣露惊秋枕	虫声泣露喧秋枕
48		菩萨蛮	楼头尚有三通鼓	楼头上有三通鼓
54		卜算子	胸中千种愁	天生百种愁
69		清平乐	深沉院宇	深沉玉宇
98		西江月	点点楼前细雨	点点楼头细雨
116		鹧鸪天	枕簟溪塘冷欲秋	枕簟溪堂冷欲秋
117		鹧鸪天	黄菊枝头破晓寒	黄菊枝头生晓寒
165	卷二中调	临江仙	金镶重门荒苑静	金锁重门荒苑静
236		华胥引	川源澄映	川原澄映
250	卷三长调	满江红	春水连天	春水迷天
251		满江红	东武城南	东武南城
264		满庭芳	晚兔云开①	晓色云开
266		满庭芳	碧水澄秋	碧水惊秋
277		水调歌头	今日我重九	今日俄重九
285		倦寻芳	露晞向晓	露晞向晚
292		醉蓬莱	问春风何事	问东风何事
308		玉蝴蝶	渐觉东郊明媚	渐觉芳郊明媚
311		渡江云	晴岚多楚甸	晴岚低楚甸
390	卷四长调	解连环	怨怀难托	怨怀无托
401		薄幸	淡妆多态	艳真多态
404		风流子	亭皋木叶下	木叶亭皋下

① "兔"字系后人添改,四库作"晚色"。

二　《草堂》翘楚:沈际飞评本

(一) 选词:多方参酌,精心剪裁

沈际飞评点《草堂》四集,为明末一庞大选本。从选录范围看,前三集所收绝大部分为宋词,少量唐五代、金、元、明词,可作宋词选观。新集则为纯粹之明词选,内容见第四章。

从词作数量看:正集 466 首;续集 225 首(卷上小令 132 首、卷下小令 31 首、卷下中调 35 首、卷下长调 25 首),正文卷下末二首脱,实存 223 首;别集 464 首(卷一小令 154 首,卷二小令 91 首、中调 27 首,卷三中调 50 首、长调 42 首,卷四长调 100 首);新集 523 首。总量达到 1678 首。若加上校勘、评点,更为可观。且选、注、评之质量不低,为坊刻中的精品。

从词人分布看,入选四集的前八名词人与二十二种《草堂》选本排序完全一致。其中既有周、苏、欧、柳等常胜将军,也有蒋捷、杨基等凭借此选骤贵者。可知沈际飞所录一方面汇总各本,另一方面也自有建树。

沈本选录词人词作数量(十首以上)与二十二种《草堂》选本收录词作总数对照

名次	词人	沈本阕数	廿二本总阕数	名次	词人	沈本阕数	廿二本总阕数
1	苏　轼	61	66	11	朱敦儒	16	16
2	周邦彦	60	61	13	李　煜	15	15
3	秦　观	45	46	13	陆　游	15	16
4	欧阳修	44	45	15	李清照	13	14

（续表）

名次	词人	沈本阕数	廿二本总阕数	名次	词人	沈本阕数	廿二本总阕数
5	蒋　捷	42	42	15	张　先	13	18
6	辛弃疾	40	40	15	程　垓	13	13
7	柳　永	28	33	18	贺　铸	12	13
8	黄庭坚	25	25	18	刘　过	12	12
9	黄　昇	17	17	18	晏几道	12	17
9	康与之	17	18	18	杨　基	12	12
11	刘克庄	16	16	22	史达祖	11	11

从取材来源看，《古香岑草堂诗余四集发凡·分帙》有简要说明。① 详考之，正集据顾从敬刻本，少量增补；续集用钱允治《续选草堂诗余》，总数较之少 2 首。词作有订入、订出。又有续集卷下《踏莎行》、《一斛珠》、《虞美人》、《南乡子》、《木兰花》、《瑞鹧鸪》六个词牌，共 31 阕，钱本列入中调，沈本改为小令。核对词谱，此六调皆在 58 字以下，隶小令更合理。别集为自选本，宋词为主，兼及历代，少量词作与乔山书社卷七相同。新集亦据钱允治本，重加增删。

---

① 正集裁自顾汝所手，此道当家，不容轻为去取，其附见诸词，并鳞次其中。续集视顾选尤精约，悉仍其旧。别集则余僭为排缵，自宋溯之而五代，而唐，而隋，自宋沿之，而辽，而金，而元，博宗《花间》、《樽前》、《花庵》，选宋元名家词，以及稗官逸史，卷凡四，词凡若干首。新集钱功父始为之，恨功父搜求未广，到手即收，故玉石杂陈、竽瑟互进，兹删其什之五，补其什之七，甘于操戈功父，不至续尾顾公。

沈本所参酌尚有失传刊本,《玉楼春》(秋千院落重帘幕)标题下注:"诸本落此,唯来颜叔本犹存,今补入。"案:来行学,字颜叔,沈本正集收来氏《草堂诗余原序》,四六文,可知行学原有一本行世。

同时,沈本也十分注意取材他人选本及词论,加以评骘,总体上可称公允,也有移花接木之疏、刻薄揭短之疾。

取材他选,如《花庵》:"凄清婉至,花庵词客极赏此。"[《青衫湿》(南朝千古伤心事)]《词品》:《夏云峰》(宴堂深)注"柔言索物曰泥"云云。案:释"泥"字全用《词品》语,未加说明。《苕溪》:"凡作词或具深衷或即时事,工与不工,则作手之本色,自莫可掩。《贺新凉》一解,《苕溪》正之,诚然。而为秀兰,非为秀兰,不必论也。两家纷然,子瞻在泉不笑其多事耶。"[《贺新郎》(乳燕飞华屋)]此说豁达可观。

遇疏漏,则毫不客气加以贬损:"评语前未有也,近闽中墨本,吴兴朱本有之,非喑哑则隔搔,见者呕哕。"(《发凡·著品》)"'风定'以下闵刻俱作五字句,可笑。"[《侧犯》(暮霞霁雨)]"词乐而淫,不当入选……闽本'犹自怨邻鸡'五字作好温存也,谁知愈丑矣。"[《风流子》(新绿小池塘)]"耆卿词如'霜风凄紧,关河冷落,残照当楼'等甚佳,顾不选,而选其'愿奶奶兰心蕙性',以文会友,寡信轻诺之酸文,不知何见。"[《女冠子》(淡烟飘薄)]选本之难,人所共知,沈氏攻其一点不及其余的做法,不足称道。

(二) 校勘:细密谨严,差可采信

《发凡·证故》自述本集注释"细细查注,微显阐幽,不复不脱",核之基本可信。

1. 标题注释

沈本标题注释与《全宋词》比较

卷帙	词　作	沈　　本	《全宋词》
正集卷一小令	阮郎归（柳阴亭馆占风光）	初夏，注：得旨咏新燕掠水。	"上苑初夏侍宴，池上双飞新燕掠水而去，得旨赋之。"
	鹧鸪天（枕簟溪塘冷欲秋）	秋意，注：鹅湖归病起作。	标题同注。
正集卷二小令	虞美人（落花已作风前舞）	风情，注：雨后置酒林檎花下。	"雨后同干誉、才卿置酒来禽花下作。"
	虞美人（波声拍枕长淮晓）	离别。	"冷斋夜话云……实东坡词也。"
正集卷二中调	行香子（北望平川）	晚景。	"与泗守过南山晚归作。"
	金人捧露盘（记神京）	春晚感旧，注：奉使过京师作。	"庚寅岁春奉使过京师感怀作。"
正集卷三中调	洞仙歌（青烟幂处）	中秋。	"泗州中秋作，此绝笔之词也。"
正集卷三长调	满江红（东里先生）	幽居，注：前段第三句少二字。	案：所说是。
	满江红（春水连天）	旅思，注：作春暮误。	"词自豫章阻风吴城山作。"

（续表）

卷帙	词作	沈　本	《全宋词》
正集卷四长调	汉宫春 （暖律初回）	上元前一日立春。	"元宵十四夜作，是日立春。"
	醉蓬莱 （问春风何事）	上巳。	"辛丑寓楚州，上巳日有怀许下西湖，作此词寄曾存之、王仲弓、韩公表。"
	醉蓬莱 （望晴峰染黛）	中秋，注：怀无逸兄。	"中秋有怀无逸兄并示何之忞诸友。"
	八声甘州 （谓东坡、未老赋归来）	追和东坡原韵。	"扬州次韵和东坡钱塘作。"
	念奴娇 （洞庭波冷）	中秋，注：用平韵。	"中秋宴客，有怀壬午岁吴江长桥"。案：平韵是。
正集卷六长调	西平乐 （稚柳苏晴）	旅思，注：一作春思。	"元丰初，予以布衣西上，过天长道中。后四十余年，辛丑正月，逼贼复游故地。感叹岁月，偶成此词。"
	哨遍 （为米折腰）	隐括归去来辞。	"公旧序云……乃取归去来词，稍加隐括。"
续集卷上小令	菩萨蛮 （眉尖早识愁滋味）	佳人。	长序："公罢归抵家……"
	菩萨蛮 （娟娟缺月西南落）	代妓送陈述古。	"述古席上。"
	减字木兰花 （襄王梦里）	春望，注：登巫山县楼作。	标题同注。
	鹧鸪天 （笑撚红牙弹翠翘）	妓馆。	"公自序云：陈公密出侍儿素娘，歌紫玉箫曲，劝老人酒。老人饮尽，因为此赋词。"

（续表）

卷帙	词作	沈　本	《全宋词》
续集卷下中调	渔家傲 （疏雨才收淡苧天）	秋晚，注：后段第一第二句独用平韵。	用韵同。
	惜红衣 （枕簟邀凉）	吴兴荷花，注：作本意误。	收长序。
续集卷下长调	念奴娇 （我来吊古）	登赏心亭，注：呈史致道。	"登建康赏心亭呈史致道留守。"
	喜迁莺 （秋寒初劲）	闻雁，注：唤头第二字不用韵。	"秋夜闻雁。"
别集卷一小令	霜天晓角 （看朱成碧）	忆别，注：宗瑞新名曰月当窗。案：用末六字"一片月，当窗白"。	调名用注。
	卜算子 （水是眼波横）	送行，注：鲍浩然之湘东。	"送鲍浩然之浙东。"
	谒金门 （春寂寞）	春怀，注：宗瑞新名花自落。案：用本词末三字。	调名用注。
	谒金门 （花半湿）	春怀，注：宗瑞新名垂杨碧。案：用本词倒数第二句末三字。	调名用注。
	忆秦娥 （晓朦胧）	春思，注：用平韵。案：平韵是。	无标题。
	眼儿媚 （酣酣日角紫烟浮）	柳塘，注：萍乡道中乍晴，卧舆中，困甚，小憩。	标题末多"柳塘"二字。

（续表）

卷帙	词作	沈　　本	《全宋词》
别集卷二小令	玉楼春 （年年跃马长安市）	感怀，注：戏呈林节推乡兄。	"戏林推。"
	南乡子 （诸将说封侯）	九日，注：时在宜州郡城楼听边人相语，今岁当鏖战取封侯因作。	"重阳日宜（按"宜"原作"宣"，据道山清话所载本事改）州城楼宴集即席作。"
	踏莎行 （日月跳丸）	九日牛山。	"甲午重九牛山作。"
别集卷三中调	天仙子 （别酒醺醺浑易醉）	别妾，注：作水仙子误。	"初赴省别妾。"
	江神子 （华堂深处出娉婷）	歌姬，注：洪守席上。	"洪守出歌姬就席口占。"
	最高楼 （长安道）	四时歌。	"醉中有索四时歌者，为赋。"
别集卷三长调	水调歌头 （清嶂度云气）	隐静寺观雨，注：寺有碧霄泉。	"隐静山"。案：词中"坐中客"云云可知在避雨处，寺中或是。
别集卷四长调	贺新郎 （溪上收残雨）	游花园，注：水东周家。	"题水东周家花园。"
	六州歌头 （晨来问疾）	遣病，注：属得疾，暴甚，医者莫晓其状，困卧无聊，戏作以自释。	标题同注。

　　由上表可知，坊本拟题策略，即为篇幅及阅览方便计，多臆测删改原序，仅少数保留原貌。沈本亦有此病，但总体来说，所加注语视他刻差强。

　　2. 作者纠缪

　　《草堂》选本张冠李戴者多，沈际飞在纠缪上甚见功夫。用《全宋词》校勘，此本所注"误刻某"者多是。以正集前三卷为例，勒简表：

沈本作者纠缪（以正集前三卷为例）

卷　帙	词　　作	作　者	注　释
卷一小令	忆王孙（萋萋芳草忆王孙）	李重元①	误刻秦
	忆王孙（风蒲猎猎小池塘）	李重元	误刻周
	忆王孙（同云风扫雪初晴）	李重元	误刻欧阳
	如梦令（花落莺啼春暮）	谢无逸	误刻周
	点绛唇（新月娟娟）	苏叔党	刻汪误
	浣溪沙（风压轻云贴水飞）	苏东坡	刻李景误②
	菩萨蛮（南园满地堆轻絮）	温庭筠	误刻何籀
	谒金门（愁脉脉）	陈子高	误刻俞
	清平乐（深沉院宇）	晁次膺	一刻刘巨济③
	画堂春（落红铺径水平池）	秦少游	一刻徐误

---

　　① 标题下注："李重元共有春夏秋冬四词，今遗其一。"

　　② 《全宋词》注同。

　　③ 案：他本作者均误，可知沈本之善。

（续表）

卷　帙	词　　作	作　者	注　释
卷二小令	虞美人（落花已作风前舞）	叶少蕴	一刻苏一刻周①
	虞美人（波声拍枕长淮晓）	苏东坡	误刻山谷②
	南乡子（万籁寂无声）	黄叔旸	误刻少游
	踏莎行（小径红稀）	晏同叔	误刻寇
	小重山（花过园林清阴浓）	沈会宗	误刻蒋③
卷二中调	蝶恋花（海燕双飞归画栋）	欧阳永叔	误刻俞
	蝶恋花（钟送黄昏鸡报晓）	王晋卿	误刻少游
	蓦山溪（洗妆真态）	曹元宠	作龙误④
卷三中调	鱼游春水（秦楼东风里）	无名氏	误刻阮
卷三长调	满江红（东武城南）	苏东坡	误刻晁
	满江红（胶扰劳生）	僧晦庵	误刻朱⑤
	水调歌头（江山自雄丽）	张安国	误刻韩⑥
	倦寻芳（兽环半掩）	潘元质	误刻苏

3. 定谱正讹

沈际飞不满《诗余图谱》、《啸余谱》，自诩：“余则以一调为主，参差者明注字数多寡，庶定格自在，神明惟人，即此是谱，不烦更觅图谱矣。”（《发凡·定谱》）编者自诩甚高，考察文中调名订定，多圆

---

① 《全宋词》：“按此首误入汲古阁本东坡词，类编《草堂诗余》卷一又误作周邦彦词。”

② 《全宋词》同此：“按此首别又误入黄庭坚豫章黄先生词。”

③ 《全宋词》：“按此首别又误作蒋元龙词，见类编《草堂诗余》卷一。”

④ 案：他本大略多作曹元龙。

⑤ 《全宋词》：“按此词或传朱熹作，朱熹云非。”

⑥ 《全宋词》：“按类编《草堂诗余》卷三此首误作韩驹词。”

其说,亦有误植,简例如下,他可概见:

沈本定谱正讹简例

卷帙	词 作	注释(与全宋词对校)
正集卷二中调	蝶恋花 (谁向椒盘簪彩胜)	一名《凤栖梧》,一名《鹊踏枝》,又与《一箩金》相同。
正集卷三中调	洞仙歌 (雪云散尽)	乐府本以被管弦,今所传古乐府词,大字是词,细字是声,声词合写,愈传愈讹。至今遂不得其解。又按曲每讹于衬字,盖限于调而文意有不属不畅者,用一二虚字衬之,凡衬字皆用细书,犹乐府遗意也。今词中一调而字数多寡,此调后段第三句以下,多寡不同。当亦是衬字之故。不然调有定格,按调填词,何得多寡任意乃尔。案:支持衬字说。后人如陈匪石《声执》一文同此。
正集卷四长调	锁窗寒 (暗柳啼鸦)	作《锁寒窗》非。
正集卷五长调	宴清都 (地僻无钟鼓)	作《宴都清》误。
正集卷六长调	惜余春慢 (水浴清蟾)	一名《选冠子》,亦名《苏武慢》,旧本周词作《过秦楼》调,鲁词作《惜余春慢》调。按二词极相同,但鲁末句多二字耳。又李景元《过秦楼》词,与周字句长短迥异,李词是本调,而周词应是《惜余春》调,今正之。
正集卷六长调	宝鼎现 (夕阳西下)	"现"作"儿"误。
正集卷六长调	三台 (见梨花初带夜月)	作《正三台》误。

（续表）

卷帙	词　作	注释（与全宋词对校）
续集卷 上小令	贺圣朝影 （白雪梨花红粉桃）	旧本缺"影"字误。与《太平时》调同，但后叠第二句用平叶。案：《全宋词》同。
续集卷 上小令	浣溪沙 （鹦鹉惊人促下帘）	案：《全宋词》作《减字浣溪沙》。全文字数同《浣溪沙》。
续集卷 上小令	浪淘沙 （今日北池游）	旧分作《卖花声》，今并入。案：正文无调名。《全宋词》同。
别集卷 二小令	玉楼春 （春风捏就腰儿细）	《全宋词》作《夜游宫》。按《词律》，调名当作《步蟾宫》。
别集卷 二中调	破阵子 （白酒新开九酝）	苏集作《十拍子》。案：《全宋词》作《十拍子》。
别集卷 三中调	谢池春慢 （缭墙重院）	一本无"慢"字误。案：《全宋词》同此。
正集卷 二中调	四园竹 （浮云护月）	作《西园》误。案：《全宋词》"官本作西园竹"。

正文额定字句处大体言之成理，略举数条：

"莫留残"谓忧其相离，则不得不尽饮。改为"留连"，上下文义俱失。

——《西江月》（断送一生惟有）

一本作"霁霞初散"，与前阕和，但"明"字用韵，当是七字句。

——《少年游》（霁霞散晓月犹明）

一本无"条风"至"正是"十六字，一本无"条风"至"寒食"

五字,非。

——《应天长》(条风布暖)

　　诸本多落"雨残"二字,《啸余谱》不深究,遂列为第二体。

——《苏幕遮》(陇云沉)

　　按此调多参差不同,旧谱羡"日"字,正之恐犯《眼儿媚》调;新谱以"日"字连下,读又不成句。《词选》于两段末作五字,换头作八字叶,可从。

——《贺圣朝》(满斟绿醑留君住)

(三) 评点:会通词心,不拘一格

据粗略统计,四集评点洋洋四万余言,归结起来,略有数端。

1. 会通词心

　　终篇不出一"草"字,更得所以咏草之情。

——《点绛唇》(金谷年年)

　　"淡黄"句与秦处度"藕叶清香胜花气"写景咏物造微入妙。

——《浣溪沙》(鹜外红绡一缕霞)

　　"隙月窥人小","天涯一点青山小","一夜青山老",俱妙在叶字。"乍雨乍晴"句妙不在叶字,而在"乍"字。

——《浣溪沙》(青杏园林煮酒香)

　　"闷"字意义深,鹊本喜声,为无凭故闷而弹之,诗人惯将此等无指实处说来确然。　　——《二郎神》(闷来弹鹊)

　　唯动生感,天下有心人何处不关情,乃云"干卿何事"。

——《谒金门》(风乍起)

　　物因人胜,人为主,而景物传之,大头脑勿蹉看过。

——《天仙子》(景物因人成胜概)

"闲枕剩衾对人怕"字才妙,如云"怕对闲枕剩衾",意索
然矣。

——《声声令》(帘移碎影)

愁病人所不堪,而偏宜诗词,富丽人所艳羡,而偏不宜,咄
咄怪事。

——《金菊对芙蓉》(花则一名)

以上种种,非会心知味,难以言说。评者亦津津于挖掘词人秘
方,传授做法,《丑奴儿令》(辘辘金井梧桐晚):"何关鱼雁山水,而
词人一往寄情,煞甚相关。秦李诸人多用此诀。"《浣溪沙》(锦帐重
重卷暮霞):"诗云梦魂不知远,飞过天江西。此云飞不去,绝好翻
法。"《绮罗香》(做冷欺花):"一曲之中句句高妙者少,但相搭衬副
得去于好发挥处用工取胜。"

就词人论,评者特别赏爱易安,奖誉甚至:"'千万遍'痛甚,转
转折折,忤合万状,清风朗月陡化为楚雨乌云,阿阁洞房立变成离
亭别墅。至文也。"[《凤凰台上忆吹箫》(香冷金猊)]"真声也,不效
颦于汉魏,不学步于盛唐,应情而发,能通于人。"[《念奴娇》(萧条
庭院)]"首下十四个叠字乃公孙大娘舞剑手,宋朝能词之士秦七黄
九辈未曾有能下十四个叠字者,盖用文选诸赋格。'黑'字更不许
第二人押。'点点滴滴'四叠字又无斧凿痕迹,易安间气所生,不独
雄于闺阁也。"[《声声慢》(寻寻觅觅)]自作亦追摩易安,嗤点众人:
"李易安《一剪梅》只后段末二句韵复,今用修辈于下八句皆复,味
同嚼蜡。伯温秋怀词知宗李,而未尽善。"[《一剪梅》(水瘦山焦万
树囚)]

又评《烛影摇红》(双阙中天):"材甫亲目靖康之变,前段追忆
徽庙,后段直指目前,哀乐各至。"据钟振振《宋词杂考》,[①]张抡此

————————

① 《中华文史论丛》第六十一辑,上海古籍出版社 2000 年,第 230—232 页。

词非因靖康之变而作，此沈本从俗之失。

　　值得注意的是，别集多首蒋捷词，未见于前本。所摘选多为脍炙之作，评点亦中肯可取，可为竹山词研究添助。如：

　　　　亲如实见，了不相干写我幽情，数个虚字多致而挺。

　　　　　　　　　　　　　　——《贺新郎》(渺渺啼鸦了)

　　　　人与物较，我辈又与此辈较，不饮何为；佳景不少住可叹。

　　　　　　　　　　　　　　——《贺新郎》(雁屿晴岚薄)

　　　　摹拟壮观。　　　　——《贺新郎》(浪涌孤亭起)

　　　　才颖凌逸飞兔；幽怨密密重重，蚕丝方织。

　　　　　　　　　　　　　　——《贺新郎》(梦冷黄金屋)

　　　　淡得浓，俚得雅，雅得老人皆称柳秦张周为词祖，而不推蒋竹山，何耶。

　　　　　　　　　　　　　　——《霜天晓角》(人影窗纱)

　　　　竹山词必工而练；"淡无情"妙，上拟渊明诗中"淡"字。

　　　　　　　　　　　　　——《少年游》(梨边风紧雪难晴)

　　　　意出纸外。　　　　——《少年游》(枫林红透晚烟青)

　　　　新翻；善换字安句。　　——《浪淘沙》(人爱晓妆鲜)

　　　　只"乾坤"句中秋已胜。

　　　　　　　　　　　　　　——《玉楼春》①(去年云掩冰轮皎)

　　　　何曾经人用过；"红近绿"巧联。

　　　　　　　　　　　　　——《虞美人》(丝丝杨柳丝丝雨)

　　　　意笔子瞻伯仲；世无地狱，"悲欢离合"是地狱，"无情"二字破地狱宗灯，惜乎何人到此。

　　　　　　　　　　　　　——《虞美人》(少年听雨歌楼上)

---

　　① 标题后注：以下三词，名步蟾宫，今并入。全宋词调名作步蟾。

画莲并画风,笔笔软是纯毫。

　　　　　　　——《凤栖梧》(我爱荷花花最软)

末得流光悠悠忽忽之妙。

　　　　　　　——《一剪梅》(小巧楼台眼界宽)

放逸迈俗,雨与风功过始分。　——《解佩令》(春晴也好)

2. 风格多样

明代的词论主流是言情说,代胜论。沈际飞也不例外,他的评点重艳冶、本色,但也结合词作实际,风格评价不拘一廛,"妖艳"、"柔曼"为主,"骚雅"、"清奇"并收,为兼容之势。

本色论:"夫雕章缛采,味腴搴芳,词家本色,则掀雷扶电,嗔目张胆者,大雅罪人矣。"(《草堂诗余别集小序》)"古词妙处只是天然无雕饰。"[《菩萨蛮》(平林漠漠烟如织)]"欢极来悲,想多成恨,怒骂皆真,何嫌俚也。唐人云'易求无价宝,难得有心人',于此益信。"[《满路花》(帘烘泪雨干)]"词不忌用字,然叠宝珠金银麾𪗋轮骑等避寒酸,而堕补缀资本,人一时羔雁尔,千秋谓何。"[《宝鼎现》(夕阳西下)]

代胜论:"唐人应制词多不工,志在铺张巨丽,宋人元夕除夜词亦然,元人以才情属曲,以气概属词,故曲盛而词亡。"[《鹧鸪天》(紫禁烟花一万重)]

婉娈近情:"美秀,不愧六朝宫掖体。"[《鹧鸪天》(彩袖殷勤捧玉钟)]"香倩无比,安得不倾动一时。"[《玉楼春》(东城渐觉风光好)]"词贵香而弱,雄放者次之。"[《东风齐著力》(残腊收寒)]

不废豪壮:"无数山水无数悲愤郁伊。"[《菩萨蛮》(郁孤台下清江水)]"人指东坡为词诗,稼轩为词论,不知曲者,曲也,固当委曲为体,徒狃于风情婉娈,则亦致厌,回视稼轩,岂不易目。"[《水龙吟》(夜来风雨匆匆)]又新集卷三录自作《锦帐春》(醉月朦胧),大言攀附辛、刘:"较稼轩、改之诸公分先后否?"

附一:《草堂》选本卷帙流变

分类本先出,何士信系列多四卷:二卷有陈钟秀校本、张綖别录本,三卷仅见胡桂芳辑本,六卷创自顾从敬系列李廷机评本,李攀龙、乔山书社诸本袭之。

分调本亦自四卷始,为主流;五卷仅有杨慎评点本;六卷两见,续四库原本为首,沈际飞本各卷起讫全同。

顾从敬系列分调本卷帙对照表

四卷系列 (顾从敬刊本、唐顺之注本)	六卷系列 (续四库原本、沈际飞评本)	五卷系列 (杨慎评点本)
卷一小令	卷一小令,卷二小令	卷一小令,卷二小令
卷二中调	卷二中调,卷三中调	卷三中调
卷三长调	卷三长调,卷四长调	卷四长调,卷五长调前八首
卷四长调	卷五长调,卷六长调	卷五长调

附二:沈本《草堂诗余正集》作者勘误表

卷帙	调名	首句	作者	勘误
卷一小令	捣练子	心耿耿	秦少游	无名氏
	如梦令	莺嘴啄花红溜	秦少游	无名氏
	如梦令	池上春归何处	周美成	秦观
	如梦令	楼外残阳红满	晏叔原	秦观
	长相思	红满枝	冯延巳	无名氏
	长相思	一重山	李后主	邓肃
	生查子	含羞整翠鬟	张子野	欧阳修
	点绛唇	红杏飘香	贺方回	苏轼

（续表）

卷帙	调　名	首　　句	作　者	勘　误
卷 一 小 令	点绛唇	春雨濛濛	何　籀	无名氏
	点绛唇	莺踏花翻	何　籀	无名氏
	点绛唇	高柳蝉嘶	苏叔党	汪　藻
	浣溪沙	水涨鱼天拍柳桥	周美成	无名氏
	浣溪沙	小院闲窗春色深	周美成	李清照
	浣溪沙	楼上晴天碧四垂	李易安	周邦彦
	浣溪沙	雨过残红湿未飞	欧阳永叔	周邦彦
	浣溪沙	青杏园林煮酒香	秦少游	晏殊、欧阳修
	浣溪沙	锦帐重重卷暮霞	张子野	秦　观
	浣溪沙	水满池塘花满枝	张子野	赵令畤
	浣溪沙	新妇矶头眉黛愁	阙　名	黄庭坚
	菩萨蛮	金风簌簌惊黄叶	秦少游	无名氏
	菩萨蛮	哀筝一弄湘江曲	张子野	晏几道
	忆秦娥	花深深	孙夫人	郑文妻
	忆秦娥	云垂幕	张安国	朱　熹
	忆秦娥	香馥馥	周美成	无名氏
	谒金门	鸳鸯浦	秦处度	张元干
	谒金门	春雨足	韦　庄	无名氏
	清平乐	悠悠扬扬	孙夫人	孙道绚
	阮郎归	东风吹水日衔山	李后主	冯延巳
	阮郎归	南园春半踏青时	欧阳永叔	冯延巳
	阮郎归	春风吹雨绕残枝	秦少游	无名氏
	阮郎归	歌停檀板舞停鸾	黄山谷	黄庭坚、苏轼

（续表）

卷帙	调名	首句	作者	勘误
卷一 小令	画堂春	东风吹柳日初长	秦少游	秦观、黄庭坚
	海棠春	流莺窗外啼声巧	秦少游	无名氏
	摊破浣溪沙	手卷真珠上玉钩	李景	李璟
	摊破浣溪沙	菡萏香消翠叶残	李后主	李璟
	眼儿媚	杨柳丝丝弄轻柔	王元泽	无名氏
	柳梢青	岸草平沙	秦少游	仲殊
	柳梢青	子规啼血	贺方回	蔡伸
	柳梢青	有个人人	周美成	无名氏
	桃源忆故人	碧纱影弄东风晓	秦少游	欧阳修
	探春令	绿杨枝上晓莺啼	晏叔原	无名氏
	怨王孙	梦断漏悄	李易安	无名氏
	鹧鸪天	枝上流莺和泪闻	秦少游	无名氏
卷二 小令	南乡子	晓日压重檐	孙夫人	无名氏
	醉落魄	红牙板歇	黄鲁直	无名氏
	小重山	谁劝东风腊里来	李汉老	李邴、毛滂
	小重山	楼上风和玉漏迟	赵德仁	赵令畤
卷二 中调	临江仙	绿暗汀洲三月暮	晁无咎	无名氏
	蝶恋花	遥夜亭皋闲信步	李后主	李冠
	蝶恋花	卷絮风头寒欲尽	赵德麟	赵令畤、晏几道
	苏幕遮	陇云沉	周美成	无名氏
	醉春风	陌上清明近	赵德仁	无名氏
	声声令	帘移碎影	俞克成	无名氏
	锦缠道	燕子呢喃	宋子京	无名氏

（续表）

卷帙	调名	首句	作者	勘误
卷二中调	凤凰阁	遍园林绿暗	叶道卿	无名氏
	青玉案	一年春事都来几	欧阳永叔	无名氏
	青玉案	人生南北如歧路	吴彦高	无名氏
	新荷叶	雨过回塘	僧仲殊	赵抃
卷三中调	满路花	帘烘泪雨干	朱希真	周邦彦
	江城梅花引	娟娟霜月冷浸门	康伯可	程垓
	鱼游春水	秦楼东风里	无名氏	无名氏
卷三长调	满江红	惨结秋阴	赵元镇	赵鼎
	满江红	斗帐高眠	张安国	无名氏
	玉漏迟	杏香飘禁苑	宋子京	韩嘉彦
	天香	霜瓦鸳鸯	王充	王观
	满庭芳	红蓼花繁	张子野	秦观
	烛影摇红	双阙中天	张材甫	张抡
	烛影摇红	香脸轻匀	王晋卿	周邦彦
	烛影摇红	乳燕穿帘	孙夫人	无名氏
卷四长调	汉宫春	潇洒江梅	晁叔用	李邴、晁冲之
	声声慢	梅黄金重	刘巨济	无名氏
	孤鸾	天然标格	朱希真	无名氏
	高阳台	红入桃腮	僧皎如	王观
	金菊对芙蓉	花则一名	僧仲殊	无名氏
	绛都春	寒阴渐晓	朱希真	无名氏
	念奴娇	素光练静	李汉老	李邴、徐俯
	念奴娇	炎精中否	无名氏	黄中辅

（续表）

卷帙	调　名	首　　　句	作　者	勘　误
卷五长调	瑞鹤仙	脸霞红印枕	欧阳永叔	陆淞
	昼锦堂	雨洗桃花	周美成	无名氏
	齐天乐	疏疏几点黄梅雨	周美成	杨无咎
	喜迁莺	谯门残月	胡浩然	史　浩
	喜迁莺	梅霖初歇	吴子和	黄裳
	秋霁	虹影侵阶	胡浩然	无名氏
	秋霁	壬戌之秋	朱希真	无名氏
	望梅	小寒时节	柳耆卿	无名氏
	大圣乐	千朵奇峰	康伯可	无名氏
卷六长调	女冠子	火云初布	康伯可	柳　永
	女冠子	同云密布	周美成	无名氏
	贺新郎	思远楼前路	刘潜夫	甄龙友
	贺新郎	步自雪堂去	宋谦父	无名氏
	金明池	琼苑金池	秦少游	无名氏
	白苎	绣帘垂	柳耆卿	紫　姑
	宝鼎现	夕阳西下	康伯可	范　周

附三：沈本《草堂诗余续集》与钱本《续选草堂诗余》收词表（附作者勘误）

调名	首句	卷次（沈际飞本）	作者（沈际飞本）	卷次（钱允治本）	作者（钱允治本）	勘误
捣练子	深院静		李后主		同	
捣练子	云鬓乱		李后主		同	
如梦令	门外绿阴杨柳		秦少游		同	
如梦令	幽梦匆匆破后		秦少游		同	
如梦令	去岁送藏花柳		黄山谷		同	
如梦令	谁伴明窗独坐		向丰之		李易安	向　滴
相见欢	无言独上西楼	卷上小令	李后主	卷上小令	同	
长相思	秋风又到人间		朱希真		同	
相见欢	东风吹尽江梅		朱希真		同	
长相思	云一锅		李后主		同	
长相思	频满溪		黄山谷		同	张先、欧阳修、黄庭坚
长相思	花似伊		欧阳永叔		同	
长相思	山无情		张宗瑞		同	

（续表）

调名	沈际飞本			钱允治本		勘误
	首句	卷次	作者	卷次	作者	
贺圣朝影①	白雪梨花红粉桃	卷上小令	欧阳永叔	卷上小令	同	
生查子	闲倚曲屏风		无名氏		同	欧阳修
生查子	去年元夜时		朱淑真		秦少游	张孝祥
生查子	眉黛远山长		秦少游		同	
生查子	郎如陌上尘		姚令威		无名氏	
生查子	相思懒下床		无名氏		秦少游	向子諲
生查子	娟娟月入眉		无名氏		秦少游	向子諲
点绛唇	独倚胡床		苏东坡		同	
点绛唇	蹴罢秋千		无名氏		同	无名氏
点绛唇	春雨春风		朱希真		同	
点绛唇	寂寞深闺		李易安		同	
点绛唇	明月征鞍		晏叔原		同	
点绛唇	花信来时		晏叔原		同	
点绛唇	月转乌啼		苏东坡		同	

① 钱本调名作《贺圣韵》。

（续表）

调名	首句	沈际飞本		钱允治本		勘误
		卷次	作者	卷次	作者	
点绛唇	花径相逢		萧竹屋		同	
浣溪沙	云曳香绵彩柱高		欧阳永叔		同	
浣溪沙	红粉佳人白玉杯		欧阳永叔		同	
浣溪沙	漠漠轻寒上小楼		欧阳永叔		六一居士	
浣溪沙	午醉西桥夕未醒		晏叔原		同	
浣溪沙	家近棋亭酒易沽		晏叔原		同	
浣溪沙	道字娇讹苦未成	卷上小令	苏东坡		同	
浣溪沙	学画鸦儿正妙年		苏东坡		同	
浣溪沙	晚菊花前敛翠蛾		苏东坡		同	朱敦儒
浣溪沙	花满银堂水漫流		苏东坡		同	
浣溪沙	鞖鞖衣襟落枣花		苏东坡		同	
浣溪沙	日射平溪玉宇中		米元章		同	
浣溪沙	薄薄纱橱望似空		周美成		同	

（续表）

调名	沈际飞本			钱允治本		勘误
	首句	卷次	作者	卷次	作者	
浣溪沙	鹦鹉惊人促下帘	卷上小令	贺方回		同	
浣溪沙	宫锦袍蓝水麝香		贺方回		同	
浣溪沙	鬓子伤春慵更梳		李易安		同	
山花子	香靥凝羞一笑开		欧阳永叔		六一居士	秦观
山花子	绣面芙蓉一笑开		李易安		同	
山花子	谩向寒炉碎玉瓶		陆渭南		同	
山花子	花市东风卷笑声		陆渭南		同	毛滂
山花子	软翠冠儿簇海棠		杨孟载		同	
山六子	鸳股先寻斗草裙		杨孟载		同	
卜算子	碧瓦小红楼		朱希真		同	
卜算子	书足玉关来		止禅师		同	
卜算子	驿外断桥边		陆务观		同	
采桑子	夜来酒醒清无梦		黄山谷		同	秦观、黄庭坚
采桑子	亭前春逐红英尽		李后主		同	

（续表）

调名	首句	沈际飞本 卷次	作者	钱允治本 卷次	作者	勘误
诉衷情	旋揾玉指著红靴	卷上小令	黄山谷		同	
诉衷情	清晨帘幕卷清霜		欧阳永叔		同	
菩萨蛮	铜黄韵脆锵寒竹		李后主		同	
菩萨蛮	玉钗风动春幡急		牛峤		同	
菩萨蛮	风俗燕舞莺啼柳		牛峤		同	
菩萨蛮	牡丹带露真珠颗		无名氏		同	
菩萨蛮	眉尖早识愁滋味		黄公度		同	
菩萨蛮	画船未放鼓催君去		舒信道		同	
菩萨蛮	江梅未放枝头结		舒信道		同	
菩萨蛮	红炉暖阁佳人睡		欧阳炯		同	
菩萨蛮	娟娟缺月西南落		苏东坡		同	
菩萨蛮	举头忽见衡阳雁		陈达叟		同	李白，陈达叟
菩萨蛮	有情潮落西陵浦		萧淑兰		同	
菩萨蛮	轻风袅断沉烟柱		黄山谷		同	
菩萨蛮	绿云鬓上飞金雀		牛峤		李易安	
菩萨蛮	单于吹落山头月		王通叟		同	

（续表）

沈际飞本				钱允治本		勘误
调名	首句	卷次	作者	卷次	作者	
菩萨蛮	湿云不度溪桥冷	卷上小令	朱淑真		同	朱淑真、苏轼
菩萨蛮	东风约略吹罗幕		张子湖		同	
菩萨蛮	水晶帘外娟娟月		杨孟载		同	
重叠金	花明月暗飞轻雾		李后主		同	
重叠金	梅花吹入谁家笛		冯延巳		同	
重叠金	平波不尽兼葭远		叶少蕴		同	
重叠金	西风半夜惊罗扇		黄叔旸		同	
减字木兰花	刘郎已老		朱希真		同	
减字木兰花	楼台向晓		欧阳永叔		同	
减字木兰花	襄王梦里		黄山谷		同	
谒金门	花事浅		黄叔旸		张宗端	
谒金门	花满院		陈子高		贺方回	
好事近	山路雨添花①		秦少游		同	
忆秦娥	心如结		黄叔旸		同	
忆秦娥	东风恶		杨孟载		同	

① 钱本首句作"春露雨添花"。

（续表）

调名	沈际飞本			钱允治本		勘误
	首句	卷次	作者	卷次	作者	
忆少年	池塘绿遍		谢勉仲		同	曾觌
清平乐	别来春半		李后主		同	
清平乐	小庭春老		欧阳永叔		同	
清平乐	敛烟闲雨		杨孟载		同	
阮郎归	刘郎何日是归时		欧阳永叔		同	
阮郎归	落花流水树临池		欧阳永叔		同	
阮郎归	褪花新绿渐团枝	卷上小令	秦少游		同	
阮郎归	宫腰袅娜翠鬟发		秦少游		同	
阮郎归	潇湘门外水平铺		秦少游		同	
画堂春	东风吹雨破花悭		郑中卿		同	
桃源忆故人	雨斜风横香成阵		朱希真		同	
桃源忆故人	朔风弄月吹银霰		张子湖		同	
摊破浣溪沙	锦鞯辔朱弦恶恶徽		贺方回		同	
锦堂春	离恨远远紫杨柳		刘无党		同	
锦堂春	菱金监玉笼秋月		刘无党		同	
锦堂春	水漫汀洲新绿		刘无党		同	

（续表）

沈际飞本				钱允治本		勘　误
调　名	首　句	卷次	作　者	卷次	作　者	
眼儿媚	萧萧江上获花秋	卷上小令	无名氏		同	张孝祥
应天长	一钩初月临妆镜		李后主		同	李璟
柳梢青	干鹊收声		刘叔安		同	
柳梢青	学唱新腔		蒋竹山		蒋　达	蒋捷
西江月	别梦已随流水		苏东坡		同	
西江月	闻道双衔凤带		苏东坡		同	
西江月	宝髻松松挽就		司马君实		阙	
西江月	忆昔钱塘话别		张子野		同	无名氏
西江月	愁黛颦成月浅		秦少游		同	晏几道
少年游	参差烟树灞陵桥		柳耆卿		同	
南柯子	香墨弯弯画		秦少游		同	
南柯子	愁黛香云坠		秦少游		同	
南柯子	斗酒才供泪①		贺方回		同	
南柯子	榴破猩肌血		刘致君		同	

① 钱本首句作"斗帐才供泪"。

（续表）

调名	沈际飞本			钱允治本		勘误
	卷次	首句	作者	卷次	作者	
雨中花	卷上小令	闻说海棠开尽了①	无名氏		同	
浪淘沙		花外倒金翘	欧阳永叔		同	程垓
浪淘沙		五岭麦秋残	欧阳永叔		同	
浪淘沙		谷外五更风	欧阳永叔		六一居士	无名氏
浪淘沙		往事只堪哀	李后主		同	
浪淘沙		素约小腰身	李易安		同	赵子发
浪淘沙		风约雨横江	朱希真		同	
浪淘沙		肠断雨送韶华	张子野		同	
浪淘沙		今古几齐州	赵子昂		同	
卖花声		今日北池游	欧阳永叔		同	
鹧鸪天		笑撚红牙弹翠翘②	苏东坡		同	
鹧鸪天		罗带双垂画不成	苏东坡		同	
鹧鸪天		紫陌朱轮去似流	无名氏		同	
鹧鸪天		镇日无心扫黛眉	无名氏		同	
鹧鸪天		全似丹青温绣成	无名氏		同	
鹧鸪天		寂寞秋千两绣旗	李元膺		同	夏竦
鹧鸪天		扑面征尘去路遥	辛幼安		同	

① 钱本首句作"问说海棠开了"，明系误刻。
② 钱本首句作"笑撚红梅弹翠翘"。

（续表）

调名	沈际飞本			钱允治本		勘误
	首句	卷次	作者	卷次	作者	
瑞鹧鸪	月痕依约到西厢		贺方回		同	
瑞鹧鸪	门前杨杨柳绿成阴		黄叔旸		同	程垓
木兰花	柳梢绿小梅如印		刘静甫		无名氏	刘清夫
木兰花	西湖南北烟波阔		欧阳永叔		同	
木兰花	樽前拟把归期说		欧阳永叔		同	
木兰花	湖边柳外楼高处		欧阳永叔		同	
木兰花	南园春蝶能无数	卷下小令	欧阳永叔	卷下中调	同	
木兰花	西亭饮散清歌阕		欧阳永叔		同	
木兰花	江南三月春光老		欧阳永叔		同	
木兰花	春山敛黛低歌扇		欧阳永叔		同	柳永
木兰花	个人风韵真堪羡		柳耆卿		苏东坡	
木兰花	檀槽响碎金丝拨		苏东坡		同	张先
木兰花	秋光老尽芙蓉院		秦少游		同	
木兰花	红楼十二栏杆侧		王武子		同	

（续表）

调名	首句	沈际飞本 卷次	沈际飞本 作者	钱允治本 卷次	钱允治本 作者	勘误
木兰花	一年滴尽莲花漏		晏叔原		晏小山	毛滂
木兰花	三年流落巴山道		陆务观		同	
木兰花①	精余已失长淮阔		苏东坡		同	
南乡子	翠密红繁		无名氏		同	欧阳修
南乡子	雨后斜阳		欧阳永叔		同	
南乡子	泊雁小汀洲	卷下小令	韩文璞	卷下中调	同	蒋捷
南乡子	绿水带春潮②		晏叔原		同	
南乡子	多病带围宽		黄叔旸		同	
鹊桥仙	溪清水浅		朱希真		同	
虞美人	碧桃天上栽和露		秦少游		同	
虞美人	风回小院庭芜绿		李后主		同	
虞美人	轻红短白东城路		程正伯		同	
虞美人	去年不到藕花底		向伯恭		同	

① 钱本调名作《木兰花令》。
② 钱本首句作"绿水带青潮"。

（续表）

调名	沈际飞本 首句	沈际飞本 卷次	沈际飞本 作者	钱允治本 卷次	钱允治本 作者	勘误
一斛珠	洛阳春晚	卷下小令	苏东坡		同	
踏莎行	碧藓回廊		无名氏		同	欧阳修
踏莎行	急雨收春		贺方回		同	
踏莎行	浅碧凝须		杨孟载		同	
临江仙	九十日春都过了		苏东坡		同	
临江仙	鬓子偎人娇		秦少游		同	
临江仙	千古武陵溪上路		张弘范	卷下中调	同	
蝶恋花	芳草满园花满目	卷下中调	冯延巳		同	
蝶恋花	越女采莲秋水畔		欧阳永叔		同	
蝶恋花	南雁依稀回侧阵		欧阳永叔		同	
蝶恋花	帘幕东风寒料峭		欧阳永叔		同	
蝶恋花	一颗樱桃樊素口		苏东坡		同	
蝶恋花	晓日窥轩双燕语		秦少游		同	
蝶恋花	梦入江南烟水路		晏叔原		同	

（续表）

调名	首句	沈际飞本		钱允治本		勘	误
		卷次	作者	卷次	作者		
蝶恋花	楼外垂杨千万缕		朱淑真		同		
蝶恋花	十幅归帆风力满		萧竹屋		同		
蝶恋花	一剪晴波娇欲溜		刘云闲		同		
蝶恋花	日暮杨花飞乱雪		刘云闲		同		
蝶恋花	净洗胭脂扫黛		杨孟载		同		
蝶恋花	新制罗衣珠络缝		杨孟载		同		
蝶恋花	小院秋光浓欲滴	卷下中调	王介甫	卷下中调	同	程	垓
唐多令	雨过水明霞		文子野		同	邓	剡
系裙腰	惜霜浓照夜云天①		张子野		同		
渔家傲	深意缠绵歌苑转		谭在庵		同		
渔家傲	疏雨才收淡苎天		杜安世		同		
凤衔杯	追悔当初辜深怨		柳耆卿		同		
行香子	清夜无尘		苏东坡		同		
行香子	镜里流年		赵宜之		同		

① 钱本首句作"浓霜淡照夜云天"。

（续表）

调　名	沈际飞本			钱允治本		勘　误
	首　句	卷次	作　者	卷次	作　者	
青玉案	东风未放花千树		无名氏		同	辛弃疾
青玉案	年年社日停针线		无名氏		同	
青玉案	冻云封却驼冈路		无名氏		同	
青玉案	平湖过雨清如鉴		杨孟载		同	
青玉案	王孙芳草生无数	卷下中调	杨孟载	卷下中调	同	
江城子	翠蛾羞黛怯人看		苏东坡		同	
江城子	画堂高会酒阑珊		黄山谷		同	
千秋岁	柳花飞尽		欧阳永叔		六一居士	杨基
御街行	伤春时候一凭栏		程正伯		同	
洞仙歌	痴儿呆女		毛泽民	卷下长调	同	杨无咎
惜红衣	枕章邀凉		姜尧章		同	
意难忘	花拥鸳房	卷下长调	苏东坡		同	程垓
满江红①	天上飞乌		元遗山		同	

①　钱本调名作《满庭芳》。首二十字衍入黄山谷"秀水柔蓝"，误以"趁艳风流"等二十字为首。

（续表）

调名	首句	沈际飞本 卷次	沈际飞本 作者	钱允治本 卷次	钱允治本 作者	勘误
满江红	柳带榆钱		吴毅甫		同	
满江红	越艳风流①		秦少游		同	
满江红	门掩垂杨		程正伯		同	
满江红	浪蕊浮花		辛幼安		同	无名氏
满庭芳	南月惊乌		程正伯		同	
满庭芳	修水柔蓝②		黄山谷		同	
汉宫春	春已归来	卷下长调	辛幼安	卷下长调	同	
八声甘州	又新正过了		叶少蕴		同	
长相思	铁瓮城高		秦少游		同	秦观、贺铸
念奴娇	秋风秋雨		程正伯		同	
念奴娇	我来吊古		辛幼安		同	
琵琶仙	双桨来时		姜尧章		同	
木兰花慢	情娇莺婉燕		程正伯		同	

① 据沈本、钱本前脱"越艳风流"等共二十字，自"颜色翠帬"起。脱者误入"天上飞乌"词首。
② 钱本首衍"天上飞乌"等二十字。

（续表）

调　名	沈际飞本			钱允治本		勘　误
	首　句	卷次	作　者	卷次	作　者	
水龙吟	夜来风雨匆匆		辛幼安		同	程　垓
齐天乐	夜来疏雨鸣金井		王月小		同	王月山
喜迁莺	登山临水		赵德庄		同	瞿　佑
喜迁莺	秋寒初劲		康伯可		同	
喜迁莺	帝城春昼		易彦祥		同	叶梦得
永遇乐	天末山横	卷下长调	苏东坡	卷下长调	同	
凉州令	翠树芳条阰		欧阳永叔		同	
解连环	浪摇新绿		高宾王		同	
望海潮	秦峰苍翠		秦少游		同	
贺新郎	湛湛长空黑		刘潜夫		同	
贺新郎	翠浪吞平野		辛幼安		同	
贺新郎	流落今如许		李南金		同	
忆秦娥	风萧瑟	正集卷一小令	曾纯甫	卷上小令	黄叔旸	
菩萨蛮	郁孤台下清江水		辛幼安		同	

附四：沈本《草堂诗余别集》作者勘误表

卷帙	调名	首句	作者	勘误
卷一小令	十六字令	明月影	周美成	周玉晨
	江南春	波潋潋	寇平仲	诗，非词
	忆王孙	轻罗团扇掩微羞	张仲宗	吕渭老
	如梦令	翠幄红蕉影乱	孙夫人	孙道绚
	点绛唇	流水泠泠	孙和仲	孙和仲、未坚
	浣溪沙	杭障熏炉隔绣帏	张曙	张泌
	清商怨	关河愁思望处满	晏同叔	欧阳修
	清平乐	醉红宿翠	童瓮天	石孝友
	西江月	堂上谋臣樽俎	刘改之	刘过、辛弃疾
	滴滴金	月光飞入林前屋	孙夫人	孙道绚
卷二小令	望江南	湖上花	隋炀帝	无名氏
	望江南	湖上酒	隋炀帝	无名氏
	恋绣衾	橘花风信满园香	李太古	李太古
	芳草渡	梧桐落	欧阳永叔	冯延巳
	南乡子	夜阑梦难收	周美成	明人传奇觅莲记中词
	踏莎行	芳草平沙	张仲宗	张鎡

（续表）

卷帙	调名	首句	作者	勘误
卷三中调	踏青游	识个人人	苏东坡	无名氏
	水调歌头	危楼云雨上	无名氏	李泳
	东风第一枝	老树浑苔	吕圣求	张翥
	念奴娇	半堤花雨	无名氏	褚生
卷四长调	永遇乐	早叶初莺	范复之	危复之
	花心动.	风里杨花	谢无逸	明人传奇觅莲记中词
	折红梅	喜轻渐初绽	杜安世	吴感
	无愁可解	光景百年	苏子瞻	陈慥
	多丽	晚山青	石次仲	张翥

第四章 《草堂》外的其他选本及丛刻

明世《草堂》之外,尚有可圈点选本,数量不输《草堂》,选录各有特点。就时代分,有通代选本,有断代选本。总体上,通代多,断代少,前者如《百家词》、《百琲明珠》、《词林万选》,明人选明词专书仅有钱允治《类编笺释国朝诗余》及沈际飞《草堂诗余新集》。就体例分:有广选,有专门词选。广选本较为普遍,有《古今词统》、《词菁》、《宋名家词》等,选录来源比较广泛,题材也多无一定统辖;《唐宋元明酒词》、《词坛艳逸品》、《精选古今诗余醉》等选则自有主题。从编选动机看,娱乐功能是明代选本最为显豁的特征,"凡歌栏酒榭丝而竹之者无不拊髀雀跃"。对怡情娱乐的张扬俯拾即是,或由题名即可窥见,如"酒"、"醉"、"艳逸"之流;或由序跋标榜可知:"故词须婉转绵丽,浅至儇俏。挟春月烟花,于闺幨内奏之,一语之艳,令人魂绝,一字之工,令人色飞,乃为贵耳。"(王世贞"词评序")相应地,这类选本剪裁也较为率意,"名实相乖,漫无体例"(《四库存目》"唐词纪提要")之陋比比皆是,此亦视词学为游戏副业,无所用心之反映。

各专节注重整体性、关联性考察。或出一家,如《百琲明珠》与《词林万选》;或大有因缘,如《花草新编》、《花草萃编》;或非一时之作而能前后呼应,如《百家词》与《宋名家词》、《类编笺释国朝诗余》与《草堂诗余新集》用此例。其余可观者入碎锦举要,大体依时间先后排列,共计二十一种。辑钞本《宋元名家词》、《南词十三种》、

《宋元明三十三家词》、《宋五家词》等附末。

一　发隐继绝,辑刻双璧:《百家词》与《宋名家词》

二刻为词集汇刊之先行者与大成者。《百家词》,明传钞本,吴讷辑。讷字敏德,号思庵,江苏常熟人。永乐年间以知医荐至京,洪熙初用荐拜监察御史巡按贵州,累官至左副都御史,正统中致仕,天顺元年(1457)卒,年八十六,谥文恪。著有《删补棠阴比事》、《文章辨体》、《思庵文粹》等,《明史》有传。

《百家词》明末时已难见,黄河清"草堂诗余原序续集"云:"世有汇辑《唐宋名贤词》者,凡四十册(案:沈际飞眉批'惜四十册不尽传'),人凡若干卷,凡若干首,余尝卒业之,泱泱大观哉……第《唐宋名贤词》卷帙重大,剞劂未施,缀词之士罕窥其全。"《千顷堂书目》:"吴讷《宋元百家词》□卷。"今藏天津图书馆。《西谛题跋》著录。《全宋词》引用书目用北京图书馆藏本。检国图有钞本一百三十卷,四十册。朱丝栏,半叶十二行,二十字。单红鱼尾,四周单边,无页码。楷书,各册笔画粗细、字体深浅不同。叶眉上有朱笔校订抄误,正文无注释。卷首"百家词目",重出一种,共九十九种。正文缺十种,实存八十九种。

此书为现存最早之词集总汇,其中《直斋》未著录词集达44种,除去6种存目,尚有38种,占全书三分之一强。

《百家词》与《直斋》著录对照表

《百家词》			《直斋》著录	《百家词》			《直斋》著录
次序	词集	备注		次序	词集	备注	
1	花间集		√	51	东坡词		√
2	樽前集			52	东坡补遗		
3	酒边集		√	53	审斋词		√

（续表）

《百家词》			《直斋》著录	《百家词》			《直斋》著录
次序	词集	备注		次序	词集	备注	
4	稼轩词		√	54	芦溪词		√
5	小山词		√	55	淮海词		√
6	东堂词		√	56	山谷词		√
7	张子野词		√	57	介庵词		√
8	放翁词		√	58	逃禅词		√
9	相山词		√	59	南唐二主词		
10	友古词		√	60	阳春集		√
11	笑笑词			61	龙洲词		
12	竹坡词		√	62	乐章集		√
13	于湖词		√	63	半山词	缺	
14	竹斋词		√	64	沧浪词	缺	
15	樵隐词		√	65	逍遥词	缺	
16	简斋词		√	66	虚斋词	缺	
17	乐斋词		√	67	嬾窟词	缺	√
18	信斋词		√	68	竹屋词		√
19	书舟词		误作书丹词	69	梅溪词		√
20	初寮词		√	70	玉林词		
21	竹洲词			71	空同词		
22	竹斋诗余			72	蒲江词		√
23	坦庵词	缺	√	73	履斋词		
24	金谷词			74	石屏词		
25	珠玉词		√	75	后山词		√
26	苕溪词			76	片玉词		
27	丹阳词		√	77	白雪词		

（续表）

《百家词》			《直斋》著录	《百家词》			《直斋》著录
次序	词集	备注		次序	词集	备注	
28	克斋词		√	78	龟峰词		
29	养拙堂词		√	79	水云词		
30	后村词			80	遁庵词		
31	晦庵词		√	81	菊轩词		
32	松坡词		√	82	静修词		
33	吕圣求词		√	83	遗山词		
34	知稼翁词		√	84	蜕岩词		
35	西樵语业		√	85	贞居词		
36	省斋词		√	86	乐府补题		
37	姑溪词	缺	√	87	古山乐府		
38	友竹词	缺	√	88	玉田词		
39	石林词		√	89	松雪词		
40	芦川词		√	90	鸣鹤余音		
41	哄堂词		√	91	蓬莱鼓吹		
42	东浦词		√	92	虚靖词	缺	
43	溪堂词		√	93	抚掌词	缺	
44	杜寿域词		√	94	周草窗词		
45	龙川词			95	静春词		
46	文溪词			96	玉笥词		
47	归愚词		√	97	耐轩词		
48	王周士词		√	98	竹山词		
49	樵歌		√	99	云林词		
50	六一词		√	100	笑笑词	重	

其价值不容小觑，如保存孤本，曾慥所辑《东坡词》和《东坡词补遗》、《稼轩词》丁集和袁易《静春词》等，皆仅见于此。增补序跋，曾慥《东坡词拾遗跋语》、黄汝嘉《松坡居士词跋》、陈容公《龟峰词跋》等，为他书所未载，均有助于研究宋代词学批评与词集版本源流。① 陈廷焯批评《百家词》失于泛泛，似是专攻其弊，未见其利。②

明末毛晋搜刻《宋名家词》，更以此为依托，详下。其后诸刻亦多取材，清初侯文灿刻《名家词集》十卷（《二主词》、《阳春集》、《子野词》、《东山词》、《信斋词》、《竹洲词》、《虚斋乐府》、《松雪斋词》、《天锡词》、《古山乐府》各一卷），《天锡词》前无；《直斋》收《阳春集》、《子野词》及《东山词》（案：东湖误）。《东山词》又见"紫芝漫抄"本；余六家《百家词》均有，其中《南唐二主词》、《古山词》为此前仅见，《信斋词》、《竹洲词》、《虚斋词》、《松雪词》亦有"紫芝漫抄"本。《全宋词》之黄机《竹斋诗余》用此本。

《宋名家词》，毛晋辑刻。晋（1599—1659），原名凤苞，字子晋，号潜斋，常熟（今属江苏）人。建汲古阁、目耕楼，家藏书四万八千册，钞刻古籍甚多，世称"毛钞"、"毛刻"，著有《隐湖题跋》等。此刻《千顷堂书目》、《明史·艺文志》著录。《四库存目》（集部422—710）影印中国人民大学藏崇祯刻本《宋名家词》九十卷；国图有清陆贻典、黄仪、毛扆等校本，建国后瞿氏铁琴铜剑楼捐赠，③《全宋词》引用书目据此。上图藏《宋名家词六十一种》善本，计二十六册。卷首"刻宋名家词序"，行书体，四行，十一字。正文八行，十八

① 详参王兆鹏、刘尊明主编《宋词大辞典》"唐宋名贤百家词"条，凤凰出版社2003年，第676页。

② 《白雨斋词话》卷八"六十家词芜杂"：吴氏《宋元百家词》，竹垞时已失全书，近更无从采访，然宋、元两代词，高者不过十余家，次者约得三十余家，合五十家足矣。录至百家，下乘必多于上驷。博而不精，终属过举。

③ 参《百川归海 蔚为大观》，芸香阁丛书本《冀淑英文集》，上海科学技术文献出版社、北京图书馆出版社2004年。

字,白口,四周单边。书口上各集名,下"汲古阁"。竹纸。每集有总目,各集有分目,词作多白文,个别集末引词话。检《藏园订补郘亭知见传本书目》(卷十六下)著录为"左右双阑",不知是否别版。

此刻取材《百家词》。《百名家词钞一百卷》《例言》[(清)聂先、曾王孙编,续修四库本]云:"宋元词人最盛,而所传词稿甚少,闻昔海虞吴氏有宋元百家词钞本,兵火之后,汲古阁购之不全,只梓宋词六十家行世。"是。以毛刻与百家词对照,相同者48种,除去吴本存目词3种,实采45种。

《宋名家词》取材《百家词》一览表

次序	词集	次序	词集	次序	词集	次序	词集
3	酒边集	24	金谷词	42	东浦词	58	逃禅词
4	稼轩词	25	珠玉词	43	溪堂词	61	龙洲词
5	小山词	27	丹阳词	44	杜寿域词	62	乐章集
6	东堂词	28	克斋词	45	龙川词	67	孏窟词(缺)
8	放翁词	30	后村词	46	文溪词	68	竹屋词
12	竹坡词	33	吕圣求词	47	归愚词	69	梅溪词
13	于湖词	34	知稼翁词	50	六一词	71	空同词
14	竹斋词	35	西樵语业	51	东坡词	72	蒲江词
15	樵隐词	37	姑溪词(缺)	53	审斋词	74	石屏词
19	书舟词	39	石林词	55	淮海词	75	后山词
20	初寮词	40	芦川词	56	山谷词	76	片玉词
23	坦庵词(缺)	41	哄堂词	57	介庵词	98	竹山词

自毛刻出,他本失色,后世论及词集者多参酌之。检《四库全书·词曲类》共著录别集59种,明前58种,径用毛刻者达38种;《书目答问》总集类亦多推崇。谢章铤云:"至于所刊《词苑英华》、

《宋六十家词》等书,虽校雠时有错误,然其嘉惠倚声家之恩大矣。"①是为中肯之说。清末冯煦对此刻深加推举,逐集校雠评骘,"别其尤者,写为一编",节录成《宋六十一家词选》行世,其嘉惠后人正绵延不绝也。

二 别具手眼,另立一家:《词林万选》与《百琲明珠》

(一) 概况

杨慎(1488—1561),字用修,号升庵,新都(今属四川)人。正德六年(1511)殿试第一,授翰林院修撰。嘉靖三年(1524)因"议礼"受廷杖,谪戍云南永昌卫,前后三十余年,卒于戍所。慎著述宏富,凡诗文、书画、戏曲、方志等达百余种,为明人第一。

《词林万选》四卷,收入汲古阁刻《词苑英华》,《四库存目》(集部422—560)影印。上图有善本一册,半叶九行,二十字,白口,双黑鱼尾,左右双边,各卷正文首末叶版心有"汲古阁"及"毛氏"小印。卷首"词林万选序"云:"故刻之郡斋,以传同好云。时嘉靖癸卯季春吉,奉政大夫守楚雄府,桂林任良干书。"可知初刻于嘉靖二十二年(1543)左右。后全书目录,白文,无注释评点,调名下间有标题或小序。二书虽同本,上图本印制稍佳,如书末毛晋跋较存目清楚,刊行殆不致晚于乾隆。此刻又有焦氏藏本,见王国维《词林万选跋》。②

---

① 《赌棋山庄词话》卷十一。
② 《观堂别集》卷三,上图藏海宁王静安先生遗书四十八册,第十二册,第18A—B页:"此汲古阁刻《词苑英华》中一种也。《提要》疑升庵原本已佚,此为后来依托,并历举其考证之疏。然考证之疏,自是明人通病,且其中颇有与升庵《词品》印证之处,未必即为依托也。前有焦氏藏书印,乃理堂先生故物,尤可宝也。光绪戊申秋七月,积暑初退,于厂肆得此本,喜而志之。"

　　《万选》问世之时选坛尚无霸主，顾从敬分调本七年后始出。考察此刻选录范围，升庵视野甚宽，于《草堂》外另辟一途，以词人为纲目，上溯唐宋，下讫本朝，所存之 230 首（卷一 61 首、卷二 74 首、卷三 40 首、卷四 55 首）与旧本迥乎不同。任序云"皆《草堂诗余》之所未收者也"，[①]毛晋跋疑之，[②]非是。比对《草堂》选本，卷二《清平乐》（悠悠扬扬）及卷四《采桑子》（辘轳金井梧桐晚）二首顾本卷一收，然顾本后出，此前遵正书堂本均无。陶子珍《明代词选研究》云双璧陈氏本有《采桑子》，不知升庵曾过眼否，或出巧合。

　　《百琲明珠》五卷，编选年代不详，疑与《词林万选》相先后，亦在杨慎贬谪云南之时。上图藏有明万历四十一年刻善本一册，封面墨笔题："道光丙戌春暮得此册于京师琉璃厂书肆，夏四月八日重装，季卿记。"小朱阳文"季卿"。案《明词汇刊》收录，该本赵尊岳跋写作"韩李卿"，疑误。卷首杜祝进"刻杨升庵百琲明珠引"，云"是集留于新都，传于宋妇翁陈春明令新都之明岁，余刻于落第之万历癸丑冬"。无目录，正文写刻体，无直格，半叶十行，二十字，注低六格，大小同正文。四周单边，单黑鱼尾，鱼尾下"〇百琲明珠卷某"，下页码。书末墨笔手题一行"道光戊子春三月叶志诜借读一过"，钤印有"楝亭曹氏藏书"、"张诚臣印"、"嘉靖朝蜀杨慎选集万历朝楚杜祝进订补"、"楝亭曹氏藏书"、"志""诜"等。

　　《明珠》收词计 162 阕，其中卷一 40 首，卷二 33 首，卷三 24 首，卷四 23 首，卷五 38 首。全选上溯六朝，以梁武帝《江南弄》、《三洲歌》、隋炀帝《夜饮朝眠曲》等开篇，与词选体例不合，实乃对词体起源之探索。卷二录北宋词，卷三南宋，卷四杂录南北宋，卷

　　① 任良干"词林万选序"："升庵太史公家藏有唐宋五百家词，颇为全备，暇日取其尤绮练者四卷，名曰《词林万选》，皆《草堂诗余》之所未收者也。"
　　② 毛晋跋："予向慕用修先生《词林万选》，不得一见。金沙于季鸾贻予一帙，前有任良干序，不啻咽三危之露而聆秋竹积雪之曲矣。但据序云：皆《草堂》所未收者，盖未必然。其间或名、或字、或别号、或署衔，却有不衫不履之致。"

五录闺秀及金元明人词等,基本依调编次。

(二) 价值

二书编选于滇中,流传未广。明末沈际飞编选《草堂》四集,虽年代不远,然仅闻其名,未曾寓目。《古香岑草堂诗余四集发凡·竑喆》云:"升庵《填词选格》、《词林万选》、《词选增奇》、《填词玉屑》、《诗余补遗》、《古今词英》、《百琲明珠》等书,已不复见。"毛晋亦"向慕用修先生《词林万选》,不得一见"。四库以淆乱不收《万选》,《提要》诋之:

> 考《书录解题》所载,唐至五代,自赵崇祚《花间集》外,惟《南唐二主词》一卷,冯延巳《阳春录》一卷,此外别无词集,南北宋则自《家宴集》以下总集别集不过一百七家,明毛晋穷搜宋本只得六十家耳,慎所藏者何至有五百余家,此已先不可信。且所录金元明人皆在其中,何以只云唐宋。序与书亦不相符,又其中时有评注,俱极疏陋……其所选录欲搜求隐僻,亦不免雅俗兼陈,毛晋跋称尝慕此集不得一见,后乃得于金沙于季鸾,疑慎原本已佚,此特后来所依托耳。

所说固是。其内容排列乏序,词调短长杂糅,作者世次颠倒;校勘粗疏不经,如卷一目录误题"谢池春"为"谢春池",卷四目录题党怀英二首,实仅一调。然明选通病如此,无足怪,亦不可抹煞其价值。

考其收词,水准不低。任序盛赞之:"升庵太史公家藏有唐宋五百家词,颇为全备,暇日取其尤绮练者四卷,名曰《词林万选》,皆《草堂诗余》之所未收者也。"此说良非虚誉,其后之《草堂》系列选本,有续、别、新集之属者收录相同词作良多,几占全帙三分之一。

举四本勒表，一览可知：

《词林万选》与其后词选收词异同表（含作者勘误）

次序	卷帙	词作	作者	勘误	杨金刊本	乔山书社本	续四库原本	沈际飞评本
19		菩萨蛮（铜黄韵脆锵寒竹）	李后主				√	√
20		师师令（香钿宝珥）	张子野					√
21		谢池春（绿墙重院）	张子野		√			
28	卷	豆叶黄（疏枝冷蕊忽惊春）	张仲宗			√		
31		忆王孙（轻罗团扇掩微羞）	张仲宗	吕渭老				√
32		惜分钗（春将半）	张仲宗			√		√①
36		渔家傲（疏雨才收淡苧天）	杜安世				√	√
37	一	折红梅（喜轻渐初绽）	杜安世	吴感		√		
38		木兰花（霜余已失长淮阔）	苏东坡				√	√
46		浪淘沙（今古几齐州）	赵松雪				√	√
54		西江月（愁黛颦成月浅）	秦少游	晏几道			√	√
56		踏莎行（急雨收春）	贺东山				√	
61		瑞鹧鸪（月痕依约到西厢）	贺东山				√	
62		减字木兰花（襄王梦里）	黄山谷		√		√	
66	卷	桃源忆故人（朔风弄月吹银霰）	张于湖				√	
68		菩萨蛮（东风约略吹罗幕）	张于湖				√	√
81	二	踏莎行（芳草平沙）	张仲举					√②
85		贺新郎（甚矣吾衰矣）	辛幼安					√

① 作者作"吕圣求"，"一作张仲宗"（小字注）。

② 作者误为"张仲宗"。

（续表）

次序	卷帙	词 作	作者	勘误	杨金刊本	乔山书社本	续四库原本	沈际飞评本
86		贺新郎(绿树听鹈鴂)	辛幼安					√
87		沁园春(叠嶂西驰)	辛幼安					√
89		石州慢(落了辛夷)	高季迪					√
91		昼夜乐(洞房记得初相遇)	柳耆卿					√
95		少年游(参差烟树灞陵桥)	柳耆卿				√	√
107		燕山亭(裁剪冰绡)	宋徽宗					√①
110	卷	霓裳中序第一(青翾粲素靥)	尹梅津			√②		
111		明月棹孤舟(雁带愁来寒事早)	黄在轩			√		
113		诉衷情(旋揎玉指著红靴)	黄山谷				√	√
115		喜迁莺(霞散绮)	夏应公					√
116		鹧鸪天(镇日无心扫黛眉)	夏应公				√	√③
117	二	长相思(吴山青)	林和靖					√
118		捣练子(云鬓乱)	李后主				√	
122		木兰花(个人风韵真堪羡)	杜安世	柳 永			√	√
124		南乡子(归梦寄吴樯)	陆放翁					√
129		如梦令(谁伴明窗独坐)	向丰之				√	√
130		清平乐(悠悠扬扬)	孙夫人	孙道绚		√	√	√
134		法驾导引(东风起)	陈简斋				√④	

① 首句作"剪裁冰绡"。
② 作者阙名。
③ 作者作"无名氏"。
④ 作者题"韩夫人"。

（续表）

次序	卷帙	词作	作者	勘误	杨金刊本	乔山书社本	续四库原本	沈际飞评本
140		清平乐(醉红宿翠)	毛开	石孝友				√①
146		西江月(鞦韆斜红带柳)	葛鲁卿					√
147		浪淘沙(还了酒家钱)	周晋仙					√
148		女冠子(蕙花香也)	蒋捷					√
149	卷三	金盏子(练月萦窗)	蒋捷			√		√
150		水龙吟(醉兮琼瀣浮觞些)	蒋捷					√
155		南乡子(泊雁小汀洲)	蒋捷				√	√②
158		柳梢青(学唱新腔)	蒋捷				√	√
159		一箩金(武陵春色浓如酒)	李石才			√		
160		永遇乐(千古江山)	辛稼轩					√
163		青玉案(年年社日停针线)	黄在轩	无名氏			√	√
168		满庭芳(修水柔蓝)	山谷				√	√
171		贺新郎(可意人如玉)	吴履斋					√
176		菩萨蛮(牡丹带露真珠颗)	无名氏		√		√	√
177	卷四	菩萨蛮(晓来误入桃源洞)	无名氏		√③			
178		如梦令(曾宴桃源深洞)	吕洞宾	李存勖	√			√
180		如梦令(去岁迷藏花柳)	黄山谷				√	√
181		忆王孙(飕飕风冷狄花秋)	康伯可	李重元	√			√

---

① 作者题"童瓮天"。
② 作者题"韩文璞"。
③ 作者题"陈无己"。

（续表）

次序	卷帙	词 作	作 者	勘 误	杨金刊本	乔山书社本	续四库原本	沈际飞评本
182		声声慢（寻寻觅觅）	李易安					√
184		点绛唇（蹴罢秋千）	李易安	无名氏	√		√	√
185		浪淘沙（帘外五更风）	李易安	无名氏	√		√	√
186		生查子（年年玉镜台）	朱希真	朱淑真	√			
187		生查子（春山烟欲收）	牛希济		√			
188	卷四	生查子（裙拖安石榴）	赵德庄		√			
189		生查子（新月曲如眉）	赵德庄		√			
190		生查子（轻轻制舞衣）	赵德庄		√			
191		采桑子（辘轳金井梧桐晚）	李后主		√	√	√	√①
193		柳稍青（香肩轻拍）	谢无逸					√
195		一斛珠（洛阳春晚）	东坡				√	√
198		鹧鸪天（罗带双垂画不成）	东坡				√	√
200		月华清（楼倚明河）	蔡松年			√		
204		锦堂春（菱鉴玉箧秋月）	刘迎				√	√
223		江城子（画堂高会酒阑珊）	黄山谷		√		√	√
227		念奴娇（汉江北泻）	白玉蟾					√
选本（首字简称）					杨	乔	续	沈
小 计					15	11	30	57

① 调名作《丑奴儿令》，"一名罗敷媚，一名采桑子"（小字注）。

（清）李调元《雨村词话》卷二"竹山遗词"：

> 蒋竹山词，有全集所遗而升庵《词林万选》所拾者，最为工丽。如《柳稍青》云："学唱新腔……"又《霜天晓角》云："人影窗纱……"（案：引词略）

此说是。《万选》所收蒋捷五首词似首创，此后词选多有认同或耦合，详上表。

就词论而言，亦颇为用心。从《明珠》注语可知，选者取舍之间自有量度。卷一梁武帝《江南弄》（众花杂色满上林）云："填词起于唐人，然六朝已滥觞矣，特录梁武帝一首为始，其余如徐勉之《迎客》《送客》曲，及《美人》《连绵》《江南》《稚女》诸篇皆是，乐府俱载，不尽录也。"《小秦王》（十指纤纤玉笋红）注："唐人绝句即是词调。但随声转腔以别宫商。如《阳关》《伊州》《梁州》《水调》皆是。以上［案：指同调之前二阕盛小丛（雁门山上雁初飞），无名氏（杨柳金嫩不胜鸦）录其罕传，余不尽录。"有明确的词史意识。

又，由"万选"、"百琲"之名可以推见，二选应具一定规模。然而现存版本二种合计不足四百首，尚不及《草堂诗余》一编数量，名实不副。《词话丛编》所收词话引《明珠》词共五处，今本仅存两阕，可知流传之中佚失甚多。①

---

① 存者：杨慎《词品》卷五"戴石屏"条："惟临江仙一首差可，见予所选《百琲明珠》。余无可取者。"（清）沈雄《古今词话》词话上卷"苏易简王禹偁词"，沈雄曰："宋初以词章早著名者，梓州苏易简作越江吟，载《百琲明珠》。"亡者：（清）冯金伯《词苑萃编》卷五品藻引赵鼎《满江红》（惨结秋阴），此首各本大多选入，达18种之多；卷十三纪事引张元干送胡铨词"梦绕神州路"，仅见《花草新编》卷五；卷二十三余编引杜伯高《酹江月》（江山如此），此作后收于沈际飞本别集卷三。

三 附骥之名,自树之实:《花草新编》与《花草萃编》

(一) 概况

吴承恩,字汝忠,号射阳山人,怀安山阳(今江苏淮安)人,生于正德初,卒于万历十年(1582)左右。所辑《花草新编》五卷,钞本,现存三卷,卷三至五,《中国古籍善本书目》著录。上图藏四册,蓝格,半叶九行,行十八字,小字双行注同。页码、目录、藏印均无。个别词有注释。分片处朱笔大圆圈,朱笔小圈句读,字旁间朱笔圈点。每叶虫吻历历,页眉及页脚多残破,基本不缺字。卷五末十叶每叶左下脚缺字较多。部分小字双行注。少量朱墨笔夹批、眉批点校勘误。各卷署"射阳吴承恩汝忠甫纂辑"。卷三中调,四十四页;卷四长调,分订为两册,各三十三页;卷五长调,四十七页。所缺一、二卷当为小令。

陈耀文,字晦伯,号笔山,嘉、万间确山县(今属河南省)人。著述有《天中记》、《正杨》、《经典稽疑》等。《花草萃编》十二卷,附沈义父《乐府指迷》一卷,明万历十一年(1583)自刻本,《中国古籍善本书目》著录,国家图书馆、北京大学图书馆等八家图书馆藏。《千顷堂书目》、《明史·艺文志》卷帙同。

国图本(此据胶卷)十二册,十行,二十字,小字双行同,白口,左右双边,单黑鱼尾。卷首陈耀文"花草萃编叙",下竖长方阳文印"海藏楼"。目录前附《乐府指迷》一卷。正文无句读、评释,有旧注,题"朗陵外方陈耀文晦伯甫纂"。卷一至卷六小令,卷七至八中调,卷九至十二长调。原件卷四第十一叶,卷九第五十六叶,卷十第四十七至四十八叶,卷十二第二十六叶阙。

著录略有:《好古堂书目》、《木犀轩藏书题记及书录》卷四、《艺风藏书续记》卷七、《江苏省立国学图书馆图书总目》卷四十。

　　清编《四库全书》(集部 1490—113)收录曹秀先家藏本二十四卷(案《总目提要》仍作"花草萃编十二卷"),卷首"花草萃编原序",末署"陈良弼序",知此本即提要所云坊贾改刻者,①咸丰七年钱塘金绳武评花仙馆活字本又据之刻,《中国古籍善本书目》收,今藏南京图书馆。馆臣与金氏分卷之误诸家言之甚详,参观陈匪石《声执》及赵万里《校辑宋金元人词》等。

(二) 关系

　　二书关系争讼未定:今存之《花草新编》脱去首二卷,无从查考原书序跋情况。又检陈文烛"射阳先生存稿叙",②及"花草新编序",③无甚价值,似未读其书,径引承恩原序文字,稍加变化而已。吴承恩《射阳先生存稿》卷二有《花草新编自序》,与耀文自序略同,《校辑宋金元人词》据之以为吴书后成。④ 近人刘修业《吴承恩著述考》则云或耀文用承恩新编稿本增辑而成,《中国善本书提要》引用。⑤

---

　　① "花草萃编提要":"此本与《天中记》板式相同,概犹耀文旧刻,而卷首乃有延祐四年陈良弼序,刊刻拙恶,仅具字形,而其文则仍耀文之语,概坊贾得其旧板,别刊一序弁其首,以伪为元版耳。"
　　②《射阳先生存稿》四卷,上图铅印本二册,扉页内"民国十九年七月故宫博物院图书馆印",此即刘修业《吴承恩著述考》所说单行本。
　　③《二酉园文集》续集卷一,《四库存目》集部第 139 册,第 416 页。
　　④ 引用书目:"花草萃编十二卷,明耀文辑,明万历间刻本……偶检《射阳先生存稿》二,有《花草新编自序》,序文与此书略同,概成书在耀文后,或署曰《新稿》,或据此谓耀文即习吴书为之,实非笃论。"
　　⑤ 刘修业:《古典小说戏曲丛考·吴承恩著述考》,作家出版社 1958 年,第 34—37 页。
　　《中国善本书提要》第 684 页:"《花草萃编十二卷附乐府指迷一卷》,十二册,明万历间刻本,[十行二十字]……又吴承恩《射阳存稿》有《花草新编序》,大致与耀文自序相合,因知是书或为耀文聘请吴承恩、吴岫所编,或为耀文用承恩新编稿本增辑而成,说详刘修业所撰《吴承恩著述考》。[按是书今有一九三三年陶风楼影印袖珍本。]"

比对两人序文,内容十分相似:

> 选词众矣,唐则称《花间集》,宋则《草堂诗余》……余尝欲柬汰二集,合为一编,而因循有未暇者。今秋逃暑,始克为之。因复益以诸人之本集,诸家之选本,记录之所附载,翰墨之所遗留,上溯开元,下断至正,会通诠择,录而藏之……祇据家藏,呈诸俊赏,庶或有同余者乎……是编也,由《花间》、《草堂》而起,故以"花草"命编。 ——吴承恩《花草新编序》①

> 夫填词者,古乐府流也。自昔选次者众矣,唐则有《花间集》,宋则《草堂诗余》……余自牵拙多暇,尝欲铨粹二集,以补一代典章。顾以纪辑《天中》,因循有未果者。嗣以漂泊东南,纳交素友淮阴吴生承恩、姑苏吴生岫,皆耽乐艺文,藏书甚富,余每得之假阅,辄随笔位序之。久之遂成六卷。移疾归来,游息竹素,综缀正业之余,因复益以诸人之本集、各家之选本、记录之所附载、翰墨之所遗留,上溯开、天,下讫宋末,曲调不载于旧刻者,元词间亦与焉。其义例以世次为后先,以短长为小大。为卷一十有二,计词三千二百八十余首……是刻也,由《花间》、《草堂》而起,故以"花草"命编。 ——陈耀文《自序》

笔者同意刘修业说。依据有二:

一,承恩自序所言缘起、体例编纂过程甚详:"余尝欲柬汰二集,合为一编,而因循有未暇者。今秋逃暑,始克为之……祇据家藏,呈诸俊赏。"耀文序明确提到借阅承恩家藏:"淮阴吴生承恩、姑苏吴生岫,皆耽乐艺文,藏书甚富,余每得之假阅,辄随笔位序之。久之遂成六卷。"与《新编》卷帙差同,或即承恩初稿。耀文以为底本增辑。

---

① 《射阳先生存稿》卷二,铅印本。

　　二,考查两本收词:《新编》现存之三卷,收词共 384 首,其中卷三中调 132 首,卷四长调 158 首,卷五长调 94 首。见于《草堂》选本的 214 阕,占全书 55.7%;其余 170 阕未见于此前选本。

　　《萃编》之十二卷本共收词 3702 阕,以中调部分(卷七 306 阕,卷八 288 阕)之 594 阕为例分析,①见于此前《草堂》系列选本的 93 阕,占 15.7%;仅见于《新编》的 47 阕;又有 4 阕,前本均选,惟《新》、《萃》二书无,②占 8.6%;余 450 阕自选,占 75.8%。仅见诸词为参考《新编》之证明当无疑义。详附表。

(三) 地位与影响

　　《萃编》作为明代规模最大的一部词选,其得失前人已明辨。③

---

　　① 词作统计据陶子珍《明代词选研究》本数据,中调部分考辨据民国陶风楼影印本得出。

　　②《蝶恋花》(庭院碧苔红叶遍、梦断池塘惊乍晓、谁向椒盘簪彩胜)及《千秋岁》(塞垣秋草)。前两阕有 18 种草堂选本收录,后两阕 17 种收录。

　　③ (清)张文虎"跋花草萃编",《舒艺室杂著》甲编卷下,《续修四库》集部 1535 册据清光绪刻本影印,第 214 页:"此编大致以《花间》、《草堂》为主,益以《乐府雅词》、《天机余锦》、《梅苑》及各家词集,旁采诗话、杂记、丛谈、小说,间亦附笺本事,其取材甚博,足资泛览。……至其抉择之不精,校订之疏舛,或名或字或别号之体例庞杂,此明人书籍通病,无足怪也。"

　　《校辑宋金元人词》驳之:"编中词人姓名,悉依所本各书移录,或名或字,前后不一致,而字句间亦无据此本以改彼本之迹,故何者出何书,尚可想象或考证得知……与张文虎所称抉择不精,校订疏舛,或名或字或别号,体例庞杂云云……皆未得陈氏之用心。"

　　陈匪石《声执》卷下"花草萃编"条亦同:"花草萃编,明陈耀文纂。今海内传本,不过四五部。南京盋山书社以善本书室藏本影印,始有流传……独陈氏此书,有特色焉。一、所录皆唐五代宋元之词,不羼明词,不杂元曲,足见矜严之处。二、取材以花庵草堂为主,益以乐府雅词、花庵词选、梅苑、古今词话、天机余锦、翰墨大全及名家词集,旁采说部词话,间附本事,虽无甚抉择,然今已绝版之书,藉以存者不少。三、依原书移录,缺名者不补。名字亦先后参差,并无校改。所据旧籍,可以推见。校勘辑佚,资以取材,故颇为前人所称。至其以小令、中调、长调分类,则仍草堂之旧尔。"

就规模与声气而言,在《新编》之上。二书的编选倾向依然是侧重北宋词,以雅致风流为主导的。《萃编》诸词人中,柳永与周邦彦领衔群伦;《新编》独选的170多首词作中,两人作品依然最多。总体上,二刻虽以"花草"命名,风格也未脱"花草"习气,但从选词的开拓性来看,与《草堂》系列还是差异较大的。其搜逸补遗之功应该得到肯定。

附:《新编》未见于此前选本诸词及影响表

未 见 词 作		影 响			
词 作	卷 帙	萃编·中调	乔山书社	续四库原本	沈际飞评本
满江红(胶扰劳生)	卷四长调				正集卷三长调
绿头鸭(晚云收)	卷四长调				正集卷六长调
蝶恋花(楼外垂杨千万缕)	卷三中调			续选卷下中调	续集卷下中调
凤衔杯(追悔当初辜深怨)	卷三中调			续选卷下中调	续集卷下中调
青玉案(东风未放花千树)	卷三中调			续选卷下中调	续集卷下中调
青玉案(年年社日停针线)	卷三中调	卷七中调		续选卷下中调	续集卷下中调
满庭芳(修水柔蓝)	卷四长调			续选卷下长调	续集卷下长调
小桃红(晓入纱窗静)	卷三中调	卷七中调			别集卷三中调
粉蝶儿(昨日春如)	卷三中调	卷八中调			别集卷三中调
忆帝京(薄衾小枕凉天气)	卷三中调	卷八中调			别集卷三中调
师师令(香钿宝珥)	卷三中调	卷八中调			别集卷三中调
河满子(无语残妆淡薄)	卷三中调	卷八中调			别集卷三中调
祝英台近(倚危阑)	卷四长调				别集卷三中调
一丛花(伤高怀远几时穷)	卷三中调	卷八中调			别集卷三中调
最高楼(长安道)	卷三中调				别集卷三中调
最高楼(新春景)	卷三中调	卷八中调			别集卷三中调

（续表）

未 见 词 作		影 响			
词　　作	卷 帙	萃编·中调	乔山书社	续四库原本	沈际飞评本
谢池春慢(缭墙重院)	卷四长调	卷八中调			别集卷三中调
满江红(秋本无愁)	卷四长调				别集卷三长调
满江红(秋满漓源)	卷四长调				别集卷三长调
水调歌头(清嶂度云气)	卷四长调				别集卷三长调
声声慢(寻寻觅觅)	卷四长调				别集卷三长调
燕山亭(剪裁冰绡)	卷四长调				别集卷三长调
东风第一枝(老树浑苔)	卷四长调				别集卷三长调
念奴娇(半堤花雨)	卷四长调				别集卷三长调
绛都春(春愁怎尽)	卷四长调				别集卷四长调
瑞鹤仙(薄寒罗袖怯)	卷五长调				别集卷四长调
金盏子(练月萦窗)	卷五长调		卷七长调		别集卷四长调
永遇乐(千古江山)	卷五长调				别集卷四长调
花心动(谁倚青楼)	卷五长调				别集卷四长调
望海潮(云雷天堑)	卷五长调				别集卷四长调
沁园春(斗酒彘肩)	卷五长调				别集卷四长调
贺新郎(绿树听鹈鴂)	卷五长调				别集卷四长调
贺新郎(甚矣吾衰矣)	卷五长调				别集卷四长调
沁园春(为子死孝)	卷五长调				
赞成功(海棠未拆)	卷三中调	卷七中调	卷七中调		
拂霓裳(乐秋天)	卷三中调		卷七中调		
离别难(宝马晓鞲雕鞍)	卷四长调	卷八中调	卷七中调		

（续表）

未 见 词 作		影 响			
词 作	卷 帙	萃编·中调	乔山书社	续四库原本	沈际飞评本
接贤宾(香鞲镂□五花骢)	卷三中调				
唐多令(蘋末转清商)	卷三中调	卷七中调			
贺明朝(忆昔花间初识面)	卷三中调				
蝶恋花(回旋落花风荡漾)	卷三中调				
蝶恋花(谁道闲情抛掷久)	卷三中调				
蝶恋花(蜀锦地衣丝步障)	卷三中调				
蝶恋花(伫立危楼风细细)	卷三中调				
蝶恋花(日晚游人酥粉涴)	卷三中调				
蝶恋花(陌上箫鼓寒食近)	卷三中调				
蝶恋花(前日海棠犹未破)	卷三中调				
蝶恋花(蜀道青天烟霭霭)	卷三中调				
折叠扇(几股湘江龙骨瘦)	卷三中调	卷七中调			
甘州遍(春光好)	卷三中调				
渔家傲(七十余年真一梦)	卷三中调	卷七中调			
渔家傲(灰暖香融消永昼)	卷三中调				
渔家傲(今日山头云欲举)	卷三中调				
十拍子(柳絮飞时绿暗)	卷三中调	卷七中调			
定风波(把酒花前欲问它)	卷三中调	卷七中调			
破阵子(仕致千钟良易)	卷三中调	卷七中调			
凤衔杯(有美瑶卿能染翰)	卷三中调				
献衷心(见好花颜色)	卷三中调	卷七中调			

未 见 词 作		影　　　　响			
词　　作	卷　帙	萃编·中调	乔山书社	续四库原本	沈际飞评本
黄钟乐(池塘烟暖草萋萋)	卷三中调	卷七中调			
醉春风(宝鉴菱花莹)	卷三中调	卷七中调			
怨春风(无由且住)	卷三中调				
喝火令(见晚情如旧)	卷三中调	卷七中调			
淡黄柳(楚腰一捻)	卷三中调				
看花回(屈指劳生百岁期)	卷三中调	卷七中调			
垂丝钓(缕金翠羽)	卷三中调	卷七中调			
感皇恩(依旧惜春心)	卷三中调	卷七中调			
青玉案(华裾玉瑁青丝鞚)	卷三中调				
青玉案(西风挟雨毂翻浪)	卷三中调				
青玉案(红莎绿蒻春风饼)	卷三中调				
两同心(巧笑眉颦)	卷三中调				
两同心(秋水遥岑)	卷三中调	卷七中调			
月上海棠(兰房绣户恹恹病)	卷三中调	卷七中调			
下水船(上客骊驹至)	卷三中调	卷八中调			
佳人醉(暮景潇潇雨霁)	卷三中调	卷八中调			
隔浦莲近拍(飞花如□燕子)	卷三中调				
风入松(东风巷陌暮寒娇)	卷三中调	卷八中调			
风入松(画堂红袖倚清酣)	卷三中调				
风入松(自从回少白花桥)	卷三中调	卷八中调			

（续表）

未 见 词 作		影 响			
词 作	卷 帙	萃编·中调	乔山书社	续四库原本	沈际飞评本
百媚娘(珠阁五云仙子)	卷三中调	卷八中调			
诉衷情近(雨晴气爽)	卷三中调				
越溪春(三月十二寒食日)	卷三中调				
忆帝京(薄妆小鬟闲情素)	卷三中调	卷八中调			
忆帝京(银烛生花如红豆)	卷三中调	卷八中调			
望月婆罗门引(渚星万点)	卷三中调				
斗百草(满搦宫腰纤细)	卷三中调	卷八中调			
斗百草(昨夜因看蜀志)	卷三中调	卷八中调			
斗百草(何事春工用意)	卷三中调	卷八中调			
凤楼春(凤髻绿云丛)	卷三中调	卷八中调			
一丛花(年时今夜见师师)	卷三中调	卷八中调			
红林檎近(蹙绣圈金)	卷三中调				
柳初新(东郊向晓星杓亚)	卷三中调	卷八中调			
蓦山溪(穷山孤叠)	卷三中调	卷八中调			
蓦山溪(浮烟冷雨)	卷三中调				
蓦山溪(楼横北固)	卷三中调	卷八中调			
婆罗门引(昨宵里恁和衣睡)	卷四长调	卷八中调			
促拍满路花(香靥融春雪)	卷四长调	卷八中调			
八六子(小帘栊)	卷四长调				
法曲第二(青翼传情)	卷四长调	卷八中调			

(续表)

未 见 词 作		影　　响			
词　作	卷　帙	萃编·中调	乔山书社	续四库原本	沈际飞评本
一枝花(千丈擎天手)	卷四长调	卷八中调			
卜算子近(江枫渐老)	卷四长调	卷八中调			
采莲令(月华收)	卷四长调	卷八中调			
意难忘(鸡犬云中)	卷四长调				
意难忘(角动寒谯)	卷四长调				
满江红(暮雨初收)	卷四长调				
满江红(家住江南)	卷四长调				
满江红(千古东流)	卷四长调				
临江仙引(梦觉小庭院)	卷四长调				
竹马子(登孤垒荒凉)	卷四长调				
如鱼水(轻霭浮空)	卷四长调				
满庭芳(明眼空青)	卷四长调				
满庭芳(宿雨滋兰)	卷四长调				
满庭芳(月洗高梧)	卷四长调				
雪梅香(景萧索)	卷四长调				
扫地花(洗春雨急)	卷四长调				
水调歌头(猩鬼啸篁竹)	卷四长调				
水调歌头(平生太湖上)	卷四长调				
水调歌头(万里云间戍)	卷四长调				
水调歌头(一叶飞何处)	卷四长调				
水调歌头(牛羊散平野)	卷四长调				

（续表）

未 见 词 作		影 响			
词　作	卷　帙	萃编·中调	乔山书社	续四库原本	沈际飞评本
水调歌头(富贵有余乐)	卷四长调				
水调歌头(病怀因酒恼)	卷四长调				
塞狐(一声鸡,又报残更歇)	卷四长调				
声声慢(林间鸡犬)	卷四长调				
八声甘州(对潇潇暮雨洒江天)	卷四长调				
逍遥乐(春意渐归芳草)	卷四长调				
绣停针(叹半纪,跨万里秦吴)	卷四长调				
黄鹂绕碧树(双阙笼嘉气)	卷四长调				
玲珑四犯(苍藓□阶)	卷四长调				
高阳台(燕卷晴思)	卷四长调				
双头莲(华发星星)	卷四长调				
陌上花(关山梦里归来)	卷四长调				
念奴娇(黄橙紫蟹)	卷四长调				
念奴娇(江天雨霁)	卷四长调				
念奴娇(知音者少)	卷四长调				
念奴娇(消磨九日)	卷四长调				
念奴娇(老夫归去)	卷四长调				
真珠帘(灯前月下)	卷四长调				
石州慢(云海蓬莱)	卷四长调				

（续表）

未 见 词 作		影 响			
词　作	卷　帙	萃编·中调	乔山书社	续四库原本	沈际飞评本
石州慢(日脚斜明)	卷四长调				
木兰花慢(送归云去雁)	卷四长调				
一萼红(月钩见挂浪)	卷四长调				
安公子(远岸收残雨)	卷五长调				
安公子(风雨初经社)	卷五长调				
归朝欢(别岸扁舟三两只)	卷五长调				
齐天乐(角残钟晚关山路)	卷五长调				
齐天乐(银蟾飞到瓟棱外)	卷五长调				
凉州令(翠树芳条)	卷五长调				
曲玉管(陇首云飞)	卷五长调				
曲玉管(寿非金石)	卷五长调				
尉迟杯(紫云暖)	卷五长调				
内家娇(煦景朝升)	卷五长调				
望海潮(云垂余发)	卷五长调				
折红梅(喜轻澌初泮)	卷五长调				
鼓笛慢(乱花丛里曾携手)	卷五长调				
迎新春(嶰琯变青律)	卷五长调				
一寸金(州夹苍崖)	卷五长调				
风流子(书剑忆游梁)	卷五长调				
长寿乐(繁红嫩翠)	卷五长调				
贺新郎(凤尾龙香拨)	卷五长调				

（续表）

未 见 词 作		影 响			
词　作	卷　帙	萃编·中调	乔山书社	续四库原本	沈际飞评本
贺新郎(梦绕神州路)	卷五长调				
宣清(残月朦胧)	卷五长调				
轮台子(一枕清宵好梦)	卷五长调				
摸鱼儿(恨①人间情是何物)	卷五长调				
白苎(正春晴,又春冷)	卷五长调				
兰陵王(燕穿幕)	卷五长调				
多丽(小庭阶)	卷五长调				
六州歌头(秦亡草昧)	卷五长调				
六州歌头(长淮望断)	卷五长调				
六州歌头(孤山岁晚)	卷五长调				
抛球乐(晓来天气浓淡)	卷五长调				

四　筚路蓝缕,后出转精:《类编笺释国朝诗余》与《草堂诗余新集》

(一) 概况

　　钱允治《类编笺释国朝诗余》五卷,《千顷堂书目》、《明史·艺文志》著录。上图藏明万历四十二年刻本,《续修四库》(集部1728—65)据此影印。《明词汇刊》收入。上图善本卷一、二小令,

----

① 案:抄误。

（续表）

调　名	首　　句	作　者	钱　本	沈　本
长相思	烛荧荧	沈天羽		新集卷一小令
昭君怨	路远危峰斜照	马浩澜		新集卷一小令
生查子	已知无见期	王修微		新集卷一小令
浣溪沙	一夜东风落绛葩	王止仲	国朝卷一小令	
浣溪沙	几阵南风挟雨飘	吴原博	国朝卷一小令	
浣溪沙	秀色扶疏覆野庭	陈道复	国朝卷一小令	
浣溪沙	浅束深妆总可怜	张仲立		新集卷一小令
浣溪沙	玉韵花情描不成	顾仲从		新集卷一小令
浣溪沙	新篁曲径野花香	王瑞卿		新集卷一小令
浣溪沙	穿树残云晓气凉	梁木公		新集卷一小令
浣溪沙	午梦谁惊树影摇	吴莫胜		新集卷一小令
浣溪沙	汇水萦溪影外天	张迁公		新集卷一小令
浣溪沙	苔草无人半入泥	张迁公		新集卷一小令
浣溪沙	一片心情眼底柔	于殁仲		新集卷一小令
浣溪沙	满径残花衬履行	梁希声		新集卷一小令
点绛唇	五月荷花	阙　名	国朝卷一小令	
点绛唇	池上闲看	阙　名	国朝卷一小令	
点绛唇	碧柳参天	阙　名	国朝卷一小令	
点绛唇	柳外朱楼	阙　名	国朝卷一小令	
点绛唇	湿梦沉沉	王辰玉		新集卷一小令
点绛唇	钟鼓沉沉	陈仲醇		新集卷一小令

（续表）

调　名	首　　句	作　者	钱　本	沈　本
女冠子	亚枝花露	张迂公		新集卷一小令
女冠子	风梅歇玉	张迂公		新集卷一小令
重叠金	离宫复断遥相望	阙　名	国朝卷一小令	
菩萨蛮	西风吹散云头雨	刘伯温	国朝卷一小令	
菩萨蛮	平生自有山林寄	陈道复	国朝卷一小令	
菩萨蛮	夜深人静朦胧睡	陈道复	国朝卷一小令	
重叠金	纱窗碧透横斜影	丘琼台		新集卷一小令
重叠金	销魂别处何寥寂	丘琼台		新集卷一小令
重叠金	千娇更是罗鞋浅	徐文长		新集卷一小令
酒泉子	西鄙不来	杨用修	国朝卷一小令	
诉衷情	越江吴峤有干戈	吴纯叔	国朝卷一小令	
诉衷情	良宵喜见月华	吴纯叔	国朝卷一小令	
丑奴儿	风枝露叶凉思起	吴原博	国朝卷一小令	
丑奴儿	纤云尽卷天如水	吴原博	国朝卷一小令	
卜算子	飞花点绣苔	王修微		新集卷一小令
卜算子	忆昔约佳期	秦公庸		新集卷一小令
好事近	春色已蹉跎	吴纯叔	国朝卷一小令	
好事近	乍喜见金波	吴纯叔	国朝卷一小令	
减字木兰花	乌衣椎髻	杨用修	国朝卷一小令	
谒金门	刑务恤	文征仲	国朝卷一小令	
谒金门	真堪惜	无名氏		新集卷一小令

（续表）

调　名	首　　　句	作　者	钱　本	沈　本
清平乐	金昌亭下	吴原博	国朝卷一小令	
清平乐	云开碧宇	吴纯叔	国朝卷一小令	
清平乐	君王未起	杨用修		新集卷一小令
清平乐	倾城艳质	杨用修		新集卷一小令
更漏子	楚天低	王元美	国朝卷一小令	
忆秦娥	阳春月	刘伯温	国朝卷一小令	
忆秦娥	因无策	王修微		新集卷一小令
忆秦娥	闲思遍	王修微		新集卷一小令
忆秦娥	多情月	王修微		新集卷一小令
鹤冲天	临水阁	夏桂洲		新集卷一小令
阮郎归	白蘋风起夕阳微	刘伯温	国朝卷二小令	
阮郎归	嫣然何物步苔茵	吴原博	国朝卷二小令	
阮郎归	一年月色最宜秋	吴纯叔	国朝卷二小令	
南唐浣溪沙	燕子巢成倦不飞	刘伯温		新集卷一小令
南唐浣溪沙	嫘嫘同心巧笑分	阙　名	国朝卷一小令	
南唐浣溪沙	瑞雪晴林暮霭消	阙　名	国朝卷一小令	
南唐浣溪沙	露湿鞋儿小径幽	葛实甫		新集卷一小令
武陵春	落红飞白春归也	周逸之		新集卷二小令
武陵春	深锁楼台何处里	葛震甫		新集卷二小令
锦堂春	柳弱花娇堪赋	王修微		新集卷二小令
画堂春	小斋幽僻似林坰	赵栗夫	国朝卷二小令	

（续表）

调　名	首　　　句	作者	钱　本	沈　本
画堂春	春风寒入踏青天	吴纯叔	国朝卷二小令	
画堂春	高年座上有仙翁	前　人	国朝卷二小令	
朝中措	是谁嫌我酒间过	王元美		新集卷二小令
朝中措	银蟾煜煜贯空青	吴纯叔	国朝卷二小令	
眼儿媚	石榴花发尚伤春	无名氏		新集卷二小令
眼儿媚	困柳泣花冷丝丝	秦公庸		新集卷二小令
太常引	门前杨柳密藏鸦	倪元镇		新集卷二小令
柳梢青	碧焰疏篁	释涵初		新集卷二小令
柳梢青	明月窗纱	顾仲从		新集卷二小令
柳梢青	晕雪融霞	杨用修	国朝卷二小令	
西江月	有恨不随流水	高深甫		新集卷二小令
西江月	红叶无风自落	刘伯温	国朝卷二小令	
西江月	舞影金波月浸	杨用修	国朝卷二小令	
西江月	隐隐高原碧柳	吴原博	国朝卷二小令	
西江月	怪低满城风雨	赵栗夫	国朝卷二小令	
西江月	洞口胡麻颗颗	赵栗夫	国朝卷二小令	
惜分飞	花雨缤纷迷小院	李伊土		新集卷二小令
少年游	弄粉调脂	马浩澜		新集卷二小令
少年游	未转头时是梦	王元美	国朝卷二小令	
水仙子	雨凉翡翠藕花浮	王元美	国朝卷二小令	
怨王孙	深闺精俏	周逸之		新集卷二小令

（续表）

调　名	首　句	作　者	钱　本	沈　本
一枝花	罗浮山接渺茫	杨用修	国朝卷二小令	
浪淘沙	风雨夜来多	李于鳞		新集卷二小令
浪淘沙	春色惯撩人	高深甫		新集卷二小令
浪淘沙	九日雨潇潇	张世文		新集卷二小令
浪淘沙	生小学诗篇	顾仲从		新集卷二小令
浪淘沙	生小弄冰弦	顾仲从		新集卷二小令
青门引	水曲红波冷	张卿玉		新集卷二小令
迎春乐	裁霞剪雪芳枝艳	王止仲	国朝卷二小令	
醉花阴	远岫轻云千万段	张世文		新集卷二小令
醉花阴	似忘似变似无已	王修微		新集卷二小令
杏花天	抹红匀粉墙头面	高深甫		新集卷二小令
望江南	梅共雪	冯用韵		新集卷二小令
鹧鸪天	卷翠镕金别样妆	文征仲	国朝卷二小令	
鹧鸪天	抱叶清吟玉宇凉	文征仲	国朝卷二小令	
鹧鸪天	试选蛾眉几许长	徐文长		新集卷二小令
鹧鸪天	住月停云指下弦	高深甫		新集卷二小令
鹧鸪天	休向灯前泣雁鱼	高深甫		新集卷二小令
鹧鸪天	莫怪青铜骤点斑	张世文		新集卷二小令
河传	东楚南浦隋堤游	杨用修	国朝卷二小令	
鹊桥仙	璧水浮秋	文征仲	国朝卷二小令	
鹊桥仙	翁及告存	文征仲	国朝卷二小令	

（续表）

调 名	首 句	作 者	钱 本	沈 本
鹊桥仙	鬓雪髭霜	文征仲	国朝卷二小令	
鹊桥仙	不寒不暖	马浩澜		新集卷二小令
鹊桥仙	菡萏开霞	王修微		新集卷二小令
鹊桥仙	一竿风月	无名氏		新集卷二小令
鹊桥仙	客店游魂	俞君宣		新集卷二小令
虞美人	白雪红树秋山下	王止仲	国朝卷二小令	
虞美人	檀槽凤尾龙香拨	杨用修	国朝卷二小令	
虞美人	阶前嫩绿和愁长	沈天羽		新集卷二小令
木兰花	鲁泮诸生眉山旧脉	苏景元	国朝卷三中调	
木兰花	画图开处飞莺燕	汪昌朝		新集卷二小令
木兰花	韶阳欲暮莺声碎	无名氏		新集卷二小令
木兰花	空闺日夜和愁闭	无名氏		新集卷二小令
木兰花	游碧霄杨青带浪	张迂公		新集卷二小令
木兰花	迎絮争泥风受燕	张迂公		新集卷二小令
木兰花	参差帘影晨光动	张世文		新集卷二小令
南乡子	鸣雨过庭除	刘伯温	国朝卷二小令	
南乡子	深院上衣飘	吴原博	国朝卷二小令	
南乡子	盗弄朝权	王济之	国朝卷二小令	
南乡子	水木淡清晖	文征仲	国朝卷二小令	
南乡子	和气蔼彤尘	文征仲	国朝卷二小令	
南乡子	武岭郁岩峣	沈天羽		新集卷二小令

（续表）

调　名	首　　句	作者	钱　本	沈　本
南乡子	容易抱离忧	于弢仲		新集卷二小令
醉落魄	笋儿初出	陈仲醇		新集卷二小令
梅花引	乱山纵	沈天羽		新集卷二小令
踏莎行	一岁之终	吴原博	国朝卷二小令	
踏莎行	□□终还	王济之	国朝卷二小令	
踏莎行	公子闲居	王辰玉		新集卷二小令
踏莎行	雨歇增凉	吴纯叔	国朝卷二小令	
踏莎行	玉琢娉婷	王元美	国朝卷二小令	
踏莎行	尘路风花	王止仲		新集卷二小令
踏莎行	露湿春莎	边庭实		新集卷二小令
踏莎行	香罢宵薰	无名氏		新集卷二小令
踏莎行	佳期易乖	无名氏		新集卷二小令
踏莎行	玉臂宽环	无名氏		新集卷二小令
踏莎行	红叶空传	无名氏		新集卷二小令
踏莎行	花径争穿	无名氏		新集卷二小令
踏莎行	烟锁朱楼	梁木公		新集卷二小令
惜分钗	桃花路	高深甫		新集卷二小令
惜分钗	新妆束	高深甫		新集卷二小令
一剪梅	机杼无声络纬多	刘伯温	国朝卷三中调	
一剪梅	宋玉墙头杏子花	杨用修	国朝卷三中调	
一剪梅	水瘦山焦万树囚	沈天羽		新集卷三中调

（续表）

调　名	首　　句	作　者	钱　本	沈　本
临江仙	花影半帘初睡起	无名氏		新集卷三中调
临江仙	昨夜惊眠梅雨大	无名氏		新集卷三中调
临江仙	碧水朱桥青柳岸	杨用修	国朝卷三中调	
临江仙	十里红楼依绿水	张世文		新集卷三中调
临江仙	春睡恹恹生怕起	秦公庸		新集卷三中调
临江仙	妾本水晶宫里住	沈天羽		新集卷三中调
临江仙	玉作精神花作样	沈天羽		新集卷三中调
临江仙	娇女惊传何处去	沈天羽		新集卷三中调
折桂令	枕高冈坐占鸥沙	杨用修	国朝卷三中调	
折桂令	乱纷纷玉蕊冰花	杨用修	国朝卷三中调	
钗头凤	临丹壑	张世文		新集卷三中调
蝶恋花	梳罢晓妆屏上倚	无名氏		新集卷三中调
蝶恋花	度朔移来天上种	刘伯温	国朝卷三中调	
蝶恋花	亭上雨来人欲去	边庭实		新集卷三中调
蝶恋花	野树烟生斜日堕	卢师邵		新集卷三中调
蝶恋花	城上危楼惊欲堕	卢师陈		新集卷三中调
蝶恋花	十里楼台花雾绕	莫仲玙		新集卷三中调
蝶恋花	璧月沉辉湖渌靓	莫仲玙		新集卷三中调
蝶恋花	快雪时晴寒尚沍	莫仲玙		新集卷三中调
蝶恋花	古塔斜杨红欲暝	莫仲玙		新集卷三中调
蝶恋花	五月凉风来曲院	莫仲玙		新集卷三中调

（续表）

调 名	首 句	作 者	钱 本	沈 本
蝶恋花	杜若浮香春霁雨	莫仲玙		新集卷三中调
蝶恋花	翠巘深深深几许	莫仲玙		新集卷三中调
蝶恋花	西子湖头春过半	莫仲玙		新集卷三中调
蝶恋花	秋静寒潭澄见底	莫仲玙		新集卷三中调
蝶恋花	南北双峰云气绕	莫仲玙		新集卷三中调
蝶恋花	新草池塘烟漠漠	张世文		新集卷三中调
蝶恋花	紫燕双飞深院静	张世文		新集卷三中调
蝶恋花	今夜三更春去矣	王修微		新集卷三中调
蝶恋花	野草含烟费紫陌	梁木公		新集卷三中调
锦帐春	醉月朦胧	沈天羽		新集卷三中调
唐多令	飞镜露云头	杨用修		新集卷三中调
青杏儿	独自倚阑干	刘伯温		新集卷三中调
渔家傲	冷薄衣罗官署晓	周行之		新集卷三中调
渔家傲	初夏风和晴日永	陈琴溪		新集卷三中调
渔家傲	门过平湖新雨过	张世文		新集卷三中调
渔家傲	江上凉飔清绪熥	张世文		新集卷三中调
渔家傲	悄梦春残春不管	顾仲从		新集卷三中调
醉春风	娇惹游丝颤	高深甫		新集卷三中调
醉春风	谁劝郎先醉	王修微		新集卷三中调
醉春风	心似当时醉	王修微		新集卷三中调
醉春风	紫燕归来两	顾孔昭		新集卷三中调

（续表）

调　名	首　　句	作　者	钱　本	沈　本
风中柳	燕燕于飞	陈眉公		新集卷三中调
风中柳	憔悴芳蓉	王修微		新集卷三中调
品字令	飞琼环佩	王止仲	国朝卷三中调	
江城梅花引	漏声沉	杨用修	国朝卷三中调	
行香子	红遍樱桃	马浩澜		新集卷三中调
行香子	玉骨冰神	沈天羽		新集卷三中调
行香子	未到高唐	于弢仲		新集卷三中调
声声令	马嵬香散	高深甫		新集卷三中调
青玉案	昨朝出日今朝雨	刘伯温	国朝卷三中调	
青玉案	老去无营心境净	文征仲	国朝卷三中调	
青玉案	梵宫百尺同云护	李伊土		新集卷三中调
天仙子	烟水芦花愁一片	王修微		新集卷三中调
天仙子	茸茸花颤秋深浅	高深甫		新集卷三中调
天仙子	文姬远嫁昭君塞	女小青		新集卷三中调
江神子	几宵风雨恼人怀	吴纯叔	国朝卷三中调	
江神子	人间何物胜壶觞	阙　名	国朝卷三中调	
江神子	满城风雨近重阳	倪元镇		新集卷三中调
江神子	清明天气醉游郎	张世文		新集卷三中调
千秋岁	残年奇事	吴原博	国朝卷三中调	
千秋岁	瑶池阿母	杨用修	国朝卷三中调	
千秋岁	浮瓜雪藕	顾孔昭		新集卷三中调

（续表）

调　名	首　　句	作　者	钱　本	沈　本
祝英台近	挂轻帆	商弘载		新集卷三中调
风入松	草翁善政著甘棠	余存斋	国朝卷三中调	
风入松	浓烟愁白望中深	高深甫		新集卷三中调
风入松	夜阑斜倚赤阑桥	文征仲	国朝卷三中调	
风入松	白头自笑似儿痴	文征仲	国朝卷三中调	
风入松	了知无喜到贫家	文征仲	国朝卷三中调	
风入松	虚堂残暑已无多	文征仲	国朝卷三中调	
风入松	江南二月昼初长	文征仲	国朝卷三中调	
一丛花	今年春浅腊侵年	商弘载		新集卷三中调
四园竹	雨扶黄叶	高深甫		新集卷三中调
蓦溪山	山人老矣	吴纯叔	国朝卷三中调	
千秋岁引	藓叠苍鳞	唐伯虎	国朝卷三中调	
满路花	风前满地花	周行之		新集卷三中调
洞仙歌	娄江一碧	孔　昭		新集卷三中调
洞仙歌	濠濠漠漠	刘伯温	国朝卷三中调	
满江红	自昔君臣	王济之	国朝卷四长调	
满江红	数阕高篇	沈启南	国朝卷四长调	
满江红	乌兔争驰	沈天羽		新集卷四长调
满江红	燕子何时	季叔房		新集卷四长调
满庭芳	岁岁年年	丘琼台		新集卷四长调
满庭芳	露苇催黄	瞿宗吉		新集卷四长调

（续表）

调 名	首 句	作 者	钱 本	沈 本
满庭芳	雪点疏鬈	马梦昭		新集卷四长调
满庭芳	春老园林	马浩澜		新集卷四长调
满庭芳	鹤径和烟	商弘载		新集卷四长调
满庭芳	日丽瑶京	周行之		新集卷四长调
满庭芳	岸柳霏烟	文征仲	国朝卷四长调	
满庭芳	黄雀风摧	顾仲从		新集卷四长调
凤凰台上忆吹箫	淡淡秋容	马浩澜		新集卷四长调
水调歌头	落日青芜岸	吴纯叔	国朝卷四长调	
八声甘州	华堂开玳瑁列笙簧	李于鳞		新集卷四长调
醉蓬莱	看金波遥映	杨用修	国朝卷四长调	
昼夜乐	螳螂川上清秋节	杨用修	国朝卷四长调	
无俗念	十年奔走向红尘	杨用修	国朝卷四长调	
无俗念	瓠瓜河上问津时	杨用修	国朝卷四长调	
东风第一枝	饵玉餐香	马浩澜		新集卷四长调
孤鸾	天然佳丽	史明古	国朝卷四长调	
孤鸾	虾须初揭	无名氏		新集卷四长调
玉蝴蝶	为甚夜来添病	无名氏		新集卷四长调
赛天香	芙蓉屏外倒金樽	杨用修		新集卷四长调
金菊对芙蓉	过雁行低	马浩澜		新集卷四长调
梁州	试品题世上色	杨用修	国朝卷四长调	
百字令	钟情太甚	林子羽		新集卷四长调

(续表)

调 名	首 句	作 者	钱 本	沈 本
百字令	佳人薄命	丘琼台		新集卷四长调
百字令	鸳帏睡起	无名氏		新集卷四长调
酹江月	烟迷海上	吴纯叔	国朝卷四长调	
百字令	记得当年携客棹	严惟中	国朝卷四长调	
百字令	早岁相逢知风骨	严惟中	国朝卷四长调	
百字令	弘治年中初选士	严惟中	国朝卷四长调	
百字令	洛社衣冠传盛事	严惟中	国朝卷四长调	
百字令	词翰名高惊海内	严惟中	国朝卷四长调	
百字令	当日追从词馆后	严惟中	国朝卷四长调	
百字令	天目之山苕水出	严惟中	国朝卷四长调	
百字令	文学知名从早岁	严惟中	国朝卷四长调	
百字令	通议高纵谁得似	严惟中	国朝卷四长调	
百字令	端阳才过泛蒲觞	严惟中	国朝卷四长调	
百字令	解组归来	夏桂洲		新集卷四长调
百字令	花娇柳媚	王瑞卿		新集卷四长调
大江东去	早年疏懒	吴原博	国朝卷四长调	
大江东去	曲高难和	吴原博	国朝卷四长调	
解语花	窗涵月影	张世文		新集卷五长调
木兰花慢	记当时携手	严惟中	国朝卷五长调	
木兰花慢	笑萍踪南北	严惟中	国朝卷五长调	
木兰花慢	念楚天衡岳	严惟中	国朝卷五长调	

（续表）

调　名	首　　句	作　者	钱　本	沈　本
木兰花慢	道鸥园高兴	严惟中	国朝卷五长调	
桂枝香	登高盛事	徐元玉	国朝卷五长调	
桂枝香	张郎一去	俞君宣		新集卷五长调
桂枝香	芝田新玉	葛震甫		新集卷五长调
水龙吟	禁烟时候风和	张世文		新集卷五长调
水龙吟	锁窗睡起门重闭	张世文		新集卷五长调
水龙吟	尘路风花暖空	王止仲	国朝卷五长调	
水龙吟	短篱重过诗筒	吴原博	国朝卷五长调	
石州慢	落了辛夷	高季迪		新集卷五长调
昼锦堂	雨送闲愁	秦公庸		新集卷五长调
喜迁莺	蓬门朝启	吴原博	国朝卷五长调	
喜迁莺	登登天阙	周行之		新集卷五长调
永遇乐	不愿为云	冯用韫		新集卷五长调
赛天香	芙蓉屏外倒金樽	杨用修	国朝卷五长调	
望海潮	阴阳交变,沧海应候	李于鳞		新集卷五长调
望海潮	樱桃欲暖	季叔房		新集卷五长调
望湘人	想盘铃傀儡	唐伯虎	国朝卷五长调	
风流子	对洛阳春色	沈天羽		新集卷五长调
风流子	新阳上帘幌	张世文		新集卷五长调

（续表）

调　名	首　　句	作者	钱　本	沈　　本
惜余春慢	露洗冰壶	张顺斋		新集卷五长调
惜余春慢	有恨君情	俞君宣		新集卷五长调
沁园春	为国除忠	丘琼台		新集卷五长调
沁园春	一掬娇春	瞿宗吉		新集卷五长调
沁园春	蜡炬销银	吴原博	国朝卷五长调	
沁园春	初度今年	杨用修	国朝卷五长调	
沁园春	楚楚芳姿	张　肯		新集卷五长调
沁园春	伊昔蒲东	韩　奕		新集卷五长调
沁园春	旧别何年	冯用韫		新集卷五长调
沁园春	君过淮阳	冯用韫		新集卷五长调
摸鱼儿	记得红桥少年游冶	林子羽		新集卷五长调
摸鱼儿	望西湖柳烟花雾	瞿宗吉		新集卷五长调
摸鱼儿	望西湖断虹收雨	瞿宗吉		新集卷五长调
摸鱼儿	望西湖玉花飘后	瞿宗吉		新集卷五长调
摸鱼儿	望西湖雷锋夕照	瞿宗吉		新集卷五长调
摸鱼儿	望西湖藕花风起	瞿宗吉		新集卷五长调
摸鱼儿	望西湖两堤新涨	瞿宗吉		新集卷五长调
摸鱼儿	望西湖暮天云敛	瞿宗吉		新集卷五长调
摸鱼儿	望西湖六桥新柳	瞿宗吉		新集卷五长调
摸鱼儿	望西湖暮蟾初出	瞿宗吉		新集卷五长调
摸鱼儿	望西湖两峰齐耸	瞿宗吉		新集卷五长调

（续表）

调　名	首　　　句	作者	钱　本	沈　本
贺新郎	分袂嗟何久	吴原博	国朝卷五长调	
贺新郎	三月韶光好	吴纯叔	国朝卷五长调	
贺新郎	初试罗衣皱	顾孔昭		新集卷五长调
贺新郎	佳句如何谱	沈天羽		新集卷五长调
瑞龙吟	秋光好	刘伯温		新集卷五长调
清风八咏楼	远兴引游踪	王止仲	国朝卷五长调	
汉宫春	采采黄花	杨用修	国朝卷五长调	
莺啼序	梅花汀藻	阙　名	国朝卷五长调	
霜天晓角	云流石峤	徐小淑	国朝卷五长调	
霜天晓角	练波飞渺	徐小淑	国朝卷五长调	
霜天晓角	帆轻一扇	徐小淑	国朝卷五长调	

五　碎锦举要（上）：辑刻

（一）鳙溪逸史《汇选历代名贤词府全集》

　　《千顷堂书目》题："名贤词府十二卷。"《中国古籍善本书目》著录："汇选历代名贤词府全集九卷首一卷，题明鳙溪逸史辑，中原音韵一卷，元周德清撰，明嘉靖三十六年刻本。"仅上海图书馆藏。郑振铎曾收一钞本，"钞本不旧，然极罕见，故亟收之"（《西谛题跋》）。

　　上图藏明刻本十册。正选九卷，附集、补遗、中原音韵各一卷。

半叶十一行,行二十字,左右双边,无鱼尾。竹纸。版心上"诗余小令/中调/长调",中卷数,下页码。间有注释,印制不佳。各卷题"鳙溪逸史编次,一得山人点校",《中原音韵》署"新都鳙溪逸史校刊"。卷末有嘉靖丁巳(1557)一得山人跋。各卷书口下多刻工名,计有黄旺、施四、施崇暹、陈三、北斗、黄安和、黄安明、余铁保、罗三、熊毛、安朝、刘雄、刘承兴等十三人。据《明代刊工姓名索引》,①有记载者黄旺、施崇暹、陈三、北斗所刻书大都出自建阳、建宁,可知此书亦为闽刻。②

卷首有罗松常题识及"叙略"十二条,述缘起甚详,内容见附录明编词总集序跋。所收词人目录题"历代英贤序次",以时代为先后,南北朝,录陈后主一人;唐,李白等二十八人;五代,南唐李后主、冯延巳两人;后周,韩文璞、韩夫人两人;宋,宋徽宗等一百五十人(高启误入);辽金,吴激等二十七人;元,虞集等五十八人;明,刘基等五十七人(刘过误入)。

据"叙略",其所据"方塘公"评点之"旧本",亦即宋选《草堂》。在原选基础上新增金、元、明词,自拟标题,按时兴之分调法编排。同调汇集一处,注明选录阕数。"鳙溪逸史"、"一得山人"均不著姓字,且晚于顾从敬本七年,其编排蹈袭顾刻,选词用旧本扩充,所收多见于他本。附集、补遗尤为无体,杂乱疏舛,似大杂烩。罗识云:"自来词目及藏书目未见著录,殆以坊刻斥之也。"此说是。

---

① 李国庆编纂:《明代刊工姓名索引》,上海古籍出版社1998年。
② 第21页,施崇暹:影印嘉靖三十二年(1553)刻本《建阳县志》。第43页,北斗:嘉靖间胡氏刻本《文编》六十四卷,明唐顺之辑,姜宝编,有嘉靖丙辰(三十五年)序;嘉靖间刻本《陨堂摘稿》,明许应元撰,有嘉靖辛酉(四十年)游震得序。第180页,黄旺:嘉靖间吉澄刻本《周易程朱传义》,建宁府知府杨一鹗重刻本;第244页,陈三:影印嘉靖三十五年(1556)程氏刻本《性理大全书》,建宁府知府程秀民刻本;隆庆元年(1567)刻本《文苑英华》,刻工中有北斗。

《汇选历代名贤词府全集》卷帙对应表

卷　帙	内　容	词　作　数
一、二	诗余小令	共 432 首（卷一 214，卷二 218）
三、四	诗余中调	共 213 首（卷三 114，卷四 99）
五、六、七、八	诗余长调	共 414 首（卷五 117，卷六 97，卷七 108，卷八 92）
九	别集	仅 4 首
	附集	共 85 首（近体 28，集句 27，回文 18，比乐府 12）
	补遗	共 25 首，分调排列，蒋捷写作蒋撻（挞）
卷终	中原音韵	

（二）董逢元《唐词纪》

逢元，字善长，号芝田生，嘉万间常州（今江苏武进）人。《唐词纪》十六卷《词名微》一卷，现存抄、刻两种版本。

钞本见于《四库存目》（集部 422—603），版式、内容同下文四册刻本，无评点。文字间有讹脱笔误处，《词名微》将《渭城曲》抄为"清城曲"。字体多简化，如"戏"、"体"，径用简体，叠字多省略后字。编排顺序略异，首"词名微"，次"唐词卷目"，"唐词人"，末"唐词纪"。

上图藏刻本两种，一为八册本，明万历二十二年（1594）刻《唐词纪》十六卷，《词原》二卷，与《千顷堂书目》著录接近（"词原二卷，别本上有杨燔二字。又唐词纪十六卷。以上俱不知撰人"），疑即此本。惜已注销。又有四册本，封面内页粘一纸，为王嗣奭崇祯十一年（1638）墨跋（"戊寅秋七月取阅一过"）。上图藏唐顺之《类编草堂诗余》黄裳跋语云："余与万历刊《唐词纪》十六卷同得，皆可宝爱。"此书无黄跋及钤印，所说当为八册本。

此外《楝亭书目》卷四著录："《唐词记》，明毗陵董逢元序，十四卷，一册；《词源》，明毗陵董逢元序。二卷，一册。"似别本。

四册本或为据八册本翻刻者。内容首"唐词纪序"，次"唐词卷目"、"词名微"、"唐词人"，末"唐词纪"。半叶九行，二十字，小字双行同。白口，单黑鱼尾，左右双边。封面左侧题书名，右侧小字双行："此乃明板，近时鲜有，辛酉仲夏得之雉皋旧家，可宝也。靖甫识。"王嗣奭朱笔圈点，眉批、夹批校勘，少量评点。佳作有朱文卐字。页眉有评语处纸张均高出约半字长度，或为评者有意裁减，以使评语突出，如书签之用，插架亦于书头一望可知，便于查检。钤印有朱阳文"嗣奭私印"及墨阴文"董氏善长"、"逢元印"、"毗陵世家"等。

"词名微"共收 118 调。先列调名，后作解说，列收录阕数，均小字双行。《四库》抓住《杨柳枝》调以郭茂倩为元人一节，评为"略作解题，罕所考证"，确是。此调朱批亦驳之："《杨柳》、《竹枝》等明是唐人绝句，强收入词……格调一变矣。"然而，也应看到另一面，即此编将诸调缘起之说汇于一处，或抄撮各家，或自作解题，客观上为深入研究、考辨提供了方便条件，足资备览。清人沈雄《古今词话》即多引用。①

"唐词人"先题名，后列收词数，共 96 家，晚唐五代为最多。

正文只刻原词，无注，无句读，朱笔评点。同作者后不书名。逢元"唐词纪序"记选录缘起："夫词若宋富矣，然唐寔振之……其所编类则妄为之条刺耳，第家积不殚，甘棠敝草，兰芷束薪，深切偻偻，予固且图之，亦遗其劳于后之好事者。"云云，可知用家藏书刻

---

① 见《词辨》上卷"明月斜"、"忆秦娥"、"浪淘沙"、"临江仙"条，下卷"鱼游春水"条。

入,所谓唐词者,上溯词源之尝试。故所收词多本诸《花间》、《尊前》。编排亦用旧刻之分类法,与其复古溯源意图相一致。各卷类目、所题词作数与实存阕数对照:

《唐词纪》类目、所题词作数与实存阕数对照

卷帙	题词作数	类目	子目	实存阕数	
				子目	合计
一	146	景色	时序 水波① 虫鸟 花木	26 14 6 100	146
二	52	吊古	仙祠 故国	24 28	52
三	38	感慨	/	38	38
四	43	宫掖	称庆 宫游 宫燕 宫晓 宫晚 宫姝 宫怨	4 14 1 2 3 7 12	43
五	141	行乐	眺赏 游行 游遇 舟游 采莲	4 6 6 7 17	143

① 钞本作"水渡",当是。

（续表）

卷帙	题词作数	类目	子目	实存阕数	
				子目	合计
五	141	行乐	游女	8	143
			游归	3	
			追游	3	
			宴饮	32	
			醉归	10	
			俳调	10	
			会合	35	
			追会	2	
六	40	别离	/	40	40
七	35	征旅	征行	7	36
			舟征	16	
			羁旅	13①	
八	12	边戍	/	12	12
九	58	佳丽	/	48	48②
十	60	悲愁	/	60	60
十一	81	忆念	/	81	81
十二	178	怨思	/	166	166③
十三	15	女冠	/	15	15
十四	24	渔父	/	18	18④
十五	17	仙逸	/	17	17
十六	8	登第	/	8	8
总计	948	16	29	923	923

① 无名氏《后庭宴》(千里故乡)及《长命女》(云送关西雨)重出。

② 注:原缺第九、十叶。第十一叶首"画堂灯暖帘栊卷"一阕,无调名作者,当为冯延巳《采桑子》。

③ 注:原缺第三十四、三十五叶。

④ 注:原缺第三叶。

（三）周履靖《唐宋元明酒词》

履靖，字逸之，万历间秀水（今浙江嘉兴）人，善画工书，勤于著述，刻有《梅癫稿》、《夷门广牍》丛书等。《酒词》收入《夷门广牍·觞咏》。《千顷堂书目》著录："周履靖唐宋元明酒词一卷。"上图藏明万历刊《夷门广牍》善本为二卷，一册。半页九行，十八字，白口，单黑鱼尾，四周单边，白文，有句读。书口上"唐宋元明酒词"，鱼尾下"卷上／下"，下部"四十卷"连本册页码，四十卷为所在丛书册数，词作加"和"字区分原唱与次韵，普通本无。

本集编选动机与陈铎《坐隐先生精订草堂余意》十分相像，二人均为次韵。陈取《草堂》所选名家词作遍和之，卷内分春意、夏意、秋意、冬意四类，然多不署己名，径题原作者姓名，失察者或目为《草堂》选本。《千顷堂书目》云："草堂余意一卷，陈铎选宋词，附以己作。"即被骗过。周则先列原唱，后和作。

收词共 134 首，卷上 69 首（选 34 首，和 35 首），卷下 65 首（选 28 首，和 28 首。《江南春二阙和倪云林韵》至卷末 9 首为自作）。选词时代宽泛，上溯唐宋，下至本朝。标题与别书不同，如"饮兴"、"咏醉"、"夜宴"、"荷亭慢酌"、"兰舟载酒"之类，多用"醉"、"宴"、"饮"、"酒"字样，突出"酒词"特色。本集即为履靖自选，所收的 72 首词作当可取信。检索《全明词》，仅见《江南春》（春林夜雨朝进笋）一阕。盖编者遗漏此选，其余 71 首有待增入。

（四）杨肇祉《词坛艳逸品》

肇祉字君锡，武林（今浙江杭州）人。所辑《词坛艳逸品》四卷，《中国古籍善本书目》著录。国图藏善本二册，此据胶卷。半叶八行，十八字，白口，四周单边。书口上刻"词坛"，中卷名，下页码。各卷以"元"、"亨"、"利"、"贞"命名，正文题"武林杨肇祉君锡甫集选"。墨笔圈点，间有小字夹批。无注释。首杨肇祉"词坛艳逸品叙"，行书，末二墨阴文印"杨肇祉印"、"君锡父"。开篇云"余前刻《唐诗艳逸品》，兹复收诗余之艳逸者"，则此刻为姊妹篇。

《一氓题跋·明万历本唐诗四种》记版本甚详：

> 杨肇祉选。计四种，分《名媛集》、《香奁集》、《观妓集》和《名花集》，有杨肇祉自序……卷首有仕女图四幅，绘刻俱佳，杨肇祉地望著武林，是为杭州刻本。明天启间吴兴闵氏加以翻刻，改名《唐诗艳逸品》，增评语，朱印，如闵刻朱墨本例……闵刻三集，已缴公库，现存北京图书馆。万历本收留插架。

检国图藏闵刻此书普通本，计四册，四集均全，盖李氏所得残缺。朱墨套印与所说同，发刊年月、仕女图及封叶、卷首题字均无。沈津《美国哈佛大学哈佛燕京图书馆中文善本书志》"明刻本唐诗艳逸品"，版式同《词坛艳逸品》。

善本有精美插画共十二幅，元四，亨三，利四，贞一。收词共198阕，元53首（第六叶阕，目录55首）、亨52首、利49首（目录47首）、贞28首，卷末补遗16首（末杨慎《满江红》脱）。元、亨多涉闺情，调名下加题目"美人"、"佳人"、"思妇"、"妓"、"睡起"、"春怨"等；利、贞标榜超逸，题"海棠"、"芙蓉"、"梅"、"杏"等，殆雅玩之具。词人跨各代，排列无章法，且疏于校勘，亨卷《满江红》作《满红红》；《鹧鸪天》（学画宫眉细细长）作者当为欧阳修，误题王世贞（《全宋词》附录四，误题撰人姓名词存目）；《柳梢青·游女》（学唱新腔）作者蒋捷误作达（达），检续四库原本收，同误。疑此刻时代相近，或在万历晚期。

(五) 茅暎《词的》

茅暎,字远士,西吴(今浙江吴兴)人,生平不详。《词的》四卷,《千顷堂书目》著录。今见三本。上图明刻本四册,首"词的序",正文半叶九行,十八字,四周单边,无直格,书口上"词的",中卷帙,下页码。印有墨笔圈点。页眉评语。纸张泛黄,字多不清,或少笔画,或上下交叠难认,或重影,漏刻、脱叶、装订颠倒亦复不少。

国图藏《词坛合璧》本十二册,评点、批注均墨印,盖翻闵刻者。卷首朱之蕃"词坛合璧序"、杨慎"草堂词选序"。《四家宫词》一册,署"杨慎批评",卷首晋安陈荐夫幼儒序;《花间集》四卷四册,卷首欧阳炯序,无瑕道人跋,署"唐赵崇祚集,明汤显祖评";《草堂诗余》五卷四册,内容全同上图朱墨套印本;《词的》四卷三册,《全宋词》引用书目用,卷首"词的序",无印,版式、内容、批点与上图本全同,印制清楚,无脱叶。可知上图本为同版翻刻。

《四库未收书辑刊》(第八辑第三十册)收录清萃闵堂楷书钞本,最佳。各卷题"茅暎远士评选"。内容同,不缺叶,刻本讹字多更正,眉批亦有刻本无者。如卷一小令《菩萨蛮》(陇云暗合秋天白)眉批:"残月依微晓云暧。"上图及国图刻本均无,可知钞本所本与此非同版。底本或即闵氏原刻。

又赵尊岳《词集提要》总集部分有"《词的》四卷",①自为之序,略曰:"书为吴兴闵氏刻本,辑入所刊《词坛合璧》。词用书体字,眉批用写体字,朱墨套印极精;惟后刷者则率以墨印,逊色多多。《词坛合璧》迄不多见,故《词的》流传亦少,几不为声党所知矣。"凡例后"尊岳按":"朱墨精印本,淳安邵次公曩尝一见于京师厂肆维古山房,后不省属之谁氏?墨本则京师北海图书馆有《合璧》足本。

---

① 龙榆生编:《词学季刊》创刊号,上海书店 1985 年。

庚申北游,尝获读之。"以赵本序文、凡例用上图普通本及清钞本对校,字句多有不同,不知赵用何本。

《凡例》貌似严谨,实眼高手低。作者说明:"诸家爵里姓字,向多著闻,间有沦逸,徒挹芳声,不敢混注,故概书名以存古道。""诸家先后,但分时代,就中或有参错,盖以合调为序,非有异同。"排列说明:"词协黄钟,倘只字失律,便乖原韵,故先小令,次中令(案:当刻误,赵本作"调"),次长调。俱轮宫合度,字字相符,以定正的,间有句语中辏叠一二字者,各列左方用便考订。"

检内容,收词达到 393 首,分调排列,卷一小令 122 首,卷二小令 121 首,卷三中调 93 首,卷四长调 57 首。同调选入多阕者大体依作者时代为先后,舛误亦不免,卷一《柳稍青》蒋捷(学唱新腔)误为蒋达,排在周邦彦(有个人人)之前;卷三《踏莎行》张耒(芳草平沙)先于秦观(雾失楼台)。《生查子》(去年元夜时)署李易安;《浣溪沙》(一曲新词酒一杯)署李景,司马才仲误为"仲才"等等。分调亦失当,如以《江城子》系小令,《踏莎行》系中调。

眉批评语共计一百九十二条,反映茅氏之审美倾向概括有三:

1. 自然本色

景真意趣。　　　　　——李珣《南乡子》(乘彩舫)
常语远韵,词林当行。　　　——辛弃疾《品令》(更休说)
不作险丽语而情致依然。
　　　　　　　——朱希真《滴滴金》(五陵春色浓如酒)
"将愁"句是词林本色佳话。
　　　　　　　——张耒《踏莎行》(芳草平沙)
绝无皇帝气,可人。
　　　　　　　——李后主《相见欢》(无言独上西楼)
竟不是作词,恍如对语矣。如此等词的中亦不多得。
　　　——《菩萨蛮》[花明月暗水(案:当为"飞")轻雾]

2. 艳冶言情

纤艳。　　　　　　　——张先《减字木兰花》（垂螺近额）

新艳（案刻本漏）。　——朱敦儒《满路花》（帘烘泪雨干）

藻艳。　　　　　　　——刘基《满庭芳》（杨柳烟消）

落语香艳。　　　　　——李元膺《洞仙歌》（帘纤细雨）

风流蕴藉。　　　　　——周邦彦《意难忘》（衣染莺黄）

工于巧叠，间以六朝。　——杨慎《行香子》（秋色萧萧）

情词双美，又决非《大江东》一调。

　　　　　　——苏轼《水龙吟》（似花还似非花）

　凤洲先生亦颇有情语，不可概以七子中原紫气等习气抹杀之也。

　　　　　　——王世贞《甘草子》（冬尽玉瑟鸦寒）

3. 推举易安

香弱脆溜，自是正宗。

　　　　　　——《一剪梅》（红藕香残玉簟秋）

但知传颂结语，不知妙处全在"莫道不销魂"。

　　　　　　——《醉花阴》（薄雾浓云愁永昼）

叠字唯易安得之。　　——《醉春风》（陌上清明近）

　连用十四叠字后，又四叠字，情景婉绝，真是绝倡。后人效颦便觉不妥。

　　　　　　——《声声慢》（寻寻觅觅）

　□此人道出自然无一字不佳。

　　　　　　——《凤凰台上忆吹箫》（香冷金猊）

　易安我之知己也，今世少解人，自（案：刻本误作"日"）当远与易安(案:刻本误作"失")作朋。

——《如梦令》(昨夜雨疏风骤)

易安往矣,不可复得。每作词时为酹一杯酒。

——《点绛唇》(寂寞深闺)

《凡例》已开宗明义"幽俊香艳为词家当行,而庄重典丽者次之"。自然论,重易安也是婉约派的常见主张,此选与明代词学主潮相吻合,收录词作虽然不同,纲领却是一致的。

(六) 陆云龙《词菁》

陆云龙,字雨侯,明末钱塘(今浙江杭州)人,此书为"翠娱阁评选行笈必携"十种之一,崇祯四年(1631)刻。复旦大学藏此系列共二十册,一册卷首"序",署"崇祯辛未初夏钱塘陆云龙雨侯甫题于翠娱阁中",钤有"陆云龙印"、"雨侯氏"印。

《词菁》二卷,二册,卷首辛未仲夏翠娱阁主人述刊刻缘起:"试取《花间》、《草堂》并咀之,《草堂》自更新绮者。"(《叙》)

卷一目录分天文、节序、形胜、人物、宴集、游望、行役、称寿八类,收词132首;卷二离别、宫词、闺词、怀思、仇恨、寄赠、杂咏、题咏、居室、动物、植物、器具、回文十三类,收词140首。正文九行,十九字,竹纸,四周单边,无鱼尾,书口未分栏,上目次卷帙,下页码。正文墨笔圈点。叶眉刻墨评。题"钱塘陆云龙雨侯父评选,陆人龙君翼父较定"。

国图藏一册残本,合订《诗最》、《词菁》二种,中夹一纸打印价目,系大众收藏拍卖会2002年入藏。封面黄纸,右上方朱阳文"芸香书室鉴藏",下墨笔手写"芸香馆主珍藏",左题大字"翠娱阁诗集"。内叶殷红纸,墨笔题"甲申冬月 翠娱阁诗集合集 钟育重订"。版式同善本。印制差,纸张碎裂多。"翠娱阁评选诗最目次"

存卷一目录、正文。正文题"仁和丁允和叔介甫品定,钱塘陆云龙雨侯甫评注"。《词菁》存卷一目录、部分正文。"称寿"类存一叶,后阙。

检现存词作,全由沈际飞《草堂四集》出。其中无名氏《踏莎行》二首(卷一"香罢宵薰"、卷二"玉臂宽环")仅见于沈本新集卷二小令,①《全宋词》作"宋媛"词。明人李伊士《惜分飞》(花雨缤纷迷小院)、张功甫《昭君怨》(月在碧虚中住)等亦为仅见。可知此为《草堂四集》之缩编本。

(七) 潘游龙《精选古今诗余醉》

《精选古今诗余醉》十五卷,潘游龙辑,明崇祯胡氏十竹斋刻本。游龙字鳞长,荆南人,生平不详。原本藏中科院图书馆及北京市文物局。此后清翻刻者有"武林陈渼编十竹斋刊本",见《江苏省立国学图书馆图书总目》卷四十,今入南图;玉田斋本,国图藏普通古籍十二册,版心下亦有"十竹斋"字样。《中国善本书提要》著录:"《精选古今诗余醉十五卷》,八册,原题:'荆南潘游龙选,内江范文光参,秣陵陈斑订,海阳胡正言校。'……清印本多陈渼《精选国朝诗余》一卷。郭绍仪序、范文光序、陈斑序、管贞乾序、自序。"此刻存后三序,题名顺序不同:"荆南潘游龙选,秣陵陈斑订,内江范文光参,海阳胡正言校。"一册卷首题:"荆南潘游龙先生辑,词醉,玉田斋梓,乾隆壬午秋镌。"陈斑、管贞乾、潘游龙三序、均刻书体。后《精选国朝诗余卷之首》一卷,署名"武林陈渼选",与《提要》说同。

---

① 陶子珍《明代词选研究》(第375—380页)云:"全书270阕词,除卷一无名氏《踏莎行》(香罢宵薰)及卷二无名氏《踏莎行》(玉臂宽环)两阕外,其中268阕均选录自《草堂四集》。"误。

管贞乾"诗余醉附言"鼓吹"情致语"、"风流体",①其宗旨与明选主流词论相一致,依然是尚流俗,崇香艳。编排则上溯分类本,广为采掇。现将何士信系列分类与此刻对应关系简表如次:

何士信与潘游龙本类目对照表

何 本		潘 本	
类目	卷帙	类 目	
春景类	一	立春、元宵、寒食、清明、端午	
夏景类		七夕、中秋、重阳、冬至	
秋景类	二	初春、春半、春暮、春晚、伤春、送春	
冬景类	三	赏春、晓行、春游、佳会、劝酒	
节序类		春日、春夜、春雨、秋雨、舟雨	
天文类	四	春怀、春情、春思、春愁、春怨、春恨	
	五	踏青、春景	
	六	夏景、秋景、冬景	
	七	初夏、夏夜、秋夜、秋怀、秋情、秋思、秋旅、旅思	
人事类	八	赠别、送别、惜别、别意、别怀	
人物类		别怨、离别、离思、离情	
	九	感怀、述怀、感旧、怀旧、忆旧	
	十	闺情、闺思、闺怨	
	十二	佳人、美人、赠妓、风情、题情	
	十五	警悟、自述、闲适、庆寿、山居、渔父	
地理类	十一	怀古、登楼、西湖	
饮馔器用	十三	梅花、梨花、杏花、咏柳、杨花、采莲	
花禽类	十四	女冠、琵琶、咏草、咏茶、咏月、咏雪	

① 溯未有文字之先,文字藏性情间。既有文字之后,性情沁文字间。今人庄语、雄语、经济语、金华殿中语,毕竟不如为流畅;今文台阁体、碎金体、诰诏羽檄体,天才、人才、鬼才三绝之体毕竟不如为骀荡。

选词上跨唐宋,下及金元,本朝亦夥。据陶子珍《明代词选研究》统计,全书收词达 1395 阕,"除无名氏及时代不详者外,总计有:隋、唐、五代词 91 阕,北宋词 350 阕,南宋词 447 阕,辽词 8 阕,金词 11 阕,元词 16 阕,明词 397 阕",其中尤以宋、明两朝词为多。潘氏于诸词自拟"清明"、"踏青"、"中秋"诸题,题下小字附注所用词调。词中不乏圈点批注,议论平平。

(八) 卓人月、徐士俊《古今词统》

卓人月(1606—1636),字珂月,号蕊渊,仁和(今浙江杭州)人。贡生,喜交游,后入复社,著有《蟾台集》、《蕊渊集》等。徐士俊(1602—1681),字野君,仁和(今浙江杭州)人,知音律,著有《春波影》杂剧等,崇祯二年(1629)与卓人月同入复社。《古今词统》十六卷,杂说一卷,附一卷。《千顷堂书目》著录:"卓人月古今词统十六卷。小字注:别本下有杂说一卷,徐卓晤歌一卷,并云徐士俊同辑。"即此本。《明史·艺文志》同。《中国古籍善本书目》著录,北大图书馆、上海图书馆等六家有藏。《续修四库》(集部 1728—437)据上图藏明崇祯刻善本影印,检索上图仅见清康熙三十二年刻善本十二册。

上图本卷首孟称舜"古今词统序"上半叶第五行及下半叶一二行残缺,《续修四库》本全;"古今词统序"五字下朱文方印三枚,前二印又见正文"古今词统卷一"行下,《续修四库》本位置相同,无第三印;两本内容全同,藏家手批朱墨圈点亦无差,且疏密、深浅、断续完全一致,疑此即影印底本,《续修四库》孟序或采自别本。

孟称舜及徐士俊"古今词统序",均五行十二字。"旧序"八篇,九行二十字:何良俊《草堂诗余序》、黄河清《续草堂诗余序》、陈仁锡《续诗余序》、杨慎《词品序》、王世贞《词评序》、钱允治《国朝诗余序》、沈际飞《诗余四集序》、沈际飞《诗余别集序》;"杂说"六篇:计张炎《乐府指迷》、杨万里(案:当为杨缵)《作词五要》、王世贞《论诗余》、张綖《论诗余》、徐师曾《论诗余》、沈际飞《诗余发凡》。

后"氏籍",依朝代排列,各代以帝王为首,次文人,末释道女流鬼怪,下附小传。目次各卷下标字数起讫,由少而多,无分调之限。首《十六字令》,末《莺啼序》。

正文半叶九行,二十字,各卷题"杭州卓人月珂月汇选,徐士俊野君参评",书口上"词统",中卷数及本叶调名,下角页码。页眉、词后刻评点。卷末附《徐卓晤歌》一卷,亦以长短列。书口上"晤次",中本叶调名,下角页码。此书之翻刻本,题名改为"草堂诗余",各卷剜加"陈继儒眉公评选"一行,赵万里、周越然有著录。①

此刻汇集《草堂》各本所选词作,广采博收。词人横跨隋唐至本朝,选词 2037 阕,词调 296 个,词人 486 家。② 编排取代传统小、中、长的三分法,以字数多寡为序,一调数体者,分别开列,可见编者参定词谱之意图。故王士祯赞曰:"《词统》一书,搜采鉴别,大有廓清之力。"(《花草蒙拾》)

---

① 《校辑宋金元人词》引用书目:"古今词统十六卷　明卓人月辑　明崇祯间刻本。案此书后印者,改题《草堂诗余》,并剜加'陈继儒眉公评选'一行,不足据。"

《言言斋古籍丛谈·心耿耿泪双双》:"此六字,嘉靖本《草堂诗余》开卷第一首之起始也……嘉靖本非明刊《草堂诗余》之最古者,亦非最后者。最古者有洪武壬申明遵正书堂刊本,最后者有万历间徐士俊参评本。三种余均有之,兹将其行格等略述于后:(一)万历本十六卷,附徐卓晤歌,明卓人月汇选,徐士俊参评。半叶九行,行二十字。评语在栏上,行间有圈点。前有陈继儒序,又何良俊、黄河清、陈仁锡、杨慎、王世贞、钱允治、沈际飞等旧序。'杂说'、'氏籍'及目次。此书已于'一二·八'难中被焚,然世上尚多,不足惜也。"

② 用陶子珍《明代词选研究》统计。

《古今词统》一调数体各卷分布频率

卷帙\调名	一	二	三	四	五	六	七	八	九	十	十一	十二	十三	十四	十五	十六	合计
南歌子	2						1										3
荷叶杯	2																2
望江南	1						1										2
南乡子		1	1					1									3
浪淘沙		1					1										2
柳枝		1	1														2
调笑令			2														2
诉衷情			2	2													4
风流子			1												1		2
思帝乡			2														2
天仙子			1							1							2
江城子			1							1							2
河满子			1										1				2
女冠子				1											1		2
贺圣朝						1				1							2
应天长						1							1				2
临江仙							1	1									2
河传							1			1							2
千秋岁										1	1						2

在词人分布上,宋代词家接近一半。其中南宋词人又多于北宋。词作亦倍之。此一新创,破除了北宋词长期以来的一统格局,

南宋词地位开始上升。一升一降,昭示着两宋词接受史的消长。孟称舜"古今词统序"先已鼓吹之:

> 古来才人豪客,淑姝名媛,悲者、喜者、怨者、慕者、怀者、想者,寄兴不一。或言之而低回焉,宛恋焉。或言之而缠绵焉,凄怆焉。又或言之而嘲笑焉,愤怅焉,淋漓痛快焉。作者极情尽态而听者动心耸耳。如是者,皆为当行,皆为本色。宁必姝姝媛媛,学儿女子语而后为词哉。故幽思曲想,张、柳之词工矣。然其失则俗而腻也。古者夭童冶妇之所遗也。伤时吊古,苏、辛之词工矣。然其失则莽而俚也。

苏、辛词,历来为人所喜。然而"虽极天下之工,要非本色"十字,毫不留情地将之打入二流,绊住许多学步之心。孟序重新定义"本色",其动机盖在推尊豪放风格,将其纳入正统。豪放归入"本色"虽然牵强,其不圆成说,从作者之情性、读者之接受出发考量词作艺术,还是十分可取的。

(九) 王端淑《名媛诗纬初编诗余集》

端淑,字玉映,山阴(今浙江绍兴)人,王思任之女。此选为《名媛诗纬》第三十五、三十六卷,收入《明词汇刊》,末附卢前跋。

收词计56家,62首(上卷35家,37首;下卷21家,25首),下卷词人并录蓬莱宫娥、元妙洞天女等附会之作。

本集各阕前大多有"端淑曰"评语,究其主题,乃追步《花》、《草》,摩肩大家:

> 秀媚之极,杂之《花间集》已复难辨。
>
> ——胥苓弟《小重山》(一片江波剪绿蘋)

纨纨种种凄凄,洵是《草堂》妙手。

——叶纨纨《浣溪沙》(窗外梅花落素英)

瑰玮之词,见称当世,真无愧于《草堂》诸人。

——黄字鸿《上西楼》(阑前豆蔻初红)

"只催春去"四字,一部《草堂》不能多得。以此四字敌辛稼轩,作者以为何如。 ——张小莲《如梦令》(莺啭欲留春住)

情景逼露,却又自然,苏、柳之作复见于今日矣。

——谢瑛《渔家傲》(瘦竹悬丝闲听鹧)

疏疏落落,字字合拍,易安以后未能多得。

——黄修娟《玉联环》(风吹彩袖花间舞)

上是别时泪,下是别后思。不想铜琵琶铁绰板,竟化作渭城柳阳关叠,使苏学士当掀髯拜倒。

——张红桥《念奴娇》(凤凰山下)

此刻在选录标准上虽然没什么新见,却藉此集中展示了明代女性词人风貌,保存了不少作品,也丰富了明词辑刻的门类。

六 碎锦举要(下):辑抄

(一) 题李东阳《南词十三种》

《南词十三种》,是《南词》的缩略本,原目共 64 种 87 卷,今存 13 种 16 卷,有天顺六年"西崖主人"序,①清董氏诵芬室抄。国图藏善本四册,白纸,蓝格,十行,二十一字,小字双行同。字体不同,

---

① "予从故藏书家得珍秘善本,载宋元诸名家所作词本凡六十四家,计八十七卷,目曰《南词》,藏于家塾,庶几可以洗《草堂》之陋,而倚声知所宗矣。时岁在天顺六年夏四月上浣,西崖主人书于怀麓堂之西书院。"

非一人手笔。版心下印蓝字"诵芬室丛钞"。版心上在新集开始处出现一次作者及集名,正文有吴昌绶、朱祖谋朱墨校点、眉批。朱印"诵芬室"等。

此本所抄词集多为罕见之本,成书时代亦早于毛刻及诸钞本。吴昌绶跋云:"所集六十四家除已为毛氏、侯氏、王氏所刻者,余皆久不经见之书……宋人词集为毛、侯、王三家所未刻及世无刊本者尚十三家,真非常之秘笈矣。"是。检正文14种,实存13种,均无刻本。现将钞本收录情况详表如次:

《南词》目录与正文实收词集对照表

目录中未刊本(十三种)	正文所存词集(册数、各钞本收录情况)
(明)王达《耐轩词》一卷	第一册(《百家词》、《宋元明三十三家词》)
(宋)谢逸《竹友词》一卷	第一册存目(又见紫芝漫钞本《宋元名家词》、《宋明九家词》)
(宋)廖行之《省斋词》一卷	第一册(又见吴讷《百家词》、紫芝漫钞①)
(宋)向镐《乐斋词》一卷	第二册(又见《百家词》、紫芝漫钞、《宋名贤七家词》)
(宋)沈瀛《竹斋词》一卷	第二册(又见《百家词》、《宋名贤七家词》②)
(宋)京镗《松坡词》一卷	第二册(又见《百家词》、《宋元明三十三家词》)
(宋)陈德武《白雪词》一卷	第三册(又见《百家词》、紫芝漫钞)
(元)沈禧《竹窗词》二卷	第四册(前未见,《全金元词》用朱校明钞本,疑即此本)

---

① 《全宋词》用《彊村丛书》本。

② 《全宋词》注"用紫芝漫钞本竹斋词",案"漫抄"仅有黄机《竹斋词》一卷,无沈瀛,待考。

（续表）

目录中未刊本（十三种）	正文所存词集（册数、各钞本收录情况）
（元）倪瓒《云林乐府》一卷	第四册（又见《百家词》、紫芝漫钞）
（宋）张继先《虚靖真君词》一卷	/
（宋）王以宁《周士词》一卷	/
（宋）张东泽《绮语词》一卷	/
（宋）夏元鼎《蓬莱鼓吹词》一卷	/
/	《南唐二主词》一卷（第一册，又见《百家词》）
/	（宋）葛剡《信斋词》一卷（第一册，又见《百家词》、紫芝漫钞、《宋名贤七家词》）
/	（宋）吴儆《竹洲词》一卷（第二册目录，第三册正文，又见《百家词》、紫芝漫钞、《宋名贤七家词》）
/	（明）李祺①《侨庵诗余》一卷，《附录》一卷（第三册，又见紫芝漫钞、《宋明九家词》）
/	（元）张埜《古山乐府》二卷（第四册，又见《百家词》、《宋元明三十三家词》）

（二）紫芝漫钞《宋元名家词》

　　《宋元名家词》七十家一百卷，佚名钞，版心下有"紫芝漫钞"四字，习称"紫芝漫钞本"。《中国古籍善本书目》著录，详目参见，仅北京大学图书馆藏（以下简称北大图），原书二十四册，此据胶卷，

---

①　此为李祯之误。祯，明人，字昌祺。

六册一盒,共四盒。

　　各册封面墨笔题所收词集名称,内叶题页数。目录每行一集,先著集名,次爵里,姓名,字号。如"东坡词,眉山,苏轼,子瞻","乐章集,柳三变耆卿撰,后更名永"。半叶九行,十五字,小字双行同。左右双边,版心下"紫芝漫钞",无卷名、页码。各卷墨色深浅、字体粗细、工拙皆不同。书末"搜录宋元名家词抄目录终"十一字。

"紫芝漫钞"本《宋元名家词》词目

苏轼《东坡词》三卷	柳永《乐章集》三卷	陆游《渭南词》二卷
姜夔《白石词选》一卷	扬无咎《逃禅词》一卷	蒋捷《竹山词》一卷
辛弃疾《稼轩词》丙集一卷	高观国《竹屋痴语》一卷	黄公度《知稼翁词》一卷
杨炎正《西樵语业》一卷	侯寘《孏窟词》一卷	王安中《初寮词》一卷
洪瑹《空同词》一卷	张元干《芦川词》一卷	戴复古《石屏词》一卷
廖行之《省斋诗余》一卷	刘一止《苕溪词》一卷	卢炳《烘堂集》一卷
陈与义《简斋词》一卷	明刘祯《侨庵诗余》一卷	元倪瓒《云林乐府》一卷
赵孟頫《松雪词》一卷	许有壬《圭塘集》一卷	宋朱淑真《断肠词》一卷
叶梦得《石林词》一卷	葛胜仲《丹阳词》一卷	贺铸《东山词》一卷
毛开《樵隐诗余》一卷	吴儆《竹洲词》一卷	王廷珪《芦溪词》一卷
谢逸《溪堂词》一卷	洪咨夔《平斋词》一卷	葛剡《信斋词》一卷
葛立方《归愚词》一卷	王以宁《王周士词》一卷	周紫芝《竹坡老人词》一卷
金段成己《菊轩居士词》一卷	段克己《遁庵居士词》一卷	宋韩玉《东浦词》一卷
向镐《乐斋词》一卷	陈经国《龟峰词》一卷	严羽《沧浪词》一卷

（续表）

郭应祥《笑笑词》一卷	张孝祥《于湖先生长短句》五卷	张继先《虚靖词》一卷
黄机《竹斋词》一卷	黄升《玉林词》一卷	明张肯《梦庵词》一卷
宋王沂孙《玉笥山人词》一卷	赵以夫《虚斋乐府》二卷	王千秋《审斋词》一卷
石孝友《金谷遗音》一卷	陈德武《白雪词》一卷	李之仪《姑溪词》一卷
谢蔼《竹友词》一卷	赵鼎《得全居士词》一卷	沈端节《克斋词》一卷
朱敦儒《樵歌》二卷	魏了翁《鹤山长短句》一卷	史达祖《梅溪词》一卷
陈亮《龙川词》一卷	李昂英《文溪词》一卷	吴潜《履斋诗余》一卷
王之道《相山居士词》一卷	向子諲《酒边集》一卷	韩淲《涧泉诗余》一卷
元王恽《秋涧先生乐府》四卷	宋赵师侠《坦庵长短句》一卷	周邦彦《片玉集》十卷
花间集		

　　《秋涧词》首毛扆跋云此书得于无锡秦留仙后人及孙氏。① 钤印有阳文"元素"、"西河季子之印"、"子"、"晋"、"汲古主人"、"子晋书印"、"汲古阁"、"毛氏子晋"、"刘树君藏书印"、"艺风珍藏之印"；阴文"士礼居藏"、"陈宝晋藏书记"等印。刘印、陈印各卷多有。毛晋印盖斧季得之，钤以己书，其后次第归黄俞邰（士礼居）、陈宝晋、刘淮年、孙星远、唐晏诸人。唐晏于《东坡词》末题墨笔长跋，考其收藏源流。

---

　　① "戊申重阳前四日，从锡山秦翰林留仙得钞本宋元词十四册，中有《秋涧词》一卷，即此册也，惜逸其最后三卷。后十年己酉中元后二日，复过锡山，访于孙氏，又得《宋元词》五十余册，中有《秋涧词》两卷，是时薄游金陵，即携至秦淮寓中。适访黄俞邰藏书，见《秋涧文集》自八十四卷至八十七卷载《乐府四卷》，因与借归。其孙氏所得二册，即于归舟校之。此册到家校之，其第四卷并拟旧式刻一格纸，命桐子钞补，遂成完书矣。己未八月初三日虞山毛扆识于汲古阁下。"案"后十年己酉"疑为己未之误。戊申为康熙七年（1668），后十年，盖指康熙十八年（1679）。

各集毛扆校记、题跋比比皆是,十三、十四册多于讹误处粘签,其校订时间自康熙十八年(1679)至康熙二十三年(1684),延续五年之久。① 此外尚有钱曾康熙十七年跋、②陆贻典康熙十八年跋。③

著录见《藏园订补郘亭知见传本书目》(卷十六下)、《校辑宋金元人词》引用书目。《文禄堂访书记》卷五"宋金元六十九家词":"明钞本,蓝格,附《花间集》不全。"六十九家者,未计入《花间集》,且题跋全同,即此书。未云"紫芝漫钞"概疏漏。

此刻多出珍本,足资辑佚校勘,"《乐章集》中《传花枝》、《宣清》,《东坡词》中之《满江红》、《劝金船》等阕皆与行世本不同",④《断肠词》、《乐斋词》、《白雪词》为《全宋词》采录底本;⑤《东坡词》注引之杨元素本事曲集两条,为这部最古的宋词总集保留了重要资料。⑥

---

① 《竹洲词》末:"己未三月望日从周氏藏本校毛扆。"《乐斋词终》:"己未人日从顾裕愍藏本校一过毛扆。"《龟峰词》首:"己未三月望前一日从家藏旧录本校一过扆。"《白雪词》末:"乙丑六月十一日从周氏旧录本校一过,《百字谣》周本亦缺,更脱《水调歌头》三首,其次序俱标于上,然无足取,彼为分调,此则编年,当此本为胜也,校毕雨窗漫记。"毛扆《鹤山词》首:"甲子夏五校于汲古阁下毛扆,乙丑中元前三日命福儿校,又正廿一字,扆又记。"

② "知稼翁词"下小字双行:"戊午＊三月十四日述古主人钱遵王雠对一过补录阙文。"文中楷书补录词作脱字。"知稼翁词毕"下小字双行:"乙未五月二十日家大人诞辰□□□录。"

③ 《秋涧词》改为"秋涧先生乐府",末栏外小字:"前三卷,黼季已校过,并此卷重用集本校一过,己未九月十有八日觊庵典记。"

④ 见唐晏跋。

⑤ 中华书局1999年,第二册第1822页:"以上紫芝漫钞本断肠词,原有词二十六首,四首未录。"第三册第1972页:"以上紫芝漫钞本乐斋词。"第五册第4381页:"以上毛扆校紫芝漫钞本白雪词。"

⑥ 见《满庭芳》(三十三年)、《满江红》(忧喜相寻)下,二注引吴讷《百家词》本亦收。梁启超先生有《记时贤本事曲子集》一文,赵万里先生为校记,《词话丛编》本收入附录。

（三）石村书屋《宋元明三十三家词》

《宋元明三十三家词》五十三卷，佚名抄，版心下镌"石村书屋"四字。《中国古籍善本书目》著录，仅国家图书馆藏。原书十六册，卷首目录，共两页，无直格，半叶十行，题"宋元明三十三家词"，先集名，后作者，计有：

> 片玉集十卷，宋周邦彦撰；酒边集一卷，宋向子諲撰；白石先生词一卷，宋姜夔撰；相山居士词一卷，宋王之道撰；龟峰词一卷，宋陈经国撰；竹坡老人词三卷，宋周紫芝撰；松坡词一卷，宋京镗撰；蓬莱鼓吹一卷，宋夏元鼎撰；虚靖真君词一卷；耐轩词一卷，明王达撰；金谷遗音二卷，宋石孝友撰；淮海词三卷，宋秦观撰；芦川词一卷，宋张元干撰；逃禅词一卷，宋杨无咎撰；文溪词一卷，宋李昴英撰；坦庵长短句一卷，宋赵师使撰；介庵词四卷，宋赵彦端撰；贞居词一卷，元张雨撰；笑笑词一卷，宋郭应祥撰；姑溪词一卷，宋李之仪撰；玉田集二卷，宋张炎撰；玉笥山人词集一卷，宋王沂孙撰；苕溪词一卷，宋刘一止撰；嬾窟词一卷，宋侯寘撰；古山乐府二卷，元张埜撰；履斋先生诗余一卷续集一卷，宋吴潜撰；遁庵乐府一卷，金段克己撰；菊轩乐府一卷，金段成己撰；静修词一卷，元刘因撰；沧浪词一卷，宋严羽撰；静春词一卷，元袁易撰；鸣鹤余音一卷，元虞集撰；晦庵词一卷，宋李处全撰。

正文无序，蓝格，十行，十八字。小字双行同。词集多存细目、原序、原跋。词作白文，保留题目小序。多有朱蓝笔校点题跋，少量朱墨眉批。朱彝尊、毛扆墨跋分别署康熙十二年（1673）、康熙二十一年(1682)。① 其时代或在紫芝漫钞本左近。

第六册存原书首页,题"金谷遗音石孝友,鸣鹤余音虞集,酒边集,白石词,淮海词,芦川词"。正文仅《金谷遗音》一种。《白石词》已见第二册。可知目录为原书次序,重编羼乱。

钤印有朱文"遗谷"、"渐红"、"竹垞"、"瑶圣"、"方水"、"彝尊读过"、"竹垞真赏"、"长乐郑振铎西谛藏书"等。

(四) 佚名《宋五家词》

佚名钞本,国图藏善本二册,此据胶卷。《藏园群书题记》跋云"绵纸,蓝格","笔至疏古,是嘉、万时风气"。② 半叶十二行,二十字,小字双行同。无注释、页码。抄录字体不同。有后人墨笔句读、圈点、校正讹字,如"南乡(鄉)子"误为"南郎子",墨笔添"乡"旁;"一夜相思"误为"一夜想思",墨笔涂去"心";《龙洲词》末衍"竹斋词目录终"一行,墨笔勾去。《樵隐诗余》页眉墨笔行书评论"樵隐《念奴娇》数首功力□敌辛稼轩"。钤印有"长乐郑振铎西谛藏书"、"双鉴楼藏书记"、"沅叔审定"、"吴城"、"研叟"、"敦复"、"龙龛精舍"、"传经楼藏书记"等。著录见《西谛书目》、《双鉴楼善本书目》(卷四)、《藏园群书题记》(卷二十)。

各集抄撮草率,目录与收词往往不同。所收词均按调名排列,同调系一处。与《全宋词》比较,两种别集接近全帙,三种差别较大:

---

① 《贞居词》末:"岁在癸丑五月既望阅于燕京竹林寺,彝尊识。"《履斋先生诗余》末:"癸丑夏五竹垞彝尊读竟。"《遯庵乐府》末:"癸丑五月朱彝尊读过。"《菊轩乐府》末楷书:"壬戌上巳后五日从二妙集勘过毛扆。"

② 卷二十《诗余类》,上海古籍出版社 1989 年。

《宋五家词》				《全宋词》		比例(%)
词　人	词　集	目录阕数	正文阕数	收录阕数	所用版本	
陈　亮	龙川词	30	24	74	永乐大典辑本	32.4
刘　过	龙洲词	36	46	78	汲古阁本	59
杨炎正	西樵语业	/	37	38	汲古阁校本	97.4
戴复古	石屏词	25	26	41	双照楼本	63.4
毛　开	樵隐诗余	41	41	42	汲古阁校本	97.6

汲刻《西樵语业》、《樵隐诗余》,次序与此本相同。《语业》末首据《截江网》补入,《樵隐》仅缺《满庭芳》(五十年来)一调,疑漏抄。

结语　明编词总集丛刻之影响

　　按总集类型划分，丛刻与辑钞的影响主要在文献学领域。《百家词》、《宋名家词》、《宋元名家词》等词集保留了大量资料，辑佚、校勘价值突出。选本的影响表现于诸多方面，文学上，以娱乐功能为主导的一代选本，与衰落的词体、随俗的社会风尚、文人游戏心态相结合，造成创作水平的集体退化，加剧明词凋敝；词学理论上，以《草堂》系列为代表的各类词选的争奇斗艳，形成了巨大合力，此后的词选、词论不论因袭或矫枉，都与明代词选有着难以割断的联系。

一　因　袭　诸　选

　　此类选本的整体特点是，体制上，吸取明选经验，效仿明选编排，分调法绵延不绝；选词上，多续选、节选，有大型通代选本，也有断代专题选本。

（一）续选《词统》：《倚声初集》

　　《倚声初集》二十卷，顺治十七年王士禛、邹祗谟编选。二人有感于明末选本"有成书而网罗未备"，为其拾遗补缺，"以续《花间》、

《草堂》之后"。①

前编四卷,收录清人词话词韵诸文,"爵里"二卷,按时代先后,列明末词人 151 家,清初词人 325 家。词作分调排列,字数稍有不同,五十八字以下小令,卷一至十,收词 1116 首;六十字至九十二字中调,卷十一至十四,收词 364 首;九十三字以上长调,卷十五至二十,收词 434 首,总数达到 1914 首。

其分调效仿明选,体例一同《古今词统》,将《词统》之"氏籍"变为"爵里",各卷目录亦题字数范围、词作数量;词作网罗丰富,文献价值突出,时代接续《词统》,在万历至顺治之间,故可作续选《词统》观。

(二) 续选明词专集:《兰皋诗余汇选》

《兰皋诗余汇选》八卷,顾璟芳、李葵生、胡应宸编选,肇自顺治十六年(1659),成书于康熙元年(1662)。② 胡序述编选动机:"明自刘、杨而后,作者辈出,惜选家未以专本见。若顾汝所、钱功父、沈天羽、陈仲醇诸本,非网罗未广,即远近杂陈。每与李子西雯、顾氏昆仲道及,辄深遗恨,慨然有汇选一役。"此书为继钱、沈二刻之后第三部明词专集,也是清代第一部明词选。

其体例借鉴明选,首"例言十三则";次"姓氏",记词人生平及著作;次"总目",依然分调编排,小令、长调各三卷,中调两卷。各卷注明起止词调、词作数,词末评注,收词 605 首,与钱、沈二刻相差不多,词人则十分广泛,达到 231 家(含补遗 21 家)。此选以存人为主,表明清人已开始从词史角度审视前朝创作。同时,他们对

---

① 《续修四库》集部 1727 册,第 163 页。

② 新世纪万有文库本,辽宁教育出版社 1998 年。《例言》第一条:"是集肇自亥冬,成于今夏。"胡应宸序作于壬寅花朝,言此选:"历时四载,披集千余。"

明词"上承古乐,下启新声"的评价也是比较中肯的。①

(三) 续选《草堂》:《草堂嗣响》

《草堂嗣响》四卷,顾彩编选。康熙四十八年,顾彩客寓山东孔氏,"与振路、西铭两先生,朝夕唱和,兼得益平黄子以永遗稿,意欲汇成一编,聊以自携,而兼取平日所爱名家诸作忝列其间,以为程式。皆就见闻所及之一二,不备繁名,曰《草堂嗣响》"。② 不但命名依附《草堂》,体例也丝毫不爽,"今定小令为一卷,中调为一卷,长调为二卷,依《草堂》例","题下不敢书名,惟注字及号,亦依《草堂》例"(《例言》)。卷首"词家姓氏",收清初词人王士禛、彭孙遹、陈维崧、顾贞观、纳兰性德等共 120 家,词作近 700 首。

(四) 节选《草堂》:《蓼园词选》

《蓼园词选》给予《草堂》很高评价:"宋以前诸选本……惟《草堂诗余》,乐府雅词,阳春白雪,较为醇雅,以格调气息言,似乎草堂尤胜……《蓼园词选》者,取材于《草堂》,而汰其近俳近俚诸作者也。每阕缀以小笺,意在引掖初学。"(惜阴堂刊本)其编选意图在于汇集《草堂》佳什,编成词学入门读本。

卷内小令 38 调,88 首;中调 23 调,38 首;长调 46 调,84 首。

---

① 胡序:"宋立大晟府十二律篇目,广至二百余调。猗矣! 盛矣! 未几流为歌曲,其亦词之中衰乎? 若夫寻坠绪之茫茫,溯孤音而远绍,上承古乐,下启新声,不得不属之有明矣。"

顾序则过于夸大:"有明一代……上自帝王,降而卿士大夫,至山林方外、思妇劳人,为忧为乐,皆得自言,好色而不淫,怨诽而不怒,且忠孝亦托闺房,温柔要于忠厚,骚坛之意旨不减风诗,盖于今称极盛矣!"

②《例言》,康熙四十八年家塾辟疆园原刻本。

近《草堂》半数,北宋名家毕备。词末录旧注词话,增入沈际飞评点、按语。

二 矫枉诸选

矫枉诸本的整体特点是:体制上,按字数编排成为主流;编选上,批判明选芜弊之病,跳出《草堂》藩篱,选词具有明确目的;词选功能上也发生了转变,明代选本的主要动机还是娱乐,清人选本则从实际出发,侧重存史、立论。[1]《词综》兼具存史、立论两种功能,《明词综》以存史为主;与此相比,钱允治、沈际飞等明人选本,虽然具备明晰的词史眼光,其选域却没有充分铺开,过度集中于大家。

(一) 标举醇雅,诋排《草堂》:《词综》

《词综》三十六卷,朱彝尊、汪森编选,有康熙三十年汪森增订本。其取材博究《花间》、《尊前》、《花庵》、《万选》、《萃编》、《词统》诸书,"务去陈言,归于正始"。其体例依时代先后为序,各家下列词人姓氏、籍贯及著作,间附宋、元人评语。词作按字数多寡排列,收录词人600余家,词作2000多首。

论词尚南宋,标举醇雅,极力排诋《草堂》,"世人言词必称北宋,然词至南宋始极其工,至宋季而始极其变……古词选本……独《草堂诗余》所收最下最传,三百年来学者守为兔园册,无惑乎词之不振也"(《词综·发凡》),"盖词以雅为尚,得是编,《草堂诗

---

① 萧鹏《群体的选择:唐宋人选词与词选通论》,(台北)文津出版社1992年,第7页:"词选之功能,实际上只有应歌、存史和立论三体,存史包括传人和传词,立论则兼有开宗和尊体。"

余》可废矣"(《乐府雅词跋》),"词人之作自《草堂诗余》盛行,屏
去激楚阳阿,而巴人之唱齐进矣。周公瑾《绝妙好词》选本虽未
全醇,然中多俊语,方诸《草堂》所录,雅俗殊分"(《书绝妙好词
后》)。①

　　《四库》馆臣步趋朱氏之后,提要多处指摘《草堂》疏漏。《总
目》卷一百八十《梦草堂稿》十二卷:"明胡镇撰……万历中贾人,其
诗以宫商角徵羽分五集,每卷又以天时园圃等分类,各有圈点评
识,皆坊刻俗本之体例。即诗可知矣。"卷一百九十九《竹屋痴语》
一卷:"宋高观国撰……词自鄱阳姜夔,句雕字炼,始归醇雅……乃
《草堂诗余》于白石、梅溪则概未寓目,竹屋词亦止选其《玉蝴蝶》一
阕,盖其时方尚甜熟,与风尚相左故也。"卷一百九十九《竹斋诗
余》:"宋黄机撰……案《草堂诗余》乃南宋坊贾所编,漫无鉴别,徒
以其古而存之,故朱彝尊谓《草堂》词可谓无目,其去取又何足为机
重轻与。"卷一百九十九《花庵词选》二十卷:"宋黄昇撰……自序称
暇日汇集得数百家,而所录止于此数,去取亦特为谨严,非《草堂诗
余》之类参杂俗格者可比。"等等。

(二) 补选明词,接续《词综》:《明词综》

　　《明词综》十二卷,朱彝尊、王昶辑,成书于嘉庆七年。朱彝尊
有明词选数卷,未得刊行,王昶访得之,"合以生平所搜辑,得三百
八十家,共成十二卷,汇而镌之,以附《词综》之后。选择大旨,亦悉
以南宋名家谓宗,庶成太史之志云耳"。②

　　王氏所选按时代先后排列,首帝王,末释道、女流。编选意图

主要在存人,绝大部分词人收入作品不足 3 首,4 阕以上的仅 11 人:刘基 8 首(目录 9 首)、杨慎 11 首、高启 4 首、顾潜 4 首、杨基 7 首、文征明 6 首、王世贞 8 首、施绍莘 8 首、马洪 4 首、夏完淳 5 首、绍梅芳 12 首。

附 录

一 明编词总集丛刻序跋

说明:本附录以明编词总集为条目,分为草堂系列及其他选本丛刻两类,按音序排列。集内序跋从原书先后。所收以善本为主,悉注明出处,异书同跋者仅录其一,加案语比勘异文。今人跋附各集末,只列书目而无辨析者,均不入。原书残缺处用"□",潦草难辨处用"＊"。

目 录

11. 新锓订正评注便读草堂诗余,乔山书社刊本

12. 新刊古今名贤草堂诗余,李谨纂辑本

13. 新刻李于麟先生批评注释草堂诗余隽,李攀龙评、师俭堂刊本

14. 新刻硃批注释草堂诗余评林,周文耀刊本

15. 新刻注释草堂诗余评林,宗文书堂本

16. 增修笺注妙选草堂诗余前集后集,双璧陈氏本

17. 增修笺释妙选群英草堂诗余前集后集,泰宇书堂本

18. 增修笺释妙选群英草堂诗余前集后集,杨金刊本

19. 增修笺释妙选群英草堂诗余前集后集,遵正书堂本

二、其他选本及丛刻

1. 百琲明珠,杨慎编选,明万历刊本

2. 词的,茅暎编选,词坛合璧本

3. 词菁,陆云龙选辑,翠娱阁刊笈必携本

4. 词林万选,杨慎编选,词苑英华本

5. 词坛艳逸品,杨肇祉编选,明刻本

6. 古今词统,卓人月、徐士俊编选,续修四库本

7. 精选古今诗余醉,潘游龙编选,明崇祯刻本

8. 汇选历代名贤词府全集,题明鳙溪逸史辑,明嘉靖刻本

9. 花草萃编,陈耀文编选,明万历刻本

10. 花草新编,吴承恩编选,明钞本

11. 花间集,赵崇祚辑,花间草堂合刻本

12. 花间集补,温博辑,茅氏凌霞山房本

13. 名媛诗纬初编诗余集,王端淑选辑,明词汇刊本

14. 南词十三种,题明李东阳,清董氏诵芬室钞本

15. 宋名家词,汲古阁刊本

16. 宋五家词,明佚名钞本

17. 宋元名家词,紫芝漫钞本

18. 唐词纪，董逢元编选，明万历刊本
19. 唐宋名贤百家词，吴讷辑，钞本
20. 尊前集，无名氏，词苑英华本

一、草堂诗余系列

1. 草堂诗余，词苑英华本
书末毛晋识：

　　宋元间词林选本几屈百指，惟《草堂》一编飞驰。几百年来，凡歌栏酒榭丝而竹之者，无不拊髀雀跃，及至寒窗腐儒挑灯闲看，亦未尝欠身鱼睨，不知何以动人一至此也。其命名之意，杨升庵谓本之李青莲"箫声咽"、"平林漠漠烟如织"二词，然非欤？若名调淆讹、姓氏影借，先辈已详辨之矣。海隅毛晋识。

叶德辉《郋园读书志》卷十六：

草堂诗余四卷　明汲古阁刊本
　　此书为上海顾子汝家藏宋本重刻，毛晋汲古阁又重刻之。原刻前嘉靖庚戌何良俊序，起首一行云："顾子汝所刻《草堂诗余》成，问序于东海何良俊。""何良俊曰"凡二十二字而后，下接"夫诗余者"句，又末后一段"要皆不出此编矣"下有云："顾子上海名家，家富诗书，代传礼乐，尊公东川先生博物洽闻，著称朝列。诸子清修好学，绰有门风，故伯叔并以能书供奉清朝，仲季将渐以贤科起矣。是编乃其家藏宋刻本，比世所行本多七十余调，是不可以不传，今圣天子建中兴之始，文章之盛几与两汉同风。独声律之学，识者不无歉焉，然则是编于声律家其可少哉。他日天翊昌运，笃生异人，为圣天子制功成之乐。"凡一百四十三字,下接"上探元声"句,今毛本全行删去,而于"探元声"句上增"有心者"三字,几不知原刻出自顾氏。毛氏刻书谬妄,其不足取信如此。又原刻每卷有行题"类编草堂诗余",下列"武陵逸史编次,开云山农校正"二行,毛刻删去"类编"二字,下列二行云"武陵逸史编,隐湖小隐订"。"隐湖",即毛晋别号,篡改前人之序,没其校刊之功,又窜取人之姓名易以己之别名,殊为好名之过。且原刻各词后多列宋人说部诗话,如《苕溪渔隐丛话》、《温叟诗话》、《雪浪斋日记》、《玉林词选》即《花庵词选》等书,取证本事虽出顾氏增注,究不可没其苦心。今毛刻一概删除,亦殊可惜。惟其于各词一依宋刻,未尝如刻他书之妄肆纷更。是虽非顾刻之庐山,尚不失旧本之原例,是固不可末煞其校勘之功矣。光绪乙巳小暑后二日题记。

(清)莫友芝撰、傅增湘订补、傅熹年整理《藏园订补郘亭知见传本书目》卷十六下:

(补)草堂诗余四卷,宋何士信编,明武陵逸史编次。明刊本,九行十八字。明末毛氏汲古阁辑刻词苑英华本,九行十九字。有叶树廉跋。

王重民《中国善本书提要·集部》词类:

《类编草堂诗余四卷》(《四库总目》卷一百九十九)(北图),四册,明嘉靖间刻本[,十一行十九字]。

明何士信辑。卷内题:"武陵逸史编次,开云山农校正。"按此本为是书一新本,汲古阁本从此本出,《四库全书》亦据此本著录。

2. 草堂诗余,四库全书本

《四库》"草堂诗余提要":

草堂诗余四卷,不著编辑者名氏。旧传南宋人所编。考王楙《野客丛书》作于庆元间,已引《草堂诗余》张仲宗《满江红》词,证"蝶粉蜂黄"之语,则此书在庆元以前矣。词家小令、中调、长调之分,自此书始。后来词谱,依其字数以为定式,未免稍拘,故为万树《词律》所讥。然填词家终不废其名,则亦倚声之格律也。朱彝尊作《词综》,称《草堂》选词,可谓无目,其诟之甚至。今观所录,虽未免杂而不纯,不及《花间》诸集之精善,然利钝互陈,瑕瑜不掩,名章俊句,亦错出其间,一概诋排,亦未为公论。此本为明上海顾从敬所刊,何良俊称为从敬家藏宋刻,较世所行本多七十余调。其刻乃在汲古阁之前。又诸词之后多附以当时词话,汲古阁本皆无之。考所引黄昇《花庵词选》、周密《绝妙好词》,均在宋末,知为后来所附入,非其原本。然采摭尚不猥滥,亦颇足以兹考证,故仍并存焉。

3. 草堂诗余别录,张綖选、黎仪钞本

卷首序:

歌咏以养性情,故声歌之词有不得而废者。诗余者,唐宋以来之慢调也,吴文节公于《文章辨体》亦有取焉。虽亦艳歌之声,比之今曲,犹为古雅,故君子尚之。当时集本亦多,惟《草堂诗余》流行于世,其间复猥杂不粹。今观老先生朱笔点取,皆平和高丽之调,诚可则而可歌,复命愚生再校,辄敢尽其愚见,因于各词下漫注数语,略见去取之意,别为一录呈上,倘有可取进教幸甚。

骆兆平编著《新编天一阁书目·天一阁明钞本闻见录》,中华书局 1996 年,第 334 页。

草堂诗余别录一卷

明张綖撰。钞本。见薛目。散出后由刘氏嘉业堂收藏,周子美编《嘉业堂抄校本目录》载:"明张綖选评,明钞本一册,天一阁旧藏。"

4. 草堂诗余四集,沈际飞评本

诗余序:

诗者,余也。无余无诗,诗曷余哉?东海何子曰:"诗余者,古乐府之流别,而后世歌曲之滥觞也。元声在,则为法省而易谐;人气乖,则用法严而难叶。"余读而题之。及又曰:"诗亡而后有乐府,乐府阙而后有诗余,诗余废而后有歌曲。"繇斯以谈,成周列国为一盛,而暴秦乐阙为一衰;汉兴,郊祀、房中、铙鼓,暨苏李为一盛,而魏、晋、六朝、秦、隋为一衰;太宗以下,李白、王维、昌龄辈为一盛,而天宝为一衰。宋有十二律,篇目增至二百余调,为一盛,而金元为一衰;其盛也,途巷被弦管,出汤火,扬清讴,甚则太、玄、宁王,天子审音,《清平》、《郁轮袍》相继作,而《忆秦娥》、《菩萨蛮》二词遂开宋待制柳屯田领乐创调之繁。其衰也,如秦如玄,主暴民愁,律吕道绝,乃若子建怨歌七解,暨横吹和平诸调,六代、陈、隋并用之。而金元歌曲,激响千代,可谓歌曲亡诗余,诗余亡乐府,乐府亡诗耶?则是荡然无余,其何诗之有?人亦有言:有能不能。余谓审音不尔,夫声音之道,一叶而知天下秋,岂柿比哉?凡诗皆余,凡余皆诗(案:《续修四库》集部 1728—65 影印上海图书馆藏明万历四十二年刻本《类选笺释草堂诗余》,五行十二字,此下有

"余与陈、钱二先生重订行世"等十一字,别本无,以下简称续四库本),余何知诗,盖言其余而已矣。古吴陈仁锡题。(案:续四库本署名作"甲寅中秋古吴陈仁锡书于尧峰之青纱坞")

草堂诗余叙:

　　夫诗亡而余骚、赋,骚、赋变而余乐府,乐府缺而余辞曲。奥古之乐章、乐歌、乐曲皆出于雅正,即《昔昔盐》、《夜夜曲》,已兆辞名。自隋唐以来,声诗间为长短句,如《穆护砂》、《阿𬌗回》、《鷚烂堆》等曲,至新曲《楚妃踏歌》,风华必沂六朝,唐则有《尊前》、《花间》而成调,至集名《兰畹》、《金荃》,取其逆风闻薰芳而弱也。则辞宁为大雅罪人,必不尚豪爽磊落明矣。迄宋崇宁立大晟府,命周美成诸人讨论古音,少得存者。由此八十四调之声稍传,后增衍慢曲、引、近为三犯、四犯,领乐创调之繁有六十家,辞至二百余调,其间可歌可颂如李、晏、柳五、秦七,"云破月来花弄影"郎中,"红杏枝头春意闹"尚书,闺彦若易安居士,词之正也。至温、韦艳而促,黄九精而刻,长公骚而壮,幼安辨而奇,又辞之变体也。至高竹屋、姜白石、史梅溪、吴梦窗诸人,格调迥出清新,故辞流于唐而盛于宋,乃选填词曰《草堂诗余》,而杨用修以青莲诗名《草堂集》。诗余者,青莲《忆秦娥》、《菩萨蛮》二首为开山辞祖。殊不知,辞不始于唐,如陶弘景之《寒夜怨》、梁武帝之《江南弄》、陆琼之《饮酒乐》、隋炀帝之《望江南》,六朝君臣颂酒赓色、务裁艳语,宛转㑊挑,蔚簇词华,又开青莲之先,若唐宣宗所称"牡丹带露真珠颗"。《菩萨蛮》一曲又不知谁氏所为,则又《花间集》之先声已。然《花间》皆小语致巧,犹伤促碎,至《草堂》以绵丽取妍六朝,故以宋人为诗之余。至金元渐流为歌曲,若我明如刘伯温、杨用修、吴纯叔、文征仲、王元美兄弟辈,激响千代,移宫换羽,蝉缓而就之诗,若荡然无余,而不知即余亦诗也。自《三百》而后,凡诗皆余也。即谓骚、赋为诗之余,乐府为骚、赋之余,填辞为乐府之余,声歌为填辞之余,逅属而下,至声歌亦诗之余,转属而上,亦诗而余声歌,即以声歌、填辞、乐府谓凡余者皆诗可也。然历朝近代皆有一种古隽不可磨灭处,余故商之沈天羽氏,以正、续两集并我明新集为之正次、定舛、抉微、撷芳。先识古今体制雅俗脱出宿生尘腐气,大约取其命意远、造语鲜、炼字响、用字便,典丽清圆,一一粘出。至于别集,则历朝近代中所逸,辞义颖拔,风韵秀上,骚不雄、丽不险、质不率、工不刻,天然无雕饰,且语不经人道,皆如新脱手,读之使人神越色飞,令斗字逞侠者退舍。大约辞婉娈而近情,燕□莺□,宠柳娇花,原为本色,但屏浮艳,不邻郑卫为佳。至离情则销魂肠断,其辞多哀,但调感怆于《南浦》《渭阳》之外。咏节叙要措辞精粹,见时节风物聚会,晏乐景况,然率俚岂可歌于坐花醉月之间?若咏物恐摹写稍远,又恐体认太真,要收纵联密,用事合题为妙。又难于寿辞,说富贵近俗,功名近谀,神仙近迂阔虚诞,总此三意而无松、椿、龟、鹤字为佳。人知辞难于长调,而不知难于令曲,一句一字闲不得,亦一句一字着不得,即淡语、浅语、恒语极不易工,末句要留有余不尽意思,如近代《绝妙辞选》,名公调＊多以此为射雕手。余才不甚颖浩,癖于词章,亦知辞平仄断句皆有定数,但不能。断髻枯毫,句敲字推,故耽二十年未见其进,不知诗,焉知其余?余特言其余,海内词人韵士得毋以击缶韶外为不足观也耶。东鲁尼山樵秦士奇书于玉峰署中。

草堂诗余原序:

经宫纬羽,艳(案:施蛰存《词集序跋萃编》有此文,用"忏花庵丛书本",作"挞",检原书作"艳"。以下简称《萃编》)只字于色飞,角绿斗红,营片辞而魂绝。是以《云谣》、《黄泽》,响遏(案:萃编作"过",原书作"遏",盖抄误)清风;《宝鼎》、《芝房》,价高白雪。乐府争传"杨柳大堤"之句,大晟曾填"鱼游春水"之腔。娱耳陶匏,并收金石;玩目黼黻,谁问玄黄。则有文姬墨卿,姗柔条于韶景,亦写离怀愁绪,悲落叶于劲秋。"云破月来花弄影"郎中扣扉将命,"红杏枝头春意闹"尚书倒屐屏呼。少长河阳,由来能舞;兄弟协律,生小学歌。箜篌非关曹植之章,琵琶何待石崇之曲。若乃皱水梦回,焉取君臣嘲谑;荷香桂子,那知金亮投鞭。《诗余》一编,汇连千首,织绡制锦,非唯芍药之花;凤律鸾歌,宁止蒲萄之树。向来剞劂,不弃(案:《萃编》作"无",原书同)雌黄,邺架可登,奚囊未便。于是五松主人,燃脂暝缮,弄墨晨书,新定鲁鱼,前仍甲乙。珠帘以玳瑁为押,玉树用珊瑚作枝,永对玩于床帏,长披拭乎纤手。因使诗盟酒社,月夕花朝,马上频开玉函,枕畔轻摇檀拍,肘悬丹检,豪哲联供捧腹之欢;帐锁红楼,婵娟更唱莲舟之引。西陵来行学颜叔书。

序草堂诗余四集:

说者曰:"周人制为乐章,汉世则有乐府。晋宋之际,有古乐府,与汉人之乐府不可同日语也。再变而为隋唐五代之乐歌,又变而为宋元之长短句,愈降愈下矣。"此以风气贬词者也。或曰:"曰风、曰雅、曰颂,三代之音;曰歌、曰吟、曰行、曰操、曰辞、曰曲、曰谣、曰谚,两汉之音;曰律、曰排律、曰绝句,唐人之音。诗至于唐而格备,至于绝而体穷,宋不得不变而之词,元不得不变而之曲。"此以体裁贬词者也。或曰:"《风》、《雅》本歌舞之具,汉不能歌《风》、《雅》,则为乐府歌之。《风》、

《雅》但可作格，而不可言调，唐用绝句为歌，则乐府但可为格，而不可言调。由兹而下，诗变为词，词变为曲，代代如之。盖古今之音，大半不相通，则什九失其调。"此以音义言词，而为词解嘲者也。而不知词吸三唐以前之液，孕胜国以后之胎，斟量推按，有为古歌谣辞者焉，有为骚赋乐府者焉，有为五七言古者焉，有为近体歌行者焉，有为五七言律者焉，有为五七言绝者焉。而元人之曲则大都吞剥之。故说者又曰："通乎词者，言诗则真诗，言曲则真曲。"斯为平等观欤。而又有似文者焉，有似论者焉，有似序、记者焉，有似箴、颂者焉。于戏（案：《萃编》此文未注版本，作"呜呼"），文章殆莫备于是矣。非体备也，情至也。情生文，文生情，何文非情？而以参差不齐之句，写郁勃难状之情，则尤至也，彼琼玉高寒，量移有地；花钿残醉，释褐自天。甚而桂子荷香，流播金人，动念投鞭，一时治忽因之。甚而远方女子，读淮海词亦解脍炙，继之以死，非针石芥珀之投，曷繇至是？虽其镂镂脂粉，意专闺幨（案：《萃编》作襜）安在乎好色而不淫？而我师尼氏删《国风》，逮《仲子》、《狡童》之作，则不忍抹去，曰：人之情，至男女乃极。未有不笃于男女之情而君臣、父子、兄弟、朋友间反有钟吾情者。况借美人以喻君，借佳人以喻友，其旨远，其讽微，仅（案：《萃编》作"岂"）仅如欧阳舍人所云"叶叶花笺，文抽丽锦；纤纤玉指，拍按香檀。不无清绝之词，用助娇娆之态"而已哉？或又曰，辛稼轩以诗词谒蔡光，蔡云："子之诗，未也，当以词名。"马鹤窗与陆清溪皆出菊庄之门，而清溪得诗律，鹤窗得词调，诗与词几不可强同。而杨用修亦曰："诗圣如子美，不作填词；宋人如秦、辛，词极工矣，而诗不强人意。"则不见夫李白之《忆秦娥》、《菩萨蛮》，王建之《调笑令》，白居易之《忆江南》，昔日以为诗而非词，今日以为词而非诗；读者自做歧观，而作之者夫何歧乎？故诗余之传，非传诗也，传情也。传其纵古横今，体莫备于斯也。余之津津焉评之而订之，释且广之，情所不自已也，嵇康曰："著书妨人作乐耳。"其然？岂其然？吴门鸥客沈际飞天羽父自题。

跋：

　　古诗三千篇有奇，删十而存一，非圣于诗者能之乎？终不举翼《易》之笔以评《诗》，其故何也？古诗之变为五七言古风，为近体，为长短句，变愈甚，许者滋多，其故又何也？譬之两间烟云川岳，以至林莽飞走之属，无不有象，有情。绘者以三寸管收之尺幅间，能令观者及其象，会其精。复有人焉，□而指其用意用笔之妙，将观者跃然，如有悟入，而绘者亦默默，意为之消。有张连叔氏，精绘事，能以数百尺绢，绘四时风雨晦明之状，为一巨卷，而画脉处了无痕迹，一时出所绘示吾家天羽，天羽□指其用意用笔之妙，余为跃然，连叔亦默默若肯，以为得心之同夫？古诗如虞□之绘日月星辰，山龙藻火，朴而雅，玩之而弗竟，当以不评评之。下此如唐、宋、元名家之画，不评固无减，评之而趣乃谫露。诗余以参差顿挫为奇，殆米颠父子及近日陈白阳笔院画之外，如有一种笔法，若其近而远，淡而隽，艳而真，又与近体以上相似，以许许之，固无不可。吾家天羽夙具灵心慧眼，以评连叔画者评诗余，又何所不可？东山秦明府莅昆从臾是举，俾公海内簿书之余，不辍吟咏，是诛仙老也哉？余喜绘事而不知诗，窃以许绘者许诗夫？亦曰，以古诗还古诗，以近体还近体，以诗余还诗余，评与不评，听人自会。评者之旨有当于观者，可知彼观者之见，更有加于评者者，亦俛若听焉。鹿＊沈瓒馨孙氏书。

古香岑草堂诗余四集发凡:

一铨异

调有定名,即有定格。其字数多寡、平仄、韵脚较然,中有参差不同者,一曰"衬字",文义偶不联畅,用一二字衬之,密按其音节虚实间,正文自在。如南北剧,"这"字、"那"字、"正"字、"个"字、"却"字之类。从来词本即无分别,不可不知。一曰"宫调",所谓黄钟宫、仙侣宫、无射宫、中吕宫、正宫、仙吕调、歇指调、高平调、大石调、小石调、正平调、越调、商调也。词有名同而所入之宫调异,字数多寡亦因之异者,如北剧黄钟《水仙子》与双调《水仙子》异,南剧越调过曲《小桃红》与正宫过曲《小桃红》异之类。一曰"体制",唐人长短句皆小令耳,后演为中调,为长调。一名而有小令,复有中调,有长调,或系之以"犯"、以"近"、以"慢"别之,如南北剧名"犯"、名"赚"、名"破"之类。又有字数多寡同而所入之宫调异,名亦因之异者,如《玉楼春》与《木兰花》同,而以《木兰花》歌之,即入大石调之类;又有名异而字数多寡则同,如《蝶恋花》一名《凤栖梧》、《鹊踏枝》,如《念奴娇》一名《百字令》、《酹江月》、《大江东去》之类,不能殚述。

一比同

词中名多本乐府,然而去乐府远矣。南北剧中之名,又多本填词,然而去填词远矣。今按南北剧与填词同者,如《青杏儿》即北剧小石调,《忆王孙》即北剧仙吕调,《生查子》、《虞美人》、《一剪梅》、《满江红》、《意难忘》、《步蟾宫》、《满路花》、《恋芳春》、《点绛唇》、《天仙子》、《传言玉女》、《绛都春》、《卜算子》、《唐多令》、《鹧鸪天》、《鹊桥仙》、《忆秦娥》、《高阳台》、《二郎神》、《谒金门》、《海棠春》、《秋蕊香》、《梅花引》、《风入松》、《浪淘沙》、《燕归梁》、《破阵子》、《行香子》、《青玉案》、《齐天乐》、《尾犯》、《满庭芳》、《烛影摇红》、《念奴娇》、《喜迁莺》、《捣练子》、《剔银灯》、《祝英台近》、《东风第一枝》、《真珠帘》、《花心动》、《宝鼎现》、《夜行船》、《霜天晓角》皆南剧引子,《柳梢青》、《贺胜朝》、《醉春风》、《红林檎近》、《蓦山溪》、《桂枝香》、《沁园春》、《声声慢》、《八声甘州》、《永遇乐》、《贺新郎》、《解连环》、《集贤宾》、《哨遍》皆南剧慢词。外此鲜有相同者。

一疏名

调名必有所取,如《蝶恋花》取梁元帝句"翻阶蛱蝶恋花情",《满庭芳》取吴融句"满庭芳草易黄昏",《点绛唇》取江淹句"明珠点绛唇",《鹧鸪天》取郑嵎句"家在鹧鸪天",《踏莎行》取韩翃句"踏莎行草过春溪",《西江月》取魏万句"只今惟有西江月",《惜余春》取太白赋,《浣溪沙》取少陵诗,《潇湘逢故人》取柳浑诗,《青玉案》取四愁诗。《菩萨鬘》,西域妇髻也;《苏幕遮》,西域妇帽也;《尉迟杯》,敬德饮酒必用大杯也;《兰陵王》,入阵必先歌其勇也。《生查子》,"查",古"槎"字,张骞事也。其他或取篇首之字明之,或取篇中字之雅者明之。如《大江东去》、《如梦令》、《人月圆》、《疏帘淡月》之类,可以意推。

一研韵

上古有韵无书,至五七言体成而有诗韵,至元人乐府出而有曲韵,诗韵严而琐,在词当并其独用为通用者极多,曲韵近矣。然以上"支"、"纸"、"寘"分作"支"、"思"韵,下"支"、"纸"、"寘"、分作"齐"、"微"韵,上"麻"、"马"、"祃"分作"家"、"麻"韵,下"麻"、"马"、"祃"分作"车"、"遮"韵,而入声隶之平、上、去三声,则曲韵不可以为词韵矣。钱塘胡文焕有《文会堂词韵》,似乎开眼,乃平、上、去三声用曲韵,入声用诗韵,居然大盲,世不复考,将词韵不亡于无,而亡于有,可深叹也,愿另为一编正之。

一分帙

《正集》裁自顾汝所手,此道当家,不容轻为去取,其附见诸词,并鳞次其中。《续集》视顾选尤精约,悉仍其旧。《别集》则余僭为排缵,自宋沂之而五代,而唐,而隋,自宋沿之,而辽,而金,而元,博宗《花间》《樽前》《花庵》,选宋元名家词,以及稗官逸史,卷凡四,词凡若干首。《新集》钱功父始为之,恨功父搜求未广,到手即收,故玉石杂陈、竽瑟互进,兹删其什之五,补其什之七,甘于操戈功父,不至续尾顾公。

一著品

评语前未有也,近闽中墨本,吴兴朱本有之,非喑呓则隔搔,见者呕哕。兹集精加披剥,旁通仙释,曲畅性情,其灵慧新特之句用○,尔雅流丽之句用、,鲜奇警策之字用◎,冷异巉削之字用□,鄙拙肤陋字句用丨,复用·读句,以便览者不啜嚅于开卷,心良苦矣。

一证故

注释不晓创之何人,而金陵本、闽中本、浙中、吴中本,转展相袭,依样葫芦,显者复说,僻者阙如,大可喷饭。今细细查注,微显阐幽,不复不脱,间有援引非伦,亦如郭向注《庄》,意言之外别有新趣耳。

一刊误

一句讹,则一篇累。一字讹,则一句累。同时才人,腐毫八股业,皇及填词?即留心骚雅,高者工诗,其次制曲,诗余正、续本,帝虎亥豕,讹谬滋兴,谁与讲订。钱功父《新编》,讹以传讹,差落颠倒,甚而调名亦混,如王元美《西江月》混入《少年游》,苏景元《踏莎行》混入《木兰花》,王止仲《踏莎行》混入《水龙吟》,徐小淑《霜天晓角》六调混为三调,杨用修《莺啼序》一调割为二调,尤可笑者。《金字经》、《水仙子》、《天净沙》、《一枝花》、《折桂令》、《凉州序》,皆以北曲混入,今兹考订正文,附注讹字。次其前后,芟其混入,可谓犁然。若夫名氏影借,本色难晦,故物宜还,并政之。

一定谱

　　维扬张世文,作《诗余图谱》七卷,每调前具图,后系辞,于宫调失传之日,为之规规而矩矩,诚功臣也。但查卷中一调先后重出,一名有中调、长调,而合为一调,舛错非一。钱塘谢天瑞更为十二卷,未见釐剔;吴江徐伯曾以圈别黑白易淆,而直书平仄,标题则乖。且一调分为数体,体缘何殊,《花间》诸词未有定体,而派入体中,其见地在世文下矣。古歙程明善因之刻《啸余谱》,于天瑞兄弟也。余则以一调为主,参差者明注字数多寡,庶定格自在,神明惟人,即此是谱,不烦更觅图谱矣。

一竢喆

　　是刻历时一载,审阅数番,衡古推今,心血欲槁。所歉者,古人之词随烟月以奄逝;今人之词方云霞其蔚蒸,如升庵《填词选格》、《词林万选》、《词选增奇》、《填词玉屑》、《诗余补遗》、《古今词英》、《百琲明珠》等书,已不复见。矧宋元遗本,其饱蠹覆瓮者,不知几何矣。又如我明宋潜溪、解大绅、王阳明、王守溪、于廷益、何大复、唐荆川、杨椒山、莫廷韩、梅禹金、汤海若、黄贞父、汤嘉宾、骆象先、钟伯敬、丘毛伯、陶石篑、屠赤水、王百穀、袁中郎诸公集中无词,而陈眉公、张侗初、李本宁、冯具区、王永启、钱受之、邹臣虎、韩求仲、顾邻初、王季重、董玄宰、谭友夏、赵凡夫诸公尚未有集。坐井窥管,自分不免,有同志者,不妨惠教,以嗣续编。

一诚翻

　　坊人嗜利,更惜费。翻刻之弊,所繇始也。迩来讦告追板,而急于窃其实,巧于掩其名。如诗余旧本,按字数多寡编次,今以春、夏、秋、冬编次矣。至本意、送别、题情、咏物诸词,佟不可以时序论,必硬入时序中,不妥莫甚。太末翁少麓氏,志趋风雅,敦恳兹集,捐重资精镌行世。吾惧夫后来市肆,有以春、夏、秋、冬故局刻之者,不然,以四集合编,稍增损评注刻之者,而能逃于翻之一字乎?夫抹倒阅者一片苦心,为不仁;罟吞刻者十分生计,为不义。讵嘿嘿而已也?先此布告。

　　古香岑天羽居士言。

　　门人周佳玉、顾升华、周家珠、卢道贞、汪之骏、孙绳高、章法、王京、王襄、陆嘉胤、陈选、王时雍分较。

草堂诗余原序正集:

　　顾子汝所刻《草堂诗余》成,问序于(案:此文与上海图书馆藏明顾从敬《类编草堂诗余》四卷四册善本,昆石山人《类编草堂诗余》四卷四册善本;明万历十二年唐顺之注、田一隽选、书林张东川刻《类编草堂诗余》善本四册及《续修四库》集部1728—65影上海图书馆藏明万历四十二年刻本《类选笺释草堂诗余》原书序文比勘,以下分别简称顾本、昆本、唐本、续四库本。顾本、昆本、唐本、续四库原本均多"东海"二字)何良俊。何良俊曰:夫诗余者,古乐府之流别,而后世歌曲之滥觞也。(案:叶上刻小字眉批"说诗词沿革如指掌")爰自上古,洪(案:顾本、昆本、唐本、续四库原本均作"鸿")荒之世,礼教未兴,而乐音已具。盖乐者,繇(案:顾本、昆本、唐本、续四库原本均作"由",下同)人心生者也。方其醇和未散,下有元声,则凡里巷歌谣之辞,不假绳削而自应宫徵。即成周列国之风,皆可被之管弦,是也。殆周政迹熄,继以强秦暴悍,繇是诗亡而乐阙,汉兴,《郊祀》、《房中》之外,别有《铙歌辞》,如《雉子班》、《朱鹭》、《芳树》、《临高台》等篇。其他苏、李虽创为五言诗,当时非无继作者,然不闻领于乐官。则乐与诗分为二,明(案:唐本作"月"。当为刻误)矣。魏晋以来,曹子建《怨歌行》七解,为晋曲所奏。他如《横吹》、《相和》、《平调》、《清调》、《清商》、《楚调》诸曲，六朝并用之。陈、隋作者犹拟乐府歌辞，体物缘情，属咏虽工，声律戾（案：顾本、昆本、唐本、续四库原本均作"乖"）矣。唐太宗以文教开国，又玄宗与宁王辈皆审音，海内清宴（案：唐本作"晏"），歌曲繁兴。一时如李太白《清平调》、《郁轮袍》（案：顾本、昆本、续四库本《郁轮袍》前有"王维"二字）及王昌龄、王之涣诸人，略占小词，率为伎人传习，可谓极盛。迨天宝末，民多怨思，遂无复贞观、开元之旧矣。（案：眉批"《花间集》皆词，而一调中长短多寡不同，即一人一调而数首亦不相类。宋创为体格，如方圆之莫易、寸黍不差矣"）宋初，因李太白《忆秦娥》、《菩萨蛮》二辞，以渐创制。至周待制领大晟府乐，比切声调十二律，各有篇目。柳屯田加增至二百余调，一时文士复相拟作，而诗余为极盛。然作者既多，中间不无昧于音节。如苏长公者，人犹以"铁绰板唱大江东去"讥之，他复何言耶？繇是诗余复不行，而金、元人始为歌曲。盖北人之曲，以九宫统之，九宫之外，别有道宫、高平、般涉三调，总一十二调。南人之歌，亦有南九宫，然南歌或多与丝竹不叶。岂所谓土气偏诐，钟律不得调平者耶？总而核之，则诗亡而后有乐府，乐府阙而后有诗余，诗余废而后有歌曲，大抵创自盛朝，废于叔世。（案：眉批"格论"）元声在，则为法省而易谐；人气乖，则用法严而难叶。兹盖其兴革之大较也。然乐府以蹾径扬厉为工，诗余以婉丽流畅为美，即《草堂诗余》所载，如周清真、张子野、秦少游、晏（案：昆本、续四库原本误刻为"晃"）叔原诸人之作，柔情曼声，摹写殆尽。正辞家所谓当行、所谓本色者也。第恐曹刘不肯为之耳。假使曹刘降格为之，又讵必能远过之耶？是以后人即其旧词稍加隐括，便成名曲。（案：眉批"近汤临川还魂传奇称一代词宗，其中名曲多隐括诗余取胜，他可知已"）至今歌之，尤耸心动听。呜呼，是可不谓工哉？余家有宋人诗余六十余种，求其精绝者，要亦（案：顾本、昆本、唐本、四库原本均作"皆"）不出此编矣。顾子上海名家，家富诗书，代传礼乐。尊公东川先生博物洽闻，著称朝列。诸子清修好学，绰有门风。故伯叔并以能书（案：续四库原本作"诗"）供奉清朝，仲季将渐以贤科起矣。是编乃其家藏宋刻本，比世所行本多七十余调，是不可以不传，今圣天子建中兴之治，文章之盛几与两汉同风，独声律之学，识者不无歉焉。然是编于声律家其可少哉？他日天翊昌运，笃生异人，为圣天子制功成之乐，上探元声，下采众说，是编或大有神焉。观者勿谓其文句之工但足以备歌曲（案：续四库原本无"曲"字）之用，为宾燕之娱尔（案：顾本、昆本、续四库原本作"耳"）也。东海何良俊撰。（案：顾本、昆本换行低一格，作"嘉靖庚戌七月既望，东海何良俊撰"，唐本无作者，末行顶格"万历甲申年孟秋重刊正序毕"）

草堂诗余原序续集：

《草堂诗余》，何元朗氏序而行之矣，又有《续诗余》者，编自长湖外史氏，而张次君重校刻于茂苑，黄子曰："诗自大历以下，作者几绝。吾不知其余也；诗余自元祐以下，作者又几绝，吾不知其续也。"虽然，情蕲于苟会，吴歈高于郢曲；思蕲于苟触，商颂亚于秦声。词固乐府《铙歌》之滥觞，李供奉、王右丞开其美，而南唐李氏父子实弘其业，晏、秦、欧、柳、周、苏之徒嗣其响，世有汇辑《唐宋名贤词》者，凡四十册（案：眉批"惜四十册不尽传"），人凡若干卷，凡若干首，余尝卒业之，泱泱大观哉。又《花间集》者，片片皆小玑，可弦而歌也，第《唐宋名贤词》卷袠重大，剞劂未施，缀词之士，罕窥其全，《花间集》止及唐，而不及宋，犹诗之汉魏乘矣。是为诗余者，续《花间集》者与？续诗余者，又其续与？嗟乎，诗工于唐，词盛于宋，至我明诗道振而词道阙，盖唐宋以诗词为讴歌（案：眉批"不歌诗不歌词而歌曲，是以轩冕者多不屑倚歌"），往往牧夫山伎，借才人之吟咏以成宫商。今纵秦青复出，所歌者卑卑南北词，不直周郎一顾矣。诗则骚人迁客之所抒情倡酬，兰台石室之彦，所藉以献至尊者，以故得不与词而俱废。夫词体纤弱，壮夫不为，独惜篇什寂寥，彼歌《金缕》唱《柳枝》者，其声婉转易穷耳。（案：眉批"何不誉之甚也，即'多情人魂消'一句，终是贬语，杨升庵云：'诗词同工而异曲，共原而分脉。'足以服作诗余者之心矣"）所刻续集中，如李后主之"秋闺"，李易安之"闺思"，晏叔原之"春景"，萧竹屋之"纪梦"、"怀旧"，周美成之"春情"，无名氏之"有感"，张子野之"杨华"，欧阳永叔之"闺情"、"采莲"，苏子瞻之"佳人"，杨孟载之"莫春"，朱淑真之"闺情"，程正伯之"秋夜"，以此数阙授一小青娥，拨银筝，倚绿窗，作曼声，则绕梁遏云，亦足令多情人魂消也，岂必皆古渌水之节哉？然词实不尽于是，则闻张次君而起者，即杀青《唐宋名贤词》可也。

豫章黄河清撰。

草堂诗余别集小序：

夫人入五都之市，见藏山隐海，沉沙栖陆，灵物纬宝，目骇耳回，而转而之山颠河湄，渗漓弗郁，交错如绣，徘徊流连不能已。何也？日对要官华使，揽辔登车，所志澄清。而一与羽流释子，讽呗斋薰，服食咽气，究无生之学，为三十六帝之外臣，则百虑冰息，何也？挝鼓伐钟，笙镛柷敔，朋鸣辈响，烦乎淫声，可以遗忧忘老，而倏焉徹悬。有状若飞仙者，曼声呜呜。绕梁遏云，则昏情爽曙，日过愿之。始服锦绣绮纨，蜚襳垂髾，翩翩五陵年少,而使之着故脱新,布袍草蹻,泊如也。有脱落风尘者矣。奉觞羞异,丹穴之雏,玄豹之胎。如渑如陵,只觉情盘景邃。一朝饮以清茗,享以藜菽,除烦涤腥,其视沈顿厌饫,不大有径庭耶,何也?不贵同而贵别也(案:眉批"即此便是作文妙旨")。诗余之有别集,有味乎言"别"也。沧浪氏云:"诗有别才,有别趣",余何独不然,夫雕章缛采,味腴挐芳,词家本色,则掀雷扶电,嗔目张胆者,大雅罪人矣。而不观颢穹之轩如轰如,闭阴纵阳者乎(案:眉批"晓此数段才足近词之情穷词之变")。吾且于致取别,国有嫡统、有庶统,故曰紫色蝇声,余分闰位,而辍学之士,或绍雕龙之庆,或汗穷愁之简。何国篾有?吾且于时取别。词体一,而作者涧思乾虑,为骚而昆弟屈、宋,为赋而衔官鲍、谢,为论而舆隶陆、贾,意制相诡,言语妙天下。吾且于体取别,东至泰远,西至邻国,南至濮铅,北至祝栗,风声可暨,文教施焉。彼神经怪牒,每出自遐陬,而侧辞艳曲,必裁自神州赤县之家也乎?吾且于风取别。其通人时喆,扬芳飞采,翘然为后进望,宜传而著之。而间有身沉名晦,亦一语魂绝,一字色飞。岂曰朽简腴哉?又况禅仙搦管,惠我三昧,美艳自陈,传神阿睹,乃土苴弃之也。吾且于材取别。别于"正",别于"续"之谓"别"也,而有不可别者焉。块然中处,喜则心气乘之,怒则肝气乘之,思则脾气乘之,恐则肾气乘之,悲忧则肺气乘之。惊则五藏之气乘之。人流转于七情,而《别集》中,忤合万状。触目生芽。怒然而思、愫然而惊、哑然而笑、澜然而泣、嗷然而哭,搥击肺肠,镂刻心肾。年千世百,无智愚皆知。有别欤?无别欤?夫然而"正"犹之"续","续"犹之"别",咸诗之余,非别有所谓余也(案:眉批"汇千古于齐观等百家于一视")。标新领异,庶几联珠唱玉云尔。古香岑居士沈际飞漫书。

国朝诗余原序:

　　词者,诗之余也。曲又词之余也,李太白有《草堂集》,载《忆秦娥》、《菩萨蛮》二调,为千古词家鼻祖,故宋人有《草堂诗余》云。若其分类笺释,则起于胜国人所为,大都如六家文选,必引某句出于某人。未免牵合傅会,殊为东坡所厌(案:眉批"持衡于古存者晨星而且日久论定,持衡于今作者毛蝟而日见疏闻,居其难易相去万万也")。今兹集一遵旧本,旁求博采,汇萃本朝名人所制,续于二集之后,凡若干卷,然什百之一尚多遗亡也,与陈明卿孝廉稍为注释,略加标记,然亦什百之一尚多挂漏也。(案:眉批"非独诗余,选诗选集选文皆然,遗亡挂漏是集不免,余特加增补为钱氏束皙云")窃意汉人之文、晋人之字、唐人之诗、宋人之词、金元人之曲,各擅所能,各造其极,不相为用。纵学窥二酉,才擅三长,不能兼盛。词至于宋,无论欧、晁、苏、黄,即方外、闺阁,罔不销魂惊魄。流丽动人如唐人一代之诗,七岁女子亦复成篇,何哉?时有所限,势有所至,天地元声,不发于此,即发于彼,政使曹刘降格,必不能为。时乎,势乎? 不可勉强者也。我朝悉屏诗赋,以经术程士,士不囿于俗,间多染指,非不斐然,求其专工称丽,千万之一耳。国初诸老,犁眉龙门,尚沿宋季风流。体制不缪,迨乎成、弘以来,李、何辈出,又耻不屑为,其后骚坛之士,试为拈弄,才为句掩,趣因理湮。体段虽存,鲜称当行。正、嘉而后,稍稍复旧,而弇山人挺秀振响,所作最多,杂之欧、晁、苏、黄,几不能辨,又何耶? 天运流转,天才骏发,天地奇才不终绌于腐烂之程式,必透露于藻绩之雕章。时乎,势乎? 不可勉强者也。然词者,诗之余也。词兴而诗亡,诗非亡也,事理填塞、情景两伤者也(案:眉批"确论")。曲者,词之余也,曲盛而词泯。词非泯也,雕琢太过,旨趣反蚀者也。诗降而词,筋骨尽露,去汉魏乐府千里矣。词降而曲,略无蕴藉,即欧、苏所不屑为,而情至之语,令人一唱三叹。此无他,世变江河,不可复挽者也。嗟乎,有一代之兴,必有一代之制。而我朝监于二代郁郁之文,炳焕宇内,即填词小技,遂出宋元而上。几欲篡其位。兹非国家文运之隆,人才之盛,何以致是哉(案:眉批"宋词元曲有名同而调实不同者,如杨用修一枝花折桂令诸作乃曲也,混入集中何耶")。兹因太末翁元泰强为汇萃,而见闻不广,收录艰难,且时日局迫,引用乖方,未免顾此失彼,遗漏挂误,讵能媲美《草堂》、《花间》、《词选》诸集? 又愧嘲风咏月,无补世教。然因词以审音,因音以知律,因律以识乐,引商刻羽,铿锵鼓舞,推之郊庙朝廷之上,未必无助云尔。知音君子尚赖是就是正可也。

吴郡钱允治撰(案:续四库原本作"万历甲寅季秋既望吴郡钱允治撰")。

(清)耿文光《万卷精华楼藏书记》卷一四三,《清人书目题跋丛刊》本:

草堂诗余正集六卷新集五卷别集四卷续集二卷
　　明沈际飞撰。
　　明本,前有陈仁锡、秦士奇序、自序、凡例。正集本顾从义(案:当为从敬之误)所选,大(案:"天"之误,下同)羽重加订正。非凤林本也。
　　秦氏序曰:沈大羽氏以《正》、《续》两集并我明《新集》为之正次订舛,《别集》则历朝近代中所逸。例曰:"《正集》裁自顾汝所手,《续集》题长湖外史,视顾选尤精约,悉仍其旧。《别集》则余所为,《新集》钱功父始为之。搜求未广,玉石杂陈。删其十之五,补其十之七。考订正文,附注讹字,此其先后,芟其混入。"

王重民《中国善本书提要·集部》词类:

《草堂诗余正集六卷续集二卷别集四卷新集五卷》,四册(国会)。

明末刻本[,九行十九字]。

正集题"云间顾从敬类选,吴郡沈际飞评正",续集题"毗陵长湖外史类辑,姑苏天羽居士评笺",别集题"娄城沈际飞选评,东鲁秦士奇订定",新集题"吴郡沈际飞选评,钱允治原编"。际飞撰《发凡》云:"正集裁自顾汝所手。此道当家,不容轻为去取。其附见诸词,并鳞次其中。续集视顾选尤精约,悉仍其旧。别集则余潜为排缵,自宋沂之而五代,而唐,而隋;自宋沿之而辽,而金,而元,博综《花间》、《樽前》、《花庵》选宋元名家词,以及稗官逸史,卷凡四,词凡若干首。新集钱功父始为之。恨功父搜求未广,到手即收,故玉石难(疑'杂'误)陈,芊瑟互进,兹删其四之五,补其四之七,甘于操戈功父,不至续尾顾公。"卷内有"吴子勤藏阅书"、"鹅湖渔逸"等印记。

秦士奇序。
陈仁锡序。
沈际飞序。

沈津《美国哈佛大学哈佛燕京图书馆中文善本书志》,上海辞书出版社 1999 年,第 775 页:

明末吴门童涌泉刻本古香岑草堂诗余

《古香岑草堂诗余》四集十七卷。明末吴门童涌泉刻本。十六册。半叶九行十九字,四周单边,白口,单鱼尾,书眉上刻

评。框高 23.1 厘米,宽 12.9 厘米。前有秦士奇序、陈仁锡
序、沈际飞序。发凡(诠异……)为沈际飞撰。

　　……此本有扉页,刊"镌古香岑批点草堂诗余四集。一重
订正集。一搜采新集。一校讹别集。一精选续集。吴门童涌
泉梓"。按,据发凡,此本为翁少麓所刻,翁为明末书林中人
(所刻最著者为《汉魏六朝二十二名家集》一百二十九卷)。南
京图书馆、浙江图书馆等九馆有是书,作明末翁少麓印本。疑
此哈佛本乃为吴门童涌泉得翁少麓版重印本。由上海图书
馆、山东省图书馆等二十一馆有是书之明末刻本,行款等皆同
此本,余疑明末刻本、翁少麓本、童涌泉本乃为一版,俟之他
日,或有同道者有缘作一比对。

5. 精选名贤词话草堂诗余,陈钟秀校本

(清)王鹏运《四印斋所刻词·精选明贤词话草堂诗余》,二卷,
上海古籍出版社 1989 年,第 555 页:

草堂诗余序:

　　《草堂诗余》,诗之余也。说者疵其慢娿俚俗,留(案:国图
本作"流")连光景故其弊也,致使语言颠覆,首尾混淆。西渠
子曰:"诗迄三百,是后流为二十有四,赋、颂、铭、赞、文、诔、
箴、诗、行、咏、吟、题、怨、叹、章、篇、操、引、谣、讴、歌、曲、词、
调,皆其六艺(案:国图本作'义')之余,而古人作之,岂赘也
耶?《南陔》、《白华》、《华黍》,有声无词,音之至也。周汉而
下,古乐府补乐歌,节以调应,词以乐定,题号虽不同,所以宣
畅其一唱而三叹,诗余、乐府,盖相为表里者也。"卜子夏云:
"虽小道必有可观。"其在兹乎?吕峰子偕其外君子仙洲,方将
极意于诗者也,因予言,遂录以序之,梓而达诸天下也。时嘉
靖十有七,岁次戊戌仲冬之月(案:国图本作"嘉靖十七年戊

戌仲冬月"),哉生明,南京国子监监丞陈宗谟书。

跋：

　　右《草堂诗余》二卷,明嘉靖戊戌刻本。按近人论词,以字数多寡分长中短调,谓始于《草堂》,颇为识者所訾。此本钞自四明天一阁,分类编列,与毛、闵诸刻体例迥殊,始知以字数为次者,乃明人羼乱之本,非本然也。末附词话,虽征引未能博洽,亦颇足资发明。唯题号凌杂,注解芜陋是其一病,以足征《草堂》真本,且世少流传,遂附入所刻词中。原钞讹夺,几不可读,与李髯校之再四,方付手民。刻成后,王邃父监仓又为审定姓名之阙误者,差为完善矣。其《秋霁》一阕,题为陈后主作,万红友《词律》云："陈后主于数百年前先为此调,而句调多学浩然,岂非奇事。"因削之云。光绪丙申冬日,修板事竣,识其大略如此。临桂王鹏运记。

王重民《中国善本书提要·集部》词类：

　　《精选名贤词话草堂诗余二卷》,四册(北图)。
　　明嘉靖间刻本[,十行二十二字]。
　　卷内题："闽沙太学生陈钟秀校刊。"按此本编次与何士信本不同,笺注亦较何本简略;然两相比较,知必删节何本注语而成者。
　　陈宗谟序[,嘉靖十七年(一五三八)]。

6. 类编草堂诗余,顾从敬刊本
(清)缪荃孙《艺风藏书记》卷七：

类编草堂诗余四卷

　　武陵逸史编次,开云山农校正。书名见于《野客丛书》,则编在庆元以前,词分小令、中调、长调实始此集。明嘉靖庚戌何良俊序云:"顾子汝家藏宋刻本,比世所行本多七十余调,不可以不传。"是此本原出宋刻也。

(清)李盛铎《木犀轩藏书题记及书录》卷四:

《类编草堂诗余》四卷,明刊本[,明嘉靖刻本(序文有抄配)]。
　　题"武陵逸史编次,开云山农校正"。半叶十一行,行十九字。嘉靖庚戌(二十九年)七月何良俊序,有"濠上公"阳文、"何氏元朗"阴文二墨印。此本为顾子汝所刊。何序谓顾子上海名家,家富诗书,是编乃其家藏宋刻本,比世行本多七十余调云。

(清)李盛铎《平津馆鉴藏书籍记》卷二,《木犀轩丛书》本:

类编草堂诗余四卷,题武陵逸史编次,开云山农校正
　　有嘉靖庚戌何良俊序,称顾子汝所刻是编乃其家藏宋刻本,比世行本多七十余调。附以词话,为汲古阁本所无,每页廿二行,行十九字。

周越然《心耿耿泪双双》,《言言斋古籍丛谈》,辽宁教育出版社2001年,第71页:

　　(二)嘉靖本《草堂诗余》四卷,明武陵逸史编次,开云山农校正。半叶十一行,行十九字,小字双行,字数同。前有嘉靖庚戌何良俊序。收藏有"东溪"、"瑶圃"等印记。此书刊刻

极精,世上不易遇见。

赵万里《校辑宋金元人词》引用书目:

类编草堂诗余明　嘉靖本四卷　明嘉靖间刻本

　　题武陵逸史编次,开云山农校正。首有嘉靖庚戌何良俊序,略云:"顾子汝上海名家,家富诗书,是编乃其家藏宋刻本,比世所行本多七十余调。"是此本亦自旧本出。顾以小令、中调、长调编次,与分类本绝殊,然必先有分类本而后有分调本,其证凡三:此本每词必有一题,校以本集往往不合,细考之则此本之题,如春景、夏景、秋景、冬景、春恨、春闺、立春、元宵之属,皆分类本六大目之子目,是分调时必据分类本,故以其子目冠于词上,其证一此本观堂先生庚辛之间读书记。古乐府及元明剧曲之佳者,其撰人姓名多不能确知,宋词亦然。故分类本于词之撰人不能详者,辄空缺不注,黄大舆《梅苑》、曾慥《乐府雅词拾遗》,亦如之。而分调时不明斯例,悉以前一阕所记撰人当之,于是宋世名家词,凭空又添出赝作若干首,而明以后人无摘其谬者,以讹传讹,实此书作之始。如分类本前集上《浣溪沙》"水涨鱼天拍柳桥"一阕,与周邦彦《渡江云》衔接,分调时以为周作,毛子晋补辑《片玉词》据以录入,即其例矣。然有时亦应分别观之,如《满庭芳》"晚兔云开"一阕,确系秦少游词,分类本脱注前人二字,此本以为秦作,固无可疑也,其证二。分类本以时令、天文、地理、人物等类标目,与周邦彦《片玉词》、赵长卿《惜香乐府》略同,盖所以取便歌者,至此本以小令、中调、长调为次,于他书无征,自应后于分类本,此证三。自分调本行而分类本渐微,嘉靖后所刻《草堂诗余》,如李廷机本、闵暎璧本、《词苑英华》本,皆直接间接自此本出。即钱允治、卓人月、潘游龙、蒋景祁辈所著书,亦无不标小令、中调、长调之目,故欲考词集之分调本,不得不溯此本为第一矣。

王重民《中国善本书提要·集部》词类:

《类编草堂诗余四卷》,四册(《四库总目》卷一百九十九,北
图)。

明嘉靖间刻本[,十一行十九字]。

明何士信辑。卷内题:"武陵逸史编次,开云山农校正。"
按此本为是书一新本,汲古阁本从此本出,《四库全书》亦据此
本著录。何良俊序是书,称为"顾子汝所刻",《提要》则谓为
"杭州顾从敬所刊"。但何序明云"顾子上海名家",则顾子非
杭人也。观其自署曰"武陵逸史",武陵即上海矣。[清金山顾
观号武陵山人,疑用同一故事。]何序又称顾子为东川先生之
子,按东川即顾定芳,其三子最知名:从礼字汝由,从德字汝
修,从义字汝和,逸史必与排名,而何序"顾子汝"下必脱一字
也。考沈际飞评正《草堂诗余》,题"云间顾从敬类选",当为
《提要》所本。沈氏《发凡》又称"正集裁自顾汝所手",则从敬
字汝所,何序脱一"所"字。(案:"顾子汝所"已点明从敬字汝
所,疑王氏断句有误)《县志》及群书不载其名,赖此得知定芳
尚有子名从敬,亦能文学。又卷内所附诸家词话,叶德辉以为
顾氏所增注(《郎园读书志》卷十六,页三十一)。《提要》以为
宋末人所附入。今按何士信本已有之,知为节自何本,或为顾
氏所节,非所增也。又何序谓"较世所行本多七十余调"者,亦
当指何士信本"新添"之七十六调。然则顾氏所据,殆非宋刻,
不过依何本重编之耳。《提要》又谓:"词家小令、中调、长调之
分,自此书始。"此书自顾氏始类编之,然则其分调非自此书
始,乃自顾氏此刻始也。卷内有"徐坊之印"、"国子先生"、"方
功惠藏书印"等印记。

何良俊序[，嘉靖二十九年(一五五〇)]。

7.类编草堂诗余，胡桂芳辑本
类编草堂诗余序：

　　曩余为司马郎，多暇日，尝取《草堂诗余》分类校之，令善书者录成一秩，自是每行役必置油壁中，有会心处，即凭轼观焉。绎妙词于目接，咏好景于坐驰，飘飘然若出风尘之表矣。携持既久，渐以脱落谋锓诸梓，黄生作霖、崔生畴来、朱生完，岭南所称博雅士也。畀之重校，订讹补逸，刊为三卷。既竣，请于余曰："《诗》之为义，大矣。缘情体物，必本王泽、系民风。非是者，君子无取焉。诗余，词多轻艳，何所爱而传之也?"余曰："非然。夫自大雅既湮，众制蔚起。如骚、如赋、如诗、如乐府，纷纶瑰玮，何可殚述。虽去古未远，而含思蓄韵，或至忘筌，贵纸传都，亦以充栋。在学者闭户自精而已，岂游情之致乎? 若顾子所辑诗余约二百调，大率指咏时物，发抒性怀，平居讽诵，可以自乐，而尤宜于行迈，故足取也。抑余闻之，凡诗之作，由心而发，夫人之心岂不贵于适乎? 天之适人以时，地之适人以境，人之自适以情，情适，而时与境皆适已。诗余诸调或雅或俗，虽非一体，要皆随时与境，逞其才情，发为歌咏。丽词方吐，逸韵旋生，有得于悬解而合乎天倪者尔。乃状景物之清佳，纪山川之名胜，叙时事之变迁，揣人情之欣戚，或寓箴规于赞颂，或志景物于登临，自足启灵扃而祛俗障。即古陈诗观风者，或所必采。间有音类巴、歈，词涉《郑》、《卫》，质之风雅，盖亦'思无邪'之旨也已。夫安得而訾之? 且余驱驰原隰、俯仰乾坤，遇天气嘉、地形胜、众庶说、草木茂、禽鸟翔，未尝不跃然有怀，徐探是编，览之则见其摹写之工、音律之巧，若先得我心之同者。是以终日把玩而不能释手也。然此一诗余也，高言之,则谓其天机独得,依永和声,可以被管弦而谐丝竹,卑言之,则谓其绮靡渐滋、浇淳散朴,只以悦流俗而导谣哇,皆非余所敢知者。惟在行役之时,登车而后,无所事事,对景牵思,摘辞配境,则是编为有助焉尔。若其始而校之也,惟以便审阅。今而属子之重校也,将以备遗忘,岂谓是可抉六义之要,而追三代之风乎?"于是三生唯唯曰:"闻命矣。"乃以授梓,而诠次余言于简端。

万历丁未季春谷旦,广东布政使司管右布政事左布政使金溪胡桂芳书于爱树堂。

类编草堂诗余后跋:

金溪胡公捴辖逾年,山海告宁,百废具举。铃阁之暇,辄进诸生商榷文艺,间出所编《诗余》,令相厘正之。受而卒业,则景物缕分,短长鳞次,因门附类,端绪不淆。视昔诸刻体裁独当,而一宗顾汝和所选,金、元靡习悉摈而不收。此编一出,长安之纸价复高矣。因请付之剞劂,公许而序之,且属霖跋其左方。霖不文,乌能供笔札之役,附青云于不朽哉!窃观诗余之制,始于李供奉两词,学士大夫争相摹效,遂为词林嚆矢。其世既远,其调益繁,而《花间》、《金荃》诸集以次代兴,氄毛不翅矣。捴之挦露裁云,扬葩舒藻,传意纨素之间,振响官商之内,令读者飘然有凌云之想,可不谓工乎?或者犹谓柔情曼态,壮夫不为,第不考音比律,即乐府无当于世,又何宣金石、被管弦之冀也?勾吴王大司寇尝于《卮言》论之,故知公所以表彰斯词,将与乐府并存四海之内,宁无同好者溯其元声,发其天籁,大雅不难复焉。兹固公意,亦王司寇所论次意也。

万历丁未莫春,番禺门人黄作霖谨跋。

8. 类编草堂诗余,昆石山人本
叶景葵《卷庵书跋》本:

类编草堂诗余

嘉靖庚戌上海顾从敬刻《类编草堂诗余》四卷,题武陵山人编次,开云逸史校正。此为万历间上元昆石山人本,即用顾刻,增注故实,见双照楼景印洪武本后跋。甲子春日得于北京。景葵记。

9. 类选笺释草堂诗余、类选笺释续选草堂诗余,续四库原本
续诗余序:

续经者僭经,续诗者僭诗,续诗余者法曰无僭,诗不可续,余可续也。吾读书尧峰,始见松陵之城郭,若庞山同里诸浸焉,澹台宝带碛砂陈湖之滨焉。松之泖昆之玉峰焉。横山若盘、穹隆若宾、阳山若拱、虞山若垣、锡山若龙、上方若腕、石湖若杯焉。乃陟青莎坞、万玉隈,登妙高峰,浸豆腹者,三万六千顷之半焉。若鼇縹缈之外,泛弱水之凫,凡三十有余峰焉。荆溪之铜官、雪川之碧岩,如鹏决起,张左右翼焉。天如荠焉,舟如月焉,日月并出焉。落日之帆如雪焉。又或雾霁,见一顷焉。电起,闪一峰焉。月上,泛一波焉。吾见夫人蟻蟓焉,飞尘焉,而以拜石,则神人焉,袍笏焉,丈人焉。一草一木,皆顶礼焉,新钟鼓之声、壮云山之色焉。凡此者,皆天地之余,所谓旁望万里之黄山而皆青翠,俯瞰千仞之深谷而皆黔黑,吾乃与千古文章之士,游戏于葱岭云涛之间。当其忽然而捉笔,亦如天之一北一南,地之影长影短,箕为傲客,房为驷马而已矣。讵不可续乎哉? 甲寅秋日陈仁锡书于天涌峰。

合刻类编笺释草堂诗余序:

　　先刻《草堂诗余》,无如云间顾汝所家藏宋本为佳,继坊间有分类注释本,又有毗陵长湖外史《续集》本,咸鬻于书肆,而于国朝未遑也。惟注释本脱落谬误,至不可句。太末翁元泰见而病之,博求诸刻,愈多愈缪,乃倩余任校雠之役,又命余搜葺国朝名人之作,并毗陵《续集》尽加注释,凡三编焉。刻既成,复请序其事,余于末编稍吐绪余,僭书其上矣,兹又何言哉? 惟是见闻不广,遗漏尚多,愿吾海内君子悯其阔落,出所珍藏,俾付翁氏以类添入,或更为一卷,庶几雕绘满眼,云锦烂然,诧为大全,不亦美乎? 若夫诗之名"余"、堂之名"草",已具前言,兹不再续。

　　万历甲寅长至日老生钱允治撰。

　　长洲陈元素书。

王重民《中国善本书提要・集部》词类:

《类选笺释草堂诗余六卷续选二卷国朝诗余五卷》,十二册(北大)

　　明万历间刻本[,九行二十字]。

　　原题:"上海顾从敬类选,云间陈继儒重校,吴郡陈仁锡参订。"《续选》题:"长洲钱允治笺释,同邑陈仁锡明卿释。"《国朝诗余》题:"长洲钱允治功甫编,同邑陈仁锡明卿释。"钱允治序云:"先刻《草堂诗余》,无如云间顾汝所家藏宋本为佳。继坊间有分类注释本,又有毗陵长湖外史续集本,咸鬻于书肆,而于国朝未遑也。惟注释本脱落谬误,至不可句。太末翁元泰见而病之,乃倩余任校雠之役。又命余搜葺国朝名人之作,并毗陵续集尽加注释,凡三编焉。"余前见沈际飞本,今又见此本,始知此本为沈本所从出。沈本于续集题"毗陵长湖外史类辑",盖依旧本所改也。卷内有"无竟先生独志堂物"印记。

陈仁锡序[,万历四十二年(一六一四)]。

钱允治序[,万历四十二年(一六一四)]。

何良俊序[,嘉靖二十九年(一五五〇)](以上正集)。

陈仁锡序[,万历四十二年(一六一四)](续集)。

钱允治序[,万历四十二年(一六一四)](《国朝诗余》)。

10. 评点草堂诗余,杨慎评点、闵暎璧刻本

杨慎序:

诗词同工而异曲,共源而分派。在六朝若陶宏(案:忏花庵本此字四周方框,盖剜改避讳)景之《寒夜怨》、梁武帝之《江南弄》、陆琼之《饮酒乐》、隋炀帝之《望江南》,填辞之体已具矣。若唐人之七言律,即填词之《瑞鹧鸪》也;七言之以韵,即填词之《玉楼春》也。若韦应物之《三台曲》、《调笑令》,刘禹锡之《竹枝词》、《浪淘沙》,新声迭出;孟蜀之《花间》、南唐之《兰畹》,则其体大备矣。岂非共源同工乎?然诗圣如杜子美,而填辞若不闻之,《忆秦娥》、《菩萨蛮》者,集中绝无。宋人如秦少游、辛稼轩,辞极工矣,而诗殊不强人意,疑若独艺然者(案:忏本无此字),岂非异曲分派之说乎?宋人选填辞曰《草堂诗余》,其曰"草堂"者,太白诗名《草堂集》,见郑樵《书目》。太白本蜀人,而草堂在蜀,怀故国之意也,曰"诗余"者,《忆秦娥》、《菩萨蛮》二首为诗之余,而百代辞曲之祖也,今士林多传其书而昧其名,余故为之批骘而首著之云。洞天真逸升庵杨慎撰。

宋泽元序,《忏花庵丛书》本:

余年十五,肄业刘镜河太守郡斋,得见吴门沈天羽评释《草堂诗余》一帙,分正、续、别、新四集。维时童子无知,尚不谙读书之法,惟颇爱其评骘精当,注释审密,曾手录正集小令一卷,视为枕中秘久矣。三十年来,觅购此书,杳不可得,乃深悔曩时之未能悉付钞胥也。考之《四库提要》云:《草堂诗余》四卷,旧传南宋人所编,前明顾从敬刊行,多附以当时词话。盖沈氏即就顾本加以评释耳。此外又有陈眉公评本者,亦名《草堂诗余》,取唐、五代、宋、金、元、明人之作,拉杂收之,与顾本不啻判若淄渑,名同而实则异。客岁仲秋,于坊间得杨升庵先生朱批本,为吴兴闵暎璧所刻,大为愉快。惟析为五卷,而词话注释,一概芟去,与提要所载顾本迥异,然犹是宋人编选原书也。因念此书散佚殆尽,非及时阐布,恐从此遂成广陵散矣。于是斠定数过,亟付手民。其词句与他本互异,及于本词事有关涉者,随笔记识,得百余条,弃之可惜,因附泐于各词之后。挂一漏万之讥,知所不免。他日续有所闻,当增列于卷末,第未知于顾本所载词话有当于什一否耳。博学君子,幸有以教我。光绪丁亥人日,山阴宋泽元叙于忏花庵。

王重民《中国善本书提要·补遗》词曲类:

《草堂诗余五卷》,五册(国会。)

　　明朱墨印本[,八行十八字]。

　　原题:"西蜀升庵杨慎批点,吴兴文仲闵暎璧校订。"按编次实与顾从敬本相同,盖刻升庵批点于顾本上也。

　　杨慎序。

11. 新锓订正评注便读草堂诗余,乔山书社刊本

草堂诗余引:

　　尝谓天运有四时,曰春、曰夏、曰秋、曰冬,而古之文人墨士莫不感时起兴,睹物兴思,对景赋诗焉。若春有芳草之游,夏有绿荫之赏,秋有黄花之饮,冬有白雪之咏,皆其事也,少游秦公、耆卿柳公辈非一人,其长短之调、四时之辞,本各随时而赋焉,但后世剞劂者多失其类,散乱混淆,遂使作者之意不明矣,良可惜哉。吾年友李君于举业暇时分门取类,仍加评释,付诸梓而行之天下,予展读之,其分类也明,其评论也当,后之有志于学词者,先之图谱以审其韵,后之评释以释其义,则不患学词之无其助云。时万历壬寅岁孟冬月吉旦,乔山书社梓。

12. 新刊古今名贤草堂诗余,李谨纂辑本
王国维《庚辛之间读书记》:

草堂诗余

　　《新刊古今名贤草堂诗余》此疑宋人旧题四卷,前有嘉靖己酉李谨序。序后有总目。卷一标题下有"皇明进士知歙县事四会南津李谨纂辑,歙县教谕秀州曾丙校次,歙丞饶余刘时济梓行"三行。卷四末有刘时济跋。李序及总目标题下均有"三衢童子山刊行"一行。宣统己酉得于京师。按《草堂诗余》行世者以毛氏《词苑英华》本为广,次则沈际飞本,次则乌程闵氏朱墨本。近四印斋刻天一阁旧钞明嘉靖间闽沙太学生陈钟秀校刊本,世已惊为秘笈。余所见此书别本独多。一嘉靖庚戌顾从敬刊本;一嘉靖末安肃荆聚刊本;一万历李廷机刊本;一嘉靖己酉李谨刊本,即此本也。荆聚本在唐风楼罗氏,余三本均在鄙箧。综而观之,可分为二类:一,分调编次者,以顾从敬本为首,李廷机,闵□□,沈际飞,毛晋诸本祖之。一,分类编次者,此本与陈钟秀本、荆聚本皆是。然此三本又自不同。

陈钟秀本二卷，而此本与荆聚本则俱四卷。陈本分时令、节序、怀古、人物、人事、杂咏六类，而此本则首天时，次地理，次人物，次人事，次器用，次花鸟，亦为六类。次第亦复不同。陈本固有注，王氏重刊时已删去大半。荆聚本亦有注，讹脱殊甚。唯此本正文注文首尾完具。故分调编次之本，以顾本为最善；分类编次之本，当以此本为最善矣。至分调与分类二种孰先孰后，尚一疑问。顾本与此本同为四卷，均与《书录解题》卷数不合。顾本据何允朗序谓出顾氏家藏宋本，比世所行多三十余调。近临桂王鹏运始疑为明人羼乱之本。书中题武陵顾从敬编次，似其确证。然明人所题编次纂辑等语，全不足据。已于跋《尊前集》时言之。今案王楙《野客丛书》二十四云："《草堂诗余》载张仲宗《满江红》词'蝶粉蜂黄都退却'，注：蝶粉蜂黄，唐人官妆。"李本无此词，顾本则题周美成，在张仲宗、晁无咎二词之后。今《清真集》、《片玉集》、《片玉词》均有此词，程大昌《演繁露》续集四亦以此为美成词。自系周作。其误以为张仲宗者，殆王楙所见已为分调编次之本，或原脱人名，或因其前后相接而误忆也。则顾本出宋本之说，自尚可信。否则张词题为"春暮"，当入时令类，周词题为"春闺"，当入人事类，二次虽同一调，无从牵合也。至此本编次，与周邦彦《清真集》、《片玉集》、赵长卿《惜香乐府》相同，自是宋人体例。注虽芜累，分明出宋人手。如卷四东坡水龙吟咏笛词"梁州初遍"，注曰："初遍，谓如今乐府诸大曲凡数十解，于擫前则有排遍，擫后则有延遍，初遍岂非排遍之首解。"云云，此数语证以史浩《鄮峰真隐漫录》卷四十五所有大曲，无一不合，非元以后人所能知，自系宋人之注。即云此注采之他书，然傅干《注坡词》与顾禧补注《东坡长短句》，元时已少见。又元延祐本《东坡乐府》亦无注解，则定为宋人所注，当无大误。要之，宋时，此书必多别本，故顾本与此本编次绝殊，不碍其为皆出宋本。

然在宋本之中，则此前彼后，自有确证。顾本每词必有一题，勘以宋人本集，往往不合。然细考之，则顾本之题，如"春景"、"夏景"、"秋景"、"冬景"、"春恨"、"春闺"、"立春"、"元宵"支书，皆此本六大目之子目，是分调之时，必据分类本，而以其子目冠于词上，踪迹甚明。此实先有分类，后有分调本之铁案也。又顾本附词话若干条，皆见此本注中，殆祖本亦有注，而顾重刊时删去欤？

13. **新刻李于麟先生批评注释草堂诗余隽，李攀龙评、师俭堂刊本**

卷首草堂诗余序：

《诗》三百篇，《风》、《雅》、《颂》觕体众。赋兴，觕调大都太音中，新声未散。凡太史之所陈风，里巷之所歌谣，缰蔽于一言者近是。缘而诗歌播，乐章依咏和声，不假绳削，而宫徵自应，虽谓太和盈宇宙可也，未闻有所云《草堂诗余》也者。诗余名以"草堂"者，顾子汝所刻，而何良俊所序者。良以姬辙转东，王迹扫地，雅诗亡而雅乐几不复作。降而嬴秦，击瓮扣缶而歌乌乌者无问矣。追卯金祚炽，秋风兴词，侈心遑沛，又苏季著言，踵《娃子班》、《朱鹭》、《芳树》、《临高台》而创，然多诗自诗，而乐自乐矣。六朝来，惟推七步成章以为鼓吹，岂陈隋之《曲江》、《玉树》垂声律而沦心志者众也。李唐肆兴，贞观、开元间而下，如王维、王昌龄、王之焕，略占小词，追步大雅，即天宝来，李青莲《忆秦娥》、《菩萨蛮》诸调，又五言、六七言之正宗，而五音、十二律之变韵。周待制编之以名目，柳屯田复增以二百余，一时彬彬，猗欤盛矣。赵宋而下，如苏东坡、欧阳修、黄山谷、秦少游所著《西江月》、《浣溪沙》、《蓦山溪》、《风流子》，拟之王介甫之《渔家傲》、宋子京之《玉楼春》等章，尤为诗余绝唱。金、元歌调,九官、三曲殊无可采,固其然也。我皇明隆兴,二祖十宗,圣天子建中和之极,都人士家弦户诵,依稀太古希音云。迩来本宁李君评释《唐诗隽》业已行世,未几复有《明诗隽》出自国朝诸名公,锦心绣口之章,雅堪李唐继响。垂之＊名,顿新宇宙之见闻矣。兹吴宁野公更踵以《草堂诗余隽》,余茫而玩味其间,见其考古校正,编以四季景趣,注释搜之诗歌典核,而字句章法评＊详悉,焕然可以赏目,怡然可以赏心,佟可谓调叶《阳春》,词工《白雪》,而遏云绕梁之歌、霓裳羽衣之制咸于是乎正。印是编出吾韵世家,耳目眼观、心神颛注,所以抽一丝之精蕴,而衍三百之绪余者。不但大有裨于古乐府,即以跨汉、唐、宋,而留商、周之盛于今日可也。宁直一歌曲之滥觞已已? 是为叙。

　　时己未仲冬,临川毛伯丘兆麟题于听月轩斋头

14. 新刻硃批注释草堂诗余评林,周文耀刊本
题硃批注释草堂诗余引:

　　尝谓天运有四时,曰春、曰夏、曰秋、曰冬,而古之文人墨士莫不感时起兴,睹物兴思,对景题咏(案:与乔山书社本“草堂诗余引”对校,以下简称乔。乔作“对景赋诗”)焉。若春有芳草之游,夏有绿荫之赏,秋有黄花之饮,冬有白雪之咏,皆其事也,少游秦公、耆卿柳公辈非一人,其长短之调、四时之辞(案:乔多“本”字)各随时而赋之(案:乔作“赋焉”),但后世剞劂者多失其时序次第(案:乔作“多失其类”),散乱混淆,遂使作者之意不明矣,良可惜哉。余年友九我李君,昔选《草堂诗余》,业已通行宇内,兹谢政里居,复取是编,详加品骘,分门拆类,注释评论,靡不精确。呜呼! 我君逝矣,手泽犹存,余因得阅是集,大娱心目,其分类也明,其注视也详,其

评论也当,有志于学词者,先之图谱以审其韵,后之评注以绎其义,则不患词之无小补云。爰付梓人,加意朱批,以公同志。时天启乙丑岁春王正月,福唐年弟台山叶向高书于退贤草堂(案:乔作"吾年友李君于举业暇时分门取类,仍加评释,付诸梓而行之天下,予展读之,其分类也明,其评论也当,后之有志于学词者先之图谱以审其韵,后之评释以释其义,则不患学词之无其助云。时万历壬寅岁孟冬月吉旦乔山书社梓")。

卷一目录后牌记:

《草堂诗余》,翰林九我李先生在灯窗下已朱批注释《评林》矣。以小令、春、夏、秋、冬为第次,列置于前,题咏列之于后。但与原本第次不同,中调亦如是,长调又如是。俱以四景为先,题咏取次列之于后。使观者展卷则知,不复数次寻绎,极便观览。本堂求而梓之,以公天下。

15. 新刻注释草堂诗余评林,宗文书堂本
扉页黄裳墨跋:

余收明刻词集甚富,《草堂诗余》异本最多,向亦有一坊刻而题名不同,此为闽中书林刻本,李九我所批评,书不少破,审记即其所评也。与卓吾李氏、荆川唐氏俱为明代编刻书籍巨子,而远在闽中传本遂稀,亦有牌记一事而古趣盎然,见于甬估书囊中,即挟之归。同收当有崇祯刻沈宠绥《弦索辨讹》一册,并记。甲午初夏四月初六日记。乙未惊蛰日重展阅记小燕。

16. 增修笺注妙选草堂诗余前集后集，双璧陈氏本

赵万里《校辑宋金元人词》引用书目：

增修笺注妙选草堂诗余前集二卷后集二卷　宋何士信辑　元
刻元印本

半叶十三行，行大二十二字，小二十九字。黑口，左右双
阑。首总目，分春景、夏景、秋景、冬景、节序、天文、地理、人
物、人事、饮馔、器用、花禽十二类，而不记调名。目后有"至正
辛卯孟夏双璧陈氏刊行"牌子。按《草堂诗余》分类编次本，旧
刻传世者颇不乏，一至正癸未庐陵泰宇书堂刊本，仅存前半，
日本狩野直喜氏藏。一洪武壬申遵正书堂刻本，吴县曹元钟
检书于内阁大库得之，以贻杭县吴昌绶，刊入双照楼影刻宋元
人词。其本行款与此本同，盖即据此本重雕者。一嘉靖戊戌
闽沙太学生陈钟秀刻本，天一阁藏书。四印斋刻本从之出，分
时令、节序、怀古、人物、人事、杂咏六类。虽经后人羼乱，未尽
失真。一嘉靖己酉李谨刻本，首天时，次地理，次人物，次人
事，次器用，次花鸟，亦非元本之旧。见观堂先生《庚辛之间读
书记》。一嘉靖间安肃荆聚刻本一即此本，卷首有"季沧苇藏
书"一印，《延令书目》载《类选群英诗余》二本，即此书也。此
本前后集前又各具细目，题"妙选笺注群英诗余"。次行低五
格有"建安古梅何士信君实编选"一行，则各本所无也。以校
洪武遵正书堂本，前集下柳耆卿《望梅》一阕，泰宇书堂本亦有
之，后集上沈会宗《天仙子》后附注"苕溪渔隐云"一节，洪武本
俱夺去，盖当时所据本尾叶有残阙，而前后集目又逸去，故此
书编选人姓名迄无由考见。今此本出，则诸本可立废矣。

王重民《中国善本书提要·集部》词类：

《增修笺注妙选群英草堂诗余前集二卷后集二卷》,四册(《四库总目》卷一百九十九)(北图)。

元至正间刻本[,十三行大二十三小三十字不等]。

原题:"建安古梅何士信君实编选。"按士信事迹无考,亦不详何时人。旧本多不著编选人姓氏,《提要》以王楙《野客丛书》已引是书,谓当辑成于庆元以前。今此本注明"新添"者六十七首,则已非原本之旧。不知士信为庆元以前原编者姓氏,抑为后来增修者姓氏?卷内笺注,亦不知为士信所加,抑出于另一人之手?然新添之词亦有注,则笺注当为后人所加矣。总目之末,有"至正辛卯孟夏双璧陈氏刊行"牌记,卷内有"沈明卿印"、"茂苑沈禹文氏"、"季振宜藏书"、"听雨楼"、"韩氏藏书"、"玉雨堂记"等印记。《标注》云"韩氏有元刊本",即指此本也。

17. 增修笺释妙选群英草堂诗余前集后集,泰宇书堂本
王重民《中国善本书提要·集部》词类:

《增修笺注妙选群英草堂诗余前集二卷》,一册(北图)

影钞元至元间刻本[,十二行大二十三小三十字不等]

前本何士信编选一行题于《目录》叶内,此本无目录,故不著何士信名。然词话笺注,均一一相同,则此本亦士信编选本矣。总目之末有"至正癸未新刊,庐陵泰宇书堂"牌记,前于前本者八年,可见此本在元代流行之广。吴昌绶《松邻遗集》卷二有《景明洪武遵正书堂草堂诗余前后集跋》,顷欲重阅,未获其书。又《四部丛刊》影印明安肃荆聚校刊本,内容并与此相同,则明代传刻犹盛。惜并不著何士信名,此双璧陈氏刊本独为可贵也。

18. 增修笺释妙选群英草堂诗余前集后集，杨金刊本

重刻草堂诗余序：

古太师陈民风考俗，而里巷之歌谣皆得以昭爽于异代。说者谓：有章曲者曰"歌"，无章曲曰"谣"，而注韩诗者亦云。以是考之，则曲调非后来之变也，《击壤》其滥觞乎。至《阳春》则其流演，君子谓《风》、《雅》同出而异用，是故《豳风》亦曰《雅》，而大小《雅》之变则曰《风》，非无《雅》也，《雅》不用而《风》抒也。《风》变而为骚赋，入汉魏则流为五言，五言其唐体之祖乎！盖再变而曲调成，犹黄钟之酉变而有子，声变半声之入调焉耳，非有出于乐之外也。诗余曲而尽，婉而成章，其亦调成而曲备者乎。好古者可以考风而知化，□唐多□宋多典，亦多词人学士之所操弄，而怀君忧困之意，又每托于妇人女子之词，则其不能自已亦情真，有足以感动人者，其志亦可采，其大约皆本《诗》之六义，岂日取其辞而已乎？间有艳辞，亦并抒之，尽其变也。变极则反，反而正，不有待于时耶？夫声诗，古乐之余耳，诗余又其支流也，若溯流穷源以求，所谓＊中宣风者，则不枉诗余之例。旧集分为上下卷，今仍之，刻于睦之郡斋。时嘉靖甲寅春日，当涂杨金识。

19. 增修笺释妙选群英草堂诗余前集后集，遵正书堂本

陶湘《叙录》，《景刊宋金元明本词》本：

景明洪武遵正书堂本草堂诗余前集二卷后集二卷

草堂诗余双照楼题跋。

世传《草堂诗余》，异本最多。《四库提要》云："旧传南宋人所编。王楙《野客丛书》作于庆元间，已引《草堂诗余》张仲宗《满江红》词，证'蝶粉蜂黄'之语。则此书在庆元以前。"

按《直斋书录解题》：“草堂诗余二卷，书坊编集者。”此见于著录之始。惟出其坊肆人手，故命名不伦。所采亦多芜杂。取便时俗，流传浸广。宋刻今不可见。缪艺风先生与昌绶先后收得明洪武壬申遵正书堂刊本，题“增修笺注妙选群英草堂诗余”。前后集各分上下卷。半叶十三行。行大字二十三，小字二十九、三十不等。前有“类选群英诗余总目”，前集春景、夏景、秋景、冬景四类，后集节序、天文、地理、人物、人事、饮馔器用、花禽七类。子曰六十有六。句下注故实，后附词话。各类中多有“新增”或“新添”字。标题亦曰“增修”。盖非宋时二卷之旧，在今日已为古本。日本狩野博士有元至正癸未庐陵泰宇书堂刊本，后集与洪武本同，惟前集每半叶十二行，注语行款小异。版已刓毕，中多缺叶。癸未至壬申仅五十年，泰宇、遵正，同是江西坊肆。盖先有十二行本，岁久版损，遂以十三行本之后集合印，转不如洪武本为完善也。昌绶又有嘉靖间安肃荆聚春山所刻大字本。半叶九行，行大小均十八字，亦从此出。天一阁旧藏嘉靖戊戌闽沙太学生陈钟秀校刊二卷本，南京国子监丞陈宗模（案：疑“谟”误）序，题“精选明贤词话草堂诗余”，分时令、节序、怀古、人物、人事、杂录六类。次序不同，注亦有异。其目录题“重刊草堂诗余”。虽经屡乱，尚未尽失其真。至嘉靖庚戌，上海顾从敬刻《类编草堂诗余》四卷，题“武陵山人编次，开云逸史校正”。以小令、中调、长调分编，间采词话，是为别本之始。何良俊序称从敬家藏宋刻，较世所行本多七十余调，明系依托。自此本行而旧本遂微。如万历间上元昆石山人本四卷，则用顾刻增注故实；金溪胡桂芳本三卷，则用顾刻，改分时令、名胜、花卉、禽鸟、宫闱、人事、杂咏七类。吴郡沈际飞本六卷则用顾刻，加以评注，又附别集、续集、新集。汲古阁《词苑英华》本则用顾刻删去词话。此类尚多，要皆自顾本出也。光绪间，王给谏鹏运始刻陈钟秀本，于顾刻分调之谬，辨之甚晰。特尤未睹元明旧帙四百年来相沿之陋。今乃为之别白。因略疏源流如左。他日当汇集诸本，别撰一目备著异同，以捻来学。

沈际飞、秦士奇序曰："词流于唐而盛于宋，乃选填词曰《草堂诗余》，而杨用修以青莲诗名《草堂集》，'诗余'者青莲《忆秦娥》、《菩萨蛮》二首为开山词祖。"按前人释草堂名义仅见升庵此说，元凤林书院选词复袭其名，尤可异矣。

江藩《半毡斋题跋》："是本不分小令、中调、长调，乃《草堂诗余》之原本也，世传《类编草堂诗余》不知何人所分，古人书籍往往为庸夫俗子所乱，殊为可恨。"按江氏此说最确，所见当是明初旧本。

(清)缪荃孙《艺风藏书续记》卷七：

增修笺注妙选草堂诗余前后集四卷

明刻本。每集分上、下卷。前集分春、夏、秋、冬四景，后集分节序、天文、地理、人物、人事、饮馔、器用、花禽七门，与至正癸未刻本大致相同。

王文进《文禄堂访书记》卷五：

增修笺注妙选群英草堂诗余前集二卷后集二卷

不著编辑名氏，明洪武刻本，半叶十三行，行二十四字，注双行二十九字，黑口，目后"洪武壬申孟夏遵正书堂新刊"十二字，双边木记。

周越然《心耿耿泪双双》，《言言斋古籍丛谈》，辽宁教育出版社

2001年,第71页:

　　此六字,嘉靖本《草堂诗余》开卷第一首之起始也,其全文如下:……嘉靖本非明刊《草堂诗余》之最古者,亦非最后者。最古者有洪武壬申遵正书堂刊本,最后者有万历间徐士俊参评本。三种余均有之,兹将其行格等略述于后。

　　(三)洪武本,前集二卷,后集二卷,不著撰人。半叶十三行,行二十三字,小字双行,行二十九字。小黑口,双鱼尾,左右双栏。收藏有"上第二子"、"臣印克文"、"昭薰印信"、"孔子七十一世孙昭薰琴南氏印"四图记。此书非独传世甚稀,极可重视,即其四印,已足珍贵矣。

舍之,历代词选集序录(二),《词学》第二辑,华东师范大学出版社1983年,第226—228页。

(六) 草堂诗余

　　《草堂诗余》亦宋人所选词集。《四库书目提要》云:"王楙《野客丛书》序于庆元元年,其书已引《草堂诗余》张仲宗《满江红》词,又《蝶粉蜂黄》一条引《草堂诗余》注。可知此书出于庆元以前。"余尝考高宗绍兴时尚无诗余之名,故疑此书当出于孝宗乾道淳熙之时。《直斋书录》称此书"二卷,书坊编集者"。则是书贾射利者所编刻,故所选颇芜杂。然宋人词选,明清两代学者所见唯有此书,故朱竹垞谓:"古词选本皆逸不传,独《草堂诗余》所收最下最传。"其致慨也宜矣。

　　此书宋刻原编二卷本,已不可见。清末缪荃孙、吴昌绶先后收得明洪武壬申(一三九二年)遵生书堂刻本(案:当为"遵正书堂",下同),题作《增修笺注妙选群英草堂诗余》,分前后集,每集又分上下二卷,前有《类选群英诗集总目》,前集分作春景、夏景、秋景、冬景四类,后集分节序、天文、地理、人物、人事、饮撰、器用、花禽七类,子目六十有六,下注出典,后附词话。各类中多有新增或新添字,其注所引用书,有《绝妙词选》《玉林词话》;所增添之词,有冯伟寿、黄叔旸诸作。可知是淳佑以后人所笺注增附也。吴昌绶即以此本影刻入《双照楼汇刻词》,是为今日所存此书最古之本。

天一阁藏有嘉靖戊戌(一五三八年)闽沙陈钟秀校刊二卷本,题云《精选名贤词话草堂诗余》,有南京国子监丞陈宗模(案:似当为"谟")序。其内容分时令、节序、怀古、人物、人事、杂咏六类,次序与洪武本不同,注亦有异。其目录题《重刊草堂诗余》。此书似较近原本。清光绪间王鹏运即据此本重刻,是为四印斋本。嘉靖中,又有安肃荆聚春山居士所刻大字本《草堂诗余》,与洪武本同。今《四部丛刊》所影印者,即此本,锲刻甚陋,误夺尤多,非善本也。

嘉靖戊戌(一五五零年),云间顾从敬刻《类编草堂诗余》四卷,题武陵山人编次,开云逸士校正。以小令、中调、长调分编,间采词话,有何良俊序,称"从敬家藏宋刻,较世所行本多七十余调"。实则顾氏取旧本,按词调长短重编,伪托依据宋刻以欺世也。宋本依题材内容分类,盖当时用以选歌,有此需要。至明代,词已不用于歌筵,而为文人填词之兔园册子,以词调长短区分为便。故此本既出,而旧本渐废,清人所读,大抵皆此本也。

万历间,有上元昆石山人刻四卷本《草堂诗余》,乃用顾从敬编本略增注释。又有金溪胡桂芳所刻三卷本,则用顾本而改其分类。又有吴郡沈际飞所刻六卷本,则用顾本加评注,又增辑续集四卷、别集四卷、新集四卷,俗称《草堂四集》。汲古阁刻《词苑英华》中所刻四卷本,即用顾本而尽删其词话。今通行之《四部备要》本,即依照汲古阁本排印者。已上皆顾从敬本之苗裔也。

又有杨慎（升庵）批点四卷本《草堂诗余》，不知所从出。今有明万历中闵刻朱墨套印本。清光绪中，宋氏忏花庵曾据以复刻，改为五卷。此外明季尚有坊刻本，今皆不易得矣。（脚注："知圣道斋旧藏李西涯辑《南词》中，亦有《草堂诗余》，未见著录，不知是何本。"）

此书宋刻原本序跋不传，《直斋书录》以其为坊肆刻本，不屑齿录，亦未引其序文，书名取义，遂不可知。明杨慎撰《词品》，其自序中云："昔宋人选填词曰《草堂诗余》。其曰'草堂'者，太白诗名《草堂集》，见郑樵书目。太白本蜀人，而草堂在蜀，怀故国之意也；曰'诗余'者，《忆秦娥》、《菩萨蛮》二首为诗之余，而百代词曲之祖也。今士林多有其书而昧其名，故余于所著《词品》首著之。"杨氏此说，后来皆承袭之，然亦未知其所本。以李白二词为百代词曲之祖，乃黄花庵语。诗余之义。余别有文详之，此不赘。

遵生书堂、春山居士两本，注虽庸陋，然出宋人手，其所引用，颇多旧籍。如《本事曲》、《丽情集》、《古今词话》，原书今皆亡佚。又诸宋人笔记、诗话，亦可以资校勘。于学者不无裨益。

二、其他选本及丛刻

1. 百琲明珠，杨慎编选，明万历刻本
刻杨升庵百琲明珠引：

声音之有词也，贯珠也。或曰："于诗赋为易。"曰：无易也，无不易也。本于性情，要起于叶，而可以般衍烂漫，终不老者，惟词有焉。故六朝以来，多著此声也。若乃规明珠之在握，游象罔以中绳，则博人通明，换名定格，君子审乐，从易识难,未必非升庵是集之雅言矣。是集留于新都,传于宋妇翁陈春明令新都之明岁,余刻于落第之万历癸丑冬。所谓竹有雄雌,可笛可赋,宁直乐为备之乎。临皋杜祝进书于罄青阁。

赵尊岳跋:

……斐云宗兄乃出示明刊此本,题"嘉靖朝蜀杨慎选集,万历朝楚杜祝进订补",有祝进一序,古墨留馨。并有曹栋亭、韩李(案:疑"季"误)卿、汪退思、张竺孙诸家藏印。半叶十行,行二十字,并于每页题刻工姓名。久悬想望者,至此幸慰长思矣。其书旋归北海书藏,斐云留影见惠,而江宁唐圭璋社兄亦以景钞本寄示。因亟付碑丽,诸升庵所选辑者均获传见,则流播之责,余固乐任不疲也……

2. 词的,茅暎编选,词坛合璧本
词坛合璧序:

声诗之作,根抵性情,缘染时代。泥古而厌薄目前,溺今而倦追往昔,胥失之矣。溯词之兴,故诗之余事,实《风》之末流。三百篇中,不废里巷歌谣,而与《雅》、《颂》并列,岂得谓词为卑鄙,而不足与汉、魏、三唐继响千载乎?升庵杨公博极群书,淹洽百代,而犹于《词品》注意研搜,至若《草堂诗余》一编,详加评骘,当与唐人所选《花间集》并传无疑矣。《词的》搜罗弥广,《宫词》模写最真,信为昆圃球林,总属艺林鸿宝;汇梓成帙,致足佳观。时一披阅,无论光彩陆离,宫商协和,而作者之深情恍然目接,辑者之见解璨矣毕陈。视《粹编》之淆杂、《妙选》之挂漏,大有径庭矣。各刻自有叙述,杨确既备藻绘,益彰不肖,何能更赞一词以助观听。惟嘉与共刻之举,遂题简端,家置一编于座右,当通今古而常新云尔。

词的序:

　　窃以芳性深情,恒藉文犀以见;幽怀远念,每因翠羽以明。故桑中之喜,起咏于风人;陌上之情,肇思于前哲。陈宫月冷,而韵叶庭花,琉璃研匣生香;隋苑春浓,而曲成清夜,翡翠笔床增彩。清文满箧,无非诉恨之辞;新制连篇,时有缘情之作。燃脂暝写,弄墨晨书(案:与《词学季刊》创刊号发表之赵尊岳《词集提要·词的》所附序文对校,此处作“拈”。以下简称赵本),宁止葡萄之树,非惟(案:赵本作“无”)芍药之花。至如牵衣攀李,空冷箱中冰剪(案:赵本作“翦”,下同);敛枕树萱,徒匀面上凝脂。优游少托,等扶风之织锦;寂寞多闲,怯南阳之捣练。新声度曲,裁方絮而多愁;旧恨调弦,借稠桑以寄怨。未怡神于韶景,先属意乎芳辞。亦有登楼夜啸,抽朱萼之英(案:赵本作“精”)英;乘月清谈,播芳蕤之馥馥(案:赵本作“馥郁”)。风流婉约,效东邻之自媒;香艳柔娇,似西施之被教。借一语以窃香,假半章以送粉。若乃兰径生香,柳(案:赵本作“都”)衢舒翠;杏艳才过,桃娇已近;构思绮合,凄若繁弦;寓意芊眠,炳焉绣褥。及夫锦浪红翻,珠林绿缀,临池漱露,凭牖邀风(案:赵本作“凉”)。伴炎宵以孤作,送永日而无聊。或托言于短韵,石韫玉而山辉;或寄意于新腔,水沉珠而川媚。至于河汉方秋,蒹葭瑟瑟;露霜始肃,枫树萧萧。厌野外之疏钟,听宫中之缓箭;叹回月之临阶,赋吟蛩之绕砌。又若玄(案:清萃闵堂钞本作“悬”,当避讳改,以下简称钞本)真(案:赵本作“冥”)在驾(案:钞本作“架”),歌成而𪁣愍(案:赵本作“叹”)无衣;素雪其霏,咏就而自怜改服。剪凤尾以言怀,展金池以书恨。若此者,佳人才子,尽演琵琶新谱;隐士缁林,亦续箜篌旧引。盖旨本淫(案:赵本作"浮",钞本作"滛")靡,宁亏大雅;意非训诰,何事庄严。才情若彼,可代萱苏;佳丽如斯,能蠲愁疾。但兰莸同植,恐作沉(案:赵本作"沈")珠;玉石均披,终非完璧。于是艾夷繁乱,截去浮俚,三(案:赵本作"玉")台妙迹,丽矣金箱,五色花笺,灿然宝轴。青牛帐里,散此绚绳,情文双烂;朱鸟窗前,开兹缥衮(案:赵本作"袠"),神魄俱驰。秦楼艳女,顿惹相思;楚馆娇娃,常劳梦寐。圣贤言异,丑非子郁(案:赵本作"都")之删除,儿女情长,岂是伯饶之笔削?

西吴茅暎(案:赵本作"毛映")纂。

凡例:

一　幽俊香艳为词家当行,而庄重典丽者次之,故古今明公悉多巨作,不敢拦(案:赵本作"阑")入,匪曰偏狗,意存正调。

一　词协黄钟,倘只字失律,便乖元(案:钞本作"原")韵,故先小令,次中令(案:赵本作"调",疑刻误),次长调。俱轮宫合度,字字相符,以定正的,间有句语中辏叠一二字者,各列左方用便考订。

一　诸家爵里姓字,向多著闻,间有沦逸,徒挹芳声,不敢混注,故概书名以存古道。

一　诸家先后,但分世(案:钞本作"时")代,就中或有参错,盖以合调为序,非有异同。

一　(案:赵本无"一")词苑选刻暨古今文集颇勤搜采,第耳目有限,即当代名公,亦苦于人地之不相接,或惭编贝(案:赵本作"具"),窃叹遗珠。

赵尊岳,《词集提要》,《词学季刊》创刊号,上海书店 1985 年,

第 91 页

《词的》四卷

明茅映辑

　　此辑为选家论词之总集,多唐宋名作,间亦取明杨慎、杨基、吴鼎芳等三数首;而无名氏、鬼仙、箕仙诸作,亦复甄采;明人芜取之弊,无足责也。卷一小令,周邦彦《十六字令》,迄无名氏《丑奴儿》,凡三十一调,一百二十四首。卷二小令,张先《减字木兰花》,迄张先《醉落魄》,凡四十八调,一百二十首。卷三中调,韦庄《小重山》,迄杨基《洞仙歌》,凡三十五调,九十二首。卷四长调,周清真《意难忘》,迄张翥《多丽》,凡三十八调,五十五首。全书率加圈点,且著眉批,多肤泛之语。明人论词,每如评诗文制艺,以浪博选家之名,斯集有焉。映字远士,浙江吴兴人。朱竹垞《词综》凡例谓尝见及其书,黄俞邰《千顷堂书目》亦著录之。书为吴兴闵氏刻本,辑入所刊《词坛合璧》。词用书体字,眉批用写体字,朱墨套印极精;惟后刷者则率以墨印,逊色多多。《词坛合璧》迄不多见,故《词的》流传亦少,几不为声党所知矣。

　　序文凡例后有"尊岳按":朱墨精印本,淳安邵次公曩尝一见于京师厂肆维古山房,后不省属之谁氏?墨本则京师北海图书馆有《合璧》足本。庚申北游,尝获读之。

3. 词菁,陆元龙选辑,翠娱阁刊行笈必携本

叙:

　　《菩萨蛮》为《乌啼》、《子夜》之变。盖青莲以绝代轶才,裂羁另开辟词家一径,大都以清新绮丽为宗。故相沿莫妙淮海、眉山、周洞霄、康大晟,其品虽不得埒,以词论,不得劣也。至

我明郁离，具王佐才，厮身帷幄，宜同稼轩，时露英雄本色。乃似柔其骨、丽其声、藻其思，务具菁华之色，则所尚可知已。其后名贤辈出，人巧欲尽。悉为奇险之句，幽窈之字，实缘径穷路绝，不得另开一堂奥。拭取《花间》、《草堂》并咀之，《草堂》自更新绮者，特其中有欲求新而得误，似为吴歈作祖，予不敢不严剔之。诚以＊中有菁，俳不可为菁耳。具眼者倘亦不罪我而知我。

辛未仲夏翠娱阁主人题。

4. 词林万选，杨慎编选，词苑英华本
词林万选序：

古之诗，今之词也。二《雅》二《颂》，有义理之词也。填词小令，无义理之词也。在古曰诗，在今曰词，其分以此。故曰："诗人之赋丽以则，词人之赋丽以淫。"盖自汉已然，况唐以降乎。然其比于律吕，叶于乐府，则无古今一也。虽然，邪正在人，不在世代，于心，不于诗词。若《诗》之《溱洧》、《桑中》、《鹑奔》、《雉鸣》，虽谓之今之淫曲可也。张于湖、李冠之《六州歌头》、辛稼轩之《永遇乐》、岳忠武之《小重山》，虽谓之古之雅诗可也。填词之不可废者以此。

升庵太史公家藏有唐宋五百家词，颇为全备，暇日取其尤绮练者四卷，名曰《词林万选》，皆《草堂诗余》之所未收者也。见出以示走，走骤而阅之，依绿水、泛芙蓉不足为其丽也；茹九畹之灵芝、咽三危之瑞露，不足为其甘也；分织女之机思、秉鲛人之绡杼，不足为其巧也；盖经流水之听，受运斤之风者矣。遂假录一本，好事者多快见之，故刻之郡斋，以传同好云。时嘉靖癸卯季春吉，奉政大夫守楚雄府，桂林任良干书。

书末毛晋跋：

予向慕用修先生《词林万选》，不得一见。金沙于季鸾贻予一帙，前有任良干序，不啻咽三危之露而聆秋竹积雪之曲矣。但据序云：皆《草堂》所未收者。盖未必然。其间或名、或字、或别号、或署衔，却有不衫不履之致。惜乎紫子点照之误，黝郁魄托之音，向来莫辨。其尤可摘者，《如梦令》"桃源深洞"一词，本名《忆仙姿》，苏东坡始改为《如梦令》，即用修《词品》亦云："唐庄宗自度曲，或（案：《萃编》作'盛'）传为吕洞宾，误也。"（案：《萃编》多"今"字）复作吕洞宾《如梦令》，何耶？又"东风捻就腰儿细"一词，□脍炙人口，旧注云："有名妓侍燕开府，一士人访之，相候良久，遂赋此词投诸开府。开府喜其艳丽，呼士人以妓与之。"《草堂续集》编入无名氏之列。兹混作东坡，且调是《玉楼春》，乃于首尾及换头处增损一字，名《踏莎行》，向疑后（案：《存目》不清，《萃编》作"□□"）人妄改。及考"鞋袜辆两"云云，仍是用修传□□于姓氏之逸，谱调之淆，悉注之本题之下□□诸季鸾得毋笑余强作解事耶，□□毛晋识。

《四库存目》"词林万选提要"：

词林万选四卷，内府藏本

旧本题明杨慎编，慎有《檀弓丛训》，已著录。此本为嘉靖癸卯楚雄府知府任良干所刊，盖慎戍云南时，良干得其本也。前有良干序，称慎"藏有唐宋五百家词，暇日取其尤绮练者四卷，皆《草堂诗余》之所未收"云云。考《书录解题》所载，唐至五代自赵崇祚《花间集》外惟《南唐二主词》一卷、冯延巳《阳春录》一卷，此外别无词集，南北宋则自《家宴集》以下总集别集不过一百七家，明毛晋穷搜宋本只得六十家耳，慎所藏者何至有五百余家，此已先不可信。且所录金元明人皆在其中，何以只云唐宋。序与书亦不相符。又，其中时有评注，俱极疏陋，如晏几道《生查子》云："看遍颍州花，不似师师好。"注云："此李师师也，虽与颍州不合，然几道死靖康之难，得见李师师犹可言也。"又秦观《一丛花》题下注曰："师师，子野、小山、淮海词中皆见，岂即李师师乎？"考师师得幸徽宗，虽不能确详其年月，然刘翚《汴京书事诗》曰："辇毂繁华事可伤，师师垂老过湖湘。缕衣檀板无颜色，一曲当年动帝王。"则南渡以后师师流落楚南，尚追随歌席。计其盛时必在宣政之间，张先登天圣八年进士，为仁宗时人，苏轼为作"莺莺燕燕"之句，时已八十余矣。秦观则于哲宗绍圣初业已南窜，后即卒于藤州。未尝北返，何由得见师师。慎之博洽，岂并此不知耶。其所选录欲搜求隐僻，亦不免雅俗兼陈，毛晋跋称尝慕此集不得一见，后乃得于金沙于季鸾，疑慎原本已佚，此特后来所依托耳。

王国维《词林万选跋》，《观堂别集》卷三：

此汲古阁刻《词苑英华》中一种也。《提要》疑升庵原本已佚，此为后来依托，并历举其考证之疏。然考证之疏，自是明人通病，且其中颇有与升庵《词品》印证之处，未必即为依托也。前有焦氏藏书印，乃理堂先生故物，尤可宝也。光绪戊申秋七月，积暑初退，于厂肆得此本，喜而志之。

张孝纯《百字令》"疏眉秀目"云云，此词见刘昌诗《芦浦笔记》。据刘祁《归潜志》，系宇文虚中作。

5. 词坛艳逸品，杨肇祉编选，明刻本
词坛艳逸品叙：

余前刻《唐诗艳逸品》,兹复收诗余之艳逸者,以律诗束于对偶、局于声韵,即超逸如李,弘情如杜,不及恣意驰骤。爰有骚人墨客,借资造物,运灵心髓,琢雪镂冰,各极才情之致,故"无计留春"之惜,直言"壮志策足";"蝇头蜗角"之喻,直言名利冰心;临风把酒,识万事之破除;苦计劳心,识一生之前定。春思秋怨,弄月嘲风,若何为景中情,情中景;若何为心中言,言中人。是有心,是无心,个中机关甚巧;是谐语,是侗语,个中妙理谁参。乃悟世态事局,无 * 然乃至互换,事来穷极乃露者大都类是。词坛艳逸非诗余不足以当之,坡老曰"似花还似非花"也,悟及 * * 之旨,无称 * 艳逸者乎!

武林杨肇祉君锡甫题。

6. 古今词统,卓人月、徐士俊编选,续修四库本

孟称舜"古今词统序":

诗变而为词,词变而为曲。词者,诗之余,而曲之祖也。乐府以崛径扬厉为工,诗余以婉丽流畅为美。故作词者率取柔音曼声,如张三影、柳三变之属。而苏子瞻、辛稼轩之清俊雄放,皆以为豪,而不入于格。宋伶人所评《雨淋铃》、《酹江月》之优劣,遂为后世填词者定律矣。余窃以为不然。盖词与诗、曲,体格虽异,而同本于作者之情。古来才人豪客,淑姝名媛,悲者、喜者、怨者、慕者、怀者、想者,寄兴不一。或言之而低回焉,宛恋焉。或言之而缠绵焉,凄怆焉。又或言之而嘲笑焉,愤怅焉,淋漓痛快焉。作者极情尽态而听者动心耸耳。如是者,皆为当行,皆为本色。宁必姝姝媛媛,学儿女子语而后为词哉。故幽思曲想,张、柳之词工矣,然其失则俗而腻也,古者夭童冶妇之所遗也;伤时吊古,苏、辛之词工矣,然其失则莽而俚也,古者征夫放士之所托也。两家□□其美,亦各有其

病。然达其□□不以词掩。则皆填词者之所宗,不可以优劣言也。予友卓珂月,生平持说多与予合。己巳秋,过会稽,手一编示予,题曰《古今词统》。予取而读之,则自隋、唐、宋、元以迄于我明,妙词无不毕具,其意大概谓词无定格,要以摹写情态,令人一展卷而魂动魄化者为上。他虽素脍炙人口者,弗录也。珂月所作诗余甚多,幸会所到,无不曲尽两家之美。故能出其手眼,以与作者之情合,使徒取绝艳于《花间》,挹余香于《兰畹》。则得词之郭也,而未尽其致也。选者之情隐,而作者之情亦掩也。则是刻,其可以已也夫。

己巳中秋会稽友弟孟称舜书。

徐士俊"古今词统序":

赵明诚梦得言"言与司合,安上已脱,芝芙草拔"十二字。卜其为词女之夫,继而果娶易安,定情金石。如"帘卷西风,人比黄花瘦"等句,即暗中摸索,亦解人怜。此真能统一代之词人者矣。虽然,词盛于宋,亦不止于宋。故称"古今"焉。古今之为词者,无虑数百家,或以巧语制胜,或以丽字取妍,或望断江南,或梦回鸡塞。或床下而偷咏"纤手新橙"之句,或池上而重翻"冰肌玉骨"之声。以至春风吊柳七之魂,夜月哭长沙之伎,诸如此类,人人以为名高黄绢,响落红牙,而犹有讥之者。谓铜将军铁绰板,与十七八女郎相去殊绝。无乃统之者无其人,遂使倒流三峡,竟分道而驰耶。余与珂月起而任之曰:是不然。吾欲分风,风不可分;吾欲劈流,流不可劈。非诗、非曲,自然风流,统而名之以词。所谓"言与司合"者是也。考诸《说文》,曰:"词者,意内而言外也。"不知内意,独务外言,则不成其为词。词从"司"者,反后为司,盖出纳之吝,谓之有司,后王宽大之道。当与有司相反。夫词为诗余，诗道大而词道小，亦犹是也。故诗从"寺"，寺者，朝廷也；词从"司"，司者，官曹也。小令、中调、长调各有司存。宫、商、角、徵、羽五声，各有司存。不可乱也。乱者理之。故词亦作"□"，从"□"，者，理也，治也。又作"辞"，从"辛"。辛者，新也。《汉志》曰"悉新于辛"。词固以新为贵也。又《说文》曰："辛象人股，壬象人胫。"故童、妾二字，皆从辛省。汉人选妃册曰"密辛"，犹言股间隐处也。然则词又当描写柔情，曲尽幽隐乎？兹役也，吾二人渔猎群书，汇其妙好，自谓薄有苦心，其间前后次序，一以字之多寡为上下，自十六字至于二百三十字有奇。如岁朝之酌，先其少者，后其老。其按词之法，则如杨诚斋所撰《词家五要》，一曰择腔，二曰应律，三曰按谱，四曰详韵，五曰立新意。而且曰幽、曰奇、曰淡、曰艳、曰敛、曰放、曰秾、曰纤种种毕具。不使子瞻受词诗之号，稼轩居词论之名。又必详其逸事，识其遗文，远征天上之仙音，下暨荒城之鬼语。类载而并赏之，虽非古今之盟主，亦不愧词苑之功臣矣。先是，余有三样笺之辑，一《子夜》，一《竹枝》，一《回文》。而珂月又以《竹枝》旧属诗余，遂拔其尤而去回文，则如《菩萨蛮》数阕，复稍稍拦入焉。摔碎菱花，作蕊珠官瘦影，岂不令徐郎懊恨。珂月曰：无恨也，使子仅知三样笺之为美，而不知此书之尤美，亦何异世人但知《花间》、《草堂》、《兰畹》之为三珠树，而不知《词统》之集大成也哉！《易》称"同心之言，其臭如兰"，我二人其庶几乎！言与司合，彼作词媒；言与人同，此成信友。金兰之书，允宜与金石之录并垂矣。或曰"诗余兴而乐府亡，歌曲兴而诗余亡"，夫有统之者，何患其亡也哉！倘更有上官氏者出，高踞楼头，称量天下，则余二人之为沈、为宋，是未可知耳。

　　癸酉花朝徐士俊野君题于湘蕤馆。

王世贞"词评序":

　　词者,乐府之变也,昔人谓李太白《菩萨蛮》、《忆秦娥》,杨用修又传其《清平乐》二首,以为词祖。不知隋炀帝已有《望江南》词,盖六朝诸君臣,颂酒赓色,务裁艳语,默启词端。实为滥觞之始。故词须婉转绵丽,浅至僮俏。挟春月烟花,于闺幨内奏之,一语之艳,令人魂绝,一字之工,令人色飞,乃为贵耳。至于慷慨磊落,纵横豪爽,抑亦其次。不作可耳。作则宁为大雅罪人,勿儒冠而胡服也。

赵万里《校辑宋金元人词》引用书目:

古今词统十六卷　明卓人月辑　明崇祯间刻本
　　案此书后印者,改题《草堂诗余》,并剜加"陈继儒眉公评选"一行,不足据。

周越然《心耿耿泪双双》,《言言斋古籍丛谈》,辽宁教育2001年,第71页:

　　此六字,嘉靖本《草堂诗余》开卷第一首之起始也……嘉靖本非明刊《草堂诗余》之最古者,亦非最后者。最古者有洪武壬申遵正书堂刊本,最后者有万历间徐士俊参评本。三种余均有之,兹将其行格等略述于后:
　　(一)万历本十六卷,附徐卓晤歌,明卓人月汇选,徐士俊参评。半叶九行,行二十字。评语在栏上,行间有圈点。前有陈继儒序,又何良俊、黄河清、陈仁锡、杨慎、王世贞、钱允治、沈际飞等旧序。"杂说"、"氏籍"及目次。此书已于"一二·八"难中被焚,然世上尚多,不足惜也。

7. 精选古今诗余醉，潘游龙编选，明崇祯刻本
诗余醉序：

诗之有余，犹诗之有《风》也，《雅》则清庙明堂，《风》则不废村疃闾巷，三百篇要以道性情而止。然无情，则性亦不见，子舆氏曰："乃若其情，则可以为善。"是从来忠、孝、节、义，只了当一"情"字耳。夫子删《诗》，即今人选诗之祖，其《风》首《关雎》也，必于"窈窕"、"好逑"之句再四击节，然后取为压卷。至于未得而辗转反侧，既得而琴瑟钟鼓，直是用情真率，可思则思，可乐则乐。文王决不装腔做样，宫人因得从旁描画。以故情为真情，诗为真诗。余尝怪子既删《诗》，其于"风雨"、"狂童"之咏存而不去，乃"美目"、"巧笑"之什独削而不录，何也？已复自悟曰：此逸诗，非删诗也。人于参订校雠之际，谁无遗佚？子夏氏独见纷华而悦，故拈出为问，此正其情之不容已处。夫子此时亦觉彷徨追赏，聊以"绘事"漫答。吾知当日即微"礼后"一语，夫子亦必服其启予，许其"可与言诗"。后儒却被"礼"字瞒过，遂使两人问答真意埋没不现。今第令白头学究，黄口书生，取"巧笑"、"美目"之章一再哦之，有不心口俱爽者，此必不情之辈，余请不读书、不说《诗》矣。然则古人作诗，已留一有余不尽之法以待我辈。何者？窈窕者，淑之余；好者，逑之余；倩者，巧之余；盼者，美之余。故诗者，情之余，而词则诗之余也。是集也，选自潘子鳞长，刻自胡子曰从。或问："诗余矣，何以醉？"余请以酒喻，乐府、古风，中山酒也，可醉千日；律、绝、歌行，仙浆酒也，可醉十日；诗余，则村醪市沽也，薄乎云尔，恶得无醉？

丙子秋尽，白下圮人陈斑玉摺父题于笠庵。

诗余醉附言：

溯未有文字之先，文字藏性情间。既有文字之后，性情沁文字间。今人庄语、雄语、经济语、金华殿中语，毕竟不如情致语为流畅；今文台阁体、碎金体、诰诏羽檄体、天才、人才、鬼才三绝之体毕竟不如风流体为骀荡。余落魄无俚，日与鳞长潘先生闲评世务，人未尝不叹余辈之未字理嫁娘衣也。而余两人言之极恳至，每怆怀辄发竖，惟自问，并疑为痴迂而狂奴黠态尔尔也。一日见先生反覆《古今诗余》曰："我常消受此而玩□隽永，低回风景，缕缕情怀，古人起我何多哉！"余曰："噫，感矣。《诗》之为物，大要《骚》屑其所感，往往悒郁英雄，于其奇丽韵绝之句结缘独厚，所以竦肩袖手，醋、缺石莲，负古锦囊，日暮投金渚。余考诗余之作，自崇宁、元丰诸君子，咏歌之不足，而描情写景，袅袅不绝者也。夫人情与思亦何尽之有？束于格则情不能畅，思不能溢，既可以变兴、比、赋之制为骚赋；既可以变骚赋之制为五言；可以变五言之制为古风；即可以变古风之制为七言排律、为乐府歌行，又何不可因律、绝而变为诗余也哉？某牌名可以展出某意，非某牌名不足以婉转某情，幽格之臆、娇娆之笔亦既无致，弗转弗倩，已矧牌名之设。先是李青莲有《忆秦娥》、《菩萨蛮》二调，原非创自有宋，盖《诗》三百篇遞，创格诗余，可谓情文之至矣乎？何怪先生之沉酣于兹也。"先生取宋彦之所集，与国朝名胜之所作合而编之，曰《诗余醉》。先生尝抵掌连鸡飞兔，醉心于纵横家；尝救患恤弱、忼慨立意，醉心于《游侠传》；尝泼墨作高文典册、含毫拟草檄飞书，醉心于相如、枚皋之才；尝淹灌《南华》、博通内典，醉心于支遁、许掾之谈；尝与余流涕时艰、摧利弊，策本末，聚米借箸，有封居胥、踏贺兰意；醉心于董、贾、卫、霍之学，一动以云雾林丘、闺情旅思之变现。又喜听夭韶女郎唱"晓风残月"之章。然则先生安往而不醉心哉,宁独诗余也?先生分别次第,特出深心,非仅以便览者之睫。先生之以时序律吕之所以从阴阳也,终之以边思,见有情之不忘于佺傄也。笳声凄楚,堪胡宵之骑;河骨怆心,犹怜闺梦之人。唐诗不废《塞上曲》《昭君怨》,咸此志也。斯岂非宗尼父删诗之余意,首二《南》,而末《邶风》,终《鲁颂》乎?拊是编者,又不可以不知也。

娄江管贞乾观执甫题。

自序:

今夫人情之一发而无余者,非其情之至焉者也。《书》曰:"诗言志,歌咏言,声依咏,律和声。"则《诗》之为教,典谟中已酿其余矣。虞夏之诗,未敢深论。《商颂》之咏革命也,曰:"我有嘉客,莫不夷怿。"其衍列祖也,曰:"鬷假无言,时靡有争。"则优柔隽永之旨,商殆为诗余之鼻祖焉。有周采声歌于诸侯之国,列之乐官,迄今琴瑟钟鼓,《关雎》有余乐;吹笙鼓簧,《鹿鸣》有余好。寻章摘句之下,诗宁有索焉而无余者乎?说者谓诗亡而后有乐府,乐府废而后有诗余,是必《清平调》创自青莲,《郁轮袍》始于摩诘,将愈趋愈下,周待制之十二律,柳屯田之二百调,益卑卑不足数矣。彼少游、鲁直、长公、幼安、竹屋、白石诸公,不且以诗余减价乎?若我明之刘伯温、杨用修、吴纯叔、文征仲、王元美,若而人又何敢树帜词坛哉?信乎,诗余之未可以世论也。余于诗则醉心于绝句、于歌行,而于词则醉心于小令,谓其备极情文,而饶余致也。盖唐以诗贡举,故人各挟其所长,以邀通显,性情真境,半掩于名利钩途。词则自极其意之所之,凡道学之所会通,方外之所静悟,闺帏之所体察,理为真理,情为至情;语不必芜而单言双句,余于清远者有焉。余于挚刿者有焉,余于庄丽者有焉,余于凄婉悲壮、沉痛慷慨者有焉。令人抚一调,读一章,忠孝之思,离合之况,山川草木,郁勃难状之境,莫不跃跃于言后言先,则诗余之兴起人,岂在三百篇之下乎?独惜向有选较者,每以杂体硬牵附于时序,殊失作者之旨。余乃为比事类情,寻为次第,藏之素簏,自以为枕中秘未过也。而胡子日从强欲示之同好。因有嘲之者曰:"《花间》长短各体,大小异令,是役也,错综而位置之,夺伦否欤?"余曰:"否。"盖词与曲异。曲须按腔挨调,而后成阕,有意铺张,此新声之所以无余味也。空中之音,水中之月,象中之色,镜中之境,可摩而不可即者,其诗余也。盖无俟较高平,分南北,按篇目,而余之醉心于古今词者,久矣,遂记其言之余而为引。荆南潘游龙识于十竹斋之舍舫。

王重民《中国善本书提要·集部》词类:

《精选古今诗余醉十五卷》,八册(北图)。

明崇祯间刻本[,八行十八字]。

原题:"荆南潘游龙选,内江范文光参,秣陵陈斑订,海阳胡正言校。"(案:玉田斋本顺序不同:"荆南潘游龙选,秣陵陈斑订,内江范文光参,海阳胡正言校。")范文光序云:"楚友潘子鳞长,文学菁藻,妙选词令;而胡子日从雅有俊质,刻之十竹斋。"故下书口刻有"十竹斋"三字。卷内有:"得天然乐趣斋之印。"[余见清印本多陈斑《精选国朝诗余》一卷。]

郭绍仪序[,崇祯十年(一六三七)]。

范文光序[,崇祯九年(一六三六)]。

陈斑序[,崇祯九年(一六三六)]

管贞乾序。

自序。

8. 汇选历代名贤词府全集,题明鳙溪逸史辑,明嘉靖刻本

卷首识:

《历代名贤词府》九卷,附元周德清《中原音韵》一卷,明嘉、万间刊本,题"鳙溪逸史编",不著姓字。盖明坊间纂录,以《草堂诗余》为底本,而加以增辑者。观其以刘龙洲为明人,浅陋可知。自来词目及藏书目未见著录。殆以坊刻斥之也。观其所辑既多,所搜又皆旧本,今日名家词集脱逸者多矣,以此等选本校之、补之,必非无裨。《草堂》亦为坊本,然后世言词选,此无不与《花间》并称,孟蜀时名家专集俱存,徒见其东纂西录,未有伦纪。及越时沦久,专集多佚,乃见增重。固未可以坊刻轻之也。丁巳中秋后二日上虞罗松常志于 * 隐庵。

叙略:

一 诗余始南北朝,盛于唐、宋而极于金、元,国朝虽崇尚古雅,而余波所及,亦不乏人。旧本编止于唐、宋,其雅调犹或不能无逸。今搜辑金、元、国朝所传,并唐、宋编所逸,合得千几百首,严加汰选,所存仅若干首,合并旧本成编。

一 旧本以时景分调,检阅为艰。今所编以小令、中调、长调为之分类,每阕尽揭作者之意为题,各卷首列诸调之次为目录,以便观者。

一 诸词多有省言衬字,间入方语。不分句读,一时恐难畅诵,今用圈依韵点为读,遇字省□□出之。

一 旧本前贤所选不复去取,但于注中所附旧调尽为

揭出。

一　旧本已经方塘公圈取，今不敢湮没，每遇旧本各阕，题首存以阴阳点识别之。

一　旧本笺注欠纯，今悉削去，其有词话可玩者，间或刊入。

一　所编不分新旧集，但以各调目录中注以新旧若干调字分别之。

一　卷首总揭英贤序次，当朝之下以见名笔相承之绪。然年代先后不暇详察，名号殊称因人习熟，观者当自辨之。

一　长短句名曰"曲"，取其曲尽人情，惟婉转妩媚为善。不以豪壮语为尚。如岳武穆、文文山、谢叠公诸公之作，则又忠义所发，感激人心，不可以常例编也，为别集。

一　所编之中，有近体、集句、回文及谱名。文成调寄，情比乐府者，皆文匠心思之巧，今搜辑可得若干首，为附集。

一　国朝名公之笔尚多，特以僻处山林，不得阅选。兹略搜所闻，计得二百余首，合并旧本成编。湖海天宽，俊杰何限，尚当遍求，以渐附入。故另有补遗一集以俟。

一　词多转喉叶音，平仄用韵视诗较宽，然自有法，非浪语也。今附周德清《中原音韵》一帖于后，庶便考叶。

词府全集后跋：

是集之编，其爱礼存□□遗意欤？诗亡而有乐府，乐府阙而有诗余，□□废而为歌曲，大抵创自盛朝，废于叔世。兹盖兴革之大较也。方今天下治平，制尚纯雅，海内宗工，依韵比赋，下陋歌曲，上追三百，溯诗余、乐府之流，以蔼《康衢》、《击壤》之歌者，或于□编有赖也。故曰是集之编，其爱礼存

□之遗□□。□编有小令,有中调,有长调,备体制也;有别
□,□忠贤也;有附集,挹流波也;有补遗,俟后贤也;有音
韵,便考索也。余详叙略,兹不复赘,敢僭续貂,以与同志
者勉。

　　嘉靖丁巳中秋日一得山人拜书于聚奎精舍。

《西谛题跋》:

　　《汇选历代名贤祠府全集》九卷,题鳙溪逸史辑,《中原音
韵》一卷,钞本,十册。《汇选历代名贤词府》全集九卷,后附
《中原音韵》一卷,钞本不旧,然极罕见,故亟收之。编者为新
都鳙溪逸史,有嘉靖丁巳一得山人跋。1957 年 4 月 13 日得
于北京来薰阁,西谛。

9. 花草萃编,陈耀文编选,明万历刻本
花草萃编原序:

　　夫填词者,古乐府流也。自昔选次者众矣,唐则有《花间
集》,宋则《草堂诗余》。诗盛于唐衰于晚叶,至夫词调,独妙绝
无伦。然世之《草堂》盛行,而《花间》不显,固知宣情易感,含
思难谐者矣。余自牵拙多暇(案:四库作"睡"),尝欲铨粹二
集,以补一代典章。顾以纪辑《天中》,因循有未果者。嗣以漂
泊东南,纳交素友淮阴吴生承恩、姑苏吴生岫,皆耽乐艺文,藏
书甚富,余每得之假阅,辄随笔位序之。久之遂成六卷。移疾
归来,游息竹素,综缀正业之余,因复益以诸人之本集,各家之
选本,记录之所附载,翰墨之所遗留,上溯开、天,下讫宋末,曲
调不载于旧刻者,元词间亦与焉。其义例以世次为后先,以短
长为小大。为卷一十有二,计词三千二百八十余首,丽则兼

收,不无有乖于大雅;文房取玩,略窥前辈之典刑。邑侯太初谓《天中》百卷,未便刻成。此帙无多,宜先付梓,余重违其意,渔猎剪芸,殆愈二纪,散帙亦不忍遂弃者,所愧顾曲远谢于周郎,酸咸或爽于众口。贻之词垣,庶期寄于取材云。是刻也,由《花间》、《草堂》而起,故以"花草"命编。

花草萃编序:

……盖自诗变而为诗余,又曰雅调,又曰填词,又变而为金元之北曲矣。当其初变词也,彼唐末宋初诸公竭其聪明智巧,抵于精美,所谓曹刘降格为之未必能胜者,亦诚然矣。北曲起而诗余渐不逮前,其在于今,则亦泯泯也。盖士大夫既不素娴弦索,又不概谙腔谱,漫焉随人后而造次涂抹,浅易生硬,读之不可解,笔之冗于简策。不知回事古法,犹有毫末存焉否也。无怪乎其词湮而书之存者稀也。

朗陵陈晦伯博雅操词,好古兴叹,乃取平生搜罗,合于《花间》、《草堂》二集,为十二卷,曰《花草萃编》。使夫好古之士,得其书而学焉,则庶乎窥昔人之阃域,拾遗佚于千百,而为雅道之一助也。万历丁亥三月廿一日,顺阳李蓘撰。

《四库全书》"花草萃编提要":

《花草萃编》二十四卷,明陈耀文编。耀文有《经典稽遗》,已著录。是编采掇唐宋歌词,亦间及于元人,而所采殊少。自序称其因唐《花间集》、宋《草堂诗余》而起,故以《花草萃编》为名。然使惟以二书合编,各采其一字名书,已无义理,乃综括两代之词,而以"花"字代唐字,以"草"字代宋字,衡以名实,尤属未安。然其书掊撷繁富,每调有原题者,必录原题;或稍僻者,必注采自某书;其有本事者,并列词话于其后;其词本不佳,而所填实为孤调,如《缕缕金》之类,则注曰"备题"。编次亦颇不苟。概耀文于明代诸人中,犹讲考证之学,非嘲风弄月者比也。虽纠正之详不及万树之《词律》,选择之精不及朱彝尊之《词综》,而裒辑之功,实居二家之前,创始难工,亦不容以后来掩矣。此本与《天中记》板式相同,概犹耀文旧刻,而卷首乃有延祐四年陈良弼序,刊刻拙恶,仅具字形,而其文则仍耀文之语,概坊贾得其旧板,别刊一序弁其首,以伪为元版耳。

(清)张文虎《舒艺室杂著》甲编卷下:

跋花草萃编

此编大致以《花间》、《草堂》为主,益以《乐府雅词》、《天机余锦》、《梅苑》及各家词集,旁采诗话、杂记、丛谈、小说,间亦附笺本事,其取材甚博,足资泛览。唯弟九卷录董颖薄媚西子词,本出《雅词》,起排遍弟八,次弟九,次弟十攧,次入破弟一,次弟二虚催,次弟三衮遍,次弟四催拍,次弟五衮遍,次弟六歇拍,次弟七煞衮。前九段依吴越事敷衍,末以王轩遇西施事作余波,如今曲散套。其排遍、攧、入破、虚催、衮遍、歇拍、煞衮,乃曲中节拍缓急、疏密、高下、换调之称,如今曲亦有引子、过曲、赚犯、煞尾等名,各有次弟,不可凌乱。乃谬以入破居首,排遍次煞衮之后,文义倒置,实不知而作。至其抉择之不精,校订之疏舛,或名、或字、或别号之体例庞杂,此明人书籍通病,无足怪也。

(清)李盛铎《木犀轩藏书题记及书录》卷四:

《花草萃编》[二]十二卷(存卷一至一二)[,明陈耀文辑],明刊本(有缺叶及抄配)

半叶十行,行二十字。标题次行题:"朗陵外方陈耀文晦伯父纂。"前有《乐府指迷》一卷。缺卷八,从他本抄补。

(清)缪荃孙《艺风藏书续记》卷七:

花草萃编十二卷

传钞本。荃孙钞自王佑遐侍御,亦钞本也。讹误极多,因未见原书,校以《历代诗余》,十得五六,用朱笔;又校以各家专集,用墨笔。

赵万里《校辑宋金元人词》引用书目:

花草萃编十二卷　明陈耀文辑　明万历间刻本

半叶十行,行二十字,款式与《天中记》、《学圃萓苏》无异。题"朗陵外方陈耀文晦伯甫纂"。卷首附沈伯时《乐府指迷》,大致以《花间》、《草堂》为主,益以《乐府雅词》、《梅苑》、《古今词话》、《天机余锦》、《翰墨大全》及名家词集,旁采说部诗话《绝妙好词》、《阳春白雪》均晚出故未征引,间亦附注本事,仿《类编草堂诗余》例,以小令、中调、长调编次。凡小令六卷,中调二卷,长调四卷。在明人辑本词选中,要以此书为最富矣。余审阅此书有年,知有不可不辨者凡三事焉:编中词人姓名,悉依所本各书移录,或名或字,前后不一致,而字句间亦无据此本以改彼本之迹,故何者出何书,尚可想象或考证得知。顾咸丰间钱塘金绳武以木活字印行时,憎其体例未善,咸改署名,其无可考及疑信参半者,仍依原本书字,其见于何书者,皆小字注后而署失名于前,与张文虎所称抉择不精,校订疏舛,或名或字或别号,体例庞杂云云,正同见《舒艺室杂著》甲编下,皆未得陈氏之用心。此当辨者一也。卷首自序云:"嗣以漂泊东南,纳交素友淮阴吴生承恩、姑苏吴生岫,皆耽乐艺文,藏书甚富,余每得之假阅,久之遂成六卷。"偶检《射阳先生存稿》二,有《花草新编自序》,序文与此书略同,概成书在耀文后,或署曰《新稿》,或据此谓耀文即习吴书为之,实非笃论。此当辨者二也。此书收唐、五代、宋、元人词,终卷无一明人作,故后人竟以耀文自序伪为延祐四年陈良弼所撰,且割裂为二十四卷,视原刻倍之。四库馆臣据以入录,金氏重刻时虽见原刻,而仍如库本分卷,于是原本面目不可复见。此当辨者三也。此书原本,海内所存者,寥寥可数。以余之简陋,所目见者仅钱塘丁氏、吴兴蒋氏、海宁王氏、故宫博物院、并寒斋所藏而五。中以故宫本最初印,然后印本中间有增入之叶,亦非无可取也。昔临桂况氏得一刻本,临桂王氏、江阴缪氏俱从之假录,强村所刻词所据校者,即从之出。然勘以原本,间有不合,殆已多臆改矣。余生于诸家后,幸得见原刻,而咸丰间金绳武木活字本流传亦罕,去秋亦于金陵见之,自谓书缘非浅,校辑既竣,因略加辨证,以质世之得读是书者。

王重民《中国善本书提要·集部》词类:

《花草萃编十二卷附乐府指迷一卷》,十二册(《四库总目》卷一百九十九,北图)。

　　明万历间刻本[,十行二十字]。

　　原题:"朗陵外方陈耀文晦伯甫纂。"前有自序云:"夫填词者,古乐府流也。自昔选次者众矣,唐则有《花间集》,宋则《草

堂诗余》。余自牵拙多暇,尝欲铨粹二集,以补一代典章。顾
以纪辑《天中》,因循有未果者。嗣以漂泊东南,纳交素友淮阴
吴生承恩、姑苏吴生岫,皆耽乐艺文,藏书甚富,余每得之假
阅,辄随笔位序之。久之,遂成六卷。移疾归来,游息竹素,综
缀正业之余,因复益以诸人之本集,各家之选本,记录之所附
载,翰墨之所遗留,上溯开、天,下讫宋末,曲调不载于旧刻者,
元词间亦与焉。其义例以世次为后先,以短长为小大。为卷
一十有二,计词三千二百八十余首。"云云,所述甚详,则原本
实为十二卷。《四库全书》据曹秀先所藏二十四卷著录之本,
为坊贾所改刻明矣。又吴承恩《射阳存稿》有《花草新编序》,
大致与耀文自序相合,因知是书或为耀文聘请吴承恩、吴岫所
编,或为耀文用承恩新编稿本增辑而成,说详刘修业所撰《吴
承恩著述考》。[按是书今有一九三三年陶风楼影印袖珍本。]

　　自序[,万历十一年(一五八三)]。

10. 花草新编,吴承恩编选,明钞本

《射阳先生存稿》四卷,民国十九年七月故宫博物院图书馆铅
印本,吴射阳先生存稿叙:

　　吴汝忠卒几十年矣,友人陆子遥收其遗文,而表孙进士丘
子度梓焉。问叙于陈子。往陈子守淮安时,长兴徐子与过淮,
汝忠往丞长兴,与子与善,三人者,呼酒韩侯祠内,酒酣,论文
论诗不倦也。汝忠谓:文自六经后,惟汉魏为近古;诗自三百
篇后,惟唐人为近古;近时学者,徒谢朝华而不知畜多识,去陈
言而不知漱芳润;即欲敷文陈诗,益缥囊于无穷也难矣。徐先
生与余深题其言。今观汝忠之作,缘情而绮丽,体物而浏亮,
其词徵(案:旁印朱字"微")而显,其旨博而深,明堂一赋,铿然
金石;至于书记碑序之文,虽不拟古何人,班孟坚、柳子厚之遗

也,诗词虽不拟古何人,李太白、辛幼安之遗也……汝忠与宝应朱子价自少友善,其文名与之颉颃,乃子价为太守,而汝忠沉于下僚,兹稿当与《山带阁集》并传,射阳射陂之上有两明珠也。因缀数语,贯于简端,万历庚寅夏日五岳山人沔阳陈文烛撰。

卷二花草新编序:

选词众矣,唐则称《花间集》,宋则《草堂诗余》。诗盛于唐,衰于晚叶。至夫词调,独妙绝无伦。宋虽名家,间犹未逮也。宋而下,亦未过宋人者也。然近代流传,《草堂》大行,而《花间》不显,岂非宣情易感,而含思难谐者乎。余尝欲柬汰二集,合为一编,而因循有未暇者。今秋逃暑,始克为之。因复益以诸人之本集、诸家之选本、记录之所附载,翰墨之所遗留,上溯开元,下断至正,会通诠择,录而藏之。其义例则以大小差后先,以短长为小大,字数相悬,虽同宫不必和,如浣溪沙华胥引同是黄钟宫,而有先后之别之类。曲名本一,虽异拍不必分,如锦堂春雨中花有古近之类。一曲而作者众,则取之严;一曲而作者稀,则待之恕。取之严,所以表式;待之恕,聊以备员。重其人兼重其言,如韩范司马文文山之类。惟其艺不惟其类,如教坊史丁仙现之类。丽则俱收,《郑》、《卫》可班于雅颂;洪纤并奏,《邻》、《曹》无间于齐秦;仍复批评窃比于郑笺,原本上希于卜《序》。句度中分,庶咏歌之无误;菁英旁点,示警策之当知;所愧爽彼咸酸,狭于渔猎,盖从吾好。衹据家藏,呈诸俊赏,庶或有同余者乎。昔人审音乐府,故律吕须精;今兹取玩文房,辞而已矣。是编也,由《花间》、《草堂》而起,故以“花草”命编。

书末跋:

　　射阳先生髫龄即以文名于淮,投刺造庐乞言问字者恒相
属。顾屡困场屋,为母屈就长兴,倅又不谐于长官,是以有荆
府纪善之补。归田来,益以诗文自娱,十余年以寿终。奈绝世
无继,手泽随亡,乌呼伤哉! 昔人谓生前富贵,死后文章,先生
所值一何奇也。文福难兼齐,而造物忌多取,信矣。丘子汝洪
亲犹表孙,义近高弟,从亲交中遍索先生遗稿,将汇而刻之,庶
几存十一于千百,为先生图不朽耳。谋诸荣,荣以张子以衷,
蔡子世卿皆辱先生忘年交,相与校焉。夫三子何能供是役哉。
鱼豕之讹不免矣。独念先生尝谓今之刻者类博而不精,嗟乎!
斯刻也,倘曰精焉,世必有知先生者矣。

　　万历己丑仲春七日通家晚生吴国荣顿首书。

(明)陈文烛《二酉园文集》,四库存目本,续集卷一"花草新编
序":

　　此亡友胡(案:吴刻误)汝忠词选也。命名以"花草",盖本
《花间集》、《草堂诗余》所从出云。夫词自开元以逮至正,凡诸
家所咏歌与翰墨所遗留,大都具备。乃分派而择之精,会通而
收之广,同官而不必合,异派而不必分,因人而重言,取艺而略
类。其汝忠所究心者与! 拔奇花于玄圃,拾瑶草于艺林,俾修
词者永式焉。汝忠既没,计部丘君抱渭阳之情,深宅相之感,
奉使九江,捐俸梓行。遇不佞,语之曰:"吾舅氏有属于先生否
乎?"忆守淮安,汝忠罢长兴丞家居,在委巷中与不佞莫逆,时
造其庐而访焉。曾出订是编,而幸传于世,汝忠托之不朽矣。
汝忠讳承恩,号射阳居士。海内操染家无不知淮有汝忠者。
生有异质,甫周岁未行时,从壁间以粉土为画,无不肖物。而
邻父老命其画鹅,画一飞者,邻父老曰:"鹅安能飞?"汝忠仰天
而笑,盖指天鹅云。邻父老吐舌异之,谓汝忠幼敏,不师而能

也。比长,读书目数十行下,督学使者奇其文,谓汝忠一第如拾芥耳。汝忠工制义,博极群书。宝应有朱凌溪者,弘德间才子也,有奇子如子价,朱公爱之如子。谓汝忠可尽读天下书,而以家所藏图史分其半与之。得与子价并名射湖之上,双璧竞爽也。子价后守九江,汝忠脏终身,仅以贡为长兴丞。长兴有徐子与者,嘉隆间才子也,一见汝忠,即为投合。把臂论心,意在千古。过淮访之,谓汝忠高士,当悬榻待之而。吾三人谈竹素之业,娓娓不厌,夜分乃罢。汝忠舐笔和墨,间作山水人物,观者以为通神佳手。弱冠以后决不落笔,家四壁立。所藏名画法书颇多,人谓汝忠于王方庆之积书,张弘靖之聚画,侔诸秘府者,可十一焉。且也平生恬淡自守,廉而不秽,其诗文出入六朝三唐,而词犹妙绝,江淮宝之。其稿与所藏泯灭殆尽,而家无炊火矣,余于汝忠有人琴俱亡之痛云。幸此编之行而述其大概矣,续《高士传》者采焉。

11. 花间集,赵崇祚辑,花间草堂合刻本
合刻花间草堂序:

天下无无情之人,则无无情之诗。情之所钟,正在吾辈。然非直吾辈也。夫子删《诗》,裁赢三百,周、召二南,厥为风始。彼所谓房中之乐、床笫之言耳。推而广之,江滨之游女、陌上之狂童、桑中之私奔、东门之密约,情实为之。圣人宁推波而助之澜,盖直寄焉。以情还情,以旁行之情,远正行之情,要其旨归,有情吻合于无情,斯已而已矣。邹孟氏识得此意,齐王好货、好勇,至于好色,犹曰“足用为善”,此何所足为乎?正以王有此情,可以导而之善也。而佛氏苦空寂灭,捐弃伦理,厌离居室,虽其癖好焉者,抗而与吾儒争道,而异端外学,如焦芽之不生、冷灰之不暖、土鼓之不韵,究竟归于

断灭焉。其人存,其情先亡矣。古卿大夫皆称《诗》以言志,其子弟为国子学,歌九德,颂六诗,习六舞,五声八音之和,被服其风,光辉日新,化上迁善而不知其所以。今之言诗者,如汉乐家制氏,能言其铿锵鼓舞,而不能言其义者,斯已为难。即镂冰刻楮,无益殿最之数。安所勤太史氏之采择,而献之贲鼓枞业之间乎?予友钟瑞先氏闳览博物,笃嗜古文奇字,每与予闲商风雅。今人与居也,辄进而求之古人,所畜经史异书,盈笥充栋,次第就梓。而《花间》之集、《草堂》之余,复得博南山本,先刻之。为禁臠《侯鲭》,竖词林嚆矢。自此湖光山色,杂沓笙簧,鸟语花香,间咽丝肉,而被以新声,佐之小令,作者骨艳,歌者魂销,遂使红牙㧑客,翠袖留髡,子仲之子,虽复不韵,无冬无夏市也婆娑。予今而知,诗与词之有扶于风教也。

天启甲子初夏兰陵张师绎克隽撰。

叙刻花间草堂合集:

州云:“《花间》以小语致巧,《世说》靡也。《草堂》以丽字取妍,六朝隃也。”可为□论。然《花间》柔艳婉约,自是温、韦、和、李诸才子香奁中物,微致较《草堂》为短,评者乃谓伤于促碎,非也。政致稍尽也,即隋炀、太白之雄,《望江南》《忆秦娥》,非不声调宏美,一种凄婉,近人犹不得与耆卿、子野、少游辈争长。盖宋人之词,语浅而遥;唐人之词,才秾而近。各有深致,不可优劣。而宋尤厥体当家,《草堂》中俊语如“满院落花春寂寂”、“泪花落枕红绵冷”、“海棠经雨胭脂透”,又“弹到断肠时,春山眉黛低”,“秋千外,绿水桥平”,入《花间》,不复可辨。《花间》中,欲拈如“帘卷西风,人比黄花瘦”,“断送一生憔悴,能消几个黄昏”,“杨柳外,晓风残月”,“燕子衔将春色去,

纱窗几阵黄梅雨",一段天然之美,岂易得耶? 间有之如冯延
巳"风乍起,吹皱一池春水",李后主"问君还有几多愁,恰似一
江春水向东流",数语耳。第《花间》无俗调,《草堂》人数阕而
外悉恶道,语不耐检,想当时村学究所窜入,恨无善本,一披沙
拣金也。近自友人得升庵所评注,荫映最佳,而《草堂》本则程
仲权所删,可称快绝,迩来风流日永,人士动称才情,才情之
美,无过诗余,因取合刻之而漫论及此。

　　钱塘钟人杰瑞先甫撰。

12. 花间集补,温博辑,茅氏凌霞山房本
花间集补叙:

　　乌程温博允文甫撰。

　　夫三百篇变而骚、赋,骚、赋变而古乐府,古乐府变而词,
词变而曲。余初读诗至小词,尝废卷叹曰:"嗟哉,靡靡乎,岂
风会之使然耶?"即师涓所弗道者。已而睹范希文《苏幕遮》、
司马君实《西江月》、朱晦翁《水调歌头》等篇,始知大儒故所不
废。何者? 众女蛾眉,芳兰杜若,骚人之意,各有托也。然古
今词选,无虑数家,而《花间》、《草堂》二集,最著者也。《花间》
近无善本,会茅贞叔氏语余曰:"昔人称'长短句情真而调逸,
思深而言婉者',莫过《花间》,第观时本多伪而鲜释,如韦相
《应天长》'□'与'浣'同转音入声而始叶;欧阳舍人《浣溪沙》,
'泥'当作'义'之类,苟不释,奚知焉? 余欲校而刻之,吾子云
何?"予曰:"善。故吾意也。"贞叔遂汇中土之音,气韵平调者
什其文。出家藏建康本校雠焉,而属余点句。点者读,圈者
句,句,韵脚也已。贞叔又属余补其未备,以足李唐一代之制。
余故未知赵氏当时诠次意,乃于此往往叹遗珠旧矣。因自李
翰林而下,十有四人,通得六十七首,为二卷,命曰《花间集

补》。大都尊调，小令之当余心者略备，如《菩萨蛮》、《忆秦娥》，世所称调祖也。如《清平乐令》，或以为非太白作，而近代杨用修、王元美，已嫭快之，未为无据。如《清平调》、《欸乃曲》、《杨柳枝》、《竹枝词》，即七言绝句，而实古词，多四句也。如《渔歌子》、《古调笑》，比切声调并入古词而采之云。嘻！声律之道，难言哉！难言哉！自唐迄今八百年，作者几几。宋无诗而有词，元无词而有曲，至本朝始兼之。然当家辞手可屈指也，余不佞，虽不谙新声之艳耳，假令登高吊古，食酒而酣，按拍歌唐人之调，便翩翩乎不知有人间矣，况三百篇哉！是编也，余且与贞叔起而试歌之。

　　武林逸庵沈玄征书。

13. 名媛诗纬初编诗余集，王端淑选辑，明词汇刊本
卢前跋：

　　诗余集上下二卷，为明媛诗纬之弟三十五、六卷，辑者王端淑，山阴王季重先生女也。季重殉国难，大节凛然。金闺才彦乃辑一代之翰墨，付之枣梨，沧桑之际，赖为传作，信可宝矣。其书流播绝罕，甲戌之秋，余在海上书肆见之，未及收购，已归云间施氏无相庵。明岁始得获录副本，举示叔雍社兄，叔雍方汇刊明词，以为可补选集之未备。因以贻之。至诗纬三十七、八两卷，题曰雅集者，则为散曲。他日当别梓以广吾曲囿焉。丙子孟冬卢前冀野甫识于饮红。

14. 南词十三种，题明李东阳，清董氏诵芬室钞本
西崖主人序：

　　自有诗而长短句寓焉。《南风之》、《五子之歌》，是以周之

《颂》三十一篇,长短句居十八;汉《郊祀歌》十九篇,长短句居其五;至短箫《铙歌》十八篇,留长短句,谓非词之源乎? 迄于六代《江南》《采莲》诸曲去倚声不远,其不即变为词者,四声尤未谐畅也。自古诗变为近体,而五七言绝句传于伶官,乐部长短句典所依则不得不更为词。当开元盛日,王之涣、高适、王昌龄诗句流播旗亭,而李白《菩萨蛮》等词亦被之歌曲。古诗之于乐府、近体之于词,分镳并骋,非有先后,谓诗降为词,以词为诗之余,殆非通论矣。予从故藏书家得珍秘善本,载宋元诸名家所作词本凡六十四家,计八十七卷,目曰《南词》,藏于家塾,庶几可以洗《草堂》之陋,而倚声知所宗矣。时岁在天顺六年夏四月上浣,西崖主人书于怀麓堂之西书院。(案:页眉朱评:"西涯无写作崖者。")(又评:"鲍刻《蜕岩词》案语即已引西涯《南词》,可见由来已旧,所录除文湖州一家外皆真宋元人词,西涯之名虽出赝托其实故足珍贵,乙巳正月昌授记。")(又墨评:"文湖州词乃乔吉《惺惺道人乐府》,吉字梦符,元时人。")

吴昌绶跋:

此书世无传本,系南昌彭文勤所藏,卷首有文勤朱笔题辞数行,署"癸卯中元日雨窗芸楣"。总目下有"南昌彭氏"朱文印、"知圣道斋藏书"朱文印、"遇读者善"白文印,又有"李之郇印"。序下有"宣城李氏瞿硎石室图书印记"朱文印。按西涯此集在汲古阁毛氏之先。当时并未付刊,所集六十四家除已为毛氏、侯氏、王氏所刻者,余皆久不经见之书。考陈振孙《书录解题》列词集九十二家,而总注其后曰:"自《南唐二主词》以下皆长沙书坊所刻,号《百家词》,其最末一家为郭应祥。"振孙称嘉定间人,则诸人皆在宁宗以前,今已大半不传。

嘉靖任良干所刊杨慎《词林万选》《四库提要》疑其依托。序称慎藏有唐宋五百家词,未免欺人失实。惟毛子晋穷搜宋本所刻,自晏殊《珠玉词》至卢炳《哄堂词》,共六十一家,可谓词林之渊海矣。然汲古阁所藏宋人词集实不止此,如阮文达《四库未收书目》所进之(宋)曹冠《燕喜词》一卷,(宋)朱敦儒《樵歌词》三卷,(宋)王以凝《王周士词》一卷,王佑退给谏所刻之《章华词》,皆从汲古旧钞过录,而未尝付刊,盖毛氏仅刻至六十一家而止,其意并不以六十一家为限也。《四库总目》为词曲一门,自晏殊《珠玉词》至国朝曹贞吉《珂雪词》仅五十九家,未免简略已甚。今以汲古毛氏所刻合之锡山侯文灿所刻张先《子野集》、贺铸《东山词》、葛刘《信斋词》、吴儆《竹洲词》、赵以夫《虚斋乐府》五家专举宋人词集。及王给谏之潘阆《逍遥词》、李弥逊《筠溪词》、邓肃《栟榈词》、朱敦儒《樵歌词拾遗》、朱雍《梅词》、倪称《绮川词》、高登《东溪词》、丘崇《文定公词》、曹冠《燕喜词》、姜特立《梅山词》、赵磻老《拙庵词》、袁去华《宣卿词》、李处全《晦庵词》、管鉴《养拙堂词》、王炎《双溪诗余》、陈亮《龙川词补》、陈人杰《龟峰词》、许棐《梅屋诗余》、坊岳《秋崖词》、李好古《碎锦词》、何梦贵《潜斋词》、赵必璩《覆瓿词》、欧良所编《抚掌词》、《章华词》,尚不及九十家,此本宋人词集为毛、侯、王三家所未刻,及世无刊本者尚十三家,真非常之秘笈矣。为阳湖董授金比部所藏,余假观颇久,乃非钞本字句与毛刻异同颇多,惜王给谏及朱微侍郎,文叔问太守均不在京师,未能一校耳。兹将西涯总目列后,其有刻本者附注目下使览者了然焉。

15. 宋名家词,汲古阁刊本
《四库存目》"宋名家词提要":

　　明毛晋编。晋有《毛诗陆疏广要》,已著录。词萌于唐,而盛于宋。当时伎乐,唯以是为歌曲。而士大夫亦多知音律,如今日之用南北曲也。金元以后,院本、杂剧盛,而歌词之法失传。然音节婉转,较诗易于言情,故好之者终不绝也。于是音律之事变为吟咏之事,词遂为文章之一种。其宗宋也,亦犹诗之宗唐。明常熟吴讷曾汇《宋元百家词》,而卷帙颇重,钞传绝少。唯晋此刻搜罗颇广,倚声家咸兹采掇。其所录分为六集,自晏殊《珠玉词》至卢炳《哄堂词》,共六十一家。每家之后,各附以跋语。其次序先后,以得词付雕为准,未尝差以时代。且随得随雕,亦未尝有所去取。故此外如王安石《半山老人词》、张先《子野词》、贺铸《东山寓声》以及范成大《石湖词》、杨万里《诚斋乐府》、王沂孙《碧山乐府》、张炎《玉田词》之类,虽尚有传本,而均未载入。盖以次开雕,适先成此六集,遂以六十家词传,非谓宋词止于此也。其中名姓之错互,篇章字句之讹异,虽不能免,而于诸本之误甲为乙,考证厘订者亦复不少。故诸家词集,虽各分著于录,仍附存其目,以不没晋搜辑校刊之功焉。

刻宋名家词序:

　　夫词至宋人,而词始霸。曼衍繁昌,至宋而词之名始大备。其人韶令秀世,其词复鲜艳殢人,有新脱而无因陈,有圆倩而无沾滞,有纤丽而无冗长,有峭拔而无钩棘。一时之以赓和名家,而鼓吹中原,不啻肩摩于世云。古虞有子晋毛氏,笃心汲古,其风流娴雅甚都,盖连然韵士也。家住昆湖之曲,凡遇快书,戛戛乎,堂堂乎,辄欲梓以行世。忼爽对客,颣意校雠,剞劂辈百千余人,悉以汗青相角。邺架之上,浩荡扶疏,而江左称善藏书者无渝(案:《萃编》作逾)毛氏焉。兹刻《宋名家词》,凡十人。捃摭俊异,各具本色。余得而下上之,辘轳酣畅,若同叔之玄超,小山之流媚,柳屯田之翻空广调,六一居士之清远多风,几最按拍。加以坡翁之卓绝、山谷之萧疏、淮海之搴芳、东堂之振藻,亟为引商。至于幼安之风襟豪上,睥睨无前,放翁之不伦不理,乾坤莽荡,又勃勃焉欲褰裳濡足以游之。数公者,人各具一词,词各成一伎俩,好事者咸于皓月当空,澹烟初放,春花欲醉,秋叶可餐,命童子执红牙板,对良朋浮白,随抚一阕歌之,慨焉慷焉,划然长啸而低徊焉。若颃唾九天,不自知明河之落衣袖也。或谓柳枝团扇,桃叶钗头,有戾乖正则之骚经,似设泥犁之种子,其然乎? 其不然乎? 则濮上桑间,胡以不删,而殷勤昭世哉? 且也,元献、文忠、稼轩、泽民诸君子,立朝建议,大义炳如,公余眺赏之暇,讽咏悲歌,时为小令,时作长吟,孰知其所以合,孰知其所以离,故风雅之别流,而词坛之逸致也。夫宇宙间,调调刁刁,万籁岂一,而琴、瑟、箜篌、琵琶,犹然海印发光;矧夫词调焚纶,一段灵光,溢于性府,尽属元声之所奴,而参伍错综,又为南北九宫之所必系者乎? 言未必,子晋辗然笑曰:“不谷书淫,无惭玄晏。自兹伊始,浸假而《十三经》,又浸假而《二十一史》,余且宾宾捐橐以从事焉。”则是刻也,谓子晋之游戏三昧,可也,审经播史、栋宇流虹,且以为诸刻制之嚆矢可也。

　　冰莲老人夏树芳书。

(清)朱修伯《结一庐书目》卷四,《观古堂藏书目丛刊》本:

　　宋名家词:计十二本,明毛晋编。精钞本。按晋曾编宋人词一百家,及刊者六十家,未刻者四十家,此本系知不足斋依晋原本重录,计四十家,末二家有录无书,缘《诗词杂俎》已刊,实三十八家也。

《西谛题跋》(附《书目》后):

《宋六十名家词》九十卷,1921年上海博古斋影印本,三十二册,久欲购此书,今日始到博古斋将他买回,同时并得纳书楹一部。西谛,1923年3月17日。

朱居易《毛刻宋六十家词勘误》,中华书局民国二十五年(1936)铅印本:

毛刻宋六十家词勘误序:

汇刻宋词始于虞山毛氏,虽编校疏舛,犹夫明人刻书遗习。然天水一代词集,籍是而存者不鲜,实有宋词苑之功臣也。毛氏所刊,止于五集六十一家,然初意似非限此,明末清初宋词存者尚富,使当时能继续付之剞劂,讵非幸事,惜乎!潜采堂、传是楼、敬惕堂暨厥后守山阁、小玲珑山馆、知圣道斋之所搜集,毛氏尚有未及见者,遂不克谓之完璧。然甄采之功匪可没也。自《彊村丛书》出,人手一编,毛刻或沦祧庙,但若无此基础,恐古微老人亦未易奏功,斯又先河后海,论者所宜知者矣。朱子居易,从余治清词有年,复助唐君圭璋研考宋词,精勤不苟,因感毛刻之多疏舛,欲整治之,使无疵累,兼以见诸家钞刻之异同善否,遂发箧为《勘误》一书,钩考综贯以存作者之真,而匡汲古之谬。累月脱稿,持以示余。余维校勘之学莫盛于清,虽厘剔爬梳,有时或嫌破碎,然有功古籍则为事实。第所治率以经、史、子为多,集部浩瀚难以遍及,若夫词,则又益未遑焉。自古微老人校刊宋元诸词,网罗各本,字栉而句梳之,斯道始大光,而龙榆生之于东坡,杨铁夫之于梦窗,则为之愈专而效亦益著。今居易乃取六十一家而悉校之,吾未知较朱、龙、杨诸家何如,而其为毛氏之功臣,则无疑也。因怂愿其付刊而为之序。

　　中华民国二十五年六月遐庵叶恭绰。

16. 宋五家词，明佚名钞本
傅增湘《藏园群书题记》卷二十，上海古籍出版社 1989 年：

　　明钞本《宋五家词跋》：陈亮《龙川词》一卷、刘过《龙洲词》二卷、杨炎正《西樵语业》一卷、戴复古《石屏词》一卷、毛平仲《樵隐诗余》一卷，明写本，绵纸，蓝格，十二行，行二十字。有"研叟"朱文圆印，"吴城"、"敦复"朱文两小印，"谢桢"白文印，"提月"朱文印。此癸亥八月余得之海王村坊肆者，字画草率，朱墨点抹，凌乱纷揉，乍睹之颇不奈观，然笔至疏古，是嘉、万时风气。取刻本勘正，则佳胜殊出意表。披沙拣金，往往得宝，若以皮相取之，几失之交臂矣。壬申二月二十日，藏园记。

17. 宋元名家词，紫芝漫钞本
毛扆跋：

　　戊申重阳前四日，从锡山秦翰林留仙得钞本宋元词十四册，中有《秋涧词》一卷，即此册也，惜逸其后三卷。后十年己酉中元后二日，复过锡山，访于孙氏，又得《宋元词》五十余册，中有《秋涧词》两卷，是时薄游金陵，即携至秦淮寓中。适访黄俞邠藏书，见《秋涧文集》自八十四卷至八十七卷载《乐府四卷》，因与借归。其孙氏所得二册，即于归舟校过。此册到家校之，其第四卷并拟旧式刻一格纸，命桐子钞补，遂成完书矣。己未八月初三日，虞山毛扆识于汲古阁下。

《东坡词》卷末(清)唐晏跋：

此词共七十家，宋元各半，为毛斧季得于梁溪秦留仙后人及孙氏者，盖明代钞本也。斧季有跋在《秋涧词》第一卷末，斧季又借黄俞邰所藏《秋涧集》，命桐子抄补之。又《鹤山长短句》斧季跋有"命福儿校正"句，是斧季二子名也。其本半出斧季手校。又如《乐斋词》、《白雪词》、《鹤山词》、《秋涧词》均有斧季朱字跋，至于印章均精妙可玩，又如《石林词》、《确山词》卷中所粘籤条亦出斧季，似付工另抄而以此为底本也。以校汲古阁六十家词未刻者过半，盖刻本出于子晋，而斧季所得此则在康熙初矣。然以校六十家词，讹脱不堪，逊此远矣。如《乐章集》中《传花枝》、《宣清》，《东坡词》中之《满江红》、《劝金船》，一阕皆与行世本不同，所以极可珍贵。《东坡词》首副页有士礼居白文印，知为黄氏所藏，考四印斋所刻《东坡乐府》后有莬圃跋云，余得书归，取毛抄东坡词勘之。又云钞本附东坡词拾遗一卷，又绍兴辛未孟冬至游居士曾慥跋，又云集中《戚氏》叙穆天子西王母事，今毛钞本亦有此语。又云毛钞遇注释处往往云"公旧注云云"，此跋考之此本悉合，足证黄氏所藏即此本无疑。知此书之渊源有自。又有陈宝晋及刘淮年藏印，陈为道光间扬州人，字守吾。刘为同光间大成人，寄住邗上，字树君，皆藏书家也。又考朱刻《乐章集》亦云毛斧季据含经宋本及周氏、孙氏两钞本。所云孙氏当即此本。今检《酒边词》首页有二印曰"孙熹星远"者，应即其人耶。内《稼轩词》缺前二卷，《花间集》缺后二卷，不知何从佚去矣。

丙辰仲夏得之，遂记于此，涉江。

又考《郘亭书目》卷十六词选类有《名家词十卷》，侯文灿编自序谓汲古六十家词外见绝少，孙星远有唐宋以来百家词钞本,访之仅存数种,以此考之,《酒边词》印章即其人矣。又斧季跋《秋涧词》一卷末云,从锡山秦氏得钞本词十四册,后十一年复过锡山,访于孙氏,又得宋元词五十余册,是斧季既得秦氏钞本后知为孙氏物,再访于孙氏,复得五十余册。然则此七十家皆出孙氏,所云紫芝漫抄之格纸及孙氏物也。故斧季云拟旧式刻一格纸,命桐补钞,是此本之渊源已了然矣。

(清)莫友芝撰、傅增湘订补、傅熹年整理《藏园订补郘亭知见传本书目》卷十六下:

> (补)宋元名家词七十种,编辑人未详。明钞本,绵纸,墨格,版心镌"紫芝漫钞"四字,九行十五字。共二十四册,始《东坡词》三卷,终《花间集》二卷,共七十家,九十七卷。清毛扆旧藏。内《乐斋词》、《秋涧乐府》有毛扆手跋,《鹤山词》有毛扆跋并粘签,《石林词》有毛扆粘签。钤毛扆、黄丕烈印。震钧藏。

王文进《文禄堂访书记》卷五,民国三十一年(1942)文禄堂书籍铺刊本:

> 宋金元六十九家词　明钞本,蓝格,附花间集不全
> 《东坡词》二卷,苏轼,附补遗;《乐章集》三卷,柳永;《渭山词》二卷,陆游;《白石词选》一卷,姜夔;《逃禅词》一卷,杨无咎;《竹山词》一卷,蒋捷;《稼轩词》丙集,辛弃疾;《竹屋痴语》一卷,高观国;《知稼翁词》一卷,毛扆;《西樵语业》一卷,杨炎正;《嫚窟词》一卷,侯寘;《初寮词》一卷,王安中;《芦川词》一卷,张元干;《石屏词》一卷,戴复古;《省斋诗余》一卷,廖行之;《苕溪词》一卷,刘正;《简斋词》一卷,陈与义;《断肠

词》一卷，朱淑真；《石林词》一卷，叶梦得；《丹阳词》一卷，葛胜仲；《东山词》一卷，贺铸；《樵隐诗余》一卷，黄公度；《竹洲词》一卷，吴儆；《芦溪词》一卷，王廷珪；《溪堂词》一卷，谢逸；《平斋词》一卷，洪咨夔；《归愚词》一卷，葛立方；《王周士词》一卷，王以凝；《竹坡老人词》三卷，周紫芝；《东浦词》一卷，韩玉；《沧浪词》一卷，严羽；《于湖先生长短句》五卷，张孝祥；《竹斋词》一卷，黄机；《审斋词》一卷，王千秋；《姑溪词》一卷，李之仪；《竹友词》一卷，谢迈；《克斋词》一卷，沈端节；《樵歌》二卷，朱敦儒；《鹤山词》一卷，魏了翁；《梅溪词》一卷，史达祖；《龙川词》一卷，陈亮；《文溪词》一卷，李昂英；《履斋诗余》一卷，吴潜；《相山词》一卷，王之道；《酒边词》一卷，向子諲；《涧泉诗余》二卷，韩淲；《垣庵长短句》一卷，赵师侠；《片玉集》十卷，周邦彦；《空同词》一卷，洪瑹；《烘堂词》一卷，卢炳；《侨庵诗余》一卷；《信斋词》一卷，葛剡；《龟峰词》一卷，陈经国；《笑笑词》一卷，郭应祥；《虚靖词》一卷，张继先；《玉林词》一卷；《梦庵词》一卷；《乐斋词》一卷，向滈；《虚斋乐府》二卷，赵以夫；《金谷遗音》一卷，石孝友；《得全居士词》一卷，赵鼎；《遯庵居士词》一卷，金段成己；《菊轩居士词》一卷，金段克己；《云林乐府》一卷，元倪瓒；《松雪词》一卷，元赵孟頫；《圭塘词》一卷，元许有壬；《玉笥山人词》一卷，元张宪；《白雪词》一卷；《秋涧词》四卷，元王晖。

　　《乐斋词》，毛氏题：乙未人日，从顾裕愍家藏本校一过，毛扆。

　　《秋涧词》：己未七月二十八日，借俞邰集本校于大江舟次，毛扆。

　　毛氏朱笔手跋：己丑六月十一日，从周氏旧录本校一过。《百字谣》周本亦缺，更脱《水调歌头》三首耳，次序俱标于上，然无足取。彼为分调，此则编年，当以此本为胜也，校毕雨窗漫记。毛扆。

戊申重阳前四日,从锡山秦翰林留仙得钞本宋元词十四册,中有《秋涧词》一卷,即此册也,惜逸其后三卷。后十年己酉中元后二日,复过锡山,访于孙氏,又得《宋元词》五十余册,中有《秋涧词》两卷,是时薄游金陵,即携至秦淮寓中。适访黄俞邰藏书,见《秋涧文集》,自八十四卷至八十七卷载《乐府四卷》,因与借归。其孙氏所得二册,即于归舟校过。此册到家校之,其第四卷并拟旧式刻一格纸,命桐子钞补,遂成完书矣。己未八月初三日虞山毛扆识于汲古阁下。

陆氏手跋曰:前三卷,黼季已校过,并此卷重用集本校一过。己未九月十有八日觌庵典记。

赵万里《校辑宋金元人词》引用书目:

宋元名家词二十四册   明钞本

此书目自《东坡词》起,至《花间集》终。凡七十种,版心下记"紫芝漫钞"四字,毛斧季扆以朱笔通体校过,大半为《六十名家词》所未收。盖刊成后所得也。中亦误收明人作,如李桢《侨庵诗余》,实明初人也,德化李氏藏书。

18. 唐词纪,董逢元编选,明万历刊本
封面内页粘一纸,墨笔手书:

词(案:此与"诗"字均写作简体)盛于宋而芽蘗于隋唐(案:此二字残右半)间。然与诗(案:"然"字残右半,下一字几全残,下一字存"讠"旁。猜测得之)异途,词之盛,诗之衰也。弇州谓诗道未成,不宜阅词,良然。至谓词兴而乐府亡,窃未敢信。词未兴而古乐府先亡矣。唐人拟作乐府甚多,然不可以被管弦,管弦者乃唐名家绝句,此亦乐府之变,犹雅之与郑乐亡乎(案:此字中间残)哉? 辑唐词者非通人,抹撷庞杂,编次舛紊,且鲁鱼莫正。然词(案:此字残上半)尽于此亦可观览。戊寅秋七月取阅一过,虽一语之佳亦标之以丹,能善用之,未必非诗料也,郑贞□士奭识。

唐词纪序:

　　夫词若宋富矣,然唐寔振之,(案:页眉墨笔评"小儿强作解事者")则其藻之青黄,描之婉媚,吐之□咻激烈,辄能令人热中,皆其纠缠哉? 试绎之,即只字单辞殊徵世代。是集也,予盖虑引商刻羽之妙,与阳阿薤露之音,眇乎无分。故特采初葩,广摭跃蔓,以志缘起。其所搴撷则又目前之人以为纠缠,非臆逞也。其所编类则妄为之条刺耳,第家积不殚,甘棠敝草,兰芷束薪,深切□□,予固且图之,亦遗其劳于后之好事者。
　　万历甲午季冬　毗陵董逢元题于芝田书屋

《四库存目》"唐词纪提要":

　　明董逢元撰。逢元字善长,常州人。是编成于万历甲午,虽以唐词为名,而五季十国之作,居十之七。盖时代既近,末派相沿,往往皆唐之旧人,不能截分畛域。犹之录唐诗者,载及王周、徐铉,犹有说可通。至于隋炀帝《望江南》词,无论证以段安节《乐府杂录》,知《海山记》为依托,即绳以断限之意,亦名实相乖,漫无体例矣。且不以人序,不以调分,而区为景色、吊古、感慨、宫掖、行乐、别离、征旅、边戍、佳丽、悲愁、忆念、怨思、女冠、渔父、仙逸、登第十六门,已为割裂无绪。又或以词语而分,或以词名而分,忽此忽彼,茫无定律,尤为治丝而棼。卷首列《词名微》一卷,略作解题,罕所考证,至以郭茂倩为元人,则他可概见矣。

19. 唐宋名贤百家词,吴讷辑,钞本

(清)聂先、曾王孙编《百名家词钞一百卷》例言,续修四库本:

宋元词人最盛,而所传词稿甚少,闻昔海虞吴氏有《宋元百家词》钞本,兵火之后,汲古阁购之不全,只梓宋词六十家行世。

《西谛题跋》(附《书目》后):

《百家词》一百三十卷,明吴讷编,1940 年商务印书馆铅印本,八册。吴讷《唐宋百家词》旧藏天津图书馆,不知劫中尚存否?此复印本,并虎贲中郎之似而无之,然绝难得,盖植版京华,而由香港刷印,印成后即逢港变,存书都作一炬,仅有数部运平。此系丁英桂君为余由平购得者,价八百十四金。纫秋,民国三十三年三月十五日。

赵万里《校辑宋金元人词》引用书目:

唐宋名贤百家词四十册　明吴讷编　明红格钞本
此书传世至罕,《千顷堂书目》作《四朝名贤词》,较此本所题为善。自《花间集》起,至《笑笑词》终,凡百种。中缺十家,实得九十种。《稼轩词》丁集,袁易《静春词》,为他处所未见。然亦误收明人作。如王达《耐轩词》,实明初人也。天一阁旧藏,范《目》云九十册,盖误以目录诸儒姓氏后所数(案:疑为

"书"误)当之,非所见有二本也。卷首吴讷序已夺,天津图书馆藏书。

20. 尊前集,无名氏,词苑英华本
尊前集引:

　　尝慨古乐之不复也,将非华声不振,佥趋夷习,展转失真而无已耶? 何则? 寻流溯源,虽钧天犹可想像;迷沿瞀袭,即咫尺玄白罔鉴。爰自淳风日漓,凡在含识,莫不眩文嗤朴。今观古乐府质圹悠蕴,不拘平侧,率多协韵。历考填词,举动按调,音律益严。是知古乐府触类于古诗,而填词抽绪于近体。然近体造端梁、陈,更唐天宝、开元,其格始纯,又况填词之精工哉! 若玄宗之《好时光》、李太白之《菩萨蛮》、张志和之《渔父》、韦应物之《三台》,音婉旨远,妙绝千古。他如王、杜、刘、白,卓然名家。下逮唐末群彦若干人,联其所制,为上、下二卷,名曰《尊前集》,梓传同好。先是唐有《花间集》,及宋人《草堂诗余》行,而《尊前集》鲜有闻者久之。不幸金元僭据神州,中区污染北鄙风气,由是曲度盛而词调微。目今南北乐部,若丝、若竹、若肉,畴脱夷习,宁非诸华之耻乎? 余以为额定机轴,画一成章,是以谓之填词。纵乏古乐府自然浑厚,往往婉丽相承,比物连类,谐畅中节,未改唐音,尚有风人雅致。非如曲家假餙乱真,千妍万态,不越倡优行径。盖其失在于宣和以还。方厥初新翻小令,犹为警策;渐绎中调,既已费辞;奈何殚曳玺丝,牵押长调。遂俾揽听未半,孰不思睡。故无怪乎左词右曲也。余素爱《花间集》胜《草堂诗余》,欲播传之。曩岁,客于吴兴,茅氏兼有附补,而余斯编第有类焉。呜呼,曲、词诚小伎,一升一降,俗尚音形,可以观时,娱情燕会,兰熏虎变,实籍名世,作者权舆尔已。噫,是可易与不知者道哉! 万历壬午春

三月既望书于来凤轩。

书末毛晋跋：

雍熙间，有集唐末五代诸家词，命名《家宴》，谓其可以侑觞也。又有名《尊前集》者，殆亦类此。惜其本皆不传。嘉禾顾梧芳氏采录名篇，釐为二卷，仍其旧名。虽不堪与《花间》、《草堂》颉颃，亦能一洗绮罗香泽之态矣。此本予得之闽中郭圣仆，圣仆酷好予家诸刻，必欲一字不遗而后快。癸酉中秋后一日，予访之南都南关外，应门无人，惟檐前白鹦鹉学人语，呼"客到"已耳。老屋二间，不蔽风日，几榻间彝、鼎、盘、缶，皆三代间物，其最珍玩者，一折角汉砚，因颜其斋曰"汉研"。出异香佳茗作供，剧谈竟日。临别赠予二书，兹编及《剪绡集》也。又赠予二画，一淡墨山水，一秋林高岫。盖其爱姬李陀奴、朱玉耶笔也。惜其无嗣，今墓楥已森，二姬各有所归。二书予安忍秘诸！

四库提要：

《尊前集》二卷，原本不著撰人名氏。前有万历间嘉兴顾梧芳序，云："余爱《花间集》欲播传之，而余斯编第有类焉。"似即梧芳所辑。故毛晋亦谓："梧芳采录名篇，釐为二卷。"而朱彝尊跋则谓于吴下得吴宽手钞本，取顾本勘之，词人之先后，乐章之次第，靡有不同。因定为宋初人编辑。考宋张炎《乐府指迷》曰："粤自隋、唐以来，声诗间为长短句，至唐人则有《尊前》、《花间集》。"似乎此书与《花间集》皆为五代旧本。然《乐府指迷》一云沈伯时作，又云顾阿瑛作，其为真出张炎与否，盖未可定。又陈振孙《书录解题》歌词类以《花间集》为首，注曰："此近世倚声填词之祖。"而无《尊前集》之名。不应张炎见之，而陈振孙不见，彝尊定为宋本，亦未可尽凭。疑以传疑，无庸强指。且就词而论，原不失为《花间》之骖乘。玩其情采，足资沾溉，亦不必定求其人以实之也。

二　明编词总集丛刻系年

洪武二十五年壬申(1392)

　　何士信辑，遵正书堂刻，《增修笺注妙选群英草堂诗余》前集二卷后集二卷

成化间

　　何士信辑，《增修笺注妙选群英草堂诗余》前集二卷后集二卷

正德十六年辛巳(1521)

　　赵崇祚辑，陆元大刻，《花间集》十卷

嘉靖十六年丁酉(1537)

　　李谨辑，刘时济刻，《新刊古今名贤草堂诗余》六卷

嘉靖十七年戊戌(1538)

　　陈钟秀校刊，《精选名贤词话草堂诗余》二卷

嘉靖二十二年癸卯(1543)

　　杨慎编选，《词林万选》四卷

嘉靖二十六年丁未(1547)

　　黎仪抄，张綖编选，《草堂诗余别录》、《后集别录》不分卷

嘉靖二十八年己酉(1549)

　　李谨刻，《新刊古今名贤草堂诗余》四卷

嘉靖二十九年庚戌(1550)

　　顾从敬编选，《类编草堂诗余》四卷

嘉靖三十三年甲寅(1554)

　　杨金刊，《草堂诗余》前集二卷后集二卷

嘉靖三十六年丁巳(1557)

题(明)鯆溪逸史辑,《汇选历代名贤词府全集》九卷,首《中原音韵》一卷

嘉靖间

安肃荆聚刊,《增修笺注妙选草堂诗余》前集二卷后集二卷

万历四年丙子(1576)

黄昇辑,舒伯明刻,《唐宋诸贤绝妙词选》十卷,《中兴以来绝妙词选》十卷,吴湖帆、赵万里、蒋谷孙跋

万历十一年癸未(1583)

陈耀文辑刻,《花草萃编》十二卷,附《乐府指迷》一卷

万历十二年甲申(1584)

唐顺之注,田一隽选,张东川刻,《类编草堂诗余》四卷

万历十六年戊子(1588)

题(明)唐顺之解注,田一隽辑,李廷机评,詹圣学刊,《重刻类编草堂诗余评林》六卷

万历二十二年甲午(1594)

董逢元编选,《唐词纪》十六卷,首《词名微》一卷

万历二十三年乙未(1595)

李廷机评,郑世豪宗文书堂刊,《新刻注释草堂诗余评林》六卷

万历三十年壬寅(1602)

赵崇祚辑,《花间集》十二卷,温博辑,《补》二卷,玄览斋刻

董其昌评,曾六德参释、乔山书社刻,《新锓订正评注便读草堂诗余》七卷

万历三十五年丁未(1607)

何士信辑,胡桂芳重辑,黄作霖刻,《类编草堂诗余》三卷

万历四十年壬子(1612)

赵崇祚辑,《花间集》十卷;温博辑,《补》二卷;茅一桢撰,《音释》二卷,茅氏凌霞山房刻重修本

万历四十一年癸丑(1613)

杨慎辑、杜祝进订补,(清)叶志诜跋,《百琲明珠》五卷

万历四十二年甲寅(1614)

黄昇辑,秦堨刻,《唐宋诸贤绝妙词选》十卷、《中兴以来绝妙词选》十卷

顾从敬类选,陈继儒重校,陈仁锡参订,《类编笺释草堂诗余》六卷、续选二卷、国朝五卷

万历四十三年乙卯(1615)

李攀龙补遗,余文杰刊,《新刻题评名贤词话草堂诗余》六卷

万历四十七年己未(1619)

吴从先辑,袁宏道增订,师俭堂萧少衢刻,《新刻李于鳞先生批评注释草堂诗余隽》四卷

嘉万间

吴承恩辑,钞本,《花草新编》五卷,存卷三至五

万历间

昆石山人校辑,《类编草堂诗余》四卷

杨慎评点,闵映璧刻,《评点草堂诗余》五卷

周履靖编选,《唐宋元明酒词》二卷

天启四年甲子(1624)

杨慎评注,钟人杰笺,《花间集》二卷,读书堂刻,花间草堂合集本

天启五年乙丑(1625)

李廷机批评,建业周如泉刊,《新刻朱批注释草堂诗余评林》四卷

崇祯四年辛未(1631)

陆云龙辑,《翠娱阁评选行笈必携词菁》二卷

崇祯间

潘游龙辑,十竹斋刻,《精选古今诗余醉》十五卷

题陈继儒评选,卓人月辑,徐士俊评,《草堂诗余》十六卷、《杂

说》一卷(即《古今词统》)

明末

　　顾从敬编次,《类编草堂诗余》四卷;一真子辑,《续》四卷

　　顾从敬编次,博雅堂刻,韩俞臣校正,《类编草堂诗余》四卷

　　顾从敬类选,沈际飞评正,《草堂诗余》正集六卷、续集二卷、别
集四卷、新集五卷

　　汲古阁刻,《词苑英华》本,《草堂诗余》三卷

　　汲古阁刻,《宋名家词》六十一种

年代不详

　　吴讷辑,《唐宋名贤百家词》□卷

　　茅暎辑,朱墨套印本,《词的》四卷

　　钟惺辑,慎节堂刻,《新刊增修笺注妙选群英草堂诗余》二卷

　　杨肇祉辑,《词坛艳逸品》四卷

　　明人辑抄,紫芝漫钞本,《宋元名家词》一百卷

　　明人辑抄,石村书屋本,《宋元明三十三家词》五十三卷

　　明人辑抄,《宋五家词》六卷

　　明人辑抄,《宋二十家词》二十种二十六卷

　　明人辑抄,《宋名贤七家词》七卷

　　题(明)李东阳,(清)董氏诵芬室钞本,《南词十三种》

　　明钞本,《樽前集》一卷,(清)丁丙跋

三　《草堂诗余》系列选本调名篇目索引

说明:

1. 本索引条目以沈际飞评本正集之 466 首为底录入。沈本于
草堂系列词作搜罗最全,可方便比较他本采选情况。

2. 各条按照调名音序排列。调名首句从原刻,相关勘误见正
文,此不出校。

《草堂诗余》系列选本调名篇目索引（十九种）

调名	首句	双璧陈氏本	遭正书堂本	陈钟秀校本	张绖别录本	杨金刊本	安肃荆聚本	顾从敬刊本	四库全书本	唐顺之注本	宗文书堂本	乔山书社本	胡桂芳辑本	续四库原本	师俭堂刊本	昆石山人本	杨慎评点本	周文耀刊本	沈际飞评本	词苑英华本	入选次数
八六子	倚危亭	✓	✓	✓	✓	✓	✓	✓	✓	✓	✓	✓	✓	✓	✓	✓	✓	✓	✓	✓	19
八声甘州	有情风万里卷潮来	✓	✓	✓	✓	✓	✓	✓	✓	✓	✓	✓	✓	✓	✓	✓	✓	✓	✓	✓	19
八声甘州	谓东坡未老赋归来	✓	✓	✓	✓	✓	✓	✓	✓	✓	✓	✓	✓	✓	✓	✓	✓		✓	✓	18
白苧	绣裙垂	✓	✓	✓	✓	✓	✓	✓	✓	✓	✓	✓	✓	✓	✓	✓	✓		✓	✓	18
拜星月慢	夜色催更	✓	✓	✓	✓	✓	✓	✓	✓	✓	✓	✓	✓	✓	✓	✓	✓		✓	✓	18
宝鼎现	夕阳西下	✓	✓	✓	✓	✓	✓	✓	✓	✓	✓	✓	✓	✓	✓	✓	✓		✓		17
薄命女	天欲晓	✓																	✓	✓	3
薄幸	淡妆多态	✓	✓	✓	✓	✓	✓	✓	✓	✓	✓	✓	✓	✓	✓	✓		✓	✓	✓	17
卜算子	春透水波明	✓	✓	✓	✓	✓	✓	✓	✓	✓	✓	✓	✓	✓	✓	✓		✓	✓	✓	17
卜算子	胸中千种愁	✓	✓	✓				✓		✓	✓	✓	✓	✓	✓	✓		✓	✓		13
卜算子	有意送春归	✓	✓	✓	✓	✓	✓	✓	✓	✓	✓	✓	✓	✓	✓	✓		✓	✓	✓	18
卜算子	缺月挂疏桐	✓	✓	✓	✓	✓	✓	✓	✓	✓	✓	✓	✓	✓	✓	✓	✓	✓	✓	✓	19

注：前六种属"何士信系列"；中间九种属"顾从敬系列"。

（续表）

调名	首句	何士信系列						顾从敬系列													入选次数
		双璧陈氏本	遵正书堂本	陈钟秀校本	张綖别录本	杨金刊本	安肃荆聚本	顾从敬刊本	四库全书本	唐顺之注本	宗文书堂本	乔山书社本	胡桂芳辑本	续四库原本	师俭堂刊本	昆石山人本	杨慎评点本	周文耀刊本	沈际飞评本	词苑英华本	
侧犯	暮霞零雨	√	√	√	√	√	√	√	√	√	√	√		√	√	√	√	√	√	√	18
长相思	红满枝	√	√	√	√	√	√	√	√	√	√	√	√	√	√	√	√	√	√	√	19
长相思	重山	√	√	√	√	√	√	√	√	√	√	√		√	√	√	√	√	√	√	18
长相思	天悠悠				√		√		√		√	√		√	√	√	√	√	√	√	√	14
长相思	汴水流						√	√	√			√		√	√	√	√	√	√	√	√	12
长相思	深画眉												√							√		2
长相思	短长亭						√	√	√			√		√	√	√	√	√	√	√	√	12
朝中措	平山栏槛倚晴空	√						√						√	√	√	√	√	√	√	√	11
丑奴儿令	辘轳金井梧桐晚	√	√	√		√		√						√	√	√	√	√	√	√	√	15
丑奴儿令	冯夷剪破澄溪练	√	√	√	√	√	√	√						√	√	√	√	√	√	√	√	18
传言玉女	一夜东风	√	√	√	√	√	√	√	√					√	√	√	√	√	√	√	√	15
春从天上来	海角飘零	√	√	√		√	√	√	√			√		√	√	√	√	√	√	√	√	18

（续表）

调名	首句	双璧陈氏本	遵正书堂本	陈钟秀校本	张綖别录本	杨金刊本	安肃荆聚本	顾从敬刊本	四库全书本	唐顺之注本	宗文书堂本	乔山书社本	胡桂芳辑本	续四库原本	师俭堂刊本	昆石山人本	杨慎评点本	周文耀刊本	沈际飞评本	词苑英华本	入选次数
		何士信系列						顺从敬系列													
春霁	迟日融和	√	√	√		√	√	√	√	√	√	√	√	√	√	√	√	√	√	√	18
春云怨	春风恶劣	√	√	√		√		√	√	√	√	√	√	√	√	√	√	√	√	√	17
大酺	对宿烟收	√	√					√	√	√	√	√	√	√	√		√		√	√	13
大圣乐	千朵奇峰	√	√	√		√	√	√	√	√	√	√	√	√	√	√	√	√	√	√	18
丹凤吟	迤逦春光无赖	√	√	√		√	√	√	√	√	√	√	√	√	√	√	√	√	√	√	18
捣练子	心耿耿	√	√	√	√		√	√	√	√	√	√	√	√	√	√	√	√	√	√	18
氐州第	波落寒汀	√	√	√	√	√		√	√	√	√	√	√	√	√	√	√	√	√	√	18
帝台春	芳草碧色	√	√	√	√	√	√	√	√	√	√	√	√	√	√	√	√	√	√	√	18
点绛唇	红杏飘香	√	√	√	√		√	√	√	√	√	√	√	√	√	√	√		√	√	17
点绛唇	春雨濛濛	√	√	√	√		√	√	√	√	√	√	√	√	√	√	√		√	√	17
点绛唇	莺踏花翻	√	√	√	√	√	√	√	√	√	√	√	√	√	√	√	√		√	√	17
点绛唇	高柳婵嘶	√	√	√	√	√	√	√	√	√	√	√	√	√	√	√	√	√	√	√	18

（续表）

调名	首句	何士信系列						顾从敬系列													入选次数
		双璧陈氏本	遵正书堂本	陈钟秀校本	张绖别录本	杨金刊本	安肃荆聚本	顾从敬刊本	四库全书本	唐顺之注本	宗文书堂本	乔山书社本	胡桂芳辑本	续四库原本	师俭堂刊本	昆石山人本	杨慎评点本	周文耀刊本	沈际飞评本	词苑英华本	
点绛唇	新月娟娟	✓	✓	✓		✓	✓	✓	✓	✓	✓	✓	✓	✓	✓			✓	✓	✓	18
点绛唇	金谷年年	✓	✓	✓		✓	✓	✓	✓	✓	✓	✓	✓	✓	✓	✓		✓	✓	✓	19
点绛唇	醉漾轻舟					✓							✓						✓		3
蝶恋花	谁向椒盘簪彩胜	✓	✓	✓	✓	✓	✓	✓	✓	✓	✓	✓	✓	✓				✓	✓	✓	18
蝶恋花	欲减罗衣寒未去	✓	✓	✓		✓	✓	✓	✓	✓	✓	✓	✓	✓	✓			✓	✓	✓	18
蝶恋花	遥夜亭皋闲信步			✓	✓	✓		✓	✓	✓	✓	✓	✓	✓				✓		✓	15
蝶恋花	花褪残红青杏小	✓	✓	✓	✓	✓	✓	✓	✓	✓	✓	✓	✓	✓	✓			✓	✓	✓	19
蝶恋花	帘幕风轻双语燕	✓	✓	✓	✓	✓	✓	✓	✓	✓	✓	✓	✓	✓	✓			✓	✓	✓	19
蝶恋花	庭院深深深几许	✓	✓	✓		✓	✓	✓	✓	✓	✓	✓	✓	✓	✓			✓	✓	✓	18
蝶恋花	卷絮风头寒欲尽			✓	✓	✓		✓	✓	✓	✓	✓	✓	✓				✓		✓	14
蝶恋花	庭院碧苔红叶遍	✓	✓	✓		✓	✓	✓	✓	✓	✓	✓	✓	✓	✓			✓	✓	✓	18
蝶恋花	月皎惊乌栖不定	✓	✓	✓		✓		✓	✓	✓	✓	✓	✓	✓	✓			✓		✓	17

（续表）

调名	首句	何士信系列						顾从敬系列													入选次数
		双璧陈氏本	遭正书堂本	陈钟秀校本	张綖别录本	杨金刊本	安肃荆聚本	顾从敬刊本	四库全书本	唐顺之注本	宗文书堂本	乔山书社本	胡桂芳辑本	续四库原本	师俭堂刊本	昆石山人本	杨慎评点本	周文耀刊本	沈际飞评本	词苑英华本	
蝶恋花	梦断池塘凉乍晓	√	√	√	√	√	√	√	√	√	√	√	√	√	√	√	√	√		√	18
蝶恋花	海燕双飞归画栋	√	√		√	√	√	√	√	√	√	√	√	√	√	√	√		√	√	17
蝶恋花	钟送黄昏鸡报晓	√	√	√	√	√		√	√	√	√	√	√	√	√	√	√	√	√	√	18
蝶恋花	春事阑珊芳草歇	√	√	√	√	√		√	√	√	√	√	√	√	√	√	√	√	√	√	18
蝶恋花	姿本钱塘江上住			√	√								√						√		3
东风齐著力	残腊收寒	√	√	√	√	√	√	√	√	√	√	√	√	√	√	√	√	√		√	18
洞仙歌	雪云散尽	√	√	√	√	√	√	√	√	√	√	√	√	√	√	√	√	√	√	√	19
洞仙歌	冰肌玉骨	√	√	√	√	√	√	√	√	√	√	√	√	√	√	√	√		√	√	18
洞仙歌	菁烟幂处	√	√	√	√	√	√	√	√	√	√	√	√	√	√	√	√	√	√	√	19
洞仙歌	裕纤细雨	√	√	√	√	√	√	√	√	√	√	√	√	√	√	√	√		√	√	18
洞仙歌	飞梁压水	√	√	√	√	√	√	√	√	√	√	√	√	√	√	√	√	√	√	√	18
斗百花	煦色韶光明媚	√	√	√	√	√	√	√	√	√	√	√	√	√	√	√	√	√	√	√	18

（续表）

调名	首句	何士信系列						顾从敬系列											沈际飞评本	词苑英华本	入选次数
		双璧陈氏本	遵正书堂本	陈钟秀校本	张继别录本	杨金刊本	安肃荆聚刊本	顾从敬刊本	四库全书本	唐顺之注本	崇文书堂本	乔山书社本	胡桂芳辑本	续四库原本	师俭堂刊本	昆石山人本	杨慎评点本	周文耀刊本			
渡江云	晴岚低楚甸	√	√	√	√	√	√	√	√	√	√	√	√	√	√	√			√	√	17
多丽	想人生	√	√	√	√	√	√	√	√	√	√	√	√	√	√	√			√	√	17
二郎神	问来弹鹊	√	√	√	√	√	√	√	√	√	√	√	√	√	√	√	√		√	√	18
二郎神	炎光初谢	√	√	√	√	√	√	√	√	√	√	√	√	√	√	√	√		√	√	18
法曲献仙音	蝉咽凉柯	√	√	√	√	√	√	√	√	√	√	√	√	√	√	√	√		√	√	18
风流子	东风吹碧草	√	√	√	√	√	√	√	√	√	√	√	√	√	√	√	√	√	√	√	19
风流子	亭皋木叶下	√	√	√	√	√	√	√	√	√	√	√	√	√	√	√	√		√	√	18
风流子	枫林凋晚叶	√	√	√	√	√	√	√	√	√	√	√	√	√					√	√	15
风流子	新绿小池塘	√	√	√	√	√	√	√	√	√	√	√	√	√	√	√	√		√	√	18
风入松	一宵风雨送春归	√	√	√	√	√	√	√	√	√	√	√	√	√	√	√			√	√	17
风中柳	消减芳容	√	√	√	√	√	√	√	√	√	√				√				√	√	13
凤凰阁	遍园林绿暗	√	√	√	√	√	√	√	√	√	√	√	√	√	√	√	√		√	√	18

（续表）

调名	首句	何士信系列						顾从敬系列								系列					入选次数
		双璧陈氏本	遵正书堂本	陈钟秀校本	张綖别录本	杨金刊本	安肃荆聚本	顾从敬刊本	四库全书本	唐顺之注本	宗文书堂本	乔山书社本	胡桂芳辑本	续四库原本	师俭堂刊本	昆石山人本	杨慎评点本	周文耀刊本	沈际飞评本	词苑英华本	
凤凰台上忆吹箫	香冷金猊	√	√	√		√	√	√	√	√	√	√	√	√	√	√	√	√	√	√	18
高阳台	红人桃腮	√	√	√			√	√	√	√	√	√	√	√	√	√	√		√	√	17
隔浦莲近	新篁摇动翠葆	√	√	√			√	√	√	√	√	√	√	√	√	√	√	√	√	√	17
更漏子	玉炉香	√	√	√	√		√	√	√	√	√	√	√	√	√		√	√	√	√	17
孤鸾	天然标格	√	√	√	√		√	√	√	√	√	√	√	√	√	√	√	√	√	√	18
归朝欢	听得提壶沽美酒	√	√	√			√	√	√	√	√	√	√	√	√	√	√	√	√	√	17
归朝欢	声转辘轳闻露井	√		√			√	√	√	√	√	√	√		√	√		√	√	√	14
桂枝香	梧桐雨细	√	√	√	√		√	√	√	√	√	√	√	√	√	√	√	√	√	√	18
桂枝香	登临送目	√	√	√	√		√	√	√	√	√	√	√	√	√	√	√	√	√	√	18
过涧歇	淮楚	√	√	√	√		√	√	√	√	√	√	√	√	√	√	√	√	√	√	18
过秦楼	弄月余花	√	√	√			√	√	√	√	√	√	√		√	√	√		√	√	15
海棠春	流莺窗外啼声巧	√	√	√	√		√	√	√	√	√	√	√	√	√	√	√	√	√	√	17

（续表）

调名	首句	何士信系列						顾从敬系列													入选次数
		双璧陈氏本	遵正书堂本	陈钟秀校本	张綖别录本	杨金刊本	安璿荆聚本	顾从敬刊本	四库全书本	唐顺之注本	宗文书堂本	乔山书社本	胡桂芳辑本	续四库原本	师俭堂刊本	昆石山人本	杨慎评点本	周文耀刊本	沈际飞评本	词苑英华本	
汉宫春	云海沉沉	√	√	√				√	√	√	√	√	√	√	√	√	√		√	√	18
汉宫春	暖律初回	√	√	√			√	√	√	√	√	√	√	√	√	√	√	√	√	√	17
汉宫春	潇洒江梅	√	√	√			√	√	√	√	√	√	√	√	√	√	√	√	√	√	18
好事近	叶暗乳鸦啼	√	√	√	√			√	√	√	√	√	√	√		√	√	√	√	√	15
何满子	怅望浮生急景	√	√	√		√	√	√	√	√	√	√	√	√	√	√	√	√	√	√	17
贺圣朝	满斟绿醑留君住	√	√	√		√	√	√	√	√	√	√	√	√	√	√	√	√	√	√	16
贺新郎	篆缕销金鼎	√	√	√			√	√	√	√	√	√	√	√	√	√	√	√	√	√	18
贺新郎	睡起流莺语	√	√	√		√	√	√	√	√	√	√	√	√	√	√	√	√	√	√	18
贺新郎	乳燕飞华屋	√	√	√	√	√	√	√	√	√	√	√	√	√	√	√	√	√	√	√	19
贺新郎	昼永重帘卷	√	√	√		√	√	√	√	√	√	√	√	√	√	√	√	√	√	√	18
贺新郎	翠葆摇新竹	√	√	√		√	√	√	√	√	√	√	√	√	√	√	√	√	√	√	18
贺新郎	深院榴花吐	√	√	√		√	√	√	√	√	√	√	√	√	√	√	√	√	√	√	18

（续表）

调名	首句	何士信系列						顾从敬系列													入选次数
		双璧陈氏本	遵正书堂本	陈钟秀校本	张綖别录本	杨金刊本	安肃荆聚本	顾从敬刊本	四库全书本	唐顺之注本	崇文书堂本	乔山书社本	胡桂芳辑本	续四库原本	师俭堂刊本	昆石山人本	杨慎评点本	周文耀刊本	沈际飞评刊本	词苑英华本	
贺新郎	思远楼前路	√	√	√	√	√	√	√	√	√	√	√	√	√	√	√	√	√	√	√	19
贺新郎	灵鹊桥初就	√	√	√	√	√	√	√	√	√	√	√	√	√	√	√	√	√	√	√	19
贺新郎	步自雪堂去	√	√	√				√	√		√	√		√	√	√	√	√	√	√	13
贺新郎	睡觉啼莺晓	√	√	√	√	√	√	√	√	√	√	√	√	√	√	√	√		√	√	18
贺新郎	瑞气笼清晓	√	√	√				√	√		√	√		√	√	√	√	√	√	√	13
鹤冲天	晓月坠																		√	√	2
红林檎近	风雪惊初霁	√	√	√			√	√	√			√	√	√	√	√	√	√	√	√	14
红林檎近	高柳春才软	√	√	√	√	√	√	√	√	√	√	√	√	√	√	√	√		√	√	18
花犯	粉墙低	√	√	√	√	√	√	√	√	√	√	√	√	√	√	√	√	√	√		18
花心动	仙苑春浓	√	√	√	√	√	√	√	√	√	√	√	√	√	√	√	√	√	√		18
华胥引	川源溶映	√	√	√	√	√	√	√	√	√	√	√	√	√	√	√	√	√	√		18
画堂春	落红铺径水平池	√	√	√	√	√	√	√	√	√	√	√	√	√	√	√	√	√		√	17

（续表）

调名	首句	何士信系列						顾从敬系列													入选次数
		双璧陈氏本	遵正书堂本	陈钟秀校本	张綖别录本	杨金刊本	安肃荆聚本	顾从敬刊本	四库全书本	唐顺之注本	宗文书堂本	乔山书社本	胡桂芳辑本	续四库原本	师俭堂刊本	昆石山人本	杨慎评点本	周文耀刊本	沈际飞评本	词苑英华本	
画堂春	东风吹柳日初长	√	√	√		√	√	√	√	√	√	√	√	√	√	√	√		√	√	17
浣溪沙	水涨鱼天拍柳桥	√	√	√	√	√	√	√	√	√	√	√	√	√	√	√	√		√	√	18
浣溪沙	小院闲窗春色深	√	√	√	√	√	√	√	√	√	√	√	√	√	√	√	√		√	√	18
浣溪沙	楼上晴天碧四垂	√	√	√		√	√	√	√	√	√	√	√	√	√	√	√		√	√	17
浣溪沙	鸳外红绡一缕霞	√		√			√	√	√	√			√	√		√	√		√	√	12
浣溪沙	湖上朱桥响画轮	√	√	√		√	√	√	√	√	√	√	√	√	√	√	√		√	√	17
浣溪沙	雨过残红湿未匀	√	√	√		√	√	√	√	√	√	√	√	√	√	√	√		√	√	17
浣溪沙	风压轻云贴水飞	√	√	√		√	√	√	√	√	√	√	√	√	√	√	√		√	√	17
浣溪沙	一曲新词酒杯	√	√	√		√	√	√	√	√	√	√	√	√	√	√	√		√	√	17
浣溪沙	青杏园林煮酒香	√	√	√	√	√	√	√	√	√	√	√	√	√	√	√	√	√	√	√	19
浣溪沙	楼倚江边日尺高	√		√		√	√	√	√	√			√	√		√	√		√	√	13
浣溪沙	锦帐重重卷暮霞	√	√	√		√	√	√	√	√	√	√	√	√	√	√	√		√	√	17

（续表）

调名	首句	双璧陈氏本	遵正书堂本	陈钟秀校本	张綎别录本	杨金刊本	安肃荆聚本	顾从敬刊本	四库全书本	唐顺之注本	宗文书堂本	乔山书社本	胡桂芳辑本	续四库原本	师俭堂刊本	昆石山人本	杨慎评点本	周文耀刊本	沈际飞评本	词苑英华本	入选次数
		何士信系列							顾从敬系列												
浣溪沙	水满池塘花满枝	√	√	√	√	√		√	√	√	√	√	√	√	√	√	√		√	√	17
浣溪沙	日射攲红蜡蒂香	√	√	√	√	√	√	√	√	√	√	√	√	√	√	√	√		√	√	18
浣溪沙	翠葆参差竹径成	√	√	√	√	√		√	√	√	√	√	√	√	√	√	√	√	√	√	18
浣溪沙	新妇矶头眉黛愁		√			√		√	√	√	√	√	√	√	√	√	√		√	√	13
浣溪沙	堤上游人逐画船	√	√	√	√	√	√	√	√	√	√	√	√	√	√	√	√	√	√	√	18
黄莺儿	园林晴昼	√	√	√	√	√	√	√	√	√	√	√	√	√	√	√	√		√	√	18
蕙兰芳引	寒莹晚空	√	√	√	√	√	√	√	√	√	√	√	√	√	√	√	√		√	√	18
江城梅花引	娟娟霜月冷侵门	√	√	√	√	√	√	√	√	√	√	√	√	√	√	√	√		√	√	18
江城子	杏花村馆酒旗风	√	√	√	√	√		√	√	√	√	√	√	√	√	√	√		√	√	16
江城子	天涯流落思无穷	√	√	√	√	√	√	√	√	√	√	√	√	√	√	√	√		√	√	18
江城子	西城杨柳弄春柔	√	√	√	√	√	√	√	√	√	√	√	√	√	√	√	√	√	√	√	19
绛都春	融和又报	√	√	√	√	√	√	√	√	√	√	√	√	√	√	√	√		√	√	17

（续表）

调名	首句	双璧陈氏本	遵正书堂本	陈钟秀校本	张绖别录本	杨金刊录本	安肃荆聚本	顾从敬刊本	四库全书本	唐顺之注本	宗文书堂本	乔山书社本	胡桂芳辑本	续四库原本	师俭堂刊本	昆石山人本	杨慎评点本	周文耀刊点本	沈际飞评本	词苑英华本	入选次数
绛都春	和风乍煦		√	√							√	√	√	√	√	√	√	√	√	√	12
绛都春	寒阴渐晓	√	√	√	√	√	√	√			√	√	√	√	√	√	√	√	√	√	17
解蹀躞	候馆丹枫吹尽	√	√	√	√	√	√	√			√	√	√	√	√	√	√	√	√	√	17
解连环	怨怀难托	√	√	√	√	√	√	√	√		√	√	√	√	√	√	√	√	√	√	18
解语花	风销焰蜡	√	√	√	√	√	√	√	√	√	√	√	√	√	√	√	√	√	√	√	19
金菊对芙蓉	梧叶飘黄	√	√	√	√	√	√	√	√		√	√	√	√	√	√	√	√	√	√	18
金菊对芙蓉	远水生光	√	√	√	√	√	√	√	√	√	√	√	√	√	√	√	√	√	√	√	19
金菊对芙蓉	花则一名	√	√	√	√	√	√	√	√		√	√	√	√	√	√	√	√	√	√	18
金明池	琼苑金池	√	√	√	√	√	√	√	√		√	√	√	√	√	√	√	√	√	√	18
金人捧露盘	记神京、繁华地	√	√	√	√	√	√	√	√	√	√	√	√	√	√	√	√	√	√	√	19
锦缠道	燕子呢喃	√	√	√	√	√	√	√	√		√	√	√	√	√	√	√	√	√	√	18
锦堂春	楼上萦帘弱絮	√	√	√	√		√	√	√		√	√	√	√	√	√	√	√	√	√	17

何士信系列：双璧陈氏本、遵正书堂本、陈钟秀校本、张绖别录本、杨金刊录本、安肃荆聚本

顾从敬系列：顾从敬刊本、四库全书本、唐顺之注本、宗文书堂本、乔山书社本、胡桂芳辑本、续四库原本、师俭堂刊本、昆石山人本、杨慎评点本、周文耀刊点本、沈际飞评本、词苑英华本

（续表）

调名	首句	双璧陈氏本	遭正书堂本	陈钟秀校本	张綖别录本	杨金刊本	安肃荆聚本	顾从敬刊本	四库全书本	唐顺之注本	宗文书堂本	乔山书社本	胡桂芳辑本	续四库原本	师俭堂刊本	昆石山人本	杨慎评点本	周文耀刊本	沈际飞评本	词苑英华本	入选次数
		何士信系列						顾从敬系列													
偶寻芳	露晞向晓	√	√	√	√	√	√	√	√	√	√	√	√	√	√	√	√		√	√	18
偶寻芳	兽环半揜							√	√	√	√	√	√	√	√	√	√	√	√	√	13
兰陵王	卷珠箔	√	√	√	√		√	√	√	√	√	√	√	√	√	√	√	√	√	√	18
兰陵王	柳阴直	√	√	√	√	√		√	√	√	√	√	√	√		√	√	√	√	√	17
浪淘沙	矕损远山眉	√	√	√		√	√	√	√	√	√	√	√	√	√	√	√		√	√	17
浪淘沙	愁撚断钗金					√							√				√				3
浪淘沙	符外雨潺潺	√	√	√	√	√	√	√	√	√	√	√	√	√	√	√	√		√	√	18
浪淘沙	把酒祝东风		√	√	√	√	√	√	√	√	√	√	√	√		√	√	√	√	√	17
浪淘沙慢	昼阴重	√	√	√	√	√	√	√	√	√	√	√	√	√		√	√	√	√	√	18
临江仙	巧剪合欢罗胜子	√	√	√	√	√	√	√	√	√	√	√	√	√	√	√	√	√	√	√	19
临江仙	绿暗汀洲三月暮	√	√	√	√	√	√	√	√	√	√	√	√	√		√	√	√	√	√	18
临江仙	忆昔午桥桥上饮	√	√	√	√	√	√	√	√	√	√	√	√	√		√	√	√	√	√	18

（续表）

调名	首句	何士信系列						顾从敬系列													入选次数
		双璧陈氏本	遵正书堂本	陈钟秀校本	张綖别录本	杨金刊录本	安肃荆聚本	顾从敬刊本	四库全书本	唐顺之注本	宗文书堂本	乔山书社本	胡桂芳辑书本	续四库原本	师俭堂刊本	昆石山人本	杨慎评点本	周文耀刊本	沈际飞评本	词苑英华本	
临江仙	烟柳疏疏人悄悄	√	√	√	√	√	√	√	√	√	√	√	√	√	√	√	√			√	17
临江仙	金锁重门荒苑静	√	√	√	√	√	√	√	√	√	√	√	√	√	√	√	√	√	√	√	19
临江仙	柳外轻雷池上雨	√	√	√	√	√	√	√	√	√	√	√	√	√	√	√	√		√	√	18
玲珑犯	秋李夭桃	√	√	√	√	√	√	√	√	√	√	√	√	√	√	√	√		√	√	18
柳梢青	岸草平沙	√	√	√	√	√	√	√	√	√	√	√	√		√	√	√			√	16
柳梢青	子规啼血	√	√	√	√	√	√	√	√	√	√	√	√		√	√	√			√	16
柳梢青	有个人人	√	√	√	√	√	√	√	√	√	√	√	√	√	√	√	√			√	17
六丑	正单衣试酒	√	√	√	√	√	√	√	√	√	√	√	√		√		√			√	15
六幺令	快风收雨	√	√	√	√	√	√	√	√	√	√	√	√		√		√			√	15
绿头鸭	晚云收												√						√		2
满江红	春水连天	√	√	√	√	√	√	√	√	√	√	√	√	√	√	√	√		√	√	17
满江红	东武坡南	√	√	√	√	√	√	√	√	√	√	√	√	√	√	√	√		√	√	17

（续表）

调名	首句	何士信系列						顺从敬系列													入选次数
		双璧陈氏本	遭正书堂本	陈钟秀校本	张綖别录本	杨金刊本	安徽荆聚本	顾从敬刊本	四库全书本	唐顺之注本	宗文书堂本	乔山书社本	胡桂芳辑本	续四库原本	师俭堂刊本	昆石山人本	杨慎评点本	周文耀刊本	沈际飞评本	词苑英华本	
满江红	昼日移阴	√	√					√	√	√	√	√	√		√	√	√	√		√	13
满江红	惨结秋阴	√	√	√		√	√	√	√	√	√	√	√	√	√	√	√	√	√	√	18
满江红	斗帐高眠	√	√	√		√	√	√	√	√	√	√	√	√	√	√	√	√	√	√	18
满江红	东里先生	√	√	√	√	√	√	√	√	√	√	√	√	√	√	√	√	√	√	√	19
满江红	恼秀行人	√	√	√		√	√	√	√	√	√	√	√	√	√	√	√	√	√	√	18
满江红	胶扰芽生																		√		1
满路花	金花落烬灯	√	√	√		√	√	√	√	√	√	√	√	√	√	√	√	√	√	√	18
满路花	帘烘泪雨干	√	√	√		√		√	√	√	√				√	√			√	√	13
满庭芳	晓色云开	√	√	√		√	√	√	√	√	√	√	√	√	√	√	√	√	√	√	18
满庭芳	风老莺雏	√	√	√		√	√	√	√	√	√	√	√	√	√	√		√	√	√	17
满庭芳	碧水澄秋	√	√				√	√	√	√	√	√	√	√	√	√	√	√	√	√	14
满庭芳	霜幕风俗	√	√				√	√	√	√	√	√	√	√	√	√	√	√	√	√	14

（续表）

调名	首句	何士信系列						顾从敬系列													入选次数
		双鏊陈氏本	谭正书堂本	陈钟秀校本	张綖别录本	杨金刊本	安肃荆聚本	顾从敬刊本	四库全书本	唐顺之注本	宗文书堂本	乔山书社本	胡桂芳辑本	续四库原本	师俭堂刊本	昆石山人本	杨慎评点本	周文耀刊本	沈际飞评本	词苑英华本	
满庭芳	山抹微云	√	√	√	√		√	√	√	√	√	√	√	√	√	√	√		√	√	17
满庭芳	香霭雕盘	√	√	√	√	√	√	√	√	√	√	√	√	√	√	√	√	√	√	√	19
满庭芳	蜗角虚名	√	√	√		√	√	√	√	√	√	√	√	√	√	√	√	√	√	√	18
满庭芳	满洒佳人							√	√	√	√	√	√	√	√	√	√	√	√	√	13
满庭芳	红蓼花繁	√	√	√		√	√	√	√	√	√	√	√	√	√	√	√	√	√	√	18
梅花引	晓风酸	√	√	√		√	√	√	√	√	√	√	√	√	√	√	√	√	√	√	18
摸鱼儿	更能消几番风雨	√	√	√		√	√	√	√	√	√	√	√	√	√	√	√	√	√	√	18
摸鱼儿	买陂塘旋栽杨柳	√	√	√		√	√	√	√	√	√	√	√	√	√	√	√	√	√	√	18
蓦山溪	鸳鸯翡翠	√	√	√	√	√	√	√	√	√	√	√	√	√	√	√	√	√	√	√	19
蓦山溪	青梅如豆	√	√	√		√	√	√	√	√	√	√	√	√	√	√	√	√	√	√	18
蓦山溪	海棠枝上	√	√	√		√	√	√	√	√	√	√	√	√	√	√	√	√	√	√	18
蓦山溪	壶山居士	√	√	√		√	√	√	√	√	√	√	√	√	√	√	√		√	√	17

（续表）

调名	首句	双璧陈氏本	遵正书堂本	陈钟秀校本	张綖别录本	杨金刊本	安肃荆聚本	顾从敬刊本	四库全书本	唐顺之注本	宗文书堂本	乔山书社本	胡桂芳辑本	续四库原本	师俭堂刊本	昆石山人本	杨慎评点本	周文耀刊本	沈际飞评本	词苑英华本	入选次数
		何士信系列						顾从敬系列													
蓦山溪	洗妆真态	√	√	√	√	√		√	√	√	√	√	√	√	√	√	√	√	√	√	18
木兰花令	都城水绿嬉游处	√	√	√	√	√		√	√	√	√	√	√	√	√	√	√	√	√	√	18
木兰花令	沉檀烟起盘云雾	√	√	√	√	√		√	√	√	√	√	√	√	√	√	√	√	√	√	18
木兰花慢	算秋来景物	√	√	√	√			√	√	√	√	√	√	√	√	√		√	√	√	15
南柯子	山与歌眉敛	√	√	√	√	√		√	√	√	√	√	√	√	√	√	√	√	√	√	18
南柯子	十里青山远	√						√	√	√	√	√	√	√	√	√	√	√	√	√	14
南柯子	玉漏迢迢尽	√											√								2
南浦	风悲画角							√	√	√	√	√	√	√	√	√	√	√	√	√	13
南乡子	晨色动妆楼	√	√	√	√	√		√	√	√	√	√	√	√	√	√		√	√	√	17
南乡子	万籁寂无声	√	√	√	√	√		√	√	√	√	√	√	√	√	√		√	√	√	17
南乡子	霜降水痕收	√	√	√	√	√	√	√	√	√	√	√	√	√	√	√	√	√	√	√	19
南乡子	晓日压重檐	√	√	√	√	√		√	√	√	√	√	√	√	√	√	√	√	√	√	18

（续表）

调名	首句	双璧陈氏本	遵正书堂本	陈钟秀校本	张綖别录本	杨金刊本	安肃荆聚本	顾从敬刊本	四库全书本	唐顺之注本	宗文书堂本	乔山书社本	胡桂芳辑本	续四库原本	师俭堂刊本	昆石山人本	杨慎评点本	周文耀刊本	沈际飞评本	词苑英华本	入选次数
南乡子	生怕倚阑干	√	√	√		√	√	√	√	√	√	√	√	√	√	√	√	√	√	√	18
念奴娇	萧条庭院	√	√	√		√	√	√	√	√	√	√	√	√	√	√	√	√	√	√	18
念奴娇	杏花过雨	√	√	√	√	√	√	√	√	√			√	√	√	√	√		√	√	16
念奴娇	野棠花落	√	√	√	√	√	√	√	√	√			√	√	√	√	√		√	√	16
念奴娇	故园避暑	√	√	√		√	√	√	√	√	√	√	√	√	√	√	√		√	√	17
念奴娇	凭高眺远	√	√	√	√	√	√	√	√	√		√	√	√	√	√	√		√	√	17
念奴娇	洞庭波冷	√	√	√	√	√	√	√	√	√	√	√	√	√	√	√	√		√	√	18
念奴娇	玉楼绛气	√	√	√		√	√	√	√	√	√	√	√	√	√	√	√		√	√	17
念奴娇	断虹霁雨	√	√	√	√	√	√	√	√	√			√	√	√	√	√		√	√	16
念奴娇	插天翠柳	√	√	√	√	√	√	√	√	√			√	√	√	√	√		√	√	16
念奴娇	寻常三五	√			√	√	√	√	√	√	√	√	√	√	√	√	√		√	√	16
念奴娇	素光练静	√			√	√	√	√	√	√	√	√	√	√	√	√	√		√	√	16

（续表）

调名	首句	何士信系列						顾从敬系列													入选次数
		双璧陈氏本	遵正书堂本	陈钟秀校本	张綖别录本	杨金刊本	安肃荆聚本	顾从敬刊本	四库全书本	唐顺之注本	宗文书堂本	乔山书社本	胡桂芳辑本	续四库原本	师俭堂刊本	昆石山人本	杨慎评点本	周文耀刊本	沈际飞评本	词苑英华本	
念奴娇	素娥睡起	√	√	√			√	√	√	√	√	√	√	√	√	√	√	√	√	√	17
念奴娇	海天向晚	√	√	√		√	√	√		√	√	√	√	√	√	√	√	√	√	√	17
念奴娇	朔风吹雨		√	√	√			√			√	√	√		√	√	√		√	√	12
念奴娇	大江东去	√	√	√	√	√	√	√	√	√	√	√	√	√	√	√	√	√	√	√	18
念奴娇	炎精中否																		√		2
念奴娇	洞庭青草	√	√	√		√	√	√		√		√		√	√	√	√		√	√	13
念奴娇	晚风吹雨	√	√	√		√	√	√		√	√	√	√	√	√	√	√	√	√	√	17
念奴娇	别离情绪	√	√	√		√	√	√		√	√	√	√	√	√	√	√	√	√	√	16
念奴娇	旧游何处			√	√				√		√	√	√			√	√	√	√	√	12
念奴娇	嗟来咄去	√	√	√			√		√	√	√	√	√	√	√	√	√		√	√	13
念奴娇	见梅凉笑	√	√	√		√	√	√		√	√	√	√	√	√	√	√		√	√	13
念奴娇	水枫叶下	√	√	√		√	√	√	√	√	√	√	√	√	√	√	√	√	√	√	18

（续表）

调名	首句	双璧陈氏本	遵正书堂本	陈钟秀校本	张继别录本	杨金刊本	安甫荆聚本	顾从敬刊本	四库全书本	唐顺之注本	崇文书堂本	乔山书社本	胡桂芳辑本	续四库原本	师俭堂刊本	昆石山人本	杨慎评点本	周文耀刊本	沈际飞评本	词苑英华本	入选次数
		何士信系列						顾从敬系列													
女冠子	帝城三五	√	√	√			√	√	√	√	√	√	√	√	√	√	√		√	√	16
女冠子	淡烟飘薄	√	√	√		√	√	√	√	√	√	√	√	√	√	√	√	√	√	√	18
女冠子	火云初布					√		√	√	√	√	√	√	√	√	√	√	√	√	√	12
女冠子	同云密布	√	√	√		√	√	√	√	√	√	√	√	√	√	√	√	√	√	√	18
品令	风舞团团饼	√	√	√		√	√	√	√	√	√	√	√	√	√	√	√	√	√	√	18
菩萨蛮	南园满地堆轻絮	√	√	√		√		√	√	√	√	√	√	√	√	√	√	√	√	√	17
菩萨蛮	平林漠漠烟如织	√	√	√		√	√	√	√	√	√	√	√	√	√	√	√	√	√	√	18
菩萨蛮	蛩声泣露惊秋枕	√	√	√		√	√	√	√	√	√	√	√	√	√	√	√	√	√	√	18
菩萨蛮	金风簌簌惊黄叶	√	√	√		√	√	√	√	√	√	√	√	√	√	√	√	√	√	√	18
菩萨蛮	南山未解松梢雪	√	√	√		√	√	√	√	√	√	√	√	√	√	√	√	√	√	√	18
菩萨蛮	楼头尚有三通鼓			√		√		√	√	√	√	√	√	√	√	√	√		√	√	12
菩萨蛮	哀筝一弄湘江曲	√	√	√	√	√	√	√	√	√	√	√	√	√	√	√	√		√	√	15

(续表)

调名	首句	何士信系列						顾从敬系列													入选次数
		双璧陈氏本	遵正书堂本	陈钟秀校本	张綖别录本	杨金刊本	安肃荆聚本	顾从敬刊本	四库全书本	曹顺之注本	宗文书堂本	乔山书社本	胡桂芳辑本	续四库原本	师俭堂刊本	昆石山人本	杨慎评点本	周文耀刊本	沈际飞评本	词苑英华本	
菩萨蛮	一声羌笛吹鸣咽																		√	√	2
菩萨蛮	郁孤台下清江水												√						√	√	3
戚氏	晚秋天							√	√	√	√	√	√	√	√	√	√	√	√	√	13
齐天乐	疏疏儿点黄梅雨	√	√	√	√	√		√	√	√	√	√	√	√	√	√	√	√	√	√	18
绮罗香	做冷欺花	√	√	√	√	√		√	√	√	√	√	√	√	√	√	√	√	√	√	18
千秋岁	水边沙外	√	√	√	√	√		√	√	√	√	√	√	√	√	√	√	√	√	√	18
千秋岁	半身屏外												√						√		2
千秋岁	楝花飘砌	√	√	√	√	√	√	√	√	√	√	√	√	√	√	√	√	√	√	√	19
千秋岁	塞垣秋草	√	√	√	√	√	√	√	√	√	√	√	√		√	√	√		√	√	17
千秋岁引	别馆寒砧	√	√	√	√	√		√	√	√	√	√	√	√	√	√	√	√	√	√	18
沁园春	三径初成	√	√	√	√	√		√	√	√	√	√	√	√	√	√	√	√	√	√	18
青门引	乍暖还轻冷	√	√	√	√	√		√	√	√	√	√	√	√	√	√	√	√	√	√	18

（续表）

调名	首句	双璧陈氏本	遵正书堂本	陈钟秀校本	张綖别录本	杨金刊本	安肃荆聚本	顾从敬刊本	四库全书本	唐顺之注本	崇文书堂本	乔山书社本	胡桂芳辑本	续四库原本	师俭堂刊本	昆石山人本	杨慎评点本	周文耀刊本	沈际飞评本	词苑英华本	入选次数
青衫湿	南朝千古伤心事							✓	✓	✓	✓	✓	✓	✓	✓	✓	✓	✓	✓	✓	13
青玉案	一年春事都来几		✓	✓		✓	✓	✓	✓	✓	✓	✓	✓	✓	✓	✓	✓	✓	✓	✓	17
青玉案	凌波不过横塘路	✓	✓	✓	✓	✓	✓	✓	✓	✓	✓	✓	✓	✓	✓	✓	✓	✓	✓	✓	19
青玉案	碧空黯淡同云绕		✓	✓		✓		✓	✓	✓	✓	✓	✓	✓	✓	✓	✓	✓	✓	✓	16
青玉案	人生南北如歧路	✓	✓	✓	✓		✓	✓	✓	✓	✓	✓	✓	✓	✓	✓	✓	✓	✓	✓	18
倾杯乐	禁漏花深	✓	✓	✓	✓	✓		✓	✓	✓	✓	✓	✓	✓	✓	✓	✓	✓	✓	✓	18
清平乐	春风依旧		✓	✓		✓		✓	✓	✓	✓	✓	✓	✓	✓	✓	✓	✓	✓	✓	16
清平乐	深沉院宇							✓	✓	✓	✓	✓	✓	✓	✓	✓	✓	✓	✓		12
清平乐	悠悠扬扬							✓	✓	✓	✓	✓	✓	✓	✓	✓	✓	✓	✓		12
庆春宫	云接平冈	✓	✓	✓	✓	✓	✓	✓	✓	✓	✓	✓	✓		✓	✓	✓	✓	✓	✓	18
庆春泽	灯火烘春	✓	✓	✓	✓	✓	✓	✓	✓	✓	✓	✓	✓		✓	✓	✓	✓	✓	✓	18
庆清朝慢	调雨为酥		✓	✓		✓	✓	✓	✓	✓	✓			✓	✓		✓	✓	✓		13

（续表）

调名	首句	何士信系列						顾从敬系列													入选次数
		双璧陈氏本	遵正书堂本	陈钟秀校本	张綖别录本	杨金刊本	安肃荆聚本	顾从敬刊本	四库全书本	唐顺之注本	宗文书堂本	乔山书社本	胡桂芳辑本	续四库原本	师俭堂刊本	昆石山人本	杨慎评点本	周文耀刊本	沈际飞评本	词苑英华本	
秋霁	虹影侵阶	√	√	√	√	√	√	√	√	√	√	√	√	√	√	√	√	√	√	√	19
秋霁	壬戌之秋	√	√		√	√	√	√	√	√	√		√				√		√	√	13
鹊桥仙	纤云弄巧	√	√	√		√	√	√	√	√	√	√	√		√	√	√	√	√	√	17
鹊桥仙	钩斜借月	√	√	√		√	√	√	√	√	√	√	√	√	√	√	√	√	√	√	18
绕佛阁	暗尘四敛	√	√	√		√	√	√	√	√	√	√	√	√	√	√	√	√	√	√	18
如梦令	门外绿阴千顷	√	√	√	√	√	√	√	√	√	√	√	√	√	√	√	√	√	√	√	19
如梦令	莺嘴啄花红溜	√	√	√		√	√	√	√	√	√	√	√	√	√	√	√		√	√	17
如梦令	池上春归何处	√	√	√		√	√	√	√	√	√	√	√	√		√	√	√	√	√	17
如梦令	花落莺啼春暮	√	√			√	√	√	√	√	√		√				√		√	√	12
如梦令	昨夜雨疏风骤	√	√	√		√	√	√	√	√	√	√	√	√	√	√	√	√	√	√	18
如梦令	楼外残阳红满	√	√	√		√	√	√	√	√	√	√	√	√	√	√	√	√	√	√	18
如梦令	冬夜月明如水	√		√		√	√		√	√	√		√	√		√	√	√	√	√	14

（续表）

调名	首句	何士信系列						顾从敬系列													入选次数
		双璧陈氏本	谭正书堂本	陈钟秀校本	张綖别录本	杨金刊录本	安肃荆聚本	顾从敬刊本	四库全书本	唐顺之注本	宗文书堂本	乔山书社本	胡桂芳辑本	续四库原本	师俭堂刊本	昆石山人本	杨慎评点本	周文耀刊本	沈际飞评本	词苑英华本	
阮郎归	东风吹水日衔山	√	√	√		√	√	√	√	√	√	√	√	√	√	√	√		√	√	17
阮郎归	南园春半踏青时	√	√	√		√	√	√	√	√	√	√	√	√	√	√	√		√	√	17
阮郎归	春风吹雨绕残枝		√	√		√		√	√	√	√	√	√	√	√			√	√	√	13
阮郎归	西园风暖落花时		√			√		√	√	√	√	√	√	√	√				√	√	12
阮郎归	绿槐高柳咽新蝉	√	√	√	√	√	√	√	√	√	√	√	√	√	√	√	√	√	√	√	19
阮郎归	柳阴亭馆占风光	√	√		√	√	√	√	√	√	√	√	√	√	√	√	√	√	√	√	18
阮郎归	湘天风雨破寒初	√	√		√	√		√	√	√	√	√	√		√			√	√	√	14
阮郎归	歌停檀板舞停鸾	√	√		√	√	√	√	√	√	√	√	√	√	√	√	√	√	√	√	18
阮郎归	烹茶留客驻雕鞍				√	√															2
瑞鹤仙	瑞烟浮禁苑	√	√	√		√	√	√	√	√	√	√	√	√	√	√	√		√	√	17
瑞鹤仙	脸霞红印枕	√	√	√	√	√	√	√	√	√	√	√	√	√	√	√	√	√	√	√	18
瑞鹤仙	悄郊原带郭	√	√	√		√	√	√	√	√	√	√	√	√	√	√	√		√	√	16

（续表）

调名	首句	何士信系列						顺从敬系列													入选次数
		双璧陈氏本	遵正书堂本	陈钟秀校本	张绥别录本	杨金刊本	安肃荆聚本	顺从敬刊本	四库全书本	唐顺之注本	崇文书堂本	乔山书社本	胡桂芳辑本	续四库原本	师俭堂刊本	昆石山人本	杨慎评点本	周文耀刊本	沈际飞评本	词苑英华本	
瑞鹤仙	环滁皆山也							√	√	√	√	√	√	√	√	√	√	√	√	√	13
瑞龙吟	章台路		√	√	√	√	√	√	√	√	√	√	√	√	√	√	√	√	√	√	18
塞翁吟	暗叶啼风雨		√	√	√	√	√	√	√	√	√	√	√	√	√	√	√	√	√	√	18
塞垣春	暮色分平野							√	√	√	√	√	√	√	√	√	√	√	√	√	13
三台	见梨花初带夜月		√		√	√	√	√	√	√	√	√	√	√	√	√	√	√	√	√	17
扫地花	晓阴翳日							√	√	√	√	√	√	√	√	√	√	√	√	√	13
少年游	并刀如水		√	√	√	√	√	√	√	√	√	√	√	√	√	√	√	√	√	√	18
少年游	雾霞散晓月犹明							√	√	√	√	√	√	√	√	√	√		√	√	12
哨遍	为米折腰		√	√	√	√	√	√	√	√	√	√	√	√	√	√	√	√	√	√	18
生查子	金鞍美少年	√	√	√	√	√	√	√	√	√	√	√	√	√	√	√	√	√	√	√	19
生查子	含羞整翠鬟	√	√	√	√	√	√	√	√	√	√	√	√	√	√	√	√	√	√	√	19
声声令	香馥碎影		√	√	√	√	√	√	√	√	√	√	√	√	√	√	√	√	√	√	18

（续表）

调名	首句	何士信系列							顺从敬系列							系列					入选次数
		双璧陈氏本	遵正书堂本	陈钟秀校本	张绶别录本	杨金刊本	安肃荆聚本	顺从敬刊本	四库全书本	唐顺之注本	宗文书堂本	乔山书社本	胡桂芳辑本	续四库原本	师俭堂刊本	昆石山人本	杨慎评点本	周文耀刊本	沈际飞评本	词苑英华本	
声声慢	梅黄金重	√	√	√		√	√	√	√	√	√	√	√	√	√	√	√	√	√	√	√	18
十二时	晚晴初		√	√	√	√		√	√	√	√	√	√	√	√	√		√	√	√	√	13
石州慢	寒水依痕	√	√	√		√	√	√	√	√	√	√	√	√	√	√	√	√	√	√	√	18
双双燕	过春社了	√	√	√		√	√	√	√	√	√	√	√	√	√	√	√	√	√	√	√	18
霜叶飞	露迷衰草	√	√	√		√	√	√	√	√	√	√	√	√	√	√	√	√	√	√	√	18
水调歌头	春事能几许	√		√				√	√	√	√	√	√	√	√	√		√	√	√	√	13
水调歌头	瑶草何碧	√		√	√			√	√	√	√	√	√	√	√			√	√	√	√	13
水调歌头	明月几时有	√	√	√	√	√	√	√	√	√	√	√	√	√	√	√	√	√	√	√	√	19
水调歌头	今日我重九	√	√	√		√	√	√	√	√	√	√	√	√	√	√	√	√	√	√	√	18
水调歌头	江山自雄丽						√	√	√	√	√	√	√	√	√	√	√	√	√	√	√	10
水调歌头	落日绣帘卷	√		√	√	√	√	√	√	√	√	√	√	√	√	√		√	√	√	√	14
水龙吟	摩诃池上追游路	√	√	√	√	√	√	√	√	√	√	√	√	√	√	√	√	√	√	√	√	19

（续表）

调名	首句	何士信系列							顾从敬系列											入选次数
		双璧陈氏本	遵正书堂本	陈钟秀校本	张继别录本	杨金刊本	安肃荆聚本	顾从敬刊本	四库全书本	唐顺之注本	宗文书堂本	乔山书社本	胡桂芳辑本	续四库原本	师俭堂刊本	昆石山人本	杨慎评点本	周文耀刊本	沈际飞评本	词苑英华本	
水龙吟	阃花深处层楼	√	√	√	√	√	√	√	√	√	√	√	√	√	√	√	√		√	√	18
水龙吟	小楼连苑横空	√	√	√	√	√	√	√	√	√	√	√	√	√	√	√	√	√	√	√	19
水龙吟	渡江天马南来	√	√	√	√	√	√	√	√	√	√	√	√	√	√	√	√	√	√	√	19
水龙吟	楚山修竹如云	√	√	√	√	√	√	√	√	√	√	√	√	√	√	√	√	√	√		18
水龙吟	素肌应怯余寒	√	√	√	√	√	√	√	√	√	√	√	√	√	√	√	√	√	√		18
水龙吟	燕忙莺懒芳残	√	√	√	√	√	√	√	√	√	√	√	√	√	√	√	√	√	√	√	19
水龙吟	似花还似非花	√	√	√	√	√	√	√	√	√	√	√	√	√	√	√	√	√	√		18
水龙吟	弄晴台馆收烟候	√	√	√	√	√	√	√	√	√	√	√		√	√	√	√		√	√	17
四园竹	浮云护月							√	√	√	√	√	√	√	√	√	√	√	√	√	13
送我入门来	紫金安扉	√	√	√	√	√	√	√	√	√	√	√	√	√	√	√	√		√	√	18
苏幕遮	碧云天	√	√	√			√	√	√	√	√	√	√	√	√	√	√	√	√	√	15
苏幕遮	陇云沉	√	√	√	√	√	√	√	√	√	√	√	√	√	√	√	√		√	√	18

（续表）

调名	首句	双璧陈氏本	遵正书堂本	陈钟秀校本	张綖别录本	杨金録刊本	安肃荆聚本	顾从敬刊本	四库全书本	唐顺之注本	宗文书堂本	乔山书社本	胡桂芳辑本	续四库原本	师俭堂刊本	昆石山人本	杨慎评点本	周文耀刊本	沈际飞评本	词苑英华本	入选次数
诉衷情	涌金门外小瀛洲	√	√	√	√	√	√	√	√	√	√	√	√	√	√	√	√	√	√	√	19
诉衷情近	景阑昼永	√	√		√		√	√	√	√	√	√	√	√	√	√	√	√	√	√	17
锁窗寒	暗柳啼鸦	√	√	√	√		√	√	√	√	√	√	√	√	√	√	√	√	√	√	18
踏莎行	临水天桃	√	√	√	√		√	√	√	√	√	√	√	√	√	√	√	√	√	√	18
踏莎行	雾失楼台	√	√	√	√	√	√	√	√	√	√	√	√	√	√	√	√	√	√	√	19
踏莎行	春色将阑	√	√		√		√	√	√	√	√	√	√	√	√	√	√	√	√	√	17
踏莎行	小径红稀							√	√	√	√	√	√	√	√	√	√	√	√	√	13
踏莎行	候馆梅残	√	√	√	√			√	√	√	√	√	√	√	√	√	√	√	√	√	17
摊破浣溪沙	手卷真珠上玉钩	√	√	√	√			√	√	√	√	√	√	√	√	√	√	√	√	√	17
摊破浣溪沙	菡萏香消翠叶残	√					√	√	√	√	√	√	√	√	√	√	√	√	√	√	15
探春令	绿杨枝上晓莺啼	√	√				√	√	√	√	√	√	√	√	√	√	√	√	√	√	16
唐多令	芦叶满汀洲	√						√	√	√	√	√	√	√	√	√	√	√	√	√	14

（续表）

调名	首句	何士信系列						顾从敬系列													入选次数
		双璧陈氏本	遵正书堂本	陈钟秀校本	张綖别录本	杨金刊本	安肃荆聚本	顾从敬刊本	四库全书本	唐顺之注本	崇文书堂本	乔山书社本	胡桂芳辑本	续四库原本	师俭堂刊本	昆石山人本	杨慎评点本	周文耀刊本	沈际飞评本	词苑英华本	
桃源忆故人	碧纱影弄东风晓	√	√	√		√	√	√	√	√	√	√	√	√	√	√	√		√	√	17
桃源忆故人	玉楼深锁薄情种	√	√	√		√	√	√	√	√	√	√	√	√	√	√	√		√	√	18
天仙子	水调数声持酒听	√	√	√	√	√	√	√	√	√	√	√	√	√	√	√	√	√	√	√	19
天仙子	景物因人成胜概	√	√	√	√	√	√	√	√	√	√	√	√	√	√	√	√		√	√	17
天香	霜瓦鸳鸯	√	√	√		√	√	√	√	√	√	√	√	√	√	√	√		√	√	18
天香	漠漠江皋		√	√				√	√	√	√	√	√	√	√	√				√	12
万年欢	灯月交光	√	√	√		√	√	√	√	√	√	√	√	√	√	√	√		√	√	18
望海潮	梅英疏淡	√	√	√		√	√	√	√	√	√	√	√	√	√	√	√		√	√	18
望海潮	东南形胜	√	√	√		√	√	√	√	√	√	√	√	√	√	√	√		√	√	18
望海潮	山光凝翠	√	√	√				√	√	√	√	√	√	√	√	√				√	13
望梅	小寒时节		√	√	√	√		√	√	√	√	√	√	√	√	√				√	14
望湘人	厌莺声到枕	√	√	√	√	√	√	√	√	√	√	√	√	√	√	√	√	√	√	√	19

（续表）

调名	首句	何士信系列						顾从敬系列													入选次数
		双璧陈氏本	遵正书堂本	陈钟秀校本	张綖别录本	杨金刊本	安肃荆聚本	顾从敬刊本	四库全书本	唐顺之注本	崇文书堂本	乔山书社本	胡桂芳辑本	续四库原本	师俭堂刊本	昆石山人本	杨慎评点本	周文耀刊本	沈际飞评本	词苑英华本	
望远行	长空降瑞	✓	✓	✓		✓	✓	✓	✓	✓	✓	✓	✓	✓	✓	✓	✓	✓	✓	✓	18
尾犯	夜雨滴空阶	✓	✓		✓	✓	✓	✓	✓	✓	✓	✓	✓	✓	✓	✓	✓	✓	✓	✓	18
尉迟杯	隋堤路	✓	✓	✓		✓	✓	✓	✓	✓	✓	✓	✓	✓	✓		✓	✓	✓	✓	18
武陵春	风住尘香花已尽	✓	✓	✓	✓		✓	✓	✓	✓	✓	✓	✓	✓	✓	✓	✓	✓	✓	✓	18
西河	佳丽地	✓	✓	✓		✓	✓	✓	✓	✓	✓	✓	✓	✓	✓	✓	✓	✓	✓	✓	18
西江月	凤额绣帘高卷	✓	✓	✓		✓	✓	✓	✓	✓	✓	✓	✓	✓	✓	✓	✓	✓	✓	✓	18
西江月	照野弥弥浅浪	✓	✓	✓	✓	✓	✓	✓	✓	✓	✓	✓	✓	✓	✓		✓	✓	✓	✓	19
西江月	点点楼前细雨	✓	✓	✓	✓	✓	✓	✓	✓	✓	✓	✓	✓	✓	✓	✓	✓		✓	✓	19
西江月	世事短如春梦	✓	✓	✓		✓	✓	✓	✓	✓	✓	✓	✓	✓	✓	✓	✓	✓	✓	✓	18
西江月	日日深杯酒满	✓	✓										✓	✓					✓		3
西江月	断送一生惟有	✓	✓	✓	✓	✓	✓	✓	✓	✓	✓	✓	✓	✓	✓	✓	✓		✓	✓	19
西江月	玉骨那愁瘴雾	✓	✓	✓		✓	✓	✓	✓	✓	✓	✓	✓	✓	✓	✓	✓		✓	✓	18

（续表）

下表「何士信系列」包含：双璧陈氏本、遵正书堂本、陈钟秀校本、张綖别录本、杨金刊本、安肃荆聚本；「顾从敬系列」包含：顾从敬刊本、四库全书本、唐顺之注本、宗文书堂本、乔山书社本、胡桂芳辑本、续四库原本、师俭堂刊本、昆石山人本、杨慎评点本、周文耀刊本、沈际飞评本、词苑英华本。

调名	首句	双璧陈氏本	遵正书堂本	陈钟秀校本	张綖别录本	杨金刊本	安肃荆聚本	顾从敬刊本	四库全书本	唐顺之注本	宗文书堂本	乔山书社本	胡桂芳辑本	续四库原本	师俭堂刊本	昆石山人本	杨慎评点本	周文耀刊本	沈际飞评本	词苑英华本	入选次数
西江月	三过平山堂下												√	√					√		3
西平乐	稚柳苏晴	√	√	√	√	√	√	√		√	√	√		√	√	√	√		√		14
惜分飞	泪湿阑杆花着露			√									√						√		3
惜奴娇	水浴清蟾	√	√	√	√	√	√	√	√	√	√	√		√	√	√	√		√	√	17
喜迁莺	谯门残月	√	√	√	√	√	√	√	√	√	√	√		√	√	√	√	√	√	√	18
喜迁莺	银蟾光彩	√	√	√	√	√	√	√	√	√	√	√		√	√	√	√		√	√	17
喜迁莺	梅霖初歇	√	√	√	√	√	√	√	√	√	√	√		√	√	√	√	√	√	√	18
喜迁莺	腊残春早	√	√	√	√	√	√	√	√	√	√	√		√	√	√	√	√	√	√	18
夏初临	泛水新荷	√	√	√	√	√	√	√	√	√	√	√		√	√	√	√	√	√	√	18
夏云峰	宴堂深	√	√	√	√	√	√	√	√	√	√	√		√	√	√	√	√	√	√	18
潇湘逢故人慢	蕙风微动	√	√	√	√	√	√	√	√	√	√	√		√	√	√	√	√	√	√	18
小重山	谁劝东风腊里来	√	√	√	√	√	√	√	√	√	√	√		√	√	√	√	√	√	√	18

（续表）

调名	首句	何士信系列						顾从敬系列													入选次数
		双璧陈氏本	遵正书堂本	陈钟秀校本	张綖别录本	杨金刊本	安肃荆蒙本	顾从敬刊本	四库全书本	唐顺之注本	崇文书堂本	乔山书社本	胡桂芳辑本	续四库原本	师俭堂刊本	昆石山人本	杨慎评点本	周文耀刊本	沈际飞评本	词苑英华本	
小重山	楼上风和玉漏迟	√	√	√	√	√	√	√	√	√	√	√	√	√	√	√	√			√	17
小重山	春人神京万木芳	√	√	√	√	√	√	√	√	√	√	√	√	√	√	√	√		√	√	18
小重山	一闲昭阳春又春	√	√	√	√	√	√	√	√	√	√	√	√	√	√	√	√	√	√	√	19
小重山	花过园林清阴浓	√	√	√	√	√	√	√	√	√	√	√	√	√	√	√	√		√	√	18
小重山	月下潮生红蓼汀	√	√	√	√	√	√	√	√	√	√	√	√	√	√	√	√		√	√	18
小重山	花样妖娆柳样柔	√	√	√	√	√	√	√	√	√	√	√	√	√	√	√	√		√	√	18
新荷叶	雨过回塘		√	√		√		√	√	√	√	√	√	√	√	√			√	√	14
行香子	北望平川	√	√	√	√	√	√	√	√	√	√	√	√	√	√	√	√		√	√	18
眼儿媚	杨柳丝丝手轻柔		√	√		√		√	√	√	√	√	√	√	√	√	√	√	√	√	16
眼儿媚	楼上黄昏杏花寒		√	√		√		√	√	√	√	√	√	√	√	√	√	√	√	√	16
宴清都	细草沿阶软			√				√	√	√	√	√	√	√	√	√		√	√	√	13
宴清都	地僻无钟鼓	√	√	√	√	√	√	√	√	√	√	√	√	√	√	√	√		√	√	18

（续表）

调名	首句	何士信系列						顾从敬系列													入选次数
		双璧陈氏本	遵正书堂本	陈钟秀校本	张綖别录本	杨金刊本	安肃荆聚本	顾从敬刊本	四库全书本	唐顺之注本	崇文书堂本	乔山书社本	胡桂芳辑本	续四库原本	师俭堂刊本	昆石山人本	杨慎评点本	周文耀刊本	沈际飞评本	词苑英华本	
燕春台	丽日千门	√	√	√		√	√	√	√	√	√	√	√	√	√	√	√	√	√	√	18
阳关引	塞草烟光阔	√	√	√		√	√	√	√	√	√	√	√	√	√	√	√	√	√	√	18
夜飞鹊	河桥送人处	√	√	√		√	√	√	√	√	√	√	√	√	√	√	√	√	√	√	18
谒金门	愁脉脉	√	√	√		√	√	√		√	√	√	√	√	√	√	√	√	√	√	17
谒金门	鸳鸯浦	√	√	√		√	√	√		√	√	√	√	√	√	√	√	√	√	√	17
谒金门	空相忆	√	√	√		√	√	√		√	√	√	√	√	√	√	√	√	√	√	17
谒金门	春雨足	√	√	√		√	√	√		√	√	√	√	√	√	√	√	√	√	√	17
谒金门	风乍起	√	√	√		√	√	√		√	√	√	√	√	√	√	√	√	√	√	17
剪梅	红藕香残玉簟秋	√	√	√	√	√	√	√		√	√	√	√	√	√	√	√	√	√	√	18
忆旧游	记愁横浅黛	√	√	√		√	√	√		√	√	√	√	√	√	√	√	√	√	√	17
忆秦娥	春寂寞	√	√	√		√	√	√	√	√	√	√	√	√	√	√	√	√	√	√	18
忆秦娥	花深深	√	√	√		√	√	√	√	√	√	√	√	√	√	√	√	√	√	√	18

（续表）

调名	首句	何士信系列						顾从敬系列													入选次数
		双璧陈氏本	遵正书堂本	陈钟秀校本	张綖别录本	杨金刊本	安蒲荆聚本	顾从敬刊本	四库全书本	唐顺之注本	宗文书堂本	乔山书社本	胡桂芳辑本	续四库原本	师俭堂刊本	昆石山人本	杨慎评点本	周文耀刊本	沈际飞评本	词苑英华本	
忆秦娥	箫声咽	√	√	√		√	√	√	√	√	√	√		√	√	√	√	√	√	√	18
忆秦娥	云垂幕	√	√	√	√	√	√	√	√	√	√	√	√	√	√	√	√	√	√	√	19
忆秦娥	香馥馥	√	√		√	√	√	√	√	√	√	√		√	√	√	√	√	√	√	18
忆秦娥	风萧瑟									√									√	√	3
忆王孙	萋萋芳草忆王孙	√	√	√	√	√	√	√	√	√	√	√		√	√	√	√	√	√	√	18
忆王孙	风蒲猎猎小池塘		√	√		√	√	√				√	√	√	√		√	√	√	√	13
忆王孙	同云风扫雪初晴		√	√		√	√	√		√		√	√	√	√		√	√	√	√	14
意难忘	衣染莺黄	√	√	√	√	√	√	√	√	√	√	√		√	√	√	√	√	√	√	18
应天长	条风布暖	√	√	√	√	√	√	√	√	√	√	√			√	√	√	√	√	√	16
应天长	管弦绣陌	√	√	√	√	√	√	√	√	√	√	√	√		√	√	√	√	√	√	17
永遇乐	风软莺娇	√	√	√	√	√	√	√	√	√	√	√	√	√	√	√	√	√	√	√	19
鱼游春水	秦楼东风里	√	√	√	√	√	√	√	√	√	√	√	√	√	√	√	√	√	√	√	19

（续表）

调名	首句	双璧陈氏本	遵正书堂本	陈钟秀校本	张綖别录本	杨金刊本	安肃荆聚本	顺从敬刊本	四库全书本	唐顺之注本	宗文书堂本	乔山书社本	胡桂芳辑本	续四库原本	师俭堂刊本	昆石山人本	杨慎评点本	周文耀刊本	沈际飞评本	词苑英华本	入选次数
渔家傲	平岸小桥千嶂抱	√	√	√	√	√	√	√	√	√	√	√	√	√	√	√	√	√	√	√	19
渔家傲	几日清阴寒恻恻	√			√	√		√	√	√	√	√	√	√	√	√	√	√		√	14
渔家傲	塞下秋来风景异	√		√		√		√	√	√	√	√	√	√	√	√	√	√	√	√	16
渔家傲	十月小春梅蕊绽	√	√	√	√	√	√	√	√	√	√	√	√	√	√	√	√	√	√	√	18
渔家傲	秋水无痕清见底	√	√	√	√	√		√	√	√	√	√	√	√	√	√	√	√	√	√	17
渔家傲	钓笠披云青嶂绕	√	√		√	√		√	√	√	√	√	√	√	√	√	√	√		√	13
渔家傲	楼外天寒山欲暮												√						√		2
虞美人	落花已作风前舞	√	√	√	√	√	√	√	√	√	√	√	√	√	√	√	√	√	√	√	18
虞美人	波声拍枕长淮晓	√	√	√	√	√		√	√	√	√	√	√	√	√	√	√	√	√	√	17
虞美人	春花秋月何时了	√	√	√	√	√	√	√	√	√	√	√	√	√	√	√	√	√	√	√	17
雨零铃	寒蝉凄切	√	√	√	√	√		√	√	√	√	√	√	√	√	√	√	√	√	√	15
雨中花	百尺清泉声陆续	√	√	√	√	√	√	√	√	√	√	√	√	√	√	√	√	√	√	√	18

（续表）

调名	首句	何士信系列 双璧陈氏本	遵正书堂本	陈钟秀校本	张綖别录本	杨金刊本	安肃荆聚本	顾从敬系列 顺从敬刊本	四库全书本	唐顺之注本	宗文书堂本	乔山书社本	胡桂芳辑本	续四库原本	师俭堂刊本	昆石山人本	杨慎评点本	周文耀刊本	沈际飞评本	词苑英华本	入选次数
玉蝴蝶	目断江南千里							✓	✓	✓	✓	✓	✓	✓	✓	✓	✓		✓	✓	12
玉蝴蝶	渐觉东郊明媚							✓	✓	✓	✓	✓	✓	✓	✓	✓	✓		✓	✓	12
玉蝴蝶	望处雨收云断	✓	✓	✓		✓	✓	✓	✓	✓	✓	✓	✓	✓	✓	✓	✓	✓	✓	✓	18
玉蝴蝶	唤起一襟凉思							✓	✓	✓	✓	✓	✓	✓	✓	✓	✓	✓	✓	✓	13
玉楼春	小园半夜东风转	✓	✓	✓	✓		✓	✓	✓	✓	✓	✓	✓	✓	✓	✓	✓	✓	✓	✓	18
玉楼春	东城渐觉风光好	✓	✓	✓			✓	✓	✓	✓	✓	✓	✓	✓	✓	✓	✓	✓	✓	✓	17
玉楼春	绿杨芳草长亭路	✓	✓	✓	✓		✓	✓	✓	✓	✓	✓	✓	✓	✓	✓	✓	✓	✓	✓	18
玉楼春	弄晴数点梨梢雨	✓	✓	✓	✓		✓	✓	✓	✓	✓	✓	✓	✓	✓	✓	✓	✓	✓	✓	18
玉楼春	家临长信往来道	✓	✓	✓			✓	✓	✓	✓	✓	✓	✓	✓	✓	✓	✓	✓	✓	✓	17
玉楼春	日照玉楼花似锦	✓	✓	✓		✓	✓	✓	✓	✓	✓	✓	✓	✓	✓	✓	✓	✓	✓	✓	18
玉楼春	城上风光莺语乱							✓	✓	✓	✓	✓	✓	✓	✓	✓	✓		✓	✓	12
玉楼春	晚妆初了明肌雪	✓	✓	✓		✓	✓	✓	✓	✓	✓	✓	✓	✓	✓	✓	✓	✓	✓	✓	18

（续表）

调名	首句	何士信系列						顾从敬系列													入选次数
		双璧陈氏本	遵正书堂本	陈钟秀校本	张绁别录本	杨金刊本	安肃荆聚本	顾从敬刊本	四库全书本	唐顺之注本	崇文书堂本	乔山书社本	胡桂芳辑本	续四库原本	师俭堂刊本	昆石山人本	杨慎评点本	周文耀刊本	沈际飞评刊本	词苑英华本	
玉楼春	桃溪不作从容住	✓	✓	✓		✓	✓	✓	✓	✓	✓	✓	✓	✓	✓	✓	✓		✓	✓	17
玉楼春	妖冶风情天与借	✓	✓	✓	✓	✓	✓	✓	✓	✓	✓	✓	✓	✓	✓	✓	✓	✓	✓	✓	18
玉楼春	秋千院落重帘暮	✓	✓	✓			✓	✓	✓	✓	✓	✓				✓	✓	✓	✓	✓	13
玉漏迟	杏香飘飘禁苑	✓	✓	✓		✓	✓	✓	✓	✓	✓	✓	✓	✓	✓	✓	✓	✓	✓	✓	18
玉女摇仙佩	飞琼伴侣	✓	✓	✓		✓	✓	✓	✓	✓	✓	✓	✓	✓	✓	✓			✓	✓	16
玉烛新	溪源新腊后	✓	✓	✓		✓	✓	✓	✓	✓	✓	✓	✓	✓	✓	✓	✓	✓	✓	✓	18
御街行	纷纷坠叶飘香砌	✓				✓	✓	✓	✓	✓	✓	✓	✓	✓	✓			✓	✓	✓	15
怨王孙	梦断漏悄	✓	✓	✓		✓	✓	✓	✓	✓	✓	✓	✓	✓	✓	✓	✓	✓	✓	✓	18
怨王孙	帝里春晚	✓	✓	✓				✓	✓	✓	✓	✓	✓			✓		✓	✓	✓	13
早梅芳	花竹深	✓	✓	✓		✓	✓	✓	✓	✓	✓	✓	✓	✓	✓	✓	✓	✓	✓	✓	18
鹧鸪天	紫禁烟花一万重	✓	✓	✓	✓	✓	✓	✓	✓	✓	✓	✓	✓	✓	✓	✓	✓		✓	✓	18
鹧鸪天	着意寻春懒便回	✓	✓	✓	✓	✓	✓	✓	✓	✓	✓	✓	✓	✓	✓	✓	✓	✓	✓	✓	18

（续表）

调名	首句	何士信系列						顾从敬系列							系列						入选次数
		双璧陈氏本	遵正书堂本	陈钟秀校本	张继别录本	杨金刊本	安肃荆聚本	顾从敬刊本	四库全书本	唐顺之注本	宗文书堂本	乔山书社本	胡桂芳辑本	续四库原本	师俭堂刊本	昆石山人本	杨慎评点本	周文耀刊本	沈际飞评本	词苑英华本	
鹧鸪天	枝上流莺和泪闻	√	√	√		√	√	√	√		√	√	√	√	√	√	√	√	√	√	17
鹧鸪天	枕簟溪塘冷欲秋			√	√	√		√	√		√	√	√	√	√	√		√	√	√	14
鹧鸪天	黄菊枝头破晓寒	√	√	√		√	√	√	√	√	√	√	√	√	√	√	√	√	√	√	18
鹧鸪天	检尽历头头又残			√		√		√	√		√	√	√	√	√	√		√	√	√	13
鹧鸪天	西塞山边白鹭飞	√	√	√	√	√	√	√	√	√	√	√	√	√	√	√	√	√	√	√	19
鹧鸪天	彩袖殷勤捧玉钟	√	√	√	√	√	√	√	√		√	√	√	√	√	√	√	√	√	√	18
昼锦堂	雨洗桃花	√	√	√		√	√	√	√	√	√	√	√	√	√	√	√	√	√	√	18
昼夜乐	秀香家住桃花径									√					√				√		3
烛影摇红	双阙中天	√	√	√	√	√	√	√	√	√	√	√	√	√	√	√	√	√	√	√	19
烛影摇红	楼雪初消	√	√	√		√	√	√	√		√	√	√	√	√	√	√	√	√	√	17
烛影摇红	香脸轻匀	√	√	√		√	√	√	√		√	√	√	√	√	√	√	√	√	√	17
烛影摇红	乳燕穿帘	√	√	√		√	√	√	√		√	√	√	√	√	√	√	√	√	√	17
祝英台近	宝钗分	√	√	√		√	√	√	√	√	√	√	√	√	√	√	√	√	√	√	18

（续表）

调名	首句	何士信系列						顾从敬系列													入选次数
		双璧陈氏本	遵正书堂本	陈钟秀校本	张綖别录本	杨金刊本	安肃荆聚本	顾从敬刊本	四库全书本	唐顺之注本	崇文书堂本	乔山书社本	胡桂芳辑本	续四库原本	昆师俭堂刊本	石山人本	杨慎评点本	周文耀刊本	沈际飞评本	词苑英华本	
祝英台近	剪酴醾	√		√	√		√												√	√	6
爪茉莉	每到秋来	√	√	√		√	√	√		√	√	√	√						√	√	13
醉春风	陌上清明近	√	√	√		√	√	√		√	√	√	√	√	√	√	√	√	√	√	18
醉花阴	薄雾浓云愁永昼	√	√	√		√	√	√		√	√	√	√	√					√	√	14
醉落魄	红牙板歇	√	√	√		√	√	√		√	√	√	√	√	√	√	√		√	√	17
醉落魄	云轻柳弱	√	√	√		√	√	√		√	√	√	√	√	√	√	√	√	√	√	18
醉蓬莱	问春风何事	√	√	√	√	√	√	√		√	√	√	√	√	√	√	√	√	√	√	19
醉蓬莱	望晴峰染黛	√		√			√	√		√	√	√	√	√	√	√	√		√	√	13
醉蓬莱	渐亭皋叶下	√	√	√			√	√		√	√	√	√	√				√	√	√	13
选录词作数		374	367	362	78	396	364	443		447	435	436	463	445	434	445	442	326	466	443	
全帙词作数		374	367	365	79	484	364	444		447	435	485	464	1134	434	445	442	326	1276	443	
选录比例（%）		100	100	99.2	98.7	81.8	100	99.8		100	100	89.9	99.8	39.2	100	100	100	100	36.5	100	

四 《明词汇刊》词人词集与《全明词》对照表

说明:1.下表词人姓名、集名、卷数均从《明词汇刊》,按词人姓名音序排列,同姓者以《汇刊》先后为序。

2.《明词汇刊》(上海古籍出版社 1992 年)简称《汇》,《全明词》(中华书局 2004 年)简称《明》,王兆鹏《词学史料学》(中华书局 2003 年,第 268—281 页"《明词汇刊》词人音序索引")简称《史》。

《明词汇刊》词人词集与《全明词》对照表

词　人	词集,卷数	《汇》册数,页码	《明》册数,页码	备　注
安绍芳	西林词,1	上,300	三,1388	
贝　琼	清江词,1	下,1660	一,19	
边　贡	华泉词,1	上,862	二,594	
蔡道宪	蔡忠烈公词,1	上,161	五,2374	
曹元方	淳村词,2	上,233	六,2920	
陈继儒	陈眉公诗余,1	上,36	三,1312	
陈如纶	二余词,1	上,48	二,920	
陈士元	归云词,1	上,101	三,1027	
陈龙正	几亭诗余,1	上,125	三,1530	
陈子升	中洲草堂词,1	上,153	五,2349	
陈洪绶	宝纶堂词,1;宝纶堂佚词,1	上,156;下,1809	四,1817	二种
陈　淳	陈白阳先生词,1	上,287	二,740	
陈　霆	水南词,1	上,383	二,534	

(续表)

词 人	词集,卷数	《汇》册数,页码	《明》册数,页码	备 注
陈恭尹	独漉堂诗余,1	上,417	六,3200	
陈子龙	陈忠裕公词,1	上,534	四,1904	
陈铎	坐隐先生精订草堂余意,2	上,760	二,447	
陈孝逸	痴山词,1	上,781	五,2572;六,3401	《明》两见,实为一人,收词字句小异
陈尧德	安甫诗余,1	下,1873	六,3257	
程可中	程中权词,1	上,32	三,1206	
程本立	巽隐诗余,1	上,1080	一,196	
程明善编	啸余谱,25	下,1264	/	词谱
崔桐	东洲词,1	下,1233	二,729	
崔廷槐	楼溪乐府,1	下,1934	三,1065	
戴冠	邃古词,1	下,1220	二,658	
董纪	西郊笑端词,1	上,681	一,136	
范守己	吹剑诗余,1	下,1705	三,1223	
范允临	轮廖馆诗余,1	下,1812	三,1320	
方于鲁	佳日楼词,1	上,231	三,1209	
方凤	改亭诗余,1	上,1092	二,652	
费宏	费文宪公词,1	上,1088	二,474	
冯元仲	天益山堂词,1	上,592	三,1526	
冯琦	北海词,1	上,620	三,1310	

（续表）

词　人	词集，卷数	《汇》册数，页码	《明》册数，页码	备　注
傅　冠	宝伦楼词,1	上,415	三,1415	
傅　珪	北潭词,1	下,1881	二,416	
高　濂	芳芷栖词,2	上,1129	三,1163	
高　启	扣舷词,1	下,1631	一,159	
葛　筠	名山藏词,1	下,1242	四,1920	
葛一龙	艳雪篇,1	下,1779	三,1355	
顾鼎臣	顾文康公词,1	上,1103	二,513	
顾　璘	凭几词,1; 山中词,1; 浮湘词,1	下,1226; 下,1230; 下,1231	二,586	三种
顾起纶	九霞山人词,1	下,1648	三,1345	
顾应祥	箸溪词,1	下,1650	二,744	
顾　潜	静观堂词,1	下,1805	二,507	《史》误作"顾潜"
官抚辰	贵希函诗余,1	下,1803	三,1195	《明》误作"宫抚辰"
官桂华	古山词,1	上,664	二,750	
韩邦奇	苑洛词,1	上,658	二,617	《史》误作"韩邦琦"
何孟春	何文简公词,1	上,1105	二,517	
胡　介	旅堂诗余,1	上,225	五,2395	
胡汝嘉	沁南词,1	上,301	二,890	
胡　俨	颐庵诗余,1	上,702	一,207	
胡文焕	全庵诗余,1	下,1669	三,1133	
黄道周	黄忠端公词,1	上,109	三,1529	

（续表）

词　人	词集,卷数	《汇》册数,页码	《明》册数,页码	备　注
黄　潜	未轩词,1	上,865	一,358	
黄　淮	省愆词,1	上,1078	一,210	
黄正色	斗南先生辽阳诗余,1	下,1801	二,870	
季来之	季先生词,1	上,151	三,1574	
焦　竑	澹园词,1	上,25	三,1255	
蒋平阶、周积贤、沈亿年	支机集,3	上,555	六,2876;六,2875;六,2885	合集
蒋　勉	湘皋词,1	上,667	二,432	
今　释	遍行堂词集,1	下,1942	失收	
来继韶	舜和先生词,1	上,115	三,1367	《明》误作"来继诏"
来　镕	倘湖诗余,1	上,193	五,2522	《明》作"来集之"
李应昇	落落斋词,1	上,45	三,1574	
李天植	蜃园诗余,1	上,110	四,1943	
李　汛	镜山诗余,1	上,672	二,577	
李　渔	窥词管见,1	上,709	/	词话
李　渔	笠翁诗余,1	上,718	四,2778	
李东阳	怀麓堂词,1	上,872	二,376	
李　祯	运甓词,1	上,1108	一,224	
李万年	饥豹词,1	下,1652	二,628	《史》误作"P1651"
李　嵩	醒园诗余,1	下,1728	三,1362	

(续表)

词　人	词集,卷数	《汇》册数,页码	《明》册数,页码	备　注
李　默	群玉楼诗余,1	下,1734	二,833	
李　堂	堇山诗余,1	下,1742	二,428	
李日华	恬致堂诗余,1	下,1810	三,1346	《史》作"恬致堂词"
李应策	苏愚山洞词,1	下,1866	三,1237	
李　濂	乙巳春游诗余,1	下,1937	二,829	
梁　寅	石门词,1	上,856	一,30	《史》误作"P656"
林　鸿	鸣盛词,1	上,687	一,188	
林　俊	林见素词,1	上,1084	二,396	
林唐臣	登州词,1	上,1097	一,129	《明》作"林弼"
刘应宾	平山堂诗余,1	上,653	三,1375	
镏　炳	鄱阳词,1	上,683	一,132	《明》作"刘炳"
刘　玉	执斋诗余,1	上,708	二,402	
刘三吾	坦斋先生词,1	上,876	一,242	
刘　基	诚意伯词,1	下,1456	一,69	
刘　铎	来复斋词,1	下,1694	三,1388	
刘荣嗣	简斋诗余,1	下,1709	三,1399	
刘　芳	清唤斋词,1	下,1930	六,3225	
卢象昇	卢忠烈公词,1	上,112	四,1822	
卢　格	荷亭诗余,1	上,1113	二,378	
卢维桢	瑞峰诗余,1	下,1708	三,1236	
卢龙云	四留堂词,1	下,1746	三,1242	

（续表）

词 人	词集,卷数	《汇》册数,页码	《明》册数,页码	备 注
陆 深	俨山词,1	上,90	二,607	
陆世仪	桴亭词,1	上,204	五,2249	
陆 钰	射山诗余,1	上,421	三,1403	
陆宏定	凭西阁长短句,1	上,546	五,2612	
陆 容	式斋词,1	上,1799	一,360	
吕 坤	去伪斋词,1	上,43	三,1115	《史》误作"去伪词"
罗 玘	圭峰先生词,1	上,655	二,377	
罗钦顺	整庵诗余,1	上,705	二,445	
罗明祖	纹山先生诗余,1	下,1725	三,1371	
马文升	马端肃公词,1	下,1125	一,316	
马 朴	阆风馆诗余,1	下,1682	三,1224	
毛 宪	古庵先生词,1	下,1741	二,490	
茅 维	十赉堂词,1	下,1794	三,1294	
莫秉清	采隐诗余,1	上,613	三,1196	
莫云卿	小雅堂词,1	下,1906	三,1057	
倪 谦	倪文僖公词,1	上,678	一,267	
倪 岳	清溪诗余,1	上,1121	一,366	
倪瓒等	江南春词集,1	上,1153	一,24	唱和集
聂 豹	双江诗余,1	上,656	二,754	
聂大年	东轩词,1	上,1106	一,259	
潘廷章	渚山楼词,1	下,1852	五,2702	

（续表）

词　人	词集,卷数	《汇》册数,页码	《明》册数,页码	备　注
潘炳孚	珠尘词,1	下,1923	四,1934	
彭孙贻	茗斋诗余,2	上,449	四,1699	
祁彪佳	祁忠惠公词,1	上,488	四,1824	
钱允治编,陈仁锡释	类编笺释国朝诗余,5	下,1484	／	词选
丘　濬	琼台词,1	上,867	一,270	
屈大均	道援堂词,1	上,500	六,3124	
瞿　佑	乐府遗音,1	下,1203	一,166	
任　环	山海漫谈词录,1	上,779	三,1050	
阮大铖	咏怀堂词,1	下,1878	三,1536	《史》误入"Y"类
桑　悦	思玄词,1	上,1099	二,371	
商景兰	锦囊诗余,1	上,494	四,1866	
邵　宝	容春堂词,1	上,696	二,424	
沈宜修	郦次,1	上,64	三,1537	
沈自征	君庸先生词,1	上,117	三,1567	
沈　炼	青霞词,1	上,597	二,974	
沈　谦	东江别集,3	上,622	五,2623	
沈　周	石田诗余,1	下,1237	一,317	
盛于斯	休庵词,1	下,1195	五,2577	《史》误作"盛如斯"
施绍莘	秋水庵花影词,1	上,171	三,1436	
史　鑑	西村词,1	下,1654	一,337	

（续表）

词　人	词集,卷数	《汇》册数,页码	《明》册数,页码	备　注
史　迁	青金词,1	下,1720	一,128	
释正嵒	豁堂老人诗余,1	下,1939	失收	《史》误作"P139"
舒　芬	梓溪词,1	下,1126	二,747	
苏惟霖	西游诗余,1	下,1875	三,1308	
孙承宗	孙文忠公词,1	上,144	三,1347	
孙承恩	瀼溪草堂词,1	下,1666	二,748	
孙　楼	百川先生长短句,1	下,1731	三,1043	
唐　寅	六如居士词,1	上,489	二,492	
汤传楹	湘中草,1	上,521	五,2591	《史》误作"P5221"
陶宗仪	沧浪棹歌,1	上,1122	一,137	
陶　安	陶学士词,1	下,1627	一,107	
汪廷讷	坐隐先生诗余,1	下,1897	三,1210	
王家屏	复宿山房词,1	上,44	三,1116	
王乐善	鹨适轩词,1	上,46	三,1286	
王慎中	遵严先生词,1	上,94	三,1012	
王立道	具茨诗余,1	上,107	三,1038	
王　衡	缑山词附词余	上,290	三,1343	
王夫之	鼓棹初集,1; 鼓棹二集,1; 潇湘怨词,1	上,305; 上,325; 上,339	五,2448	三种
王世贞	弇州山人词,1	上,581	三,1084	

（续表）

词　人	词集，卷数	《汇》册数，页码	《明》册数，页码	备　注
王永积	心远堂词，1	上，599	四，2129	
王世懋	王奉常词，1	上，601	三，1114	
王尚絅	苍谷诗余，1	上，651	二，512	
王　洪	毅斋诗余，1	上，694	一，234	
王　俌	虚舟词，1	上，699	一，213	
王　直	抑庵诗余，1	上，700	一，231	
王　鏊	震泽词，1	上，703	二，395	
王道通	简平子诗余，1	上，1127	三，1509	
王廷相	内台词，1	下，1175	二，518	
王昶纂	明词综，12	下，1370	／	词选
王　行	半轩词，1	下，1663	一，147	
王　越	黎阳王太傅诗余，1	下，1674	一，310	
王濬初	薇垣诗余，1	下，1707	三，1245	
王祖嫡	师竹堂词，1	下，1712	三，1099	
王九思	碧山诗余，1	下，1858	二，479	
王端淑选辑	名媛诗纬初编诗余集，2	下，1912	六，3255	词选
万时华	溉园诗余，1	上，543	五，2700	
万惟檀	诗余图谱，2	上，886	五，2734	词谱
万士和	履庵诗余，1	下，1700	三，1002	
魏　俌	云松近体乐府，1	下，1718	二，388	

（续表）

词 人	词集,卷数	《汇》册数,页码	《明》册数,页码	备 注
魏 观	蒲山渔唱,1	下,1692	一,125	
吴 骐	顒颔词,1	上,7	三,1510	
吴脉鬯	昱青堂词,1	上,122	四,1887	
吴承恩	射阳先生词,1	上,132	二,975	
吴 绡	啸雪庵诗余,1	上,162	四,1874	
吴 易	吴长兴伯词,1	上,427	六,2914	
吴 宽	瓠翁词,1	下,1190	一,352	
吴敏道	观槿长短句,1	下,1653	三,1137	
吴 奕	观复庵诗余,1	下,1834	三,1325	
夏树芳	消暍词,2	上,208	三,1138	
夏完淳	夏内史词,附词余,1	上,432	六,3117	
夏 言	桂洲集,6;桂洲集外词,1	上,807;上,844	二,666	二种
夏 旸	葵轩词,1	下,1249	二,438	
谢 迁	归田词,1	上,698	二,394	
谢 缙	谢学士诗余,1	上,1124	一,212	
徐 熥	幔亭词,1	上,5	三,1246	
徐 媛	洛纬吟,1	上,114	三,1322	
徐 渭	徐文长先生词,1	上,120	三,1077	
徐 阶	世经堂词,1	下,1702	二,954	

（续表）

词 人	词集,卷数	《汇》册数,页码	《明》册数,页码	备 注
徐士俊、卓人月	徐卓晤歌,1	下,1753	四,2130；六,2899	合集
徐子熙	丹峰词,1	下,1784	二,648	
徐应丰	平山词,1	下,1788	二,875	
许 论	默斋诗余,1	下,1871	二,897	《史》误作"P1872"
薛应旂	方山先生词,1	上,119	二,665	
严 嵩	钤山堂词,1	上,123	二,642	
姚 绶	谷庵词,1	下,1185	一,304	
杨 爵	杨忠介公词,1	上,2	二,838	
杨 涟	杨忠烈公词,1	上,4	三,1387	
杨 宛	钟山献诗余,1	上,292	四,1778	
杨 慎	升庵长短句,3；升庵长短句续集,3	上,345；上,369	二,773	二种
杨慎评选	百琲明珠,5	上,787	/	词选
杨 荣	杨文敏公词,1	上,692	一,213	
杨 基	眉庵词,1	下,1636	一,113	
杨 旦	偲庵词,1	下,1667	二,629	《史》误作"偶庵词"
杨循吉	松筹堂词,1	下,1671	二,403	
杨 仪	南宫诗余,1	下,1841	二,903	
杨 琢	心远楼词,1	下,1876	一,127	
叶小鸾	返生香,1	上,439	五,2376	
叶纨纨	芳雪轩词,1	上,528	四,2169	

（续表）

词　人	词集,卷数	《汇》册数,页码	《明》册数,页码	备　注
叶　盛	箓竹堂词,1	上,874	一,302	《史》误作"箓竹堂"
叶　兰	寓庵词,1	上,875	一,242	
易震吉	秋佳轩诗余,12	上,934	四,1945	
余绍祉	晚闻堂词,1	上,596	四,1691	
俞琬纶	自娱集,1	上,1	三,1376	
袁　袠	袁礼部词,1	下,1836	失收	
岳和声	餐微子词,1	上,35	三,1286	
曾　灿	六松堂诗余,1	上,13	五,2551	
查应光	丽崎轩诗余,1	下,1814	三,1301	
查　容	渐江词,1	下,1883	五,2708	
张　綖	南湖诗余,1	上,84	二,755	《史》误作"P68"
张煌言	张尚书词,1	上,159	五,2622	
张　治	龙湖先生词,1	上,594	二,828	
张以宁	翠屏词,1	上,682	一,29	
张　弼	东海词,1	上,864	一,315	《史》误作"P865"
张　宁	方洲诗余,1	上,1116	一,324	
张宇初	岘泉词,1	上,1118	一,198	《史》作"岘泉诗余"
张凤翼	处实堂词,1	下,1704	三,1109	《史》误作"虚实堂词"
张　肯	梦庵词,1	下,1820	一,201	
张　岱	陶庵诗余,1	下,1825	四,1692	
张　萱	西园诗余,1	下,1882	三,1284	

（续表）

词　人	词集，卷数	《汇》册数，页码	《明》册数，页码	备　注
章　懋	枫山先生词，1	上，871	一，362	
章玄应	雁荡山樵词，1	下，1722	二，625	《明》作"吴玄应"
赵贞吉	赵文肃公词，1	上，600	三，997	
赵完璧	海壑吟稿，1	上，785	三，1048	
赵　宽	半江词，1	上，1081	二，407	
赵时春	洗心亭诗余，1	下，1748	三，1021	
赵士春	保闲堂词，1	下，1839	五，2517	
郑　满	勉斋词，1	上，652	二，473	
郑　棠	道山词，1	下，1646	一，256	
郑以伟	灵山藏诗余，1	下，1828	三，1329	
周拱辰	圣雨斋诗余，2	上，603	三，1482	《史》误作"一卷"
周　瑛	翠渠词，1	上，706	一，331	《史》作"翠渠诗余"
周　用	周恭肃公词，1	上，879	二，595	
周铭选	林下词选，4	下，1601	／	词选
周思兼	胶东词，1	下，1908	三，1052	
周复俊	泾林词，1	下，1922	二，861	
朱曰藩	山带阁词，1	上，89	三，1026	
朱让栩	长春竞辰余稿，1	上，283	四，1695	
朱　朴	西村词，1	下，1649	二，532	
朱宪□	种莲诗余，1	下，1698	三，999	
朱有燉	诚斋词，1	下，1736	一，236	

（续表）

词 人	词集,卷数	《汇》册数,页码	《明》册数,页码	备 注
朱 衮	白房词,1	下,1751	失收	
朱高炽	仁宗皇帝御制词,1	下,1819	一,247	
朱东阳	濯缨余响词,1	下,1837	二,873	
朱公节	东武山人词,1	下,1879	二,942	
祝允明	枝山先生词,1	下,1676	二,417	
卓回辑选	古今词汇二编,4	下,1543	六,3315	词选
卓人月	蕊渊词,1	下,1768	六,2899	
邹 枢	十美词纪,1	上,127	六,3089	

参 考 文 献

说明:所收文献以书目为主,少量文目。按书名音序排列;善本书原刻与影刻均有使用的一并列出,善本注明藏地、册数;上海图书馆简称上图,国家图书馆简称国图。

B

《百琲明珠》,(明)杨慎辑,上图藏明万历四十一年刻本,一册。

《百川书志》,(明)高儒撰,《观古堂藏书目丛刊》本。

《百名家词钞》一百卷,(清)聂先、曾王孙编,《续修四库》本。

《半毡斋题跋》,(清)江藩撰,光绪吴县潘氏功顺堂丛书本。

C

《藏园订补郘亭知见传本书目》,(清)莫友芝撰,中华书局1993年。

《藏园群书题记》,傅增湘撰,上海古籍出版社1989年。

《草堂诗余》四卷,上图藏汲古阁刻《词苑英华》本,十二册。

《草堂诗余》正集六卷、别集四卷、续集二卷,沈际飞评正,明刻本。

《草堂诗余》正集六卷、新集五卷、别集四卷、续集二卷,沈际飞评正,明刻本。

《草堂诗余》正集六卷、续集二卷、别集四卷、新集五卷，沈际飞评正，上图藏明刻本，八册；国图藏明万贤楼刻本，八册。

《草堂诗余别录》、《后集别录》不分卷，上图藏明嘉靖二十六年黎仪钞本，一册，据胶卷。

《草堂嗣响》四卷，(清)顾彩编选，康熙四十八年辟疆园刻本。

《词的》四卷，(明)茅暎撰，《词坛合璧》本、《四库未收书辑刊》本。

《词话丛编》(附李复波编，《词话丛编索引》)，唐圭璋编纂，中华书局2005年。

《词话史》，朱崇才著，中华书局2006年。

《词菁》，(明)陆云龙编选，明崇祯四年翠娱阁刊行笈必携本，二册。

《词籍序跋萃编》，施蛰存主编，中国社会科学出版社1994年。

《词林万选》四卷，(明)杨慎辑，《词苑英华》本、《四库存目》本。

《词坛合璧》，(明)朱之藩辑，明刻本。

《词坛艳逸品》四卷，(明)杨肇祉辑，国图藏两册，据胶卷。

《词学》第二辑，华东师范大学出版社1983年。

《词学季刊》，龙榆生编，上海书店1985年。

《词学史料学》，王兆鹏著，中华书局2003年。

《词学通论》，吴梅著，华东师范大学出版社1996年。

《明清之际江南词学思想研究》，李康化著，巴蜀书社2001年。

《词苑英华》七种四十五卷，汲古阁刻，上图藏十二册，国图藏二十册(九种四十五卷)。

D

《大云书库藏书题识》，罗振玉撰，上虞罗氏民国三十二年铅印本。

E

《二西园文集》十四卷、《诗集》十二卷、《续集》二十三卷,(明)陈文烛撰,《四库存目》本。

F

《〈贩书偶记〉附续编》,孙殿起撰,上海古籍出版社1999年。

G

《庚辛之间读书记》,王国维著,《海宁王静安先生遗书》本。

《观古堂藏书目》,叶德辉著,民国四年长沙叶氏观古堂排印本。

《古籍印本鉴定概论》,陈正宏、梁颖编,上海辞书出版社2005年。

《古今词统》十六卷,(明)卓人月、徐士俊编选,上图藏清康熙三十二年刻本,十二册;《续修四库》本。

《精选古今诗余醉》十五卷,(明)潘游龙辑,清玉田斋刻本。

《古香岑草堂诗余正集》六卷、新集五卷、别集四卷、续集二卷,沈际飞评正,明刻本。

H

《好古堂书目》,(清)姚际恒著,《稿钞本明清藏书目三种》本,北京图书馆出版社2003年。

《花草萃编》十二卷,(明)陈耀文辑,国图藏明万历十一年刊本,十二册,据胶卷。

《花草新编》五卷,(明)吴承恩编选,上图藏钞本,四册。存卷三至五。

《花间集》二卷,(后蜀)赵崇祚辑,(明)杨慎评,钟人杰笺,上图藏明天启四年读书□花间草堂合刻本,二册。

《花间集》十卷《花间集补》二卷,(后蜀)赵崇祚辑,(明)温博补辑,上图藏明万历八年归安茅氏凌霞山房刻本,六册。

《花间集》四卷,(后蜀)赵崇祚辑,(明)汤显祖评,上图藏明万历四十八年刻本,四册。

《汇选历代名贤词府全集》,题(明)鲻溪逸史编选,上图藏明嘉靖三十六年刻本,十册。

《胡邦彦文存》,胡邦彦著,岳麓书社2007年。

《胡云翼说词》,刘永翔、李露蕾编,华东师范大学出版社2004年。

J

嘉庆《松江府志》,(清)宋如林修,(清)孙星衍、莫晋纂,《中国地方志集成》本,上海书店、巴蜀书社、江苏古籍出版社1990年。

《冀淑英文集》,《芸香阁丛书》本,上海科学技术文献出版社、北京图书馆出版社2004年。

《江苏省立国学图书馆图书总目》,民国二十二至二十四年排印本。

《校辑宋金元人词》,赵万里著,铅印本。

《精选名贤词话草堂诗余》二卷,嘉靖间陈钟秀校刊,国图藏四册,据胶卷;《四印斋所刻词》本。

《景刊宋金元明本词》,吴昌绶、陶湘辑,上海古籍出版社1989年。

《卷庵书跋》,叶景葵著,《中国历代书目题跋丛书》本,上海古籍出版社2006年。

L

《类编草堂诗余》四卷,昆石山人校辑,上图藏叶景葵跋本,四册。

《历代笔记小说集成·明人笔记小说》，河北教育出版社 1995 年。

《类编草堂诗余》三卷，国图藏明万历三十五年黄作霖刊本，二册，据胶卷。

《类编草堂诗余》四卷，上图藏明嘉靖二十九年顾从敬刊本，四册；《四库全书》文渊阁本。

《类编草堂诗余》四卷，上图藏明万历十二年张东川刊本，四册。

《类选笺释草堂诗余》六卷、《续选》二卷、《国朝诗余》五卷，上图藏明万历四十二年刻本，十二册；国图藏本，十二册，据胶卷；北京大学图书馆藏本，十二册，据胶卷；《续修四库》本。

《楝亭书目》，(清)曹寅撰，《辽海丛书》本。

《龙榆生词学论文集》，龙榆生著，上海古籍出版社 1997 年。

《论明代词学的理论建树》，张仲谋著，《文学遗产》2006 年第 5 期，第 95—105 页。

M

《美国哈佛大学哈佛燕京图书馆中文善本书志》，沈津著，上海辞书出版社 1999 年。

《明词汇刊》，赵尊岳校辑，上海古籍出版社 1992 年。

《明词纪事会评》，尤振中、尤以丁编纂，《历代词纪事会评丛书》本，黄山书社 1995 年。

《明词史》，张仲谋著，人民文学出版社 2002 年。

《明代〈草堂诗余〉批评论》，刘军政撰，河南大学 2003 年硕士论文(导师孙克强)

《明代词选研究》，陶子珍著，(台北)秀威资讯科技股份有限公司 2003 年。

《明代刻书述略》,李致忠撰,《文史》第二十三辑,中华书局1984年。

《明清词研究史》,陈水云著,武汉大学出版社2006年。

《明清词研究史稿》,崔海正主编,朱惠国、刘明玉著,齐鲁书社2006年。

《明史》,(清)张廷玉等撰,中华书局1974年。

《木犀轩藏书题记及书录》,(清)李盛铎著,今人张玉范整理,北京大学出版社1985年。

N

《南词》十三种,题(明)李东阳辑,国图藏清董氏诵芬室钞本,四册。

P

《评点草堂诗余》五卷,上图藏闵暎璧刊朱墨套印本,五册;《忏花庵丛书》本。

《平津馆鉴藏书籍记》,(清)李盛铎著,德化李氏清光绪刊《木犀轩丛书》本。

Q

《千顷堂书目》,(明)黄虞稷撰,上海古籍出版社2001年。

《全金元词》,唐圭璋编纂,中华书局1979年。

《全明词》,饶宗颐初纂,张璋总纂,中华书局2004年。

《全宋词》,唐圭璋编纂,中华书局1999年。

《全唐五代词》,张璋、黄畬编,上海古籍出版社1986年。

《清代词选研究》,李睿撰,华东师范大学2006年博士论文(导师方智范)。

《群体的选择:唐宋人选词与词选通论》,萧鹏著,(台北)文津出版社 1992 年。

S

《山带阁集》三十三卷,(明)朱曰藩撰,《四库存目》本。

《上海近代藏书纪事诗》,周退密、宋路霞著,华东师范大学出版社 1993 年。

《少室山房笔丛》,(明)胡应麟撰,上海书店出版社 2001 年。

《世善堂藏书目录》,(明)陈第著,歙县鲍廷博清乾隆六十年钞本。

《舒艺室杂著》,(清)张文虎著,《续修四库》本。

《四库提要辩证》,余嘉锡撰,云南人民出版社 2004 年。

《双鉴楼善本书目》,傅增湘撰,藏园民国十八年刻本。

《书城风弦录——沈津学术笔记》,沈津著,广西师范大学出版社 2006 年。

《书林清话》,叶德辉著,辽宁教育出版社 1998 年。

《书韵悠悠一脉香》,沈津著,广西师大出版社 2006 年。

《四印斋所刻词》二卷,(清)王鹏运编著,上海古籍出版社 1989 年。

《宋词大辞典》,王兆鹏、刘尊明主编,凤凰出版社 2003 年。

《宋名家词》九十卷,汲古阁刻,《四库存目》本。

《宋名家词六十一种》,上图藏汲古阁刻本,二十六册。

《宋名家词六十一种》,上图藏汲古阁刻本,二十四册。

《宋五家词》,明人辑抄,国图藏钞本,二册,据胶卷。

《宋元名家词》,明人辑抄,北京大学图书馆藏二十四册,据胶卷。

《宋元明三十三家词》,明人辑抄,国图藏本,十六册。

《孙氏祠堂书目》,(清)孙星衍撰,李氏木犀轩清光绪九年重雕。

T

《唐词纪》十六卷《词名微》一卷,(明)董逢元辑,上图藏本,四册;《四库存目》本。

《唐宋名贤百家词》□卷,(明)吴讷辑,民国钞本。

《唐宋元明酒词》二卷,(明)周履靖辑,上图藏《夷门广牍》丛书本,一册。

(同治)《苏州府志》,(清)李铭皖、谭钧培修,(清)冯桂芬纂,《中国地方志集成》本。

W

《万卷精华楼藏书记》,(清)耿文光著,《清人书目题跋丛刊》本,中华书局1993年。

《文禄堂访书记》,王文进著,民国三十一年文禄堂书籍铺刊本。

《吴熊和词学论集》,吴熊和著,杭州大学出版社1999年。

X

《西谛书目》,郑振铎撰,国图编,1963年文物出版社铅印本。

《郋园读书志》,叶德辉著,长沙叶氏上海澹园民国十七年铅印本。

《新编天一阁书目·天一阁明钞本闻见录》,骆兆平著,中华书局1996年。

《新锓订正评注便读草堂诗余》七卷,国图藏明万历三十年乔山书社刊本,二册。

《新刻李于鳞先生批评注释草堂诗余隽》四卷,上图藏明万历四十七年师俭堂刊本,四册。

《新刻题评名贤词话草堂诗余》六卷,国图藏明万历四十三年自新斋刊本,三册,据胶卷。

《新刻硃批注释草堂诗余评林》四卷,国图藏朱墨套印本,四册;又有翻刻本。

《新刻注释草堂诗余评林》六卷,上图藏明万历二十三年宗文书堂刊本,二册;国图藏本,三册,存卷一至卷三,据胶卷。

Y

《言言斋古籍丛谈》,周炳辉辑,周退密校,周越然著,辽宁教育出版社 2001 年。

《射阳先生存稿》四卷,(明)吴承恩著,铅印本。

《一氓题跋》,吴泰昌辑,三联书店 1981 年排印本。

《艺风藏书记》、《续记》,(清)缪荃孙撰,江阴缪氏清光绪二十七年刻,民国二年续刻。

《元明史料笔记丛刊》,中华书局版。

Z

《增修笺注妙选草堂诗余》前集二卷、后集二卷,国图藏明嘉靖三十三年杨金刊本,四册。

《增修笺注妙选群英草堂诗余》前集二卷、后集二卷,国图藏明洪武二十五年遵正书堂刻本,二册;上图藏本,二册,据胶卷;《续修四库》本;《景刊宋金元明本词》本。

《增修笺注妙选群英草堂诗余》前集二卷、后集二卷,据叶氏藏明刊本影印本、《四部丛刊》本。

《直斋书录解题》,(宋)陈振孙撰,上海古籍出版社 1987 年点校本。

《中国词学大辞典》,马兴荣、吴熊和、曹济平主编,浙江教育出版社 1996 年。

《中国词学史》,谢桃坊著,巴蜀书社 2002 年。

《中国古籍版刻图志》,熊小明编著,湖北人民出版社 2007 年。

《中国古籍善本书目》,上海古籍出版社 1996 年。

《中国善本书提要》,王重民撰,上海古籍出版社 1983 年。

《中国印刷史》,张秀民著,上海人民出版社 1989 年。

《中国珍稀古籍善本书录》,沈津著,广西师范大学 2006 年。

《中华词学》,东南大学中华词学研究所编,东南大学出版社 1994 年。

《坐隐先生精订草堂余意》二卷,(明)陈大声撰,《续修四库》本。

后　记

　　本书是我的博士论文，2004 年负笈华东师范大学古籍所，至今已然十年。岁月如流，游游走走，就学术而言，磨剑未成，本拟藏拙；然而私心作祟，欲以此为博士之将束，人生经历之所说，"将糟粕收敛起来，造成一座小小的新坟，一面是埋藏，一面也是流恋"。本书价值固然与鲁迅先生文章相去万里，心曲却恰恰乎如此。下文是毕业时所作，也留在这里，作为纪念。

　　四年海上旅程，即将告别。过去的一千多个日夜，漫长而短暂，清晰又模糊。许多人，许多事，与江南美景、都会繁华交相融汇，凝成一段难以忘怀的人生。

　　回首前尘，弥布的是幸福。

　　校园生活，倏忽二十三度春秋。在最末一段，按照自己的意愿、节奏，幸运地开始，从容地告别，实在是莫大的幸福。我知道，这里包含了太多的帮助、支持、宽容和奉献。

　　感谢我的导师、同学、朋友和家人。感谢他们春风般的微笑，暖阳般的关怀。我郑重地保留着这些情感与面容，歇一歇脚，继续前行。

图书在版编目(CIP)数据

明编词总集丛刻述评／凌天松著.—上海：上海
古籍出版社，2014.9
（文史哲研究丛刊）
ISBN 978-7-5325-7280-9

Ⅰ.①明… Ⅱ.①凌… Ⅲ.①词学—诗词研究—中国
—明代 Ⅳ.①I207.23

中国版本图书馆 CIP 数据核字(2014)第 101635 号

文史哲研究丛刊
明编词总集丛刻述评
凌天松 著
上海世纪出版股份有限公司
上海 古 籍 出 版 社　出版
（上海瑞金二路 272 号　邮政编码 200020）
（1）网址：www.guji.com.cn
（2）E-mail：guji1@guji.com.cn
（3）易文网网址：www.ewen.co
上海世纪出版股份有限公司发行中心发行经销
上海惠顿实业印刷公司印刷
开本 890×1240　1/32　印张 13　插页 2　字数 326,000
2014 年 9 月第 1 版　2014 年 9 月第 1 次印刷
印数：1—1,100
ISBN 978-7-5325-7280-9
K·1870　定价：49.00 元
如有质量问题，请与承印公司联系